Sinceramente suyo, Shúrik

Liudmila Ulítskaya

Sinceramente suyo, Shúrik

Traducción del ruso de Marta Rebón

EDITORIAL ANAGRAMA
BARCELONA

Título de la edición original:
Iskrenne vash, Shúrik
Eksmo
Moscú, 2004

Ilustración: foto © The John Kobal Foundation Archive / Getty Images

Primera edición: *2006*
Segunda edición: *marzo 2024*

Diseño de la colección: Julio Vivas y Estudio A

© De la traducción, Marta Rebón, 2006, 2024

© Liudmila Ulítskaya, 2004
  Publicado por acuerdo con ELKOST Intl. Literary Agency

© EDITORIAL ANAGRAMA, S. A., 2024
  Pau Claris, 172
  08037 Barcelona

ISBN: 978-84-339-8130-1
Depósito legal: B. 15925-2022

Printed in Spain

Liberdúplex, S. L. U., ctra BV 2249, km 7,4 - Polígono Torrentfondo
08791 Sant Llorenç d'Hortons

A Natasha Chervínskaya, lectora,
consejera, médico, con gratitud

1

El padre del niño, Aleksandr Siguizmúndovich Levandovski –un hombre de aspecto demoníaco, un tanto deteriorado, de nariz aguileña y rizos tupidos que, resignado, había dejado de teñirse después de los cincuenta años–, prometía desde temprana edad llegar a ser un genio de la música. Desde que cumpliera los ocho años, daba conciertos y recitales, como un joven Mozart, pero hacia los dieciséis todo se detuvo, como si la estrella de su éxito se hubiera apagado en algún lugar del firmamento. Algunos jóvenes pianistas, dotados de habilidades decentes pero mediocres, comenzaron a aventajarle y, tras finalizar sus estudios en el conservatorio de Kiev con matrícula de honor, se convirtió poco a poco en acompañante. Podía decirse que era un acompañante sensible, riguroso, único. Actuaba con violinistas y violonchelistas de primera categoría, que incluso se lo disputaban un poco. Pero su papel siempre era secundario. En el mejor de los casos figuraba en el cartel como «al piano» y, en el peor, con dos letras: «ac». En ese «ac» residía la infelicidad de su vida, una daga siempre clavada en el hígado. Los antiguos consideraban que el hígado es el órgano que más se resiente por la envidia. Por supuesto, nadie cree en esas tonterías heredadas de Hipócrates, pero, en efecto, el hígado de Aleksandr Siguizmúndovich padecía crisis continuadas. Seguía regímenes pero, de vez en cuando, se ponía de color amarillo, enfermaba y sufría terriblemente.

Conoció a Vérochka Korn cuando ella vivía el año más bonito de su vida. Acababa de ingresar en el taller de teatro de Taírov y, por aquel entonces, aún no se había ganado la fama de ser la estudiante más floja. Seguía con entusiasmo los cursos, apasionantes y variados, y soñaba con un gran papel. Fue antes del ocaso del Teatro de Cámara. El principal crítico teatral del país todavía no había expresado su opinión sacrosanta, tildándolo de «verdaderamente burgués» –como sucedería algunos años más tarde–, el reinado de Alisa Koonen continuaba en su apogeo y, de hecho, Taírov permitía esas extravagancias «verdaderamente burguesas», como la puesta en escena de las *Noches egipcias*.

En el teatro se celebró el Año Nuevo Viejo de 1935 de acuerdo con la tradición,[1] y entre las múltiples actividades a las que se entregaron los actores de espíritu creativo durante aquella larga noche, estaba el concurso a la pantorrilla más hermosa. Las actrices desaparecían detrás del telón y, levantándolo ligeramente, cada una exponía, con castidad y a la consideración de todos, una pierna anónima desde la rodilla hasta los dedos del pie.

Una joven Vérochka de dieciocho años giró su tobillo de manera que el esmerado zurcido en el talón pasara desapercibido y casi perdió el conocimiento, embriagada de pensamientos dulces y efervescentes, cuando unas manos autoritarias la arrastraron hacia fuera del telón y le pusieron un delantal donde se leía en letras grandes y plateadas «Tengo la pierna más encantadora del mundo». Además le entregaron como premio una zapatilla de cartón repleta de chocolatinas, fabricada en los mismos talleres del teatro. Conservó la zapatilla durante mucho

---

1. Año Nuevo Viejo o Año Nuevo Ortodoxo se celebra el 13 de enero. A partir de la Revolución se adoptó el calendario gregoriano en detrimento del juliano. Con el gobierno soviético muchas fiestas pasaron a celebrarse por duplicado. (*N. de la T.*)

tiempo —incluidas las chocolatinas petrificadas— en el cajón inferior del secreter de su madre, Yelizaveta Ivánovna, que se mostró inesperadamente sensible al éxito de su hija en un ámbito que, a su juicio, se situaba más allá de los límites de la decencia.

Fue el propio Taírov quien invitó a la fiesta a Aleksandr Siguizmúndovich, que había venido de San Petersburgo de gira. El invitado de aire aristócrata no se apartó de Vérochka ni un segundo durante toda la velada y causó en ella una impresión muy profunda. De madrugada, una vez que el baile hubo terminado, calzó con sus manos el pie de esa pierna recién galardonada con un botín de fieltro blanco —atrevida variación de las típicas *valenki* rusas, solo que con tacón alto— y la acompañó a su casa, en el pasaje Kamerguerski. Todavía no había amanecido, una falsa nieve teatral caía con parsimonia, las farolas emanaban una luz amarillenta decorativa, y ella se veía en la piel de una primera actriz en un enorme escenario, rebosante de juventud. Con una mano, apretaba contra su cuerpo sus elegantes zapatos, envueltos en papel de periódico, mientras la otra reposaba con arrobo sobre la manga de él, que recitaba versos pasados de moda de un poeta olvidado.

Él regresó ese mismo día a su Leningrado, dejándola a merced de la confusión más absoluta. Prometió volver muy pronto. Pero las semanas fueron transcurriendo, una tras otra, y de todas las esperanzas amorosas de Vérochka solo quedó un sabor amargo.

Los éxitos profesionales de Vérochka no eran clamorosos, más aún teniendo en cuenta que la maestra de ballet que les enseñaba danza contemporánea en el estilo de Isadora Duncan le tenía ojeriza. Ahora no la llamaba de otro modo que no fuera «pierna encantadora» y no le pasaba por alto ni el menor descuido. La pobrecita Vera enjugaba sus lágrimas con el ribete de su túnica griega de algodón de la ciudad de Ivánovo, sin conseguir moverse al compás de la música extática de Skriabin, a cuyo son los alumnos practicaban ejercicios, moviendo enérgicamente puños y rodillas para tratar de traducir en imágenes visibles aquella música rebelde y de alma inalcanzable.

Uno de los días más espantosos de aquella primavera, Aleksandr Siguizmúndovich fue a esperar a Vera a la puerta de los artistas. Había ido a Moscú por dos semanas para grabar varios conciertos con un famoso violinista de renombre internacional. En cierto modo, fue el momento estelar de su vida: el violinista había recibido una educación a la antigua usanza, trataba a Aleksandr Siguizmúndovich con un respeto hondo e incluso se acordaba de la gloria que había disfrutado en su infancia. Las grabaciones transcurrieron a las mil maravillas. Por primera vez, después de bastantes años, el maltratado orgullo del pianista se apaciguó, se distendió y se desarrugó. Su sola presencia era capaz de hacer estremecer a una chica encantadora con unos ojos de un azul gris como de muaré: una inspiración alimentaba a la otra...

En cuanto a la joven Vérochka, que durante el curso académico había estudiado aplicadamente «las formas saturadas de emoción» de Taírov, aquella primavera perdió, de una vez por todas, la percepción de la frontera que separa la vida del teatro: «la cuarta pared» se derrumbó y, desde ese momento en adelante, se dedicó a interpretar la obra de su propia vida. De acuerdo con los ideales de su maestro venerado, que exigía de los actores la universalidad –tanto en los misterios como en las operetas, tal y como él decía–, Vérochka interpretó aquella primavera el papel de *ingénue dramatique* para un enternecido Aleksandr Siguizmúndovich.

Gracias a los esfuerzos conjuntos de la naturaleza y del arte, su historia de amor fue encantadora, con paseos nocturnos, cenas íntimas en los pequeños reservados de los restaurantes más famosos, rosas, champán y caricias apasionadas que proporcionaban placer a ambos, tal vez incluso mayor que el que vivieron en la última noche que Aleksandr Siguizmúndovich pasó en Moscú, justo antes de su partida, en el momento de la capitulación total de Vérochka ante un adversario de fuerza superior.

12

El afortunado vencedor se fue y dejó a Vérochka inmersa en una deliciosa bruma de recuerdos todavía frescos de la que gradualmente comenzó a emerger la verdadera imagen de su vida futura. Él había tenido tiempo de revelarle lo infeliz que era su vida familiar: una mujer mentalmente desequilibrada, una hija pequeña aquejada de una enfermedad congénita, una suegra autoritaria con carácter de sargento. Jamás, jamás podría abandonar a su familia... Vérochka desfallecía de admiración: ¡qué noble era! Y se moría de ganas de ofrecerle su vida en sacrificio. Pues bien, aceptó de antemano las largas separaciones y los breves encuentros, aceptó que solo le correspondía una parte de los sentimientos de Aleksandr, de su tiempo, de su persona: aquella parte que él quisiera dedicarle.

Pero este ya era otro papel. No el de la cenicienta que hacía repiquetear los tacones de cristal sobre la calzada nocturna a la luz de las farolas decorativas, sino el de la amante secreta agazapada en la sombra. Al principio le pareció que estaba preparada para representar ese papel hasta la muerte, la suya o la de su amante: algunas citas al año esperadas como agua de mayo y, en las separaciones, agujeros sordos y tristes cartas anodinas. Así transcurrieron tres años. La vida de Vérochka comenzaba a acusar el gusto insípido de la infelicidad femenina.

Su carrera de actriz terminó antes siquiera que se iniciara de verdad: le pidieron que se fuera. Dejó la compañía pero se quedó a trabajar en el teatro como secretaria.

Fue entonces, en 1938, cuando Vera hizo el primer intento para liberarse de esa relación extenuante. Aleksandr Siguizmúndovich aceptó su voluntad con resignación y, tras besarle la mano, partió de nuevo para su Leningrado. Sin embargo, Vérochka no pudo resistir más de dos meses, fue ella misma quien lo llamó y todo comenzó de nuevo.

Vérochka perdió peso y, según los comentarios de sus amigas, se le marchitó la belleza. Aparecieron los primeros síntomas de una enfermedad aún no diagnosticada: sus ojos reflejaban un brillo metálico, de vez en cuando se le formaba un nudo en la garganta y siempre estaba a punto de perder los nervios. Incluso Yelizaveta Ivánovna comenzó a temer las crisis de histeria de su Vérochka.

Pasaron todavía tres años más. En parte presionada por Yelizaveta Ivánovna, en parte movida por el deseo de cambiar una vida que consideraba fracasada, rompió una vez más con Aleksandr Siguizmúndovich. También él se sentía agotado de esa relación difícil, pero nunca se hubiera decidido a romperla por sí mismo: cada vez que iba a Moscú amaba a Vérochka con un amor más profundo y exaltado. La pasión un tanto afectada que ella le profesaba alimentaba en él un amor propio desdichado y enfermizo. Esta vez la ruptura pareció que iba en serio. La guerra que comenzaba los separó por un largo tiempo.

En aquella época, Vérochka ya había perdido su poco envidiable puesto de secretaria y aprendía la modesta profesión de contable, si bien no había día en que no corriera a los ensayos y repasara en secreto algunos papeles: sentía debilidad por Madame Bovary. Ay, ¡si no hubieran tenido a Alisa Koonen! En aquellos momentos le parecía que todo aún podría revertirse, que todavía podría salir a un escenario enfundada en un vestido de *barège*, adornado con tres ramilletes de rosas de pitiminí con hojas verdes, y bailar la cuadrilla con un vizconde sin nombre en la finca de Vaubyessard... Era una enfermedad que solo conocen los que la han padecido. Sin abandonar el teatro, Vera intentaba escapar de esa dependencia teatral, incluso encontró un pretendiente «entre el público» –como se suele decir–, un proveedor judío, un hombre de una seriedad excepcional y de una estupidez asimismo excepcional. Le propuso matrimonio. Después de sollozar durante una noche entera, ella lo rechazó confesándole que amaba a otro. O bien padecía alguna anomalía, o bien Vera se comportaba de manera totalmente incongruente con los modelos de la época. Lo cierto es que su delicadeza extrema, su propensión a exaltarse a cada instante y esa fragilidad de alma que estaba de moda, digamos, en la época de Chéjov, no cautivaban absolutamente a nadie en los tiempos heroicos de la guerra y la reconstrucción socialista postbélica. A nadie... Pues bien, tanto peor. Pero no acabaría con ese proveedor, por descontado.

Después se produjo la evacuación a Tashkent. Yelizaveta Ivánovna, profesora en el Instituto Pedagógico, consiguió convencer a su hija de que abandonara el teatro y se fuera con ella.

Aleksandr Siguizmúndovich fue evacuado a Kúibishev. Su desventurada familia no tuvo tiempo de huir de Leningrado y pereció durante el asedio. En Kúibishev, cayó gravemente enfermo, tres neumonías seguidas estuvieron a punto de enviarlo a la tumba, pero se salvó por los pelos gracias a una enfermera, una tártara robusta de la región. Y se casó con ella, por soledad y debilidad.

Cuando Vérochka y Aleksandr Siguizmúndovich se reencontraron una vez acabada la guerra, todo se reanudó con más fuerza que antes, pero con un decorado ligeramente cambiado. Ahora, ella trabajaba en el Teatro Dramático, donde había encontrado empleo como contable. Y, ahora, ya no veneraba a Alisa Koonen sino a Maria Ivánovna Babánova. Asistía a sus espectáculos e, incluso, intercambiaba sonrisas con ella por los pasillos.

Aleksandr Siguizmúndovich volvía a esperarla en la entrada de los artistas y paseaban juntos por el bulevar Tver hasta el pasaje Kamerguerski. De nuevo, era desgraciado en el matrimonio y, de nuevo, tenía una hija enferma. Había envejecido y adelgazado: era todavía más apasionado y trágico. Su relación irrumpió con una fuerza oceánica renovada, las olas del amor los encumbraron a unas alturas jamás antes alcanzadas para dejarlos caer después en abismos insondables. Tal vez aquello era lo que anhelaba el alma insatisfecha de Vérochka. Durante esos años a menudo había tenido el mismo sueño: en medio de una escena absolutamente trivial, por ejemplo mientras tomaba el té con su madre, sentadas a una mesita ovalada, de

15

repente se daba cuenta de que faltaba una pared en la habitación y, en su lugar, aparecían las tinieblas de una sala de espectáculo que se perdía en el infinito, repleta de espectadores silenciosos y completamente inmóviles.

Así, como en otros tiempos, él la visitaba en Moscú tres o cuatro veces al año. Habitualmente se alojaba en el Hotel Moscú, y Vérochka corría a su encuentro. Se resignó a su destino y solo un embarazo tardío hizo cambiar el curso de su vida.

Su historia de amor duró mucho tiempo. Tal como Vera había presagiado en su juventud: «Hasta la muerte...».

2

Durante el embarazo todo apuntaba a la llegada de una niña: el vientre de Vera en forma de manzana, y no de pera, la cara ligeramente abotargada, la pigmentación pardusca y rugosa que le había brotado alrededor de los ojos y los movimientos del bebé en su seno, que eran suaves, sin brusquedades. No cabía duda: esperaba una niña. Yelizaveta Ivánovna, ajena a toda superstición, se había preparado con antelación para el nacimiento de su nieta y, aunque no sentía una predilección especial por la gama de los rosas, se encontró, como por casualidad, con que todo el ajuar infantil era de tonalidades rosáceas: las camisitas, las mantillas e incluso las chaquetitas de lana.

La criatura era fruto de una relación extramatrimonial, y con sus treinta y ocho años cumplidos Vera ya no era una jovencita. Aun así, las circunstancias no impedían en absoluto que Yelizaveta Ivánovna se alegrara ante el acontecimiento inminente. Ella también se había casado tarde, dio a luz a su única hija cuando rondaba la treintena y se quedó viuda al poco tiempo, con tres niñas a su cuidado: su Vérochka de siete meses y dos hijastras adolescentes. Salió adelante sola y crió a sus hijas. En 1924, la mayor de sus hijastras abandonó Rusia y nunca más volvió. La menor, que se sumó al nuevo poder con gran fervor, rompió la relación con su madrastra, a la que consideraba anclada en el viejo régimen y peligrosamente anticuada, se casó con un funcionario soviético de segunda fila y murió en los campos de concentración estalinistas antes de la guerra.

A Yelizaveta Ivánovna todas las experiencias que había ido acumulando a lo largo de su vida la habían dispuesto para la resistencia y el coraje, y ahora esperaba de todo corazón a esa pequeña nueva nieta que venía a engrosar la familia de manera tan inesperada. Una hija era una familia, una amiga, un apoyo, y en eso había consistido también su propia vida.

Cuando en lugar de la niña esperada nació un varón, tanto la madre como la abuela se sintieron confundidas. Sus planes secretos se derrumbaban, el retrato familiar que habían forjado en su pensamiento no se sostenía por ningún lado: Yelizaveta Ivánovna de pie, sobre el fondo de su maravillosa estufa holandesa, Vérochka sentada, con las manos de la madre reposando sobre sus hombros, y en su regazo, una adorable niña de cabellos rizados. Como en la adivinanza para niños: dos madres, dos hijas y una abuela con una nieta.

Vera había tenido oportunidad de echar una ojeada a la cara del niño en la maternidad, pero fue en casa cuando lo desvistió por primera vez y se llevó una desagradable sorpresa al ver la dimensión de sus dos bolsas, de un rojo brillante, enormes en comparación con sus pies diminutos, así como esa pequeña cosa indelicada que se había encabritado de inmediato. En ese instante, mientras observaba con desconcierto ese fenómeno tan conocido, un chorro tibio le regó la cara.

–¡Vaya granuja! –dijo su abuela riendo y palpando el pañal, que estaba completamente seco–. Presta atención, Verusia, este siempre saldrá seco del agua...

El bebé hacía muecas y las expresiones disparatadas se sucedían en su cara: la pequeña frente se le oscurecía por los pliegues, los labios sonreían. No lloraba y no se sabía si se sentía bien o mal. Sin duda, estaba sorprendido por todo lo que pasaba a su alrededor...

–¡Es el vivo retrato de su abuelo! Será un hombre viril, guapo y robusto –concluyó Yelizaveta Ivánovna con satisfacción.

–Algunas partes de su cuerpo son incluso excesivas –observó Vérochka con aire significativo–. Clavadito a su padre...

Yelizaveta Ivánovna hizo un gesto de desdén:

–No, no, Verusia, no tienes ni idea... ¡Es una característica de los hombres de la familia Korn!

Una vez agotada su experiencia personal sobre esa cuestión, pasaron a la siguiente: de qué manera ellas, dos mujeres débiles, iban a criar a ese bebé para que se convirtiera en un hombre viril y fuerte. Por muchas razones, familiares y sentimentales, estaba condenado a llevar el nombre de Aleksandr. Shúrik era su diminutivo.

Desde el primer día las obligaciones se dividieron: Vera se hizo cargo de la lactancia y Yelizaveta Ivánovna de todo lo demás.

Deporte, entretenimientos masculinos y ninguna clase de zalamería fueron las primeras medidas decretadas por Yelizaveta Ivánovna. Y, de hecho, en cuanto el ombligo de su nieto hubo cicatrizado, se encargó de su entrenamiento físico: contrató los servicios de una masajista y empezó a rociar al bebé a diario con agua fresca, previamente hervida. A fin de proporcionar a su nieto distracciones dignas de un hombre, compró en El Mundo de los Niños un fusil de madera, soldaditos y un caballito balancín. Con ayuda de esos objetos sencillos, tenía la intención de proteger al niño de la amargura causada por la ausencia de un padre, una ausencia cuya auténtica medida no iba a tardar en definirse, y convertirlo en un hombre hecho y derecho, responsable, seguro de sí mismo y capaz de tomar decisiones por sí solo, tal como había sido su difunto marido.

–¡Debes adoptar el principio de la distancia máxima! –recomendó doctamente a su hija algunos días después de salir de la maternidad, anticipándose ya al futuro. Y había una nota pedagógica en su voz–. Cuando crezca y por fin suelte tu mano para dar el primer paso, será preciso que tú des otro en dirección opuesta. Es un peligro terrible que corren todas las madres solteras –aclaró sin piedad Yelizaveta Ivánovna–, que se unan a su hijo como si fueran un solo cuerpo.

–Pero ¿por qué dices eso, mamá? –protestó Vera, ofendida–. Este niño tiene un padre, al fin y al cabo, y participará en su educación...

–Sí, te será tan útil como pedir leche a un macho cabrío. Créeme –aseguró Yelizaveta Ivánovna.

Para Vérochka, lo más ofensivo del comentario de su madre era que todo estaba ya decidido y concretado de antemano: en pocos días el feliz padre llegaría para unirse de una vez por todas con su amante. Era el único punto en el que divergían las opiniones de madre e hija que, por lo demás, se adoraban: Yelizaveta Ivánovna despreciaba al amante de Vera, había esperado durante años que su hija encontrara mejor partido que ese artista fracasado y enfermo de los nervios. Pero también sabía por experiencia propia qué difícil era para una mujer estar sola, y sobre todo para una mujer como su Vérochka, con su naturaleza artística, poco adaptada a la rudeza de los hombres actuales. Bueno, y qué más da, al menos tenía a alguien... Y refunfuñó un poco fuera de lugar:

–La dama más impoluta si se descuida...

Adoraba los proverbios y los dichos, y conocía un sinfín de ellos, incluso en latín. De hecho, aunque era muy rigurosa con el habla rusa, a veces utilizaba expresiones totalmente obscenas, si estaban refrendadas por un diccionario fraseológico.

–Bueno, mamá, creo que exageras... –replicó Vera sorprendida.

Yelizaveta Ivánovna recapacitó:

–Perdona, hija, no quería ofenderte.

A pesar de la grosería de su madre, Vera trató de justificarse:

–Ya sabes, mamá, él ahora está de gira...

Yelizaveta Ivánovna vio la cara entristecida de su hija y dio marcha atrás:

20

–Oh, que vaya con Dios, Vera... Nos las arreglaremos para criar a nuestro pequeño.

Su corazonada se cumplió. Aleksandr Siguizmúndovich murió un mes y medio después del nacimiento de Shúrik. De regreso a Leningrado, después del primer encuentro con su hijo recién nacido, un coche lo atropelló cerca de la estación Moskovski. Ese padre de edad avanzada había decidido por fin anunciar a su robusta mujer Sonia que la abandonaba, que les dejaba, a ella y a su hija, el piso de Leningrado y que se marchaba a vivir a Moscú. Los dos primeros puntos se cumplieron según lo previsto. Pero de mudarse no tuvo tiempo...

Vera supo que había muerto una semana después del entierro. Inquieta al no tener noticias suyas, llamó a un amigo de Aleksandr Siguizmúndovich, que estaba al corriente de su relación, pero no lo encontró porque estaba de viaje. Haciendo de tripas corazón, telefoneó a su casa. Sonia le informó de que había muerto.

La joven madre, una «primeriza entrada en años», como la habían llamado en la maternidad, y vieja amante –en esa época su romance tenía ya una veintena de años– se convirtió en joven viuda antes siquiera de llegar a casarse.

El niño de pelo moreno se metía el puñito apretado en la boca, mamaba con energía, gemía, ensuciaba los pañales y vivía en un estado de despreocupada satisfacción. Las penas de su madre no le inquietaban en absoluto. Ahora, en lugar de la leche azulada de su madre, que acabó por desaparecer, le daban leche de vaca, diluida en agua y azúcar, y le sentaba de maravilla.

3

Hacia mediados del siglo XX se implantó de la noche a la mañana la moda de las leyendas familiares, que obedecía a muy diversos motivos, el principal de los cuales era, sin duda, el deseo latente de llenar el vacío que las personas llevaban a las espaldas. Con el tiempo, sociólogos, psicólogos e historiadores descubrirán por qué tanta gente se lanzó a realizar investigaciones genealógicas al mismo tiempo. No todos desenterraron antepasados aristócratas, sino curiosidades que también poseían cierto valor, tanto familiar como histórico: una abuela que había sido la primera mujer médico de Chuvasia, un menonita descendiente de alemanes holandeses o, peor aún, un verdugo en las cámaras de tortura en tiempos de Pedro el Grande.

Shúrik no tuvo que hacer ningún esfuerzo de imaginación especial: la leyenda de su familia estaba documentada de manera convincente en varios recortes de prensa del año 1916, un admirable pergamino de papel japonés –grueso y no fino, como se imaginan los ignorantes– y una fotografía de una calidad incluso hoy extraordinaria, fijada sobre un cartón resistente de color gris claro en la que su abuelo, Aleksandr Nikoláyevich Korn, imponente y con un mentón grande y firme apoyado en el alto cuello de una camisa de gala, figuraba al lado del príncipe Kotohito Kan'in, primo del micado, que había realizado un viaje desde Tokio hasta Petersburgo, la mayor parte a bordo del Transiberiano. Aleksandr Nikoláyevich, director técnico de la administración de ferrocarriles, un hombre de formación europea y educación impecable, era el responsable de ese tren especial. La fotografía se tomó el 29 de septiembre de 1916 en el estudio fotográfico del señor Johansson en la Avenida Nevski, como indicaba la inscripción artística a tinta azul en el reverso. Por desgracia, el príncipe no presentaba un aire demasiado distinguido: ni atuendo japonés ni sable de samurái, sino una indumentaria europea banal, una cara redonda con pequeños ojos rasgados y unas piernas cortas. Parecía uno de esos lavanderos chinos que en esa época ya estaban diseminados por Petersburgo. Sin embargo, si en algo se distinguía de un lavandero chino, con su característica sonrisa indeleble hasta la muerte, era por una expresión de arrogancia impenetrable que de ninguna manera suavizaba la tirantez regular de sus labios.

La parte oral de la leyenda familiar consistía en una versión de las memorias del abuelo retocada por la abuela: las largas horas pasadas tomando té en el vagón Pullman del tren, con el telón de fondo de la taiga durante varios días desplegándose fuera de las ventanas, con los brillantes colores otoñales de los alerces y el tono verde oscuro de los pinos.

El difunto abuelo tenía en gran estima al príncipe japonés, que había estudiado en la Sorbona, estaba dotado de una gran inteligencia y era un esnob librepensador. Esa independencia de pensamiento se manifestaba, en primer lugar, en que se permitía la licencia –inadmisible para un aristócrata japonés– de mantener una relación estrecha y personal con el señor Korn, que en realidad no era más que un miembro del personal de servicio, aunque del más alto nivel.

El príncipe Kotohito, que había vivido ocho años en París, era un gran admirador de la nueva pintura francesa, en particular de Matisse, y encontró en Aleksandr un interlocutor comprensivo como no los había hallado en Japón. Aleksandr

Nikoláyevich no conocía *Los peces rojos*, pero estaba dispuesto a creer al príncipe palabra por palabra cuando este afirmaba que era precisamente en aquella obra maestra de Matisse donde aparecían con mayor claridad las huellas de un estudio atento del arte japonés.

Aleksandr Nikoláyevich había ido a París por última vez en 1911, antes de la guerra, cuando el proyecto de *Los peces rojos* todavía se estaba gestando en la cabeza del artista. En cambio, justo ese año Matisse presentaba en el salón de otoño otra obra maestra, *La danza*. Llegados a ese punto, la abuela siempre mezclaba de manera natural los recuerdos del abuelo del último viaje que hicieron juntos al extranjero con los suyos propios, y Shúrik, que admitía fácilmente el encuentro de su difunto abuelo con un príncipe japonés, se resistía a creer que su abuela hubiera estado en París en persona, una ciudad cuya existencia obedecía más a un hecho literario que a la vida real.

Esos relatos proporcionaban a la abuela un gran placer y, probablemente, los exagerara un poco. Shúrik la escuchaba con resignación y movía ligeramente los pies de impaciencia, esperando el tan conocido final de la historia. Nunca le hacía más preguntas, aunque por otra parte su abuela no las necesitaba. Con los años sus maravillosas historias se habían solidificado y parecían reposar como ovillos invisibles junto a las fotografías y el pergamino en el cajón de su secreter. Por cierto, ese manuscrito era un documento que certificaba que el señor Korn había recibido la orden del Sol Naciente, la máxima condecoración del gobierno japonés.

En 1969 se produjo la gran mudanza de la familia del pasaje Kamerguerski —Yelizaveta Ivánovna se empeñaba en utilizar solo los nombres antiguos de las calles obstinada y proféticamente— hacia la Puerta de Brest, en una calle que, a juzgar por el nombre, había sido trazada en el pasado en un bosque suburbano. Poco después de la mudanza, cuando ya vivían en ese tramo de la calle Novolésnaia que desciende hacia el terraplén de conexión entre las líneas de ferrocarril de Bielorrusia y Riga («de Brest y de Vindava», especificaba Yelizaveta Ivánovna), en el nuevo apartamento de tres habitaciones, hermoso e increíblemente espacioso, la abuela mostró por primera vez al nieto de quince años el corazón mismo de la leyenda: estaba guardado en tres estuches que se desplegaban uno tras otro, siendo el exterior no auténtico (una caja de abedul de Carelia sin adornos, con la tapa abombada), mientras que los dos internos eran genuinamente japoneses, uno de jade verde manzana y el otro de seda verdigrís, con las mismas tonalidades que adquiere el mar en invierno. En su interior yacía la orden del Sol Naciente. Ese tesoro estaba completamente muerto y su gloria se había marchitado. De él, solo quedaba el esqueleto de un metal precioso, y muchos diamantes —que constituían su alma y, hablando con rigor, su principal valor material— habían desaparecido, de lo que daban fe las cuencas vacías.

—Nos comimos las piedras. Las últimas fueron a parar a este apartamento —informó Yelizaveta Ivánovna a su nieto quinceañero, que parecía un cachorro de pastor alemán de un año que hubiera alcanzado la plenitud de su estatura y el tamaño definitivo de sus patas, pero sin haber desarrollado por completo la amplitud de su caja torácica ni la seguridad rotunda de su raza.

—¿Cómo las sacaste de ahí?

La cuestión técnica era lo que más interesaba al chico.

Yelizaveta Ivánovna se sacó una de las horquillas que le sujetaban el trenzado, la levantó en el aire y explicó:

—¡Con una horquilla, Shúrik, con una horquilla! Salen con facilidad. ¡Como los caracoles!

En verdad, Shúrik nunca había comido caracoles, pero sonaba convincente. Dio vueltas a aquel vestigio honorífico entre sus manos y lo devolvió.

—Han pasado cincuenta años desde la muerte de tu abuelo. Y, durante todo este tiempo, nos ha ayudado a sobrevivir. ¡Esta casa, Shúrik, es su último regalo!

Con estas palabras, depositó la condecoración en el estuche interior, después en el segundo y, por último, en el cofrecito de madera. Cerró este último con una pequeña llave atada a una cinta verde descolorida y colocó la llave en una caja de té de hojalata.

–¿Cómo pudo ayudarnos si ya estaba muerto? –preguntó Shúrik, haciendo esfuerzos por comprender y enarcando las cejas por encima de unos ojos vivaces, entre pardos y ambarinos.

–¡Hay que ver! ¡Tienes menos imaginación que una criatura de cinco años! –se indignó su abuela–. ¡Desde el otro mundo! Está claro, fui vendiendo las piedras poco a poco.

Se volvió a poner la horquilla en el moño con un movimiento hábil, adquirido a base de práctica, y metió la caja en el secreter.

Shúrik se fue a su habitación, a la que no se había acostumbrado todavía, y encendió el magnetófono. La música comenzó a sonar. Tenía que pensar en aquella información que era, a la vez, importante y completamente absurda, y con música podía pensar mejor.

Su habitación apenas difería en tamaño del cuchitril que ocupaba antes, delimitado por dos bibliotecas y la estantería de las partituras. Pero en el cuarto nuevo había una puerta con un pequeño pomo por encima de la cerradura, y podía cerrarse herméticamente, incluso con candado. Le gustaba tanto que, para reforzar aún más esa sensación, había colgado un letrero en la puerta: «Llamar antes de entrar». Pero nadie entraba nunca. Tanto la madre como la abuela respetaban desde su nacimiento su intimidad masculina. Para ellas, la vida masculina era un enigma, incluso un misterio sagrado, y esperaban con impaciencia el día en que su Shúrik se convirtiera de repente en un Korn adulto, serio y responsable, con un mentón ancho y firme y una autoridad sobre el mundo cercano, ese mundo estúpido donde continuamente todo se rompía, se deshacía, se deterioraba y solo una mano masculina podía repararlo, reajustarlo e incluso crearlo de nuevo.

4

Yelizaveta Ivánovna procedía de una rica familia de mercaderes, los Mukoséyev, no tan célebres como los Yeliséyev, Filíppov o Morózov, pero igual de prósperos y conocidos en todas las ciudades del sur de Rusia. El padre de Yelizaveta Ivánovna, Iván Polikárpovich, comerciaba con trigo y casi la mitad del comercio al por mayor del sur de Rusia pasaba por sus manos. Yelizaveta Ivánovna era la mayor de cinco hermanas, la más inteligente y también la más fea de todas: tenía dientes de conejo, tanto que no podía cerrar la boca por completo, una pequeña barbilla y una frente grande y abombada que le ensombrecía toda la cara. Su futuro estaba marcado desde el principio: educaría a sus sobrinos. Ese era el destino que esperaba a las solteronas. El padre, Iván Polikárpovich, la quería, la compadecía por su fealdad y apreciaba su ingenio y sus facultades intelectuales.

A medida que el número de hijas aumentaba y no nacía un heredero, el padre empezó a mirar por ella con más atención y, aunque sus ideas defendían un ideario patriarcal, la mandó al colegio. Solo a ella. Mientras sus hermanas pequeñas prosperaban en belleza, la primogénita ampliaba sus conocimientos.

Tras el nacimiento de la quinta hija, la madre de Yelizaveta Ivánovna cayó gravemente enferma, hasta el punto de que

27

dejó de traer hijos al mundo, y el padre se puso a considerar el futuro de su hija mayor todavía con más detenimiento. Una vez finalizada la enseñanza secundaria, la envió a la única escuela de comercio que aceptaba a chicas, en Nizhni Nóvgorod. Aunque los Mukoséyev en esa época se habían convertido en moscovitas, conservaban intacto el recuerdo del fundador de la familia, un comerciante al por mayor que amasó una fortuna con el comercio de cereales y que abandonó Nizhni Nóvgorod para instalarse en Moscú.

Yelizaveta Ivánovna partió obedientemente a la escuela profesional, pero volvió a casa muy pronto y explicó a su padre con convicción que la enseñanza que allí impartían era ridícula, que no se aprendía nada que los tontos no supieran, y que si quería hacer de ella una buena ayudante la enviara a estudiar a Zúrich o a Hamburgo, donde aprendería alguna cosa de provecho, es decir, no los planes de estudio grises y prehistóricos, sino conforme a las ciencias económicas actuales.

Dunia, la segunda de las hijas de Iván Polikárpovich, se había casado. Natasha, la tercera, estaba comprometida y las dos menores anunciaban hacía tiempo no quedarse para vestir santos: tenían una buena dote y eran guapas. Dunia había comenzado a traer descendencia al mundo pero, para gran consternación del padre, su primer bebé fue niña. Si las hijas no alumbraban a un heredero, Yelizaveta debería coger las riendas del negocio entre sus vigorosas manos. En resumidas cuentas, envió a su hija a cursar estudios en el extranjero. Y se fue a Suiza como si se fuera a casar: estrenando ropa de los pies a la cabeza, con dos maletas que olían a piel, cargada de diccionarios y bendiciones.

En Zúrich, se apasionó por esa nueva profesión de moda y, a pesar de las bendiciones recibidas, perdió la fe en sus antepasados, con ligereza y sin darse cuenta, como se extravía un paraguas en un tranvía, cuando la lluvia ha dejado de caer. Así fue como, al abandonar el universo familiar, dejó también atrás la religión tradicional, una ortodoxia rancia como un bizcocho de hace tres días, en la que solo veía flores de papel, casullas de oro y supersticiones universales. Como muchos jóvenes de su generación, y no los peores, se convirtió rápidamente a una nueva religión, que profesaba una nueva trinidad: un materialismo pobre, la teoría de la evolución y ese marxismo en «estado puro» que todavía no se había enmarañado con utopías sociales. En definitiva, abrazó las ideas progresistas, como se llamaban entonces, aunque no se unió a ningún movimiento revolucionario, contrariamente a la moda que imperaba entre la juventud.

Después de un año de estudios en Zúrich, en lugar de regresar a casa por vacaciones, Yelizaveta Ivánovna emprendió un viaje por Francia. El viaje no duraría mucho tiempo: París la fascinó tanto que ni siquiera llegó a la Costa Azul. Escribió a su padre que no pensaba volver a Zúrich y que se quedaría en París a estudiar lengua y literatura francesas. El padre se enfadó pero no demasiado. Entretanto, el nieto tan esperado había nacido y, en el fondo de su alma, consideró aquel arrebato como una prueba de la inferioridad de las mujeres y se convenció de que se había equivocado haciendo una excepción con su hija mayor.

«¡No, no porque una mujer sea fea se convierte en un hombre!», decidió el padre. Escupió y ordenó a su hija que volvie ra. Dejó de pagarle una asignación. Pero Yelizaveta no volvió corriendo a casa. Simultaneaba los estudios con el trabajo que encontró, curiosamente, como contable en un pequeño banco. Lo que aprendió en Suiza le resultó muy útil.

No volvió a Rusia hasta al cabo de tres años, hacia finales de 1908, con la firme intención de iniciar una vida laboral separada de su familia. Por entonces, era una mujer emancipada a la europea, incluso fumaba, pero como no había adquirido el *charme* francés sino una buena educación, su emancipación no saltaba a la vista. Le hubiera gustado enseñar literatura francesa pero no consiguió trabajo en la administración pública y descartó por completo convertirse en institutriz. Después de buscar durante un tiempo un trabajo que se le ajustara y de sentir una decepción total, aceptó una oferta inesperada: el marido de una amiga del colegio la colocó en el departamento de estadística del Ministerio de Transporte.

En esos años se estaba llevando a cabo el proceso de transferencia de la red ferroviaria privada a la administración central y el hombre que estaba al frente de ese proyecto de envergadura nacional, y que iba a llevar algunos años, era Aleksandr Nikoláyevich Korn. Yelizaveta Ivánovna se encontró bajo sus órdenes desempeñando una modesta ocupación en el departamento de estadística. Los documentos que ella preparaba llegaban puntualmente hasta la mesa de su despacho por las escaleras de servicio y, seis meses más tarde, ya no confiaba a nadie más que a ella los problemas más complejos relacionados con los gastos de mantenimiento que concernían al transporte y a la ruta de las mercancías. Nadie se las arreglaba mejor que ella con el precio de las toneladas por kilómetro.

El viejo Mukoséyev no se había equivocado con su hija, su capacidad de trabajo era excepcional. Aleksandr Nikoláyevich, un viudo entrado en la cuarentena, miraba a aquella colaboradora amable y llena de buena voluntad con simpatía y consideración creciente y, al cabo de tres años de conocerse, le propuso matrimonio. Esa circunstancia merece un signo de exclamación. Ninguna de sus encantadoras hermanas habría podido soñar con un matrimonio semejante. Al casarse con Aleksandr Nikoláyevich, Yelizaveta abandonó por completo todas las filosofías de su juventud, se graduó en el Instituto Pedagógico y se dedicó con éxito a la docencia. No es que se hubiera sentido decepcionada por las creencias de la juventud, solo que ahora le parecían un poco inconvenientes y lo que retuvo de esa época no fueron los grandes principios sino las reglas cotidianas: trabajar concienzuda y desinteresadamente, no cometer malas acciones, determinando lo que estaba bien y lo que estaba mal a partir de los dictados de su conciencia, y mostrarse equitativa con todo lo que la rodeaba. Esto último significaba que en sus actos no debía

30

dejarse guiar únicamente por sus propios intereses, sino también tener en cuenta los de los demás. Todo esto habría sido insoportablemente aburrido si la sinceridad y la espontaneidad de Yelizaveta Ivánovna no lo hubieran animado. La relación con las hijas de Aleksandr Nikoláyevich era cordial y distendida, incluso se habían encariñado con ella. También adoraban a su pequeña hermanastra Vérochka.

Aleksandr Nikoláyevich murió súbitamente en el verano de 1917 y, en la balanza de las alegrías y las penas de su vida de mujer, el fiel de Yelizaveta Ivánovna se inmovilizó para siempre en el punto más alto: nadie podía quitarle esos años de felicidad conyugal. Durante mucho tiempo, relacionó las adversidades, el infortunio y las privaciones a las que estuvo expuesta tras la muerte de su marido con su ausencia. Incluso la Revolución que se produjo poco después fue para ella una de las desagradables consecuencias de la muerte de Aleksandr Nikoláyevich. Sin duda, él se reía con razón de la ingenuidad e inocencia natural de ella. Unas cualidades que jamás perdería durante su larga vida.

Dotada de un sentido del humor atrofiado y consciente de ese punto débil, echaba mano constantemente de las mismas ocurrencias y juegos de palabras. El pequeño Shúrik a menudo le oía hacer la siguiente declaración, llena de coquetería:

–Soy un lenguado. ¡Enseño lenguas!

Era una profesora magnífica y tenía una metodología propia increíblemente atractiva para los niños y sumamente eficaz para los adultos. Prefería trabajar con niños aunque toda su vida había enseñado en un instituto y había escrito manuales áridos y de escaso interés.

Por lo general, en las clases particulares que impartía en su domicilio, formaba grupos de dos o tres niños, a menudo de edades diferentes, porque recordaba muy bien lo divertido que había sido estudiar con sus hermanas. Para ahorrar, sus padres habían contratado a un único profesor para todas.

En la primera clase de francés enseñaba a los pequeños a decir «hacer pis», «hacer caca» y «vomitar», es decir las palabras que no se pronunciaban en las casas de las buenas familias. Desde el primer día, el francés se convertía en una especie de lenguaje secreto para iniciados. La representación de Navidad, que Yelizaveta Ivánovna preparaba a lo largo del curso con sus alumnos, forjaba un vínculo especial entre ellos. Esa representación tenía algo de subversivo: las autoridades rusas, que siempre se inmiscuían en las cuestiones más íntimas de la vida de los ciudadanos, lucharon durante esos años de posguerra contra el cristianismo con la misma determinación con la que habían justificado su implantación en el pasado y como lo harían más tarde. Con esas representaciones de Navidad, Yelizaveta Ivánovna manifestaba su independencia innata y su respeto hacia las tradiciones culturales.

En esa obra teatral, Shúrik había representado todos los papeles. El primero, el de niño Jesús –reservado por lo general a una muñeca envuelta en una manta vieja y marrón–, le tocó representarlo con solo tres meses. En la última función, seis meses antes de la muerte de su abuela, interpretó al viejo José y , para deleite de los Reyes Magos, los pastores y los burros, tergiversó cómicamente su texto.

Las clases siempre se impartían en casa de Yelizaveta Ivánovna, así que, tanto si Shúrik tenía una aptitud especial para la lengua como si no, estaba condenado a aprender el francés: el espacio que habitaban en el pasaje Kamerguerski, aunque era amplio, solo contaba con una habitación. Shúrik no tenía donde ir y escuchaba una y otra vez las lecciones de primer, segundo y tercer cursos. Hacia los siete años, se desenvolvía en francés a la perfección y, una vez que se hizo mayor, ni siquiera recordaba cuándo había aprendido aquella lengua. *«Joyeux, joyeux Noël...»* le resultaba más familiar que el villancico ruso sobre el pequeño abeto.

Cuando entró en el colegio, su abuela comenzó a darle clases de alemán que, a diferencia del francés, Shúrik percibía como una lengua extranjera, aunque también lo aprendió con facilidad. No tenía problemas para sacarse los estudios, después del colegio jugaba a fútbol en el patio, hacía algo de deporte y, para espanto de su madre, se apuntó a un club de boxeo y no mostraba ninguna otra inquietud. Con catorce años cumplidos, o un poco antes, su pasatiempo favorito por las tardes era la lectura en voz alta. Por descontado, la que leía era su abuela. Y lo hacía de maravilla, sin esfuerzo y con expresividad, mientras a su lado y tumbado en el diván, su nieto escuchaba medio dormido las obras completas de Gógol, Chéjov y del autor predilecto de ella: Tolstói. Y también de Victor Hugo, Balzac y Flaubert. Estos eran los gustos literarios de Yelizaveta Ivánovna.

La madre también aportaba su granito de arena a la educación del niño: llevaba a Shúrik a los mejores espectáculos y conciertos e incluso a las representaciones poco frecuentes de las compañías en gira. Así, siendo todavía un niño, había visto al gran Paul Scofield en el papel de Hamlet, del que seguro se habría olvidado si Vera no se hubiera molestado en recordárselo de vez en cuando. Y, por supuesto, no había faltado a las mejores celebraciones de Año Nuevo de la capital: en la Casa del Actor, en la Sociedad Rusa de Teatro, en la Casa del Cine. En pocas palabras, una infancia feliz...

5

Madre y abuela, dos ángeles de alas anchas, siempre estaban a su derecha y a su izquierda. No eran ángeles ni incorpóreos ni asexuados, sino que estaban dotados de una feminidad muy tangible, y en Shúrik, desde su tierna infancia, se había desarrollado el sentimiento inconsciente de que el bien en sí mismo era un principio femenino, que en apariencia se encontraba en el exterior y alrededor de él, y él estaba en el centro. Desde su nacimiento, las dos mujeres lo protegían y, de vez en cuando, le ponían la palma de la mano sobre la frente, no fuera a ser que tuviera fiebre. Era entre los pliegues sedosos de sus faldas donde escondía su cara cuando se sentía intimidado o confuso, y entre sus pechos –suaves y blandos los de la abuela, menudos y firmes los de la madre– donde se acurrucaba antes de irse a dormir. Ese amor familiar no conocía los celos ni el rencor: ambas mujeres lo amaban con toda su alma, las dos se esforzaban en servirlo por igual, aunque cada una a su manera, no se dividían sino que, al contrario, conjugaban fuerzas para fortalecer el universo de Shúrik que necesitaba ser afirmado. Lo elogiaban con sinceridad y, de común acuerdo, lo animaban, estaban orgullosas de él y se regocijaban con sus éxitos. Shúrik les correspondía plenamente y nunca lo pusieron ante la tesitura absurda de a quién de las dos quería más.

El fantasma de la ausencia del padre, que ambas temían en otro tiempo, nunca se había revelado. Mientras aprendía a decir «mamá» y «abuela», le mostraban una fotografía desde la que el difunto Levandovski le sonreía de una manera vaga, y decían «papá». Durante siete años más o menos, aquello le había bastado, y solo al ir a la escuela reparó en el déficit familiar. El niño preguntó entonces: «¿Dónde?», y recibió una respuesta sincera: «Murió». Shúrik sabía que su padre había sido pianista y se acostumbró a considerar que el viejo piano de casa era la prueba de la antigua presencia de su padre.

Si en verdad el desarrollo armónico de un niño necesita de la intervención de dos fuerzas educadoras –una masculina y otra femenina–, es probable que además del piano fuera Yelizaveta Ivánovna, con su carácter firme y su serenidad natural, la que le proporcionara ese equilibrio.

Las dos mujeres contemplaban con admiración a su muchacho, alto y bien plantado, y aguardaban con expectación el momento en que apareciera en su vida la tercera mujer, y la más importante. A las dos se les había metido en la cabeza, no se sabe muy bien por qué, que su chico se casaría pronto, que la familia aumentaría y traería a nuevos retoños. Con una curiosidad ansiosa, ojeaban a las compañeras de clase de Shúrik, que bailaban en la fiesta de su decimoséptimo cumpleaños un twist nervioso y asexuado, y hacían conjeturas: ¿sería esa o aquella?

En su curso, las chicas eran mucho más numerosas que los chicos. Shúrik era popular y casi toda la clase estaba invitada a su fiesta, el 6 de septiembre. Después del verano, todos tenían ganas de reencontrarse. Más aún cuando era el inicio de su último año escolar.

Las chicas, bronceadas, hablaban nerviosamente, se reían de lo lindo y lanzaban chillidos, mientras que los chicos, más que bailar, preferían fumar en el balcón. De vez en cuando, Yelizaveta Ivánovna o Vera Aleksándrovna se colaban en la habitación grande, que de hecho era la habitación de la abuela, dejaban un plato y estudiaban a las chicas con una mirada furtiva. Después, en la cocina, se apresuraban a intercambiar impresiones. Las dos habían llegado a la misma conclusión: aquellas niñas eran unas maleducadas.

–¡Qué griterío! Ni que estuviéramos en el vestíbulo de una estación. Sin embargo parecen chicas inteligentes –suspiró Yelizaveta Ivánovna. Guardó silencio un instante, jugueteó con las yemas de sus dedos arrugados y admitió sin demasiado entusiasmo–. Pero son tan encantadoras... y amables...

–Pero ¿qué dices, mamá? Son demasiado vulgares. ¡No sé qué les ves de encantador! –protestó Vera, con cierta vehemencia.

–La rubia del vestido azul es muy bonita, creo que se llama Tania Ivánova. Y esa belleza oriental de cejas persas, la esbelta, me parece encantadora...

–¡No aciertas ni una, mamá! La rubia no es Tania Ivánova, es Gureyeva, la hija de Anastasia Vasílievna, la profesora de historia. Le están creciendo los dientes uno encima de otro, ¿a eso lo llamas encanto? Y, en cuanto a la belleza oriental, tampoco sé qué le ves, tiene bigotes de guardia municipal... Es Ira Grigorian, ¿no te acuerdas de ella?

–Bueno, bueno. ¡Hablas como una verdulera! Y Natasha, Natasha Ostróvskaya, ¿no te parece bonita?

–Para que te enteres, tu Natasha, entre otras cosas, sale con Guiya Kiknadze desde octavo curso –señaló Vera con una pizca de rencor.

–¿Con Guiya? –se sorprendió Yelizaveta Ivánovna–. ¿Ese retaco ridículo?

–Por lo visto, Natasha Ostróvskaya no piensa lo mismo...

Vera estaba al corriente de ciertas cosas que Yelizaveta Ivánovna ignoraba. Shúrik había estado muy enamorado de Natasha desde quinto curso, pero ella prefería al soporífero y ridículo de Guiya, que en esa época era un muchacho taciturno. En cambio, cuando abría la boca, todo el mundo se echaba a reír: nadie lo vencía en cuestión de humor.

En definitiva, a la abuela no le gustaban las chicas en conjunto, pero por separado cada una de ellas le parecía bastante atractiva. Vera, al contrario, estaba convencida de que la escuela de Shúrik era la mejor de la ciudad, que su clase era extraordinaria, compuesta solo por niños de familias excelentes, es decir, en conjunto, todas le gustaban. Sin embargo, si cogía a cada chica por separado, encontraba en todas defectos repulsivos... Pero a Shúrik le gustaba todo: en general y en particular. Shúrik aprendió a bailar el twist durante el último curso y le fascinaba ese baile cómico que parecía como si se estuviera quitando ropa mojada pegada al cuerpo. Le gustaba mucho Gureyeva, le gustaba mucho Grigorian e incluso Natasha Ostróvskaya, a quien perdonaba su traición, tanto más cuanto que Guiya era su amigo. Además, le gustaba la tarta de frutas con nata que su abuela le había preparado. Y el nuevo magnetófono que le habían regalado por su cumpleaños.

Mientras estudiaba el último curso, Shúrik por fin se había decidido: quería entrar en la facultad de filología, en el departamento de lenguas románicas y germánicas. ¿Dónde, si no?

6

A principios de su último curso escolar, Shúrik se apuntó a un ciclo de conferencias de literatura, impartidas por los mejores profesores de la universidad. Cada domingo corría a la facultad de la calle Mojovaya, se instalaba en la primera fila del anfiteatro del Comunismo –el antiguo anfiteatro Tijomírov– y tomaba apuntes con empeño de las apasionantes conferencias que dictaba un viejo judío diminuto, toda una autoridad en literatura rusa. Las clases eran tan admirables como inútiles para los futuros aspirantes a universitarios. El conferenciante podía pasarse una hora entera hablando sobre el duelo en la literatura rusa: su código, el mecanismo de las pistolas empleadas, con sus cañones recortados, las pesadas balas que se hundían con ayuda de una baqueta corta y un mazo, la suerte que se lanzaba en forma de moneda de plata, una gorra llena de cerezas de un rosa ambarino y los huesos de las cerezas que anticipaban el vuelo de la bala...,[1] la inspiración poética y la fuerza de la imaginación para crear mundos ficticios, en definitiva, cosas que no tenían ni la más mínima relación con los ensayos obligatorios de temas tipo «Tolstói como espejo de la Revolución rusa» o «Pushkin como acusador de la autocracia zarista».

1. Alusión al cuento de Pushkin «El disparo». (*N. de la T.*)

A la derecha de Shúrik se sentaba Vadim Polinkovski y a su izquierda Lilia Laskina. Había conocido a los dos el primer día de clase.

La pequeña y provocativa Lilia, calzada con unos botines blancos de punta y vestida con una minifalda de cuero que trastornaba, sin hacer distinciones, tanto a viejecitas con sentido de la moral, como a estudiantes amorales y a los transeúntes impasibles, movía su cabeza, pelada y como de felpa al tacto, de forma parecida a un juguete mecánico, sin parar de cotorrear. La punta de su larga nariz se le movía de arriba abajo cuando hablaba, de manera casi imperceptible, las pestañas le temblaban por encima de los ojos, que parpadeaban con frecuencia, y sus dedos finos, si no estaban manoseando un pañuelo o un cuaderno, recortaban el aire compacto a su alrededor. Además, todavía no había perdido la costumbre infantil de limpiarse la nariz rápido y con destreza.

Lilia poseía un mar de encantos, y Shúrik se enamoró tan perdidamente que ese nuevo sentimiento eclipsó todos sus numerosos e insignificantes enamoramientos anteriores. El estado de exaltación de los sentimientos, cuando parece que incluso el mismo voltaje de las lámparas eléctricas aumenta, le resultaba familiar desde la infancia. Se enamoraba de todo el mundo sin hacer distinciones, de los alumnos de la abuela, tanto niñas como niños, de las amigas de la madre, de sus compañeras de clase y de sus profesoras. Pero ahora el brillo alegre que irradiaba Lilia transformaba todos sus amores pretéritos en sombras vagas...

Había considerado a Polinkovski un rival hasta que un día, al principio de una clase, Vadim cuchicheó señalando en dirección al sitio vacío de Lilia:

—Nuestro pequeño mono no ha venido hoy...

Shúrik preguntó sorprendido:

—¿Nuestro pequeño mono?

—¿No te has dado cuenta? Es clavadita a un mono y tiene las piernas torcidas...

Durante hora y media Shúrik meditó sobre la naturaleza de la belleza femenina sin escuchar una palabra de las sutiles reflexiones del conferenciante acerca de los personajes secundarios de las novelas de Tolstói; ese profesor estrambótico siempre encontraba la manera de alejarse del programa escolar para adentrarse en las canteras de un estudio controvertido de la literatura. Ese día no tenía a quien acompañar a casa y Shúrik fue caminando desde la calle Mojovaya hasta la estación Bielorrusia en compañía de Polinkovski. Estuvo callado durante la mayor parte del trayecto, intentando recuperarse de la turbación en que aquel lo había sumido con su opinión desdeñosa acerca de la deliciosa Lilia. Polinkovski, en cambio, se sacudía de vez en cuando los copos de nieve que le cubrían los rizos e intentaba resolver con ayuda de Shúrik su propio problema. No sabía qué camino tomar: ¿debía ingresar en el instituto de tipografía donde su padre enseñaba o en la universidad? ¿Y si enviaba todo a paseo y se hacía geólogo? Cuando llegaron a la estación Bielorrusia, Shúrik le invitó a su casa y torcieron por la calle Butirski Val. Al pasar al lado de una pequeña pasarela sobre las vías del ferrocarril, Polinkovski se dio cuenta de que si tomaban esa pasarela podían ir al taller de su padre y propuso a Shúrik que fueran a verlo. Pero Shúrik quería irse a casa y quedaron en que lo visitarían al día siguiente. Polinkovski le escribió la dirección en un trozo de papel, después se demoraron todavía un rato en el patio y finalmente se dirigieron a casa de Shúrik. Yelizaveta Ivánovna les sirvió la cena y los dos chicos se instalaron en la habitación de Shúrik para escuchar la música que tenía grabada en unas cintas magnetofónicas marrones. Polinkovski se fumó un cigarrillo de importación y luego se marchó.

Durante el resto de la noche Shúrik vagó como un alma en pena sin decidirse a llamar a Lilia. Tenía su número de teléfono pero nunca la había llamado, la relación entre ellos se limitaba a largos paseos a pie, de un decoro total, hasta el portal del viejo edificio donde vivía ella, en el paseo Chisti.

Al día siguiente, lunes, no dejó de pensar en Lilia ni un momento pero no se decidía a llamarla, aunque su número de teléfono le martilleaba en la cabeza con insistencia... Al caer la tarde estaba tan fatigado que recordó, como entre sueños, la invitación informal del día anterior de Polinkovski y salió «a dar un paseo», tal como le dijo a su madre. Había perdido el papel de Polinkovski pero todavía se acordaba de la dirección, compuesta por un triple tres.

Resultó que los talleres no estaban tan cerca de la pasarela y durante un buen rato estuvo buscando la casa con grandes ventanales descrita por Vadim. Al final, encontró la casa así como el número del taller que estaba buscando y llamó a la puerta entreabierta. Entró y se quedó clavado en el sitio. Justo delante de él, sobre un pequeño pedestal, estaba sentada una mujer completamente desnuda. Algunas partes de su anatomía femenina no eran visibles, pero su pecho, de un blanco rosado y estriado de venas azuladas resplandecía como un proyector con todos sus detalles formidables. Dispuestos alrededor de la mujer había dos docenas de pintores.

–¡La puerta! ¡Cierra la puerta! ¡Hay corriente de aire! –gritó una voz de mujer enojada a Shúrik–. ¿Por qué llegas tan tarde? Siéntate y ponte a trabajar.

Una hermosa mujer vestida con una camisa masculina negra y con un flequillo brillante que le caía sobre los ojos, le hizo un ademán con la mano y Shúrik obedeció al gesto y se sentó al fondo de la sala, en el primer peldaño de una escalera. Todos dibujaban y hacían rechinar los lápices sobre el papel. Shúrik apenas podía pensar. Intuyó que en algún lugar de esa habitación debía de estar su nuevo amigo Vadim, pero no podía apartar la mirada del gran pezón marrón que le apuntaba como si se tratara de un dedo índice. Tuvo miedo de que la mujer desnuda levantara la cabeza y adivinara lo que le estaba pasando.

Comprendió que debía irse. Pero no podía. Alargó la mano hacia un montón de papeles grisáceos que había en el suelo y cogió una hoja. Su presencia allí era casi criminal, esperaba que, de un momento a otro, lo descubrieran y lo expulsaran. Pero no podía moverse. La boca, por turnos, se le secaba y llenaba de gran cantidad de saliva, que tragaba convulsivamente, como cuando iba al dentista. Al mismo tiempo, se imaginaba que se acercaba a la mujer sentada, la levantaba de la tarima y llevaba su mano allí, donde la oscuridad se volvía particularmente espesa... Esa deliciosa pesadilla se prolongó durante un rato que a Shúrik le pareció infinito. Después la modelo se levantó y se puso una bata de franela amarilla y burdeos, y Shúrik se dio cuenta de que no era una mujer demasiado joven, era paticorta y tenía las mejillas gruesas como las de un hámster: se parecía a cualquiera de sus antiguas vecinas del piso comunitario. Eso era, sin duda, lo más sorprendente... ¿Acaso significaba que todas y cada una de esas mujeres descuidadas, tapadas con batas de franela, que entraban en la cocina comunitaria con sus teteras achicharradas, escondían bajo sus batas unos pezones tan impresionantes y unas sombras y pliegues tan fascinantes...?

Las personas allí congregadas, jóvenes y viejos, comenzaron a guardar sus dibujos y se dispersaron. Vadim no estaba entre ellos. La mujer hermosa le hizo un gesto amable con la cabeza y le dijo:

—Quédate, me ayudarás a recoger.

Y se quedó. Transportó las sillas a donde ella le indicaba, sacó algunas al pasillo y el resto las colocó en la tarima. Pero, cuando hubo acabado, lo hizo sentarse a una mesa que cojeaba y le tendió una taza de té.

—¿Cómo está Dmitri Ivánovich? —preguntó ella.

Shúrik titubeó y murmuró algo.

—Tú eres Ígor, ¿no?

—Me llamo Aleksandr —logró articular.

—Hubiera jurado que eras Ígor, el hijo de Dmitri Ivánovich —dijo entre risas—. Pero ¿de dónde sales, entonces?

–Entré por error... Buscaba a Polinkovski... –balbuceó Shúrik, y se sonrojó. Casi tenía lágrimas en los ojos. «Seguro que piensa que he venido aquí para ver a una mujer desnuda...» La mujer se rió. La boca le temblequeaba, sobre el labio superior se estiraba y se contraía una línea oscura de pelos pequeños y sus estrechos ojos se entrecerraban. Shúrik hubiera querido morir fulminado allí mismo.

Después la mujer paró de reírse, dejó la taza sobre la mesa, se acercó a él, le cogió por los hombros y lo abrazó contra ella con sus fuertes brazos.

–Eres un pequeño bobo...

A través del tejido grueso de lana de su chaqueta pudo apreciar la firmeza de su enorme pezón, comprimido contra su hombro, y sintió la profundidad insondable y turbia de su cuerpo. Y un ligerísimo olor felino, apenas perceptible.

Lo más sorprendente es que Shúrik no volvió a ver en su vida a Polinkovski, nunca más apareció por las clases. Sin duda fue solo un figurante en el escenario de su vida, un personaje privado de todo valor por sí mismo. Muchos años después, Matilda Pávlovna, recordando a ese extravagante espontáneo, le dijo a Shúrik un día:

–Ese Polinkovski nunca existió. Era mi demonio personal, ¿comprendes?

–No tengo ninguna queja de él, Matiushka –protestó Shúrik que, para entonces, ya no era un adolescente sonrojado, sino un hombre un poco pálido y bien alimentado que aparentaba, tal vez, más edad.

7

Habían pasado poco más de dos meses desde que iniciara su historia con Matilda, y ¡cómo había cambiado todo! Por una parte Shúrik era el de siempre: se miraba al espejo al atardecer y veía un rostro ovalado y rosáceo, sombreado por una incipiente barba negra, una nariz recta un poco ancha, con pequeños puntos sobre los poros dilatados, cejas arqueadas y boca roja. Tenía las espaldas anchas, unos brazos delgados poco musculosos y las pantorrillas gruesas. Un pecho liso y sin pelo. Por su práctica de boxeo sabía cómo se recogía todo el cuerpo, cómo se concentraba toda la fuerza en la espalda, en los brazos, en los puños, antes de asestar un golpe, cómo se contraían las piernas antes del salto y cómo todo el cuerpo, hasta el músculo más diminuto, participaba en cada movimiento y tenía una función determinada: un golpe, un salto, un lanzamiento... Pero, por otra parte, todo aquello era completamente ridículo porque, tal como había descubierto, del cuerpo se obtenía más placer que de ningún deporte. Y, delante del espejo empañado del cuarto de baño, Shúrik miraba con respeto tanto su pecho lampiño como su vientre liso en medio del cual, un poco por debajo del ombligo, un sendero de vello fino descendía hacia abajo, y ponía la mano con veneración sobre su tesoro secreto al que todo su cuerpo, hasta la última célula, estaba sometido.

Por supuesto, era Matilda Pávlovna la que había puesto en acción ese mecanismo maravilloso, pero tenía el presentimiento de que ahora nunca se detendría, que no había nada mejor en la vida y, desde ese momento, miró a todas las chicas y mujeres bajo una luz diferente: en principio, cada una de ellas podía poner en marcha esa herramienta inestimable. Ante este pensamiento, el sexo le creció en la mano y frunció el ceño porque el día anterior había sido lunes y para la próxima vez tendría que esperar cinco días...

En cambio, solo quedaban cuatro días para su próxima cita con Lilia. Esas emociones no se cruzaban. Por otro lado, en qué habría podido coincidir aquella Lilia –alegre y endeble, a la que acompañaba los domingos después de clase, con la que pasaba horas en el portal de su viejo edificio, donde calentaba sus pequeños dedos infantiles entre sus manos ardientes, y a la que no se atrevía a besar– con la esplendorosa Matilda Pávlovna, opulenta y plácida como una vaca lechera, en la que se hundía en cuerpo y alma los lunes, cuando iba a buscarla al taller una vez acabada la sesión, la ayudaba a recoger las sillas y después la acompañaba a su piso de soltera, situado no lejos de allí, donde la esperaba su familia felina: tres enormes gatos negros que mantenían relaciones incestuosas. Matilda les daba pescado, se lavaba las manos y, mientras los gatos comían despacio, sin prisas, pero con apetito, ella también, sin prisas y con apetito, recuperaba fuerzas con ayuda de ese muchacho, que se adaptaba magníficamente a ese uso.

Ese chico era un regalo del azar, el capricho de un instante, y Matilda no había tenido intención de divertirse con él más de una vez. Pero, de alguna manera, la historia se había prolongado. No había en Matilda ni gusto por el desenfreno, ni cinismo, ni mucho menos esa voracidad sexual que empuja a una mujer madura a los brazos torpes de un muchacho. Desde que era joven, la sensatez y la pasión desmedida que tenía Matilda por el trabajo habían puesto trabas a su felicidad femenina. Una vez estuvo casada pero, después de perder a su primer hijo y estar a las puertas de la muerte, había dejado escapar sin darse cuenta a su marido alcohólico, que un buen día acabó en casa de una amiga. No se afligió demasiado y, de ahí en adelante, se dedicó a trabajar como un hombre artesano: esculpía, modelaba, trabajaba tanto la piedra como el bronce y la madera. Pronto formó parte del grupo de escultores que se ganaba bien la vida gracias a los encargos oficiales y esculpió todo un regimiento de héroes de la guerra y del trabajo. Como su madre, una campesina de Vishni Volochek, trabajaba de sol a sol, no por obligación, sino por necesidad espiritual. De vez en cuando, escogía a sus amantes entre los artistas o los obreros. Picapedreros, fundidores... No se sabe por qué siempre iba a parar con hombres que bebían y las relaciones se convertían en un tormento monótono. Los abandonaba y después se enredaba de nuevo, sabiendo de antemano lo que le deparaba mezclarse con esos individuos que revoloteaban sin cesar a su alrededor, pero últimamente había aprendido a mandarlos a paseo con la mano antes de que le pidieran por la mañana que saliera corriendo a por una botella para quitarse la resaca.

Ese muchacho venía a buscarla los lunes como si lo hubieran estipulado así, aunque no había ningún acuerdo entre ellos, y siempre creía que era la última vez que se permitiría ese placer. Pero el chico seguía viniendo, una y otra vez.

Poco antes de Año Nuevo, Matilda Pávlovna pescó una gripe endiablada. Durante dos días yació medio inconsciente en la cama, rodeada de sus gatos inquietos. Al no encontrarla en el taller, Shúrik fue a llamar a la puerta de su casa. Era lunes, por supuesto, pasadas las ocho de la tarde...

Corrió a la farmacia de guardia, compró un jarabe inútil y un analgésico, limpió la caja de los gatos y sacó la basura. Después fregó el suelo de la cocina y los lavabos. Durante la enfermedad de Matilda, los gatos habían organizado un alboroto considerable. Matilda Pávlovna se sentía tan mal que apenas había notado el trajín doméstico. Shúrik volvió al día siguiente y llevó pan, leche y pescado para los gatos. Todo con una leve sonrisa en los labios, sin conversaciones que habrían fatigado a Matilda.

El viernes a Matilda ya le había bajado la fiebre, pero el sábado Shúrik tuvo que guardar cama; al final había contraído el virus. Y el lunes siguiente no acudió a la cita.

—No se debe abusar de las cosas buenas —decidió Matilda Pávlovna con cierta satisfacción. Pero lo echó de menos. Cuando apareció una semana más tarde, su encuentro fue particularmente cálido y su comunicación silenciosa en la cama se animó con dos palabras pronunciadas por Matilda en voz baja: «Amigo mío».

8

Después de Año Nuevo, Shúrik se puso a estudiar con entusiasmo para el examen de ingreso en la universidad. Yelizaveta Ivánovna, que se había jubilado, lo ayudaba a estudiar francés de forma intensiva. Todo lo que ella había amado durante su juventud, lo revivía ahora con su nieto. Yelizaveta Ivánovna estaba muy satisfecha con los logros de Shúrik. Hablaba francés mejor que la mayoría de alumnos que se graduaban en el Instituto Pedagógico.. Le hacía aprenderse de memoria largos poemas de Victor Hugo y leer poesía en francés antiguo. Shúrik se había aficionado y le había encontrado el gusto.

Cuando años más tarde, durante los Juegos Olímpicos, y poco después de finalizar sus estudios, conoció a una joven francesa de Burdeos —la primera extranjera con la que trató en su vida—, su francés pasado de moda provocó en la chica una reacción violenta. Al principio se rió hasta que casi le saltaron las lágrimas, después lo cubrió de besos. Sin duda, hablaba como lo habría hecho Lomonósov si hubiera tenido la oportunidad de pronunciar un discurso en la Academia de las Ciencias en 1970. Por su parte, Shúrik apenas comprendía «los recovecos» de su acento del sur, así como la jerga abreviada de los estudiantes que la francesa empleaba, y tenía que preguntarle constantemente a qué se refería.

A pesar de su avanzada edad, Yelizaveta Ivánovna todavía daba clases particulares, pero ya no tenía tantos alumnos como antes. Sin embargo, no había renunciado a la representación de Navidad. Lo cierto es que ese año, a principios de enero, hacía tanto frío que la función tuvo que aplazarse hasta el último día de las vacaciones escolares.

En el centro del salón no había sitio para el abeto, todo el espacio estaba ocupado por sillas y taburetes, y no hubo más remedio que relegar el abeto a la esquina, como si estuviera castigado. No obstante, el árbol era auténtico y estaba decorado con tres adornos navideños conservados por Yelizaveta Ivánovna que le había regalado su tía favorita en la Navidad de 1894: una carroza con caballitos, una bailarina con un vestido de lentejuelas y una libélula de cristal, que había sobrevivido de milagro. Bajo el abeto, al lado de un Papá Noel decrépito y amarillento por el paso del tiempo, había un pesebre: la Virgen María con un vestido rojo de seda, san José con un gabán de campesino y otras figuritas de cartón.

La comida que se había preparado era especial, típica de Navidad. Por toda la casa, incluso en las escaleras, flotaba el aroma a pan de jengibre. Sobre una gran bandeja, estaban dispuestas unas pequeñas figuritas de pan de jengibre, ocultas bajo una servilleta blanca. Yelizaveta Ivánovna las elaboraba con una pasta especial a base de miel, eran un poco secas, ligeramente picantes y estaban adornadas con dibujos hechos con glaseado blanco. Cada estrella, cada abeto, cada angelito y cada liebre iban envueltos en un pequeño papel en el que se leían, con letra caligráfica y en francés, unas bagatelas encantadoras de este tipo: «Te espera un año de grandes éxitos», «Desconfía de los pelirrojos», «Un viaje estival te traerá una felicidad inesperada». A esto lo llamaba «las predicciones de Navidad».

Los panes de jengibre eran demasiado bonitos para ser simplemente engullidos y, por eso, el té que se servía después del espectáculo se acompañaba con pasteles y galletas comunes.

Todos los invitados tenían derecho a traer a una persona y, por lo general, llegaban acompañados por sus hermanos o, a veces, por compañeros de clase.

Después de intercambiar algunos cuchicheos discretos con Yelizaveta Ivánovna, Vera propuso a Shúrik que invitara a la chica de la universidad, a la que llevaba tanto tiempo acompañando los domingos. El chico tenía suficiente confianza con su madre para informarla de la existencia de Lilia pero no para decir una palabra sobre Matilda Pávlovna. Durante toda la semana, Shúrik trató de esquivar el tema. No le apetecía invitar a Lilia a una fiesta infantil. Antes hubiera ido con ella a un café o a la fiesta de un compañero de clase. No obstante, bajo presión materna, acabó musitando entre dientes a Lilia algo sobre la fiesta infantil que organizaba su abuela, y ella empezó a gritar con un inesperado entusiasmo:

—¡Sí, sí! ¡Quiero ir!

Por lo tanto no tenía escapatoria. Quedaron en que Shúrik no pasaría a buscarla antes del espectáculo porque tenía mucho trabajo que hacer.

Desde primera hora de la mañana se ocupaba de los niños, de reparar el ala rota de un ángel desproporcionado, consolar al llorón de Timosha que acababa de descubrir el aspecto humillante de su personaje y se negaba en rotundo a ponerse las orejas de burro que Yelizaveta Ivánovna había confeccionado con unas medias grises de lana. Toda aquella «chiquillería mofletuda», como Shúrik llamaba a los alumnos de la abuela, lo adoraba y, a veces, cuando a Yelizaveta Ivánovna le subía la tensión o padecía de sus dolores atroces en las cervicales, Shúrik la sustituía, para gran alegría de los alumnos.

Lilia llegó sola a la dirección indicada. Fue Vera Aleksándrovna quien le abrió la puerta y se quedó estupefacta: ante ella apareció una pequeña criatura, con una enorme *shapka* blanca. A través de largos mechones de pelo en desorden, que casi le llegaban hasta la barbilla, brillaban unos ojos minúsculos, como los de un muñeco de peluche, abundantemente maquillados de negro. Las dos se saludaron. La chica se liberó de su enorme *shapka*, y Vera no pudo reprimirse:

—¡Si pareces Filipok![1]

La chica, ingeniosa, dibujó una amplia sonrisa.

—Bueno, ¡no es el personaje más terrible de la literatura rusa! Abrió la cremallera de la chaqueta a la última moda –sin duda no era la adecuada para la estación– y se quedó con un vestidito negro cubierto de pelos blancos de la *shapka*. El inmenso escote que casi le llegaba hasta la cintura dejaba al descubierto una espalda, delgada y desnuda, también cubierta de pelusa, esta vez su propio vello fino. Ante la visión de esa espalda azulada e infantil, a Vera se le encogió el corazón, de compasión y disgusto.

—Siéntate en ese rincón; allí estarás cómoda. No te quites la bufanda, ¡hay corriente de aire! –le recomendó Vera Aleksándrovna, pero Lilia metió la bufanda en las mangas de la chaqueta–. Shúrik llegará enseguida, se encarga de los pequeños.

Vera se metió a la fuerza entre la marabunta de niños hasta alcanzar a su madre y le murmuró al oído:

—Aquella es la amiga de Shúrik... ¡Es perfecta para el papel de Herodías!

Yelizaveta Ivánovna, atravesándola con la mirada, la corrigió:

—Querrás decir Salomé... Pero, sabes, Vérochka, es tan elegante, tan...

—¡Vamos, mamá! Es una pequeña descarada, eso es todo. Me pregunto de qué familia sale...

Vera experimentó una violenta animadversión hacia aquella fresca de pelo corto.

---

1. Personaje de un cuento infantil de Tolstói, vestido con una pelliza holgada. (*N. de la T.*)

Sin embargo, Lilia no sintió esa hostilidad desde su rincón sino que, al contrario, todo la complacía sobremanera: el olor a abeto mezclado con el de pan de jengibre, ese espectáculo doméstico con sabor a vida aristocrática, una vida que conocía a través de la literatura rusa, y aquellas «cómicas abuelitas», como había definido en su fuero interno a las dos parientes de Shúrik, la frágil Vera Aleksándrovna, con su cuello largo cubierto de encaje arrugado y sus cabellos grisáceos recogidos en un moño pasado de moda, y Yelizaveta Ivánovna, más corpulenta, también con encaje alrededor del cuello, pero arreglado de otra manera, con un moño todavía más pasado de moda, que recogía sus cabellos canosos, ligeramente ondulados.

Vera aporreaba con energía las teclas duras del piano y el golpe seco de sus uñas penetraba en los villancicos franceses, pero los niños cantaban de un modo conmovedor y el espectáculo se desarrolló inusualmente bien, nadie se olvidó de nada, ni se cayó ni se enredó con el traje, y san José se entregó a una improvisación brillante: cuando llegó la escena de la huida a Egipto, tomó en sus brazos al asno con sus orejas de burro, a la Virgen María, que estaba sentada temerosa sobre el joven animal, y al niño Jesús, arropado con una manta vieja de color marrón, y todos comenzaron a reírse a carcajadas y a pegar saltos. Por fin, Shúrik se quitó la capa y la calva de fibra sintética —el único accesorio teatral auténtico que Vera Aleksándrovna había encargado a la costurera especialmente para la ocasión—, hizo una pila con el resto de la ropa y se la llevó. Según el programa previsto, tomaron té de un samovar eléctrico y comieron sin demasiado interés los pasteles caseros, esperando el turno de las predicciones que les habían prometido.

Yelizaveta Ivánovna, sonrosada y húmeda como después de un baño, introdujo la mano debajo de la servilleta, tanteó y sacó un par de panes de jengibre con su papelito correspondiente. Los adultos también esperaron su turno. Lilia tendió la mano. La «abuelita» la miró con un aire afable, musitó algo

52

en francés y le alargó el paquete más grande. Lilia lo desenvolvió. Era una oveja cubierta de espirales de azúcar blanco. Y en el papel se leía: «Una casa nueva, una vida nueva, un destino nuevo...». Lilia enseñó el papel a Shúrik:

–¡Ajá...!

9

Los padres de Lilia eran unos matemáticos judíos de treinta y ocho años, con kayaks, esquís alpinos y guitarras. Su madre soltaba tacos alegremente, y a su padre le gustaba beber, aunque no soportaba bien el alcohol. Sin embargo, se negaba a prescindir del entretenimiento nacional ruso y, de vez en cuando, su mujer tenía que llevárselo a rastras de entre los invitados, con la cara lívida y apestando a vómitos; lo empujaba al cuarto de baño y, regañándole con dulzura y entre bromas, lo remolcaba hasta la habitación, desnudo y envuelto en una toalla; luego lo acostaba, lo arropaba y le daba té con limón y una aspirina, añadiendo:

–Lo que es bueno para los rusos es letal para los judíos...

Era puro plagio. Leskov ya había tomado este proverbio de alguna parte y lo había utilizado. Al fin y al cabo era gracioso.

Para entonces ya habían enviado todos los papeles para solicitar el permiso de emigración, los dos habían dejado sus trabajos y, desde hacía meses, la familia vivía en un estado de excitación histérica: una mezcla de euforia, alegría y miedo. No tenían demasiado claro si los dejarían partir, les darían una negativa o los meterían en la cárcel. Su padre había cometido algunos pecadillos: una publicación por aquí, una firma por allá, alguna declaración... Los adioses prolongados a Rusia y los amigos se eternizaban desde hacía ya un año y, o bien corrían precipitadamente a Leningrado, o bien hacían ausentar a Lilia de sus clases para ir a Samarcanda, o bien descubrían a unos parientes desconocidos en Ucrania a los que invitaban para despedirse y, durante toda una semana, dos judías viejas y gruesas, cortadas según el patrón de provincias, deambulaban fatigosamente por el piso. Eran unos personajes difíciles de imaginar: una mezcla entre Sholem Aleijem y caricaturas antisemitas.

Lilia no lograba decidir si valía la pena esforzarse en preparar el examen de ingreso a la universidad. Tenía claro que no la aceptarían pero debía comprobarlo, por lo menos intentarlo. Aunque, si la aceptaban, todavía sería más ridículo... Su madre la disuadía: déjalo, aprende antes la lengua, para ti es más importante. La madre, por supuesto, se refería al hebreo. El padre creía que debía presentarse y le decía a su mujer, de noche, para que Lilia no lo oyera:

–¡Deja que tenga sus propias experiencias! Tiene una vida demasiado fácil. Un buen tropiezo le reforzará su conciencia judía...

Después de Año Nuevo, Lilia se relajó un poco y puso cruz y raya a sus planes de prepararse para los exámenes, comenzó a hacer novillos y se aficionó por las mañanas al callejeo sin rumbo por Moscú. Shúrik, al contrario, mejoraba sus resultados y había conseguido remontar sus notas en álgebra y física y pulir las asignaturas de las que tenía que examinarse.

Hacia la primavera, Vera Aleksándrovna pidió una excedencia para estar más pendiente de su hijo. Pero era del todo innecesario: Shúrik reveló una capacidad inesperada de organización, trabajaba mucho y escuchaba poco a Ella Fitzgerald. Una profesora de lengua y literatura rusa iba a casa a darle clases y, dos veces por semana, él iba a casa de un profesor de historia. Obtuvo su diploma de fin de estudios casi con la mejor nota, asombrando incluso a sus profesores de física y matemáticas. La escuela se había acabado, solo quedaba el último empujón, pero, para disgusto de Vera, todas las tardes salía de casa y volvía Dios sabía a qué hora. Pasaba la mayoría de las noches con Lilia. Y otras con Matilda. Pero de esto no daba cuentas a nadie.

A veces, Lilia también iba a su casa. Por algunos indicios misteriosos, se podía deducir que pronto los Laskin iban a recibir su permiso de salida y eso ponía un poco de pimienta a su relación: estaba claro que se separarían para siempre. Entretanto, Vera ya se había ablandado un poco con Lilia, aunque continuaba considerándola extravagante y frívola. Pero encantadora.

Todas las tardes paseaban por Moscú. A veces iban a algún barrio desconocido, como el de Lefórtovo o el de Márina Roshcha, y Lilia, que con la perspectiva de la despedida se había vuelto más sensible, enseñaba a Shúrik a ver lo que antes ella misma no había advertido: una casa hundida sobre sus patas traseras como un perro viejo, la curva sin visibilidad de una calle enfangada, un viejo árbol con la mano extendida como un mendigo... Se perdían por los patios transitables del barrio de Zamoskvoreche, desembocaban de repente en un terraplén vacío o bien descubrían, detrás de dos edificios aburridos, una pequeña iglesia prodigiosa con una de las ventanas del sótano iluminada, y Lilia lloraba, presa de presentimientos confusos y un miedo inexplicable ante la esperada partida. Se apoyaban contra una empalizada en ruinas o se sentaban en un confortable banco y se entregaban a unos besos suaves y peligrosos. Lilia se comportaba de manera mucho más atrevida que Shúrik y se acercaban inexorablemente, si no a la meta, sí al menos a cierta frontera. A Shúrik la experiencia recién adquirida le bastaba para eludir la consumación final, pero las caricias de la muchacha le procuraban un nuevo placer y algo completamente diferente a lo que encontraba con Matilda Pávlovna. Por lo demás, las dos eran magníficas, una no suponía un impedimento para la otra y no se contradecían en absoluto. Lilia, delgada y sin pecho, no era nada huesuda, sino carnosa y musculosa allí donde se deslizaban sus dedos. Conocía al tacto aquellas zonas húmedas, donde la superficie se arqueaba hacia el interior y, con sus caricias la hacía gemir como un cachorro.

Era medianoche pasada cuando la acompañaba hasta el portal de su casa. Por lo general, había luz en su apartamento del primer piso y, después de un último gritito, Lilia secaba sus manos sudorosas, se ajustaba la faldita y después iba al encuentro de la mirada reprobadora de su madre y los refunfuños de su padre. Era habitual que hubiera aún algunos invitados en casa que no se dispersaban hasta el amanecer.

En julio comenzaron los exámenes. Lilia no se había inscrito y su imaginación la transportaba ya a nuevas orillas, las del Danubio, el Tíber, el Jordán... Shúrik sacó un nueve en redacción y un diez en historia. Era un resultado muy bueno, porque casi nunca puntuaban la redacción con un sobresaliente. Ahora, todo dependía de la prueba de lengua. Si sacaba un sobresaliente en francés, pasaría.

El día del examen, descubrió que no estaba en la lista de los aspirantes. Se dirigió a la oficina de admisión, donde se agolpaba una muchedumbre compacta de individuos despeinados que asediaba a una secretaria con un humor de perros. Resultó que lo habían inscrito en la lista de candidatos que se examinaban de alemán, porque era ese el idioma que figuraba en su certificado de estudios. Shúrik, desconcertado, se lanzó a dar explicaciones: cuando entregó la solicitud pidió que lo inscribieran en el grupo de francés, así se había acordado, y había estudiado francés para el examen... Pero la vieja secretaria se puso a rechinar la dentadura, nueva y mal ajustada, y a hacer pequeños movimientos de gimnasia con la lengua en el fondo de la boca sin escucharle. Estaba de problemas hasta la coronilla, la boca le dolía y sentía pinchazos, y sin enredarse en largas explicaciones, le dijo de malas maneras que se fuera a hacer los exámenes que le correspondían según su inscripción y que no la mareara.

Si su madre o su abuela lo hubieran acompañado, todo habría sido muy diferente. Habrían convencido a la secretaria de que movieran el apellido de Shúrik a la otra lista o habrían presionado y obligado al propio Shúrik a que hiciera el examen de alemán. Pero ¿qué otra cosa podía hacer, si no se lo había preparado? Yelizaveta Ivánovna se había esforzado no porque sí para que repasara los verbos alemanes... Pero Shúrik lo dejó claro en casa con un «no me acompañéis» y no fueron con él; respetaban su palabra de hombre.

Ahora abandonaba el edificio mágico de la calle Mojovaya con la certeza de que nunca volvería a poner los pies en él. Era un julio maravilloso, el aire estaba impregnado de la fragancia de las flores y de un polvo de sol. Una abeja urbana enloquecida daba vueltas alrededor de la cabeza del desdichado Shúrik que, al hacer un gesto con la mano para ahuyentarla, se arañó dolorosamente la nariz con una uña. ¡Todo era tan enojoso! Enfiló la calle Voljonka, pasó por delante del Museo Pushkin, giró por el malecón cerca de la piscina y, después de dar un pequeño rodeo, llegó frente a la casa de Lilia. Los Laskin habían recibido en la víspera la autorización tan esperada para salir del país y Shúrik ya lo sabía por una conversación telefónica del día anterior. Subió al piso. Lilia estaba sola en casa, si no se tenía en cuenta una montaña de platos sucios, indicio de la descomunal borrachera de la noche anterior. Sus padres habían salido a hacer varios trámites. Tenían que hacer un montón de papeleo de toda clase en poco tiempo. Eso también formaba parte del humillante procedimiento de salida: hacer esperar por la autorización mucho tiempo, a veces años, y luego conceder el plazo de una semana para hacer las maletas.

Desde el umbral de la puerta, antes de dar tiempo a Lilia para que le preguntara, Shúrik le explicó su inesperado fracaso. Ella comenzó a gesticular, a chasquear los dedos, a verter sobre él una avalancha de palabras entrecortadas:

—Rápido, tenemos que volver, hay que hacer algo, llama enseguida a tu madre, tu abuela tiene que ir a la oficina de admisiones... ¡Qué disparate! Pero ¿por qué no has hecho el examen de alemán?

–No lo había preparado –dijo Shúrik, encogiéndose de hombros.

La estrechó entre sus brazos. El torrente de palabras se secó y ella se deshizo en lágrimas. Shúrik comprendió entonces que había perdido mucho más que la universidad, había perdido a aquella Lilia, lo había perdido todo... Ella se iría dentro de una semana, se iría para siempre, y ahora poco importaba si entraba o no en la universidad...

–¡No llamaré a nadie ni iré a ninguna parte! –le dijo en su pequeña oreja.

La oreja estaba mojada a causa de las lágrimas que le caían en abundancia, y la cara de Shúrik también se mojó. La razón de esas lágrimas era inmensa e indescriptible. Mejor dicho, había muchas razones y el examen fallido de Shúrik era la última piedra de esa avalancha.

–¡No te vayas, mi pequeña Lilia! –susurró él–. Nos casaremos, te quedarás. Por qué irte...

A él le faltaban tres meses para cumplir los dieciocho, y a ella medio año.

–Ay, Dios mío, ¡tendríamos que haber pensado en eso antes! Ahora es demasiado tarde –sollozaba Lilia apretando su cuerpo menudo contra el pecho y el vientre de Shúrik. Los botones mal cosidos de su bata ligera y blanca, confeccionada con dos fulares de algodón, saltaron uno detrás del otro, y él palpó todos los músculos finos de su espalda delgada. Lilia lo arrastró resuelta hacia el diván, desgranando palabras sin sentido:

–Hay que llamar a Vera Aleksándrovna, hay que ir a la oficina, todavía no está todo perdido...

–Sí, todo está perdido, mi Lilia, todo está perdido... –Le apretaba esas manos de niña pequeña, arañadas por el gato, con sus uñas mordisqueadas y unos sabañones que aún conservaba del invierno, y no supo articular los sentimientos que le inspiraban esas manos, esas piernas delgaduchas y torcidas, esas orejas despegadas que sobresalían de sus cabellos ásperos, cortados a cepillo. Y balbuceó:

—¡Eres tan..., tan extraordinaria! Lo mejor de ti son tus manos, tus piernas, tus orejas...

Ella prorrumpió en una carcajada, secándose las lágrimas:

—¡Shúrik! ¡Pero si es lo peor que tengo, estas piernas torcidas y estas orejas de soplillo! Detesto a papá porque las he heredado de él. ¡Y tú vas y dices que es lo que mejor tengo!

Shúrik no la escuchaba, le acariciaba las piernas, tomaba sus pequeños pies entre el hueco de sus manos y los apretaba contra su pecho:

—Echaré de menos todo de ti, tus manos, tus piernas, tus orejas... ¡Todo por separado!

Así es como, por azar, Shúrik describió la ley del amor más grande y más secreta: en la elección del corazón los defectos poseen una fuerza de atracción mayor que las virtudes, porque son las manifestaciones más brillantes de la individualidad. Sin embargo, él no se dio cuenta de ese descubrimiento; en cuanto a Lilia, tenía toda la vida por delante para comprenderlo...

Lilia encogió las piernas y se dio la vuelta, apoyando su espalda contra el pecho de Shúrik. Ahora él tenía las manos puestas sobre el cuello de ella, sentía sus venas palpitar a derecha e izquierda, y esas palpitaciones eran desenfrenadamente rápidas, cambiantes, como un pequeño arroyo que fluye.

—No te vayas, mi Lilia, no te vayas...

La vecina, que había vuelto del trabajo, llamó a la puerta gritando:

—¡Lilia! ¡Lilia! ¿Duermes o qué? ¡Se te ha quemado la tetera!

¡Una tetera! Quiso reírse... Era toda su vida la que estaba ardiendo... No volvieron a hablar de su examen fallido.

Lo que siguió después ocurrió con tanta precipitación que Shúrik apenas pudo establecer más tarde la cadena de acontecimientos.

Yelizaveta Ivánovna, que había soportado con coraje durante su larga vida la muerte de su marido y de su amada hijastra, la desaparición de sus hermanas, la evacuación y toda clase de privaciones, no pudo soportar el insignificante fracaso de Shúrik. Esa misma tarde fue trasladada al hospital con una crisis cardíaca grave. La crisis se transformó en infarto agudo. Vera, acostumbrada durante toda su vida al lujo de las emociones tanto sutiles como fuertes, se sintió terriblemente afectada. Todo se le caía de las manos, no conseguía hacer nada a tiempo. Preparaba caldo para su madre, se quedaba de pie delante de la olla hirviendo esperando a que acabara de cocinarse y, antes de salir hacia el hospital, recordaba que se había olvidado de comprar agua de colonia. Se dirigía al centro para buscar una colonia de buena calidad, luego llegaba al hospital cuando ya había terminado el horario de visita y pagaba sumas astronómicas a la abominable empleada del guardarropa para que la dejara pasar. Y así todos los días, todos los días...

Yelizaveta Ivánovna yacía con el gotero, estaba pálida, silenciosa, y no quería morir. Para ser más exactos, comprendía que no tenía derecho a abandonar a su querida hija, a su hija incapaz de espabilarse sola —lanzaba una ojeada al caldo turbio que Vera se había olvidado incluso de salar—, y a Shúrik, que había perdido la chaveta a causa de ese estúpido percance. En este punto, Yelizaveta Ivánovna se hacía una idea completamente equivocada de la situación. Suponía que el chico había caído en una profunda depresión. De otra manera no habría podido explicarse el hecho inverosímil de que no hubiera ido a visitarla ni una sola vez al hospital.

No obstante, Shúrik estuvo toda la semana absorbido por las gestiones, los preparativos de la partida y las despedidas. Pasó el último día en el aeropuerto Sheremétievo para ayudar con la facturación del equipaje. Después llegó el momento en que Lilia subió por una escalera a la que ya no permitían el acceso, y él le hizo un gesto desde algún hueco que daba al segundo piso donde Lilia ya tenía un pie en el extranjero, y ella se fue, llevándose lejos de él sus piernas torcidas y sus orejas de soplillo.

Por la tarde, cuando volvió a casa, supo al fin lo que no había llegado a comprender en toda la semana: su abuela había sufrido un infarto y su vida corría peligro. Shúrik se horrorizó por su insensibilidad: ¿cómo no había encontrado un momento para visitar a su abuela en toda la semana? Pero ahora ya era tarde, la hora de visitas del hospital había terminado. Aquella noche durmió como un tronco, el insomnio de los últimos días le había pasado factura. A las ocho de la mañana, les telefonearon del hospital para comunicarles que Yelizaveta Ivánovna había fallecido. Mientras dormía.

Para él, la partida de Lilia estaba tan estrechamente unida a la muerte que, incluso delante del ataúd, tuvo que esforzarse por desechar ese extraño desplazamiento: todo el rato tenía la impresión de que era a Lilia a quien enterraban.

10

Y llegó la mañana después del entierro. Ya se había celebrado la comida de exequias y las serviciales vecinas habían fregado los platos y devuelto las sillas prestadas a los apartamentos vecinos, y la casa había quedado limpia, llena a rebosar de la presencia de un ser que ya no existía.

Debajo de una silla de la entrada, Vera Aleksándrovna encontró una bolsa que alguien había traído del hospital. Dentro, había una taza, una cuchara, papel higiénico y toda clase de bagatelas bastante impersonales. Y unas gafas. Las había encargado en un lugar especializado y habían tardado dos meses en hacérselas. Se adaptaban tan bien a los ojos de su madre, apagados por la vejez... Nadie más en el mundo hubiera podido adaptarse a esos cristales gruesos, con su montura gris que la rejuvenecía tanto. Vera se quedó inmóvil, con las gafas en la mano: ¿qué iba a hacer con ellas...? Y con la ropa blanca en la estantería del armario, el chal de lana, la bata, el enorme sujetador confeccionado a medida, impregnado del olor de su madre, el turbante negro de punto en cuya parte interior, además de su olor, se habían quedado atrapados unos finos cabellos blancos. ¿Dónde lo iba a poner todo? Tenía ganas de desembarazarse de todo para no sentirse constantemente los ojos heridos, el corazón magullado, y al mismo tiempo le resultaba imposible desprenderse de los restos del calor vivo de su madre, latentes en esos objetos...

Toda la habitación, incluso el aire contenido en ella, estaba llena del rastro que había dejado su cuerpo. Allí se sentaba. Allí, en el brazo de esa butaca, apoyaba el codo. Sus pies hinchados, calzados en unos viejos zapatos de tacón, habían dejado sobre la alfombra roja unas calvas que databan de hacía mucho tiempo. Durante medio siglo estuvo dando golpecitos con el pie mientras enseñaba a sus alumnos a pronunciar con corrección. Pero, desde la reciente mudanza, la alfombra había cambiado de situación, cerca de la mesa, y no había dado tiempo aún a que se formara otra calva en el nuevo sitio donde ponía sus pesados pies.

Un pensamiento espantoso le sobrevino a Vera: ella siempre había sido una hija, solo una hija. Su madre la protegía de todas las vicisitudes de la vida, la dirigía, la guiaba, había educado a su hijo. Hasta el punto que este no la llamaba mamá, sino Vérochka... Tenía cincuenta y cuatro años. Pero ¿qué edad tenía en realidad? Era una niña. Una niña que no sabía nada de la vida de los adultos... ¿Cuánto dinero se necesitaba al mes para vivir? ¿Cómo se pagaba el alquiler? ¿Dónde estaba el número de teléfono del dentista con el que su madre siempre concertaba cita? Y, sobre todo, lo más importante: ¿qué iba a pasar ahora con Shúrik y sus estudios? Después de su escandaloso fracaso, su madre tenía la intención de hacer que lo admitieran en el Instituto Pedagógico...

Vera daba vueltas maquinalmente a las gafas de su madre en sus manos. Delante de ella había una montaña de telegramas. Mensajes de pésame. De parte de alumnos, de colegas. ¿Dónde iba a ponerlos? Imposible tirarlos, y conservarlos era una tontería. «Debo preguntarle a mamá...», pensó enseguida por la costumbre. Y en el fondo, muy en el fondo, anidaba un profundo resentimiento: pero por qué precisamente ahora, cuando su presencia era tan importante... Los exámenes estaban a punto de comenzar. Era preciso telefonear a alguien de la cátedra, a Anna Mefódievna o a Galia... Las dos habían sido alumnas de su madre. Y Shúrik se comportaba de una manera muy extraña, totalmente inexpresivo: se encerraba en su habitación y ponía la música a un volumen tan ensordecedor que resultaba ofensiva...

Pero la música estridente no lograba ahogar el enorme sentimiento de culpa que experimentaba Shúrik, que incluso superaba al de la pérdida. Estaba sumido en un estupor similar al de una crisálida antes de que un día se abra el capullo y deje salir a una criatura adulta.

Vera se fue al teatro por la mañana, hacia las once, y Shúrik se quedó en la habitación en compañía del melancólico Elvis Presley y de una situación nefasta que ya no podía cambiar: él, Shúrik Korn, no se había presentado al examen, se acobardó, salió corriendo hacia Lilia sin prevenir a unas mujeres consumidas por los nervios. De hecho, él era la razón de que su abuela hubiera tenido un infarto, y luego, por una frivolidad inexplicable y un idiotismo total, ni siquiera se acercó a visitarla al hospital... Ahora estaba muerta, y solo él era el culpable. Esas reacciones morales se producían en algún nivel bioquímico: algo se transformaba en su interior, o bien la composición de la sangre, o bien la de su metabolismo. Estuvo encerrado en su habitación todo el día poniendo una y otra vez el mismo disco de Elvis Presley y, por la tarde, «Love me tender» se había grabado tan profunda y sólidamente en su conciencia que, durante toda su vida, aquella canción siempre le vendría a la memoria unida al recuerdo de su abuela y su infancia feliz, iluminada por su presencia.

Había sido el nieto adorado y el alumno preferido de Yelizaveta Ivánovna, pero también una víctima de su rígida pedagogía: desde una edad temprana le había inculcado la idea de que él, Shúrik, era un buen chico, que llevaba a cabo buenas acciones y no cometía malas, y si por casualidad las cometía, debía darse cuenta de inmediato, pedir perdón y volver a ser un buen chico... Pero ahora no había nadie a quien pedir perdón, nadie...

Vera regresó del teatro por la tarde, cenaron los restos de la víspera, y Shúrik anunció: «Voy a dar una vuelta». Era lunes. Vera estuvo a punto de pedirle que no saliera. ¡Se sentía tan desgraciada! Pero, para que su desgracia fuera completa, era preciso que saliera y la dejara sola. No le pidió que se quedara. Shúrik encontró a Matilda Pávlovna tremendamente angustiada. Esa mañana había recibido un telegrama que le informaba de la muerte de su tía, que vivía en el campo, y estaba ultimando los preparativos para irse al día siguiente a Vishni Volochok. Desde niña, no había tenido una relación particularmente buena con esa tía y ahora la incomodaba el hecho de haberla querido y compadecido tan poco. Lo único que ahora podía hacer por ella era organizar un suntuoso velatorio. Desde la mañana había rebuscado por todas las tiendas de los alrededores, compró embutido de la mejor calidad y mayonesa, vodka, arenques y el manjar más popular del momento: naranjas de Cuba. Nada más cruzar la puerta, Shúrik le comunicó que su abuela había muerto, y Matilda levantó los brazos al cielo:

–Pero ¿es posible? ¡Las desgracias nunca vienen solas!

Al ver la cara afligida de Shúrik, al fin lloró por su tía, una mujer desdichada y envidiosa, con un carácter difícil. Shúrik también lloró. Sin andarse con rodeos, Matilda quitó el tapón de rosca a una botella de vodka y llenó dos vasos.

Lágrimas, vodka, el arenque cortado toscamente y mal limpiado, cuya visión hubiera bastado para enfurecer a Yelizaveta Ivánovna... Todo encajaba a la perfección. Vaciaron a toda prisa sus vasos de vodka, y Shúrik cumplió con sus deberes masculinos concienzudamente y con ardor y, por alguna razón, tanto a él como a Matilda les proporcionó alivio. Shúrik incluso experimentó durante un segundo la impresión vaga de que era un buen niño que había llevado a cabo una buena acción... ¿No era extraño?

Matilda también se relajó después de soltar unas lágrimas por una causa ajena. Ahora, el problema de los gatos se le revelaba en toda su magnitud: ¿con quién iba a dejarlos? Su vecina, una ingeniera encantadora y madre de familia numerosa, que se los vigilaba a veces, se había ido con sus hijos a una casa de veraneo; otra amiga pintora era asmática, nada más oler a gato enseguida le daba una crisis. Otros posibles candidatos también fueron cayendo por una u otra razón: algunos estaban enfermos, otros vivían lejos. En Shúrik ni siquiera pensó, pero él mismo se ofreció a hacerse cargo de la familia de gatos.

Esos gatos negros, Dusia, Konstantín y Morkovka —que era hija y nieta a la vez de su madre—, eran misántropos, pero, por alguna extraña razón, hacían una excepción con Shúrik, al que acogían de manera hospitalaria e incluso escondían las uñas cuando se subían sobre sus rodillas. Matilda le dio la llave en el acto y algunas instrucciones sencillas.

A la mañana siguiente, a petición de Matilda, Shúrik la acompañó a la estación, luego fue a buscar su expediente a la universidad. Tenía la intención de llevarlo al Instituto Pedagógico, donde las inscripciones todavía estaban abiertas, pero cuando lo tuvo entre las manos, se dio cuenta de que no tenía ganas de ver a las antiguas colegas de su abuela y, de hecho, ningún deseo de entrar en ese instituto. Por nada del mundo. Y se inscribió en el primer instituto que encontró cerca de casa. Era el Instituto Mendeléyev y estaba a cinco minutos a pie.

Luego pasó por la pescadería de la calle Gorki y compró dos kilos de bacalaos menudos. Los perspicaces gatos se sentaron como tres estatuas egipcias en el recibidor, tres espléndidas columnas negras. Konstantín se acercó a Shúrik, inclinó su cabeza lacada y le empujó ligeramente la frente contra la pierna.

11

El total desinterés de Shúrik por sus resultados le dio unos frutos magníficos. Sin una preparación especial, obtuvo unas calificaciones bastante buenas en matemáticas, física y química. Tuvo una suerte casi sobrenatural: en los exámenes cayeron precisamente los temas que había estado repasando la noche anterior. Y el 20 de agosto encontró su nombre en la lista de los candidatos admitidos.

El instituto no se distinguía precisamente por una reputación excelente. Se consideraba peor que el Instituto de Petróleo y el de Tecnología Química Avanzada e incluso por debajo del Instituto de Construcción de Plantas Químicas. En cambio, gozaba de la fama de ser un centro de enseñanza liberal: la administración era poco estricta, la organización del komsomol bastante débil, el departamento de ciencias sociales –que en la universidad, por ejemplo, tenía un peso enorme– ocupaba un lugar modesto, y en cuanto a las autoridades del Partido, aunque por supuesto estaban al frente, no controlaban demasiado a los estudiantes.

Shúrik, por falta de experiencia, no sabía apreciar todavía los méritos del liberalismo, simplemente acudía a las clases como los otros estudiantes, tomaba apuntes y volvía la cabeza a derecha e izquierda, familiarizándose con los compañeros de curso y los métodos de enseñanza, que no tenían nada que ver con los que había aprendido en la escuela.

El programa de química inorgánica era monumental y constaba de clases magistrales, seminarios y prácticas de laboratorio. El laboratorio le gustó mucho. Al principio le enseñaron lo más elemental: a trabajar con probetas, a doblar un tubo de vidrio en un quemador de gas, a trasvasar soluciones y filtrar precipitados. Irradiaba una magia particular el calentamiento instantáneo de una probeta cuando se mezclaban en su interior dos soluciones frías, o los cambios de colores y la transformación inesperada de un líquido transparente en una masa gelatinosa de color azul oscuro. Todos esos pequeños acontecimientos poseían explicaciones científicas rigurosas, pero Shúrik tenía la impresión de que, detrás de cualquier explicación, quedaba siempre el misterio no descifrado de las relaciones individuales entre las sustancias. Un poco más y descubriría en el fondo de un precipitado la piedra filosofal o el sueño alquímico de la Edad Media.

En las prácticas de laboratorio se reveló como uno de los más torpes. En cambio, nadie estaba tan sorprendido ni tan encantado como él por los pequeños milagros químicos que se producían constantemente entre sus manos.

La mayoría de estudiantes no había ido a estudiar química solo porque el instituto se encontrara a dos pasos de su casa. Estaban muy versados en química, frecuentaban grupos de estudio y participaban en concursos. Además de los amantes de la química, había también un buen número de judíos que no habían conseguido ingresar en la universidad, matemáticos y físicos con grandes facultades intelectuales y ambiciones insatisfechas. El liberalismo del Instituto Mendeléyev se manifestaba, entre otras cosas, en que admitían a judíos. A Shúrik a menudo lo tomaban por judío por su apellido poco habitual, pero ya se había acostumbrado en la escuela y ni siquiera intentaba protestar.

Para las prácticas de laboratorio, los estudiantes fueron distribuidos en grupos y subgrupos, y por la tarde trabajaban en algunas tareas. La mejor química de su grupo era Alia Togusova, una kazaja con unas piernas poco desarrolladas y delgaduchas que se unían en un único punto: los tobillos. En cambio, ejecutaba las tareas con sus pequeñas e inteligentes manos sin dificultad y tan rápido que el resto apenas había tenido tiempo de leer la metodología cuando ella ya había acabado. Se notaban sus dos años de trabajo en el laboratorio químico de una fábrica, antes de su entrada en el instituto, porque Alia era una «estudiante especial»: la planta química de Akmolinsk le pagaba una beca. Lo entendía todo al vuelo, y el profesor de prácticas la distinguía visiblemente de entre los demás, como a un soldado experimentado entre jóvenes reclutas.

La segunda chica se llamaba Lena Stovba. Tenía una cara hermosa y de rasgos pronunciados bajo un flequillo castaño claro que cubría su frente baja, un torso aerodinámico de delfín, piernas fornidas con tobillos anchos. Taciturna y poco afable, se pasaba todos los descansos entre clases debajo de la escalera fumando unos cigarrillos caros, de la marca Fémina. Se sabía que era originaria de Siberia y que su padre era un importante dirigente del Partido. Ambas muchachas eran de provincias: Alia era entusiasta, y Lena lúgubre y desconfiada. Sospechaba de los moscovitas no se sabe bien por qué pecados secretos y se esforzaba activamente en desenmascararlos. Las dos vivían en una residencia para estudiantes.

El tercer miembro de su grupo era un chico moscovita, Zhenia Rozentsweig, con el que Shúrik había trabado amistad de inmediato. Su nuevo amigo era un judío superdotado que no había conseguido ingresar en el Instituto de Mecánica y Matemáticas por culpa de su origen. Era un chico pelirrojo, cubierto de pecas, que no había acabado de desarrollarse del todo, y se caracterizaba por su amabilidad. Tenía todas sus esperanzas puestas en las matemáticas, ya que el examen más difícil del primer semestre no era la química, arbitraria y antojadiza, sino el análisis matemático, lógico y nítido.

El curso lo impartía un pequeño individuo, fiero, con melena despeinada y unas gafas minúsculas que se le resbalaban hasta la punta de la nariz. Todo el mundo sabía que más valía no equivocarse en sus exámenes: solo ponía aprobados y no siempre a la primera. Rozentsweig, que se consideraba un gran experto en matemáticas, se había propuesto hacer trabajar al resto del grupo. Se apiñaban los cuatro en la pequeña habitación de Shúrik, y Zhenia les enseñaba las sutilezas de las ciencias matemáticas.

De vez en cuando, Vera Aleksándrovna iba a echar una ojeada y les preguntaba con una voz tierna y débil si querían té... Les llevaba la merienda: sobre una bandeja, cuatro tazas, cada una con su platito debajo, bizcochos dispuestos en una bandeja adornada con hojas y flores en relieve, y un azucarero de plata auténtica deslustrada, aunque hubiera bastado con frotarla un poco con polvo dentífrico para que brillara como nuevecita...

12

Alia Togusova era hija de una rusa deportada y de un viudo kazajo. Su madre, Galina Ivánovna Lopatníkova, había ido a parar a Kazajistán antes de la guerra, con cuatro años. El padre de Galina, un militante del Partido de poca categoría, se había visto implicado indirectamente en el famoso caso del asesinato de Kírov. Desapareció en prisión y su madre murió poco después. Galina tenía pocos recuerdos de sus padres. A los siete años la internaron en un orfanato especial, su vida entera se resumía en servidumbre y en una lucha apática por sobrevivir. Estuvo enferma durante toda su infancia. Pero, por alguna extraña razón, los niños fuertes morían, mientras que esa pequeña debilucha sobrevivía. Como si las enfermedades que contraía esa niña endeble no lograran extraerle los jugos necesarios, así que desaparecían y ella seguía viviendo. Después del orfanato, ingresó en una escuela de artes y oficios para aprender la profesión de estucadora. Allí, cogió una tuberculosis y de nuevo empezó a morir, pero, por lo visto, la muerte sentía aversión por sus pequeños huesos enfermizos, y el proceso se detuvo, la cavidad pulmonar cicatrizó. Salió del hospital y encontró un empleo como mujer de la limpieza en la estación. Dormía en la residencia, compartía cama con otra chica, también hija de una familia de deportados.

Cuando Togus Togusov, un ferroviario que rondaba los cuarenta y trabajaba como acoplador de vagones en el depósito de Akmolinsk, le dio cobijo en su casa después de la muerte de su mujer, su situación mejoró un poco: le concedieron el permiso de residencia permanente. El resto continuó como siempre: hambre, frío e incluso más trabajo. Galina resultó torpe y poco apta para las labores domésticas: su infancia en el orfanato la había acostumbrado a una modestia extrema, a la mansedumbre y a un sufrimiento resignado. Ni siquiera sabía cómo preparar una sopa. La única cosa que sabía hacer era pasar el trapo por el suelo de la estación, sembrado de escupitajos. En cuanto a los hijos adolescentes de Togusov, era incapaz de arreglárselas con ellos, así que hubo que enviarlos con su abuelo paterno, que vivía en la lejana provincia de Mugodzhari.

Los parientes kazajos consideraban a Togusov una persona vacía y su matrimonio con una rusa les había reafirmado definitivamente en esa opinión. Por otra parte, también él estaba decepcionado: su nueva mujer no había dado a luz a una niña rubia, como él deseaba, sino a una morena de ojos rasgados, una verdadera kazaja. Le pusieron de nombre Alia. En cambio, la suerte sonrió de otra manera a Togus: poco después del nacimiento de Alia, lo nombraron revisor de tren. Por un cargo de este tipo, a menudo se pagaban suculentos sobornos. Desde la puesta en marcha de la línea entre Turquestán y Siberia, los kazajos se sintieron atraídos por este nuevo oficio, que constituía una transición ideal de la vida nómada a la sedentaria.

Togusov, satisfecho de sus andanzas ferroviarias y de la fortuna que había amasado gracias al mercado negro de vodka, alimentos y artículos manufacturados, tan habitual en esa profesión, fundó otra familia en Tashkent y encontró varias amigas esporádicas a lo largo de sus itinerarios. De tarde en tarde, iba a Akmolinsk y a veces traía medio cordero, otras un corte de seda cara, y otras unos caramelos fabulosos para su hija, luego desaparecía durante meses. A decir verdad, Galina incluso podría haber llegado a la conclusión de que la había abandonado, si hubiera sido capaz de reflexionar sobre la cuestión. Pero no sabía reflexionar. Requería cierta fuerza interior y solo le alcanzaba para los pensamientos más pequeños, que atañían a la comida, a los zapatos agujereados y al combustible. Y por supuesto no tenía fuerzas para ningún tipo de amor, puesto que no había nada a su alrededor susceptible de inspirarlo. Su hija Alia solo despertaba en ella un sentimiento vago. La niña, no como su madre, era demasiado activa, la hostigaba sin tregua, la tenía completamente extenuada, y el amor que la niña le arrancaba con sus manitas tenaces la extenuaba aún más.

Durante los dos últimos años en que Togus todavía iba a Akmolinsk con más o menos frecuencia, enviaban a Alia a pasar los veranos junto a su abuelo kazajo, que se había pasado la vida viajando por las estepas, entre los montes Mugodzhari y el mar de Aral, según una antigua ruta misteriosa, relacionada estrechamente con la estación del año, la dirección del viento y el crecimiento de la hierba, pisoteada por los rebaños de ovejas en trashumancia. Un dolor lacerante que desgarra el vientre, la ropa interior endurecida por la costra de la disentería, el hedor de la yurta, un humo acre, niños mayores, malos y feos, que se burlaban sin motivo y le pegaban... Alia nunca hablaba con nadie de esto, al igual que su madre, Galina Ivánovna, nunca le contó nada de su infancia en el orfanato...

Después de la muerte de Stalin, los deportados poco a poco pudieron comenzar a volver a sus lugares de origen. Galina Ivánovna habría podido regresar a Leningrado, pero ya no le quedaba nadie allí. Y si le quedaba alguien, lo ignoraba. Y, por otra parte, ¿para qué mudarse a un lugar nuevo? Con los años se las había arreglado bastante bien allí: una habitación de once metros cuadrados a las afueras de Akmolinsk, cerca del paso a nivel del ferrocarril, una cama, una mesa, una alfombra –todos los bienes que le había regalado su marido–, y luego su trabajo de mujer de la limpieza en la estación que le servía de gran ayuda: botellas vacías abandonadas por las manos generosas de los viajeros de paso.

Mientras Alia no iba todavía a la escuela, su madre se la llevaba a la estación y, allí, en la sala de espera, se ponía en cuclillas y miraba con avidez a la gente, que llegaba en oleadas para después desaparecer no se sabe dónde. Al principio, los miraba con los ojos desorbitados, sin entender, y solo veía a un rebaño integrado por personas sin fisonomía parecido a los rebaños de ovejas de Kazajistán, pero después comenzó a distinguir sus caras. Los rusos, sobre todo, eran particularmente atractivos: tenían una expresión diferente, vestían de otro modo, no llevaban en las manos ni paquetes ni bolsas, sino carteras y maletas, y sus zapatos eran de cuero, brillaban como chanclos bien lavados. La mayoría eran hombres, pero a veces se intercalaban algunas mujeres que no llevaban pañuelos en la cabeza ni chaquetones guateados, sino sombreros y abrigos con cuellos de zorro y zapatos de tacón. Eran rusas, pero completamente diferentes a su madre.

La pequeña Alia pasó muchas horas en la estación de tren, sumida en un estado de profundo ensimismamiento, como un budista contemplativo ante el cielo infinito y el curso eterno del agua. No sabía plantear preguntas ni aventurar respuestas, se contentaba con acariciar un sueño sentada en cuclillas junto al cubo de basura: un día se pondría unos zapatos de tacón, cogería una maleta y se marcharía de allí a algún lugar desconocido. Hacia otra vida, a la que aspiraba su corazón intrépido. Tal vez borboteaba en ella la misma sangre que corría por las venas de su padre, esa sangre que lo había empujado a un laberinto de vías férreas, a un enjambre humano, a la mezcla de olores que desprendían el hierro recalentado, el carbón húmedo y los retretes sucios de tren, allí donde todo estaba hecho a su medida, una vida llena de posibilidades: beber un coñac caro con un militar, echar un rapapolvo a una mujer por colarse sin billete, pulirse los dineros del sacristán que cantando se vienen y cantando se van, prometer el oro y el moro y fanfarronear ante un pasajero desvalido... Durante diez años Togus Togusov celebró su suerte ferroviaria y, en el undécimo año, dos mangantes, a los que había llevado al compartimiento del revisor durante un trayecto nocturno desde la ciudad de Urguench a Koz-Syrt, lo emborracharon, lo desvalijaron y lo arrojaron del tren. Alia no volvió a ver caramelos caros durante diez años.

Su madre la mandó a la escuela y, durante los primeros cursos, Alia no vio ninguna relación entre la gente feliz y particular que descendía en el andén de Akmolinsk y los palos torcidos que escribía a regañadientes en su cuaderno de ejercicios, pero a finales del segundo curso de la escuela primaria tuvo una revelación: empezó a estudiar con fervor, con rabia y su capacidad –no importa si mucha o poca– aumentó sin cesar hasta el límite, y ese límite se ensanchó, y cada año mejoraba sus resultados, tanto que finalizó los estudios de secundaria, a pesar de que hacía tres años que casi todas las chicas de su clase se habían convertido en aprendices en la fábrica o habían entrado en una escuela de artes y oficios.

Obtuvo su diploma con una medalla de plata. Su profesora de química y tutora Yevguenia Lazarevna, una deportada moscovita que también había echado raíces en Kazajistán, trató de convencerla para que fuera a Moscú e ingresara en la universidad, en la facultad de química.

–Créeme, el tuyo es un talento escaso, como el de un pianista o un matemático. ¡Tienes un sentido innato de las estructuras! –exclamaba Yevguenia Lazarevna.

La propia Alia sabía que su cerebro se había fortalecido. Su memoria visual –esa que permitía a su abuelo descubrir de un vistazo la ausencia de una sola oveja en el contorno cambiante del rebaño– retenía las huellas de las fórmulas químicas, sus estructuras ramificadas, los anillos y brotes de los radicales...

–¡No, todavía no, me iré dentro de dos años! –le dijo Alia decidida, sin prodigarse en explicaciones.

Yevguenia Lazarevna se limitó a encogerse de hombros: en dos años, todo estaría perdido, todo se lo habría llevado el viento...

Entretanto, Galina Ivánovna se había quedado inválida: una de sus rodillas ya no se doblaba y renqueaba un poco de la otra pierna. Alia consiguió trabajo en una fábrica, pero no en los talleres, sino en el laboratorio. Yevguenia Lazarevna le había encontrado una colocación junto a una de sus antiguas alumnas. Durante dos años, Alia trabajó duro, como una condenada a trabajos forzados, cogió otro turno y su jornada se alargaba a doce horas al día. Ahorró dinero para el billete, se compró una chaqueta de lana azul, una falda negra y zapatos de tacón. Tenía todavía cien rublos escondidos, por si surgía alguna emergencia. Pero eso no era lo más importante. Además de sus dos años de experiencia, se iría con una beca de formación que le había concedido la fábrica, no para la universidad, sino para el Instituto Mendeléyev, en la Facultad de Tecnología. Ahora era una «trabajadora nacional». Su madre, a la que le habían dado la pensión de invalidez de segundo grado por tuberculosis ósea, le pidió que se quedara, que entrara en un instituto allí, en Akmolinsk, si tantas ganas tenía de seguir estudiando. Tenía intención de morirse pronto y prometió a su hija que no la retendría mucho tiempo. Pero Alia ni siquiera la escuchó.

Con los pies desnudos calzados en sus zapatos de tacón y la maleta abarrotada de manuales, Alia se subió a un tren. Sus pies, que rozaban contra el borde rígido de los zapatos, ya estaban ensangrentados antes de llegar a la estación. Pero no tenía importancia: era más despiadada consigo misma que con su madre.

En el tren, tomó la firme decisión de no volver nunca más a Kazajistán. Todavía no había visto Moscú, pero ya sabía que se quedaría allí para siempre.

Ni sus sueños ni su imaginación habían logrado situarse a la altura del extraordinario resplandor que irradiaba la capital en vivo. En la estación de Kazajistán −esa concentración de ajetreo, tumulto y mugre, esa cloaca tan despreciada por los moscovitas– se sintió como en el umbral del paraíso. Salió de la estación y el boato de la ciudad la dejó estupefacta. Descendió al metro y quedó atónita: ¡el paraíso no estaba en el cielo, sino bajo tierra! Fue hasta la estación Novoslobódskaya y los cristales coloridos de las miserables vidrieras le proporcionaron la mayor experiencia estética de su vida. Durante media hora permaneció de pie, bañada en lágrimas de veneración, delante del panel resplandeciente antes de salir a la luz del día. Pero a primera vista la superficie la decepcionó: a uno y otro lado del palacio de mármol se dispersaban en todas direcciones casas insignificantes y pequeñas, apenas mejores que las de Akmolinsk. Y mientras examinaba el antiestético cruce de calles, le llegó de repente un delicioso olor a pan, del que emanaba una alegría tan fabulosa y mágica como la de las vidrieras coloridas.

La panadería estaba al otro lado de la calle, en diagonal al metro. Era una vieja casa de un solo piso. Se dejó guiar por la oleada de olor. En el interior de la tienda brillaba un embaldosado azul y blanco, y eso también era todo esplendor. En efecto, se trataba de una bella panadería, en otros tiempos había pertenecido a Filíppov; en el sótano de la vieja panadería se conservaba el horno donde todavía trabajaba un panadero que había iniciado su actividad antes de la Revolución...

En la panadería el olor era tan intenso que casi parecía que se podía morder el aire y masticarlo. Había tanto pan que no podía abarcarlo con la mirada. Era un pan fabuloso, y Alia pensó en un primer momento que sería tan caro que no podría comprarlo. Pero costaba lo mismo que en Akmolinsk. Compró de golpe un panecillo blanco, un bollo de leche rico en calorías y una torta de centeno. Dio un mordisco, aunque le daba pena estropear tanta belleza. El panecillo estaba espolvoreado con harina, una harina fina y blanca como nunca había visto en Kazajistán. No había comido algo tan exquisito en toda su vida...

Consiguió llegar al instituto llevando a rastras su pesada maleta, aunque tuvo que tomarse un respiro cada diez pasos. Aceptaron su documentación con rapidez y le dieron las señas de la residencia. Se tuvo que esforzar para encontrarla, estaba en el barrio de Krásnaya Presnia, bastante lejos del metro. Una vez cumplidas las formalidades de su alojamiento y de recibir una cama en una habitación para cuatro, metió la odiosa maleta debajo de la cama de hierro y se lanzó hacia la Plaza Roja para ver el Kremlin y el mausoleo de Lenin, la Meca y la Kaaba de esa parte del mundo.

Fue el día más grandioso de su vida: tres maravillas del mundo se le revelaron de una vez. Su alma había admirado un santuario del arte, fabricado con pequeñas teselas de vidrio de colores por unos obreros ebrios a partir de los bocetos de unos chapuceros descarados, su cuerpo había conocido la santidad de un sabor inolvidable –los colonizadores de tierras vírgenes, los agricultores venidos de lejos, ya fueran deportados o jóvenes comunistas llamados a heroicas empresas, que se empachaban de pan gris, húmedo y terroso–, y un espíritu inmortal la había elevado a las alturas divinas junto a los muros dentellados del gran templo. ¡Aleluya!

¿Quién se habría atrevido a destruir su fe ese día? ¿Quién habría podido ofrecerle algo más? Sus compañeras de residencia tal vez no habrían compartido su entusiasmo, incluso si les hubiera confiado sus experiencias. Pero ella guardó esa grandeza en el silencio de su alma.

Todo había ido tal como lo había planeado. Hizo los exámenes mejor de lo que se requería para ser admitida. Le dieron una cama en la residencia y un pequeño armario en una habitación para cuatro, con aseos y una ducha en la planta, una cocina común y un hornillo de gas. Todo eso le pertenecía de pleno derecho. Miraba a sus compañeros de clase por encima de las probetas y los matraces. Todos eran magníficos, como los extranjeros, bellos, elegantes, bien alimentados. El mejor era Shúrik Korn. Más adelante, entraría en su apartamento. El piso más alto del paraíso. Alia ahora sabía con certeza que se podía conseguir todo. Solo había que trabajar. Y ella trabajaba. Y estaba dispuesta a todo.

13

Vera envejeció ostensiblemente tras la muerte de su madre y, sin embargo, se sentía al mismo tiempo huérfana, y puesto que la orfandad es por excelencia un sentimiento infantil, era como si hubiera intercambiado el lugar con su hijo estudiante y le hubiera cedido el estatus de adulto. Todos los problemas cotidianos, que en otro tiempo resolvía Yelizaveta Ivánovna de manera imperceptible, ahora recaían sobre Shúrik, que lo había aceptado sin rechistar, con sumisión. La madre le miraba de arriba abajo y, tocándole el hombro con su mano pálida, le decía distraída: «Shúrik, habría que comprar algo para la cena... Shúrik, en alguna parte estaba la libretita de los gastos con la factura pendiente de la electricidad... Shúrik, ¿no habrás visto por casualidad mi bufanda azul...?», siempre de modo evasivo, sin acabar de decir las cosas.

Seguía depositando su salario de contable en el cofrecito tapizado sobre la mesilla de Yelizaveta Ivánovna. Shúrik había sido el primero en darse cuenta de que ese dinero no era suficiente y, a partir de mediados de septiembre, comenzó a dar clases a los antiguos alumnos de la abuela. Además contaba con la beca.

Al volver del instituto, pasaba por la tienda más cercana y compraba *pelmeni*, patatas, manzanas, sin las que su madre no podía vivir, pagaba las facturas del gas y de la electricidad, encontraba la bufanda que se había deslizado entre la pared y el mueble zapatero... Una vez a la semana, compraba bacalao menudo y lo llevaba a casa de Matilda. Esperaba las cartas de Lilia. Todavía no había recibido ninguna.

Se acercaba Año Nuevo, el primer Año Nuevo sin Yelizaveta Ivánovna, sin fiesta de Navidad, sin panes de jengibre con predicciones, sin los regalos generosos e inesperados de la abuela y, según parecía, también sin abeto... En cualquier caso, Vera ignoraba dónde comprar un abeto, quién lo llevaba a casa y cómo el espinoso árbol acababa al fin en el viejo soporte conservado cuidadosamente por Yelizaveta Ivánovna, donde se sujetaba con ayuda de un conjunto de cuñas, que también guardaba en una caja especial.

La ausencia de Yelizaveta Ivánovna se hacía más visible a medida que pasaban las semanas y los meses, sobre todo la semana antes de Año Nuevo que, en los años precedentes, había sido una semana feliz y tensa, una semana repleta de preparativos: los alumnos iban casi cada día a refrescar sus canciones y poemas en francés. Por la noche, cuando Vera llegaba del trabajo, se sentaba al piano y los acompañaba, y recordaba al inolvidable Aleksandr Siguizmúndovich, asintiendo espontáneamente con la cabeza al final de cada frase musical, como hacía él en otros tiempos. Los niños cantaban a voz en cuello, con voz de falsete, Yelizaveta Ivánovna, con aire severo, levantaba el labio superior sobre su dentadura postiza mal ajustada, golpeteaba con la punta de los zapatos sobre la vieja alfombra, mientras las naranjas y las manzanas confitadas terminaban de secarse en el horno caliente y la casa exhalaba un aroma a canela y naranjas, que se mezclaba con el olor festivo de la cera para los suelos...

—A propósito, Shúrik, ¿dónde está el número de teléfono de Alekséi Sídorovich?

Alekséi Sídorovich era el encerador de pisos al que Yelizaveta Ivánovna, desde tiempos inmemoriales, convocaba dos veces al año, en vísperas de Navidad y de Pascua, pero no tenía teléfono, vivía en Tomilino y ella le enviaba una tarjeta postal indicándole el día en que debía acudir. Guardaba la dirección en la cabeza, no estaba apuntada en su agenda de direcciones...

Diciembre, sombrío e interminable, era un mes que Vera soportaba mal desde que era niña: siempre se resfriaba, tosía, caía en un estado depresivo, lo que en aquellos años se llamaba simplemente melancolía. Por lo general, desde noviembre, Yelizaveta Ivánovna intensificaba los acostumbrados cuidados que prodigaba a la hija, le daba una especie de brebaje a base de hojas de aloe con miel, le preparaba infusiones de llantén y de té de prado y cada mañana le ponía delante una copita de vino de Cahors...

Aquel diciembre, el primero sin su madre, resultó particularmente difícil para Vera. Lloraba mucho e incluso, algo sorprendente, mientras dormía. Al despertarse, apenas reunía fuerzas para vencer aquellas lágrimas antojadizas. En el trabajo comenzaba a verter lágrimas sin ton ni son y se le hacía un nudo en la garganta que le impedía respirar. No paraba de adelgazar hasta el extremo de que la falda le daba vueltas alrededor de sus caderas escuálidas y las jóvenes actrices la acosaban con preguntas para averiguar qué dieta seguía. No era una cuestión de régimen, por supuesto, sino de su glándula tiroides, que había ido en aumento desde su juventud, y ahora arrojaba a su sangre dosis enormes de hormonas, de ahí que Vera se sintiera débil, llorara y vagara como alma en pena. Y dado que los síntomas coincidían punto por punto con los rasgos habituales de su carácter –propensión a las lágrimas, hipocondría y tendencia a fatigarse enseguida–, durante mucho tiempo no le diagnosticaron la enfermedad. Sus amigas le daban a entender que su aspecto no era brillante, sino que más bien parecía extenuada.

Tal vez solo Shúrik sintiera que su belleza, marchita y un poco triste, era como una vieja taza de porcelana china o el ala de una mariposa muerta, lo que la hacía más conmovedora todavía.

Shúrik la adoraba. La previsora Yelizaveta Ivánovna lo había educado en la firme creencia de que su madre era un ser de una naturaleza particular y artística, que vegetaba en un trabajo mísero, que en absoluto se correspondía a su nivel, por la única razón de que una actividad creativa exige una abnegación total, pero Verusia había escogido otro destino: criarlo a él, Shúrik. Por él, había sacrificado su carrera artística. Y él debía valorar ese sacrificio en su justa medida. Y así lo hacía. Ahora, después de la horrible historia de su abuela, sentía una preocupación atroz por su madre. Se produjo un último cambio de papeles: Vera asignó a su hijo el lugar que había ocupado su difunta madre, y él aceptaba ese papel dócilmente y se sentía responsable de ella, si no como un padre con un hijo, sí como un hermano mayor que se preocupa de una hermana pequeña, y los cuidados que le prodigaba no tenían nada de abstracto ni teórico, sino que eran absolutamente prácticos, y le robaban mucho tiempo.

Shúrik pasaba por un mal momento. A pesar de la facilidad con la que había ingresado en el instituto, los estudios le costaban. Era un chico de letras, no cabía duda de eso, y la facilidad con la que asimilaba las lenguas extranjeras no se extendía en absoluto a otras asignaturas. A finales del primer semestre, acumuló muchas lagunas en todas las disciplinas, a duras penas había aprobado el ejercicio de control semestral y no paraba de recurrir a la ayuda de Alia y Zhenia. Le daban clases particulares y a veces incluso le hacían los deberes. Todavía no habían hecho los exámenes finales del semestre, pero tenía los peores presentimientos. La única asignatura en la que iba bien era inglés. El malentendido, que había sido la causa indirecta de la muerte de su abuela, había sido reincidente: lo habían inscrito de nuevo por error en el grupo de lengua equivocado. Al ver su apellido en el grupo de «Inglés avanzado», ni siquiera fue al decanato a pedir explicaciones. Comenzó a ir a las clases, y solo al final del semestre la profesora descubrió que uno de sus estudiantes, por error, había asimilado en tres meses todo el programa escolar de inglés y se defendía de maravilla en esa nueva materia.

En otros tiempos, Vera había asistido escrupulosamente a los mejores estrenos teatrales y a los buenos conciertos acompañada de su hijo. Ahora, cuando ella le proponía ir a alguna parte, a veces Shúrik se negaba: no tenía tiempo. Debía estudiar mucho, la química le planteaba muchas dificultades, le parecía confusa, llena de ramificaciones y carente de toda lógica...

Para Shúrik, todo había cambiado de golpe, tanto en lo esencial como en los detalles. Lo único que no había variado desde el año anterior eran los lunes con Matilda. Sin embargo, esos lunes se extendían a veces a otros días de la semana. Dado que su madre soportaba mal las noches solitarias, Shúrik aguardaba medio dormido delante de los manuales hasta las once, momento en que su madre se tomaba el somnífero, y dejando encendida en su habitación una luz tenue y la música a un volumen discreto, avanzaba en calcetines, con los zapatos en la mano, hasta la puerta de salida, cuyos goznes había engrasado especialmente para que no chirriaran, se calzaba ya en el rellano de la escalera y descendía a toda prisa, atravesaba el patio y el puente del ferrocarril, corriendo para encontrarse con Matilda...

Shúrik abría la puerta con su propia llave, que le había sido confiada no como señal de su relación amorosa, sino como testimonio de amistad, desde el día en que Matilda le había dejado sus gatos por primera vez. Desde el vano de la puerta, veía la cama ancha y blanca, donde Matilda yacía entre almohadas mullidas, vestida con una camisa blanca y amplia, con la melena recogida en una trenza para la noche sobre el hombro y un libro grueso forrado con papel de periódico, rodeada de sus tres gatos negros que dormían en las posturas más extrañas sobre su cuerpo extendido. Matilda sonreía al cuadro inverso: un muchacho con las mejillas sonrosadas vestido con una cazadora corta y con nieve en su tupido cabello. Ella sabía que había corrido todo el camino como un animal hacia un abrevadero y que lo habría hecho no solo veinte minutos sino también toda la noche, quizás incluso una semana, para estrecharla entre sus brazos lo más rápido posible, porque su hambre era joven, animal, y ella se sentía dispuesta a saciarla.

A veces se le ocurría que habría podido entrenarlo un poco, porque en la cama él todavía parecía correr hacia ella, no había tiempo para ternura, ni dulzura, ni caricias delicadas. Cuando llegaba a la meta, se apartaba precipitadamente de ella, suspiraba, miraba el reloj, se vestía con urgencia y se marchaba a toda prisa. Ella se acercaba a la ventana y lo veía correr a través del patio hacia la calle y después desaparecía entre las casas.

«Se va corriendo para estar con su madre —se decía con una sonrisa indulgente—. Una vieja tonta como yo no debería encariñarse demasiado...»

Matilda temía los afectos, temía el precio que hay que pagar por ellos. Ella estaba acostumbrada a pagar por todo.

14

El Año Nuevo sería triste, era así como Vera Aleksándrovna lo había previsto. Se sentía con el ánimo de una noble tonalidad menor, sacó la partitura de Mendelssohn y practicó la segunda sonata. No tenía una opinión particularmente elevada de sus habilidades pianísticas, pero el único espectador con el que contaba aquella tarde de Año Nuevo era el más benévolo del mundo. Su alma de actriz no había muerto. El antiguo espectáculo de su vida se había desmoronado, las representaciones se habían acabado y ahora se proponía montar una con material a mano, un popurrí, como se dice en el teatro. El vestido negro, cerrado pero con las mangas transparentes, era apropiado para una intérprete de Mendelssohn. Y además el negro le sentaba bien. No hacía caso de las convenciones burguesas, según las cuales no se puede recibir el Año Nuevo vestido con ropa negra. La mesa sería modesta: no disfrutarían de las empanadillas de mamá con aspecto de cerdito, idénticas como hechas a máquina, ni de ningún cóctel casero en una ponchera de plata *à la russe*... A propósito, tenía que preguntarle a Shúrik dónde estaba la ponchera... Solo tartaletas y pequeños canapés que compraría en la cantina de la Sociedad de Teatro. Naranjas. Y una botella de vino espumoso seco. Eso es todo. Para nosotros dos.

Colgaré el chal de mamá en el respaldo de la silla y dejaré el libro de Stendhal abierto como se quedó cuando se la llevaron al hospital. Y las gafas... Pondremos la mesa para tres. Sí, para nosotros tres.

Vera no pensó que Shúrik podía tener sus propios planes. Como siempre, se le habían asignado varios papeles para la inminente fiesta: paje, interlocutor y público entusiasta. Y desde luego, el de hombre, en el sentido más elevado. En el sentido supremo.

Pero Shúrik no tenía tiempo para fiestas. La mañana del 31 de diciembre se marchó temprano a hacer el examen preliminar de química inorgánica. Llamó a la puerta del profesor Jabárov justo en el momento en que este acababa de atizarse, en compañía de su ayudante de laboratorio, un vasito de cien gramos de alcohol de laboratorio debidamente diluido.

Esta era ya la tercera vez que Shúrik intentaba examinarse y si no lo aprobaba hoy no le permitirían presentarse a la convocatoria del examen final. Shúrik se detuvo en el umbral de la puerta, con aire indeciso. Alia, su mentora y animadora, se asomó por detrás.

–¿Para qué has venido, Togusova? –le pregunto Jabárov, que le había aprobado los exámenes preliminares por sus excelentes logros, sin que entregara ningún trabajo.

–Para nada, en realidad –respondió Alia avergonzada.

–¡Oh! No tenéis nada que hacer, chicos –suspiró Jabárov de un modo bondadoso.

El vasito de alcohol acababa de ser asimilado por su organismo y, tanto por fuera como por dentro, tenía una sensación de calor y bienestar. Jabárov era un alcohólico incipiente y Shúrik se había topado con él por casualidad en el mejor momento de su estado fluctuante. Shúrik resolvió con velocidad el problema que le había puesto y se equivocó. A Jabárov le hizo gracia, se rió a carcajadas, le dio otro ejercicio y se fue en busca de su fiel ayudante de laboratorio, que estaba en la sala de servicio, para repetir el procedimiento. Al cabo de un cuarto de hora Jabárov volvió y se encontró a su olvidado Shúrik con el problema resuelto por

Alia, firmó en el boletín de evaluación y le guiñó un ojo, mientras agitaba el dedo:

–¡No tienes ni la más remota idea, Korn!

En el pasillo, Shúrik cogió a Alia en brazos y empezó a dar vueltas, estropeándole su esmerado moño.

–¡Hurra! ¡Me ha aprobado!

Alia estaba en el séptimo cielo: el pasillo estaba abarrotado de estudiantes y todos vieron como Shúrik la tomaba entre sus brazos. He aquí la evidencia más flagrante de que su intenso trabajo de conquista daba sus primeros frutos. La alegría de Shúrik, dirigida a ella, y su peinado deshecho mostraban a todo el mundo que entre ellos había algo. El acercamiento se había producido y ella estaba dispuesta a esforzarse al máximo para llevarse el gran premio.

Con la mano huesuda enderezó su moño ladeado, se alisó con un rápido movimiento el cuello de la chaqueta azul y el dobladillo de la falda, luego se pellizcó la media para subírsela.

–Felicidades –dijo melindrosa, encogiéndose de hombros.

En ese momento estaba casi guapa, se parecía vagamente a una de esas japonesas de los calendarios de papel satinado que habían llegado en gran número a Rusia ese año.

–Te doy mil veces gracias –le dijo Shúrik, todavía radiante por el éxito.

«Me va a invitar», se dijo Alia.

Por alguna razón se le había metido en la cabeza que si aprobaba el examen la invitaría sin falta a celebrar la noche de Año Nuevo en su casa. Ya hacía varios días que todo el mundo se apresuraba, se organizaban colectas para la fiesta, se compraba comida y se discutía sobre qué casa era mejor para reunirse. Era especialmente importante para aquellos que vivían en las residencias: las estrictas autoridades perseguían las borracheras y los excesos de cualquier tipo que invariablemente se producían ese día. Todos los llegados de fuera deseaban que les invitaran a pasar la velada en una verdadera casa moscovita.

Shúrik sacó los papeles escritos de sus bolsillos y los guardó en la cartera, mientras Alia se quedaba plantada delante de él, devanándose los sesos febrilmente para encontrar algo que decirle enseguida, para que ese momento favorable le resultara provechoso. Pero no encontró nada mejor que una pregunta trivial:

–¿Dónde lo celebras hoy?

–En casa.

La conversación se desvió y era imposible tirar más de la cuerda: no quería hacerse invitar con ruegos.

–Todavía tengo que comprar un abeto, se lo prometí a mamá –le confió Shúrik, y añadió con sencillez y para rematar la conversación–: Gracias, Alia, sin ti nunca lo habría conseguido. Bueno, me voy...

–Sí, yo también tengo que irme –dijo Alia, haciendo un gesto altivo con la cabeza, y se fue balanceando rítmicamente el moño encrespado de sus cabellos espesos y negros y conteniendo con valentía las lágrimas amargas del fracaso.

En la residencia había un zafarrancho de combate. Las compañeras de Alia planchaban, cosían dobladillos, se maquillaban con cosméticos alemanes que habían comprado entre todas, se los quitaban y se aplicaban de nuevo el colorete y las sombras. Se preparaban para ir a la fiesta de Fin de Año de la Universidad Patrice Lumumba, pero Alia no estaba invitada. Esta se metió en la cama y se cubrió la cabeza con la manta.

–¿Estás enferma? –le preguntó Lena Stovba, captando en el reflejo del espejo sus ojos redondos como platos.

–Me duele el estómago... Pensaba ir a casa de Korn pero creo que no iré –dijo Alia, frunciendo el ceño.

En efecto, si prestaba atención, algo le dolía de verdad en el estómago.

–Oh –respondió Lena escupiendo en la máscara de ojos y concentrándose para extendérsela con un cepillo–. A mí también me llamó pero no me apetece ir.

Alia auscultó su vientre: le dolía. Fue incluso mejor. Se preguntó por qué mentía Lena. Aunque tal vez no mentía...

Stovba, vestida con una combinación blanca con una abertura delantera, estaba sentada y había enroscado su pierna, bonita y carnosa, alrededor de la pata de la silla y se esforzaba por no cerrar los ojos para no mancharse de rímel. Formaba parte del grupo de las chicas ricas, le enviaban giros postales desde casa, su madre la había visitado dos veces y le había llevado comida como no se veía en Moscú...

Poco después de las nueve, todas las chicas se fueron, dejando tras de sí un caos total: vestidos desparramados, la plancha encendida, bigudíes y trozos de algodón con rastros de carmín y de sombra de ojos. En ese momento Alia se puso a llorar.

Después de haberse desahogado un rato, se consoló según su manera habitual, acariciándose un poco. Tenía los pechos pequeños y duros, como peras verdes. Su vientre, en otro tiempo hundido, y que resaltaba los huesos de la cadera y del pubis, se le había redondeado gracias al pan moscovita. Tenía el talle fino y el resto no era peor que el de las demás: por fuera, una delicada gamuza, por dentro, seda resbaladiza.

Se levantó y se miró en el espejo cubierto de polvo. Por separado, cada elemento de su cara no estaba mal, pero parecían reunirse al azar, sin cuidado: los grandes ojos rasgados podrían haber sido aún más rasgados, pero estaban demasiado cerca el uno del otro. Tenía la nariz ligeramente chata, como la de su padre, pero era tolerable. En cambio, la distancia entre la punta de su nariz y el labio superior era demasiado pequeña. Estiraba su labio superior deslizando la lengua hacia dentro: sí, así estaría mejor... Los cosméticos alemanes estaban desperdigados y, sin escatimar en lo ajeno, se dibujó unas cejas oblicuas y enmarcó los ojos en un cuadro negro... Luego se lo quitó y se volvió a maquillar. Con todo, no se parecía a la japonesa rellenita del calendario, sino más bien a su padre samurái...

Luego se probó los vestidos de sus compañeras. En la residencia era habitual intercambiarse la ropa y ponérsela por turnos, de forma colectiva. La riqueza de las chicas era bastante miserable, pero para Alia era más que suficiente. Aunque ninguno de los trajes de Stovba le iba bien, ni por talla ni por estatura, Alia inspeccionó con una mirada fría, desprovista de envidia, las blusas y los vestidos. Ella también se compraría un vestido así, de color cereza y de seda, pero de rayas ¡por nada del mundo! Las uzbekas en los mercadillos los llevaban todos rayados. Y también se compraría unas botas. Unas botas de caña alta. Le habían prometido un trabajo de limpieza en el instituto después de Año Nuevo. Ganaría dinero y se lo compraría...

Se miró al espejo y la imagen que vio reflejada no era la de una belleza, pero, al menos, tampoco era ya la de Alia Togusova. Una cara nueva. Apenas se reconocía. Había dinero suelto para telefonear en un rincón de la mesilla de noche. Por último, todavía descubrió un frasco de perfume. Lo agitó y se lo puso. El perfume se llamaba Tal Vez. Tomó una moneda de dos kopeks y bajó a telefonear.

92

15

Poco después de las diez, Vera Aleksándrovna acabó de arreglar la ascética mesa como había planeado. Había doblado las servilletas que su madre almidonó el año anterior dándoles una complicada forma de «cola de pájaro», y había dispuesto al pie de las velas unas pequeñas coronas, trenzadas previamente y a toda prisa con papel dorado y negro. Lúgubre, pero solemne. Bajo el abeto, que Shúrik había conseguido con mucho esfuerzo y al que no le había dado tiempo todavía a deshelarse, puso el regalo de Año Nuevo para su hijo, un fino jersey de lana que le tocaría arreglar y zurcir durante muchos años. Luego cambió de idea y llamó a Shúrik:

–¡Abre tu regalo ahora! ¡En Año Nuevo hay que estrenar ropa nueva!

Shúrik abrió el paquete.

–¡Uauuu! ¡Es genial!

Abrazó a su madre y se quitó su viejo jersey azul claro. El nuevo era oscuro, de un soberbio color marengo, y le gustaba mucho. Él también tenía un regalo para su madre: una suntuosa camisa de dormir en que se le había ido toda la beca del mes, una monstruosidad de nailon rosa cuyo tejido crujía al tacto. Las mujeres luchaban en la cola de unos grandes almacenes, y él había seguido su ejemplo. Ya en esos años, comenzaba a manifestar ese don particular de escoger regalos caros y ridículos, siempre inoportunos y que daban la impresión de que regalaba algo que tenía por casa y que quería quitarse de encima... Pero Vera no había tenido tiempo para enfadarse todavía, apartó el regalo a un lado sin mirarlo, a la espera de que llegara la hora de abrirlo...

Una vez hubo acabado con la mesa, Vera se encerró en el cuarto de baño para llevar a cabo maniobras destinadas a proporcionarle, si no juventud, por lo menos sí la certeza de haber hecho todo lo posible por retenerla. En ese momento sonó el teléfono. Shúrik descolgó. Era la jefa de su madre, Faina Ivánovna, que quería hablar con ella. Cuando supo que Vera Aleksándrovna estaba en casa y que celebraba el Año Nuevo con su hijo, declaró en tono resuelto:

—¡Magnífico! ¡Magnífico! Volveré a llamar más tarde.

Al cabo de una hora el timbre sonó de nuevo, pero esta vez era el de la puerta. Grande y con la cara colorada, vestida con una pelliza de astracán cubierta de nieve y una shapka a juego, Faina entró como un Papá Noel imberbe que hubiera puesto los regalos de su saco rojo en dos voluminosas bolsas de plástico.

Vera Aleksándrovna lanzó un grito:

—¡Faina Ivánovna! ¡Vaya sorpresa!

Faina Ivánovna, que ya había dejado su pesada pelliza en manos de Shúrik, liberó sus enormes pies de las botas deformadas y se arregló los cabellos pegajosos de laca.

—¡Quería daros una sorpresa! ¡Dad la bienvenida a una invitada inesperada!

Estaba tan satisfecha con su arriesgada idea que no observó ni las cejas asombradas de Shúrik ni el imperceptible gesto de resignación de Vera a su hijo, que significaba «qué le vamos a hacer...». A Faina no se le pasaba por la cabeza que su empleada no se alegrara de su llegada. Se inclinó, rebuscó con una mano dentro de su bolsa grande y graznó:

—¡Maldita sea! ¡Creo que me olvidé los zapatos! Mis zapatos nuevos tan elegantes...

–Shúrik, ve a por las zapatillas grandes, por favor –pidió Vera Aleksándrovna.

–¿Cuáles, Verusia?

Vestido con su jersey nuevo, alto, guapo y recién afeitado, Shúrik llenaba el hueco de la puerta con sus espaldas.

Faina Ivánovna estaba encantada. Bastaría con coserle unos galones y añadirle una decena de años... Tenía una debilidad: sentía una inexplicable atracción por los militares. Pero, para casarse, no había encontrado uno propio, solo hombres de paso, provisionales, poco fiables. Entonces, ¿en qué consistía su fascinación por los militares? Por supuesto, en su fiabilidad. Pero ¿qué fiabilidad ofrece un amante? Con el actual había ascendido hasta la gran estrella de coronel, hasta la *papaja*,[1] y este era tan extraordinariamente ágil, iba a verla como si estuviera de servicio, dos veces por semana, pero no se dejaba atrapar... Por ejemplo, lo que había pasado hoy: le había anunciado con antelación que enviaría a su mujer y sus hijos a pasar las fiestas a Smolensk, a casa de sus padres, pero a las ocho de la tarde la había telefoneado para decirle secamente que su hija se había puesto enferma y que todo se anulaba... Que no iría...

Faina Ivánovna rompió un plato contra el suelo, derramó cuatro lágrimas de rabia y telefoneó a Vera Aleksándrovna. Luego metió en bolsas todas sus provisiones para Año Nuevo, una auténtica comida de fiesta, incluso empanadillas caseras –nada que ver con la escenografía refinada que Vera aplicaba a sus platos, con su media oliva y su ramita de perejil–, y se presentó allí. Así, ella no pasaba la noche sola en casa y le daba una sorpresa a la pobre Vera. Pero la sorpresa que esperaba a Faina Ivánovna era Shúrik. Parecía que fue ayer cuando lo llevaban al teatro con su pequeña camisa de seda, su pajarita y, a veces, de la mano de su aristocrática abuela, pero ahora ya no había ni rastro de todo aquello: la abuela había muerto, y en lugar del niño inti-

---

1. Gorro alto caucasiano de piel. (*N. de la T.*)

midado había un joven toro. Todavía olía a leche, pero tenía una estatura y unas espaldas viriles... En este sentido, Faina tampoco había tenido suerte. Ella, que era grande y bien plantada, solo había conseguido en su vida hombres de pequeñas dimensiones, aunque tuvieran el grado de coronel...

Faina hurgaba en el interior de su bolsa e iba colocando los botes y los paquetes sobre la mesa estrecha de la cocina y añadía:

—¿No es una buena idea? Pensé que estabais solos y yo también. Mandé a Vitka a un campamento de invierno en Ruza. ¿A quién más necesitamos? ¿Dónde tenéis un plato grande?

Shúrik fue a buscar con entusiasmo un plato del aparador. A él todo le gustaba: la idea de su madre de celebrar el Año Nuevo entre recuerdos tristes, con austeridad y solemnidad, y la intención de Faina de festejar en opípara abundancia.

Todavía no habían tenido tiempo de colocar las empanadillas y las ensaladas que había traído cuando el teléfono volvió a sonar. Era Alia Togusova:

—¡Shúrik! Estoy al lado del instituto. Imagínate, las chicas han salido y se han llevado las llaves de la habitación y la encargada tampoco está. No puedo volver a mi casa... ¿No te molesta si voy? —Soltó una risita, sin estar segura del todo.

—Claro que no, Alia, no tienes ni que preguntarlo. ¿Quieres que vaya a buscarte?

—¡Como si no conociera el camino! No, no, voy sola...

Alia no había telefoneado desde el instituto sino desde el metro. Al cabo de diez minutos, estaba en la puerta. Esta vez Vera Aleksándrovna lanzó un grito. En el primer momento le pareció que Lilia Laskina había regresado: una chica menuda y excesivamente maquillada, con unos ojos que casi le llegaban hasta las orejas... Al verla Shúrik se rió a carcajadas y exclamó sin ánimo de ofender:

—¡Sí que te has pintarrajeado! Casi no te reconozco.

Alia se desembarazó con rapidez de su viejo abrigo y apareció el vestido que había tomado prestado, de color rojo cereza,

96

ceñido con un cinturón ancho con un agujero extra perforado a toda prisa, y alisó sus cabellos rígidos recogidos en un moño.

–Como una auténtica japonesa...

Shúrik no hubiera podido encontrar una comparación mejor. Parecer una japonesa era precisamente lo que deseaba la kazaja Alia Togusova.

Mientras los jóvenes charlaban en el pasillo, Vera Aleksándrovna tuvo tiempo de susurrar a Faina Ivánovna:

–Es una compañera de clase de Shúrik... Estudian juntos. Es una alumna excelente, de Kazajistán. Viene a casa a menudo, preparan los exámenes juntos.

–¡Por Dios! ¡No me extraña! Con lo buen mozo que es, las chicas se le pegarán a montones, como lapas. Lo que tienes que hacer, Vera Aleksándrovna, es retenerlo todavía unos diez años y no dejar que se te case demasiado pronto. Es como el mío, tiene trece años y ¡ya mide un metro setenta! Cuando tenga dieciocho años, llegará a los dos metros. Y las chicas comienzan a llamarle por teléfono... Y yo pienso, déjalos que se diviertan mientras son jóvenes...

Faina Ivánovna era inteligente y, a su manera, incluso talentosa. Había empezado a trabajar como cajera y había escalado hasta el puesto de jefa contable. En el teatro, su autoridad era inmensa y, tanto el director como el responsable artístico, la temían un poco. Se tramaban intrigas en las que Vera Aleksándrovna no se implicaba a causa de la insignificancia de su posición y la repugnancia innata que le provocaban, propia de una naturaleza honrada, pero se daba cuenta de que robaban... No obstante, Vera sentía una especie de respeto hacia su jefa. Por supuesto, era vulgar y no tenía formación, pero su cabeza era una calculadora y, además, era inteligente. Ahora, por ejemplo, tenía toda la razón. Era evidente que un matrimonio precoz podía mutilar una vida entera. Gracias a Dios, la chica del año pasado, Lilia Laskina, se había marchado, porque de no haber sido así, habría acabado por casarse con él, no era más que un joven tonto...

–A los chicos hay que protegerlos más aún que a las chicas –decretó Faina Ivánovna, chasqueando la lengua, y en el fondo de su alma Vera estaba de acuerdo... Y se despidieron del viejo año de modo protocolario, bebiendo champán.

–¿Y la televisión? Hay que encender la televisión –exclamó Faina Ivánovna, enloquecida, buscando el aparato con la mirada. Pero no había televisión–. ¿Cómo es posible? ¿Cómo podéis vivir sin televisión en estos tiempos? –se sorprendió Faina Ivánovna.

No tuvo más remedio que pasar sin el mensaje televisivo de Año Nuevo de Brézhnev y sin la popular programación de fin de año, *La pequeña llama azul* y la película *La noche de carnaval*. A medianoche, sonó el reloj de pared de la abuela, y brindaron. Después atacaron la suculenta comida de Faina. Vera apenas la rozó con el tenedor. La velada que había imaginado se había echado a perder. Las velas ardían estúpidamente, sin sentido, y las luces del abeto se habían apagado, porque Faina Ivánovna había encendido la luz a la máxima potencia, exclamando: «¡Odio la oscuridad!».

Con su robusta espalda arrugó el viejo chal de Yelizaveta Ivánovna y se sentó en su silla. Apartó el plato vacío que simbolizaba la presencia implícita de la abuela. Faina devoraba con buen apetito, royendo los pequeños huesos de pollo:

–Mis pollos siempre son muy tiernos, siempre los pongo antes en adobo...

«¡Parece una leona! –observó Vera Aleksándrovna por primera vez en veinte años desde que la conocía–. ¿Cómo puede ser que no me haya dado cuenta antes? Dos arrugas le atraviesan la frente, tiene los ojos muy separados, la nariz roma y ancha... Incluso se peina los cabellos hacia atrás para esconder su cuello de fiera...»

–¡Come, mi niña, come!

Faina Ivánovna no se había tomado la molestia de memorizar el nombre de ese pequeño adefesio... Su rencor hacia el coronel todavía no se había disipado, incluso se había vuelto más virulento, pero también más alegre. Y una idea le vino a la mente.

–¿Dónde tenéis el teléfono?

Se fue al pasillo y marcó un número. Ella nunca le telefoneaba, él ni siquiera sabía que tenía el número de su casa. Fue una mujer la que respondió.

–¿Hola? ¿Es la casa del coronel Kórobov? Tiene un telefonema del Ministerio de Defensa...

–¡Tolia![1] ¡Tolia! –comenzó a chillar al auricular la voz femenina–. ¡Un telefonema del ministerio...! ¡Un segundo!

Pero Faina Ivánovna, sin prestar atención a la lejana agitación de su interlocutora, continuó:

–¡El alto mando desea un buen año al coronel Kórobov y le felicita por su ascenso! ¡El quince de enero de este año será nombrado director de la región militar de Magadán![2] La secretaria Podmajáyeva.

Y colgó con estrépito. ¿Y qué? ¡La vida es un teatro! Su humor mejoró notablemente.

–¿Por qué no coméis? –Faina sintió un ataque de hambre repentino. Sirvió a Shúrik ensalada y un trozo de pescado–. ¡Vera Aleksándrovna! ¿Por qué no comes? ¡Tu plato está vacío! ¡Shúrik, sírvenos de beber!

Shúrik se dispuso a descorchar la segunda botella de champán.

–¡No, no! ¡Coñac!

Faina lo había traído todo: el coñac y las chocolatinas.

«Ojalá se vayan pronto –se lamentaba Vera–. Los dos nos quedaríamos a solas, recordaríamos a mamá. ¡Todo se ha echado a perder, se ha estropeado por completo! ¡Vaya descaro inso-

1. Diminutivo de Anatoli. (*N. de la T.*)
2. Ciudad del extremo oriente soviético, conocida sobre todo por sus campos de concentración. (*N. de la T.*)

lente! Llegar aquí de improviso, sin invitación, con esa comida monstruosa que nos provocará ardor de estómago y pesadez, eso si no nos causa una indigestión.

Alia brindó con todos y bebió. Ella estaba en la gloria. Si sus amigas de Akmolinsk pudieran verla... ¡En Moscú, en aquella casa! ¡Con un vestido de seda!... Shúrik Korn, un piano, champán... Alia nunca había bebido. Si se lo proponían, siempre rechazaba la invitación. En la fábrica todos bebían y a ella le daban miedo los hombres borrachos porque sabía lo que solía pasar: te retorcían los brazos detrás de la espalda, te levantaban la falda hasta la cabeza y luego te empujaban algo entre las piernas... Tanto sus hermanastros como los chicos de los barracones la habían pillado varias veces. También en el laboratorio, el año anterior, para el Primero de Mayo habían organizado una especie de banquete, y luego el empleado de administración y el jefe del laboratorio Zotkin la habían atacado en el vestuario. Pero esta vez se sentía tan bien, tan deliciosamente bien...

«Por eso me dolía el vientre... ¡Por eso todo el mundo bebe!», adivinó ella, entregándose a deducciones en parte erróneas. «Las chicas decían que es agradable. Tal vez no mintieran... ¡Qué día más afortunado! Lograré obtener lo que quiero», decidió Alia, y miró fijamente a Shúrik con los ojos brillantes.

Pero Shúrik comía imperturbable... Cada uno hacía los planes que quería... Él tenía el suyo: había quedado a las dos de la madrugada del día siguiente, no, ya de hoy, con Matilda. Ella había pasado el día con sus amigas pero debía regresar por la tarde. Por los gatos, naturalmente. Y Shúrik quería visitarla una vez que hubiera celebrado el Año Nuevo con su madre en tristeza y serenidad.

–¿Y si bailamos? –propuso Alia en voz baja.

–El magnetófono está en mi habitación. ¿Quieres que vaya a buscarlo? –Shúrik era tan zopenco como Alia torpe.

–No, vayamos allí –dijo Alia ruborizándose bajo la mirada burlona de Faina Ivánovna.

–Bien, vamos –asintió Shúrik, y se limpió la boca con la servilleta almidonada que Alia no se había atrevido a tocar.

–Sí, sí, id a bailar –dijo Faina con una voz abyecta, pero nadie se dio cuenta.

Los jóvenes salieron y Faina Ivánovna, en un ataque de sinceridad, se puso a hablar a Vera Aleksándrovna de los contratos de los artistas, de los gastos de administración que había que pagar por concepto artístico, en resumidas cuentas, de cosas que no le apetecía saber.

En la habitación de Shúrik, apenas había sitio para bailar. Entre el diván, el escritorio y las dos librerías solo quedaba un espacio estrecho en el que Alia, al son de los sonidos quejumbrosos de un blues, estrechó contra Shúrik todo su cuerpo escuálido. Este se sorprendió al comprobar hasta qué punto se parecía a Lilia al tacto: costillas frágiles, pechos duros... Pero Lilia bailaba como una cíngara, esta por el contrario se contoneaba andando de puntillas. Pero si la estrechaba más fuerte contra él, una circunstancia sorprendente se revelaba: sus piernas delgadas se ajustaban de alguna manera lateralmente, y allí, entre ellas, se abría un espacio vacío que le llamaba, un camino abierto de par en par y esa cosita, el pubis, parecía suspendido en el aire e incluso sobresalía un poco hacia delante. Le levantó el dobladillo del vestido, solo por curiosidad, para comprobar lo que había allí, y se sorprendió: las braguitas se movieron fácilmente a un lado y su dedo se deslizó directamente en la cálida cavidad. Con un movimiento diestro, una especie de pequeño salto, Alia se sentó firmemente sobre él. Era bastante ligera, casi no pesaba nada, como Lilia. Él se puso a gemir: «Lilia...». Nada de muslos, nada de carne superflua. Solo eso, lo necesario... Nada que ver con Matilda, nada que ver... Y el blues, que se eternizaba sobre una nota de saxofón, no molestaba en absoluto. En el instante en que Shúrik apoyó aquel peso ligero contra el armario y se desató los botones demasiado apretados de sus pantalones, y ya todo iba a seguir su curso natural..., una voz exigente resonó en el pasillo.

–Shúrik, ven un momento, por favor.

No era su madre quien le llamaba sino Faina Ivánovna.

–¡Sí, sí, ahora mismo! –respondió Shúrik, interrumpido bruscamente, perturbado, y quitó el dedo de aquella pequeña extranjera.

La oscura seda se le pegó electrostáticamente al pecho y por primera vez se maravilló ante la calidad artística de la naturaleza femenina: a la tenue luz de la lámpara del escritorio, de espaldas a la pared, los pétalos rojos de una flor abultada le miraban...

–Vuelvo enseguida –le murmuró Shúrik con una voz ronca y comenzó a meter los botones en los ojales demasiado estrechos de sus pantalones nuevos.

Faina Ivánovna se estaba vistiendo en el recibidor. Ya se había calzado las botas. Las bolsas adelgazadas yacían apaciblemente en el suelo, como dos perros a los pies de su amo.

–Shúrik, ¿puedes acompañar a Faina Ivánovna a coger un taxi? –le preguntó su madre.

Shúrik asintió con la cabeza.

–¡Por supuesto!

No le quedaba otro remedio.

–¡Nuestro patio es tan oscuro! Si pudiera acompañarme hasta la puerta y volver con el mismo coche...

–¡Claro, claro! –Vera se alegró de quedar liberada.

Eran poco más de las dos de la madrugada, las fiestas de Año Nuevo todavía estaban en pleno auge. No les costó encontrar un taxi. La casualidad quiso que la casa de Faina Ivánovna estuviera justo enfrente de la residencia de Alia. La mujer pagó al taxista y lo dejó marchar, para sorpresa de Shúrik, que todavía estaba bajo el efecto magnético de la flor que había descubierto bajo el vestido de seda de color cereza.

El patio no estaba en absoluto oscuro, pero Shúrik no prestó atención a ese detalle. Llevaba las dos bolsas ligeras en una mano mientras una manga pesada de astracán descansaba sobre su otro brazo. Cogieron el ascensor. Faina Ivánovna abrió la puerta, dejó pasar a Shúrik y acto seguido le dio una vuelta a la llave. Su plan contenía dos puntos. El primero era una llamada telefónica.

–Quítate la cazadora un minuto, hazme ese favor.

Mientras él todavía permanecía pensativo, ella se quitó rápidamente el abrigo, marcó un número de teléfono y le pasó a Shúrik el auricular.

–Pregunta por Anatoli Pétrovich y di: Faina Ivánovna me ha pedido que le comunique que tiene dos entradas para el espectáculo *Mucho ruido y pocas nueces*. ¿Entendido? *Mucho ruido y pocas nueces*. ¡Dos entradas!

Una voz masculina respondió al otro lado del teléfono.

–¿Diga?

–¿Anatoli Pétrovich? Faina Ivánovna me ha pedido que le diga que tiene dos entradas para el espectáculo *Mucho ruido y pocas nueces*.

–¿Qué? –rugió la voz.

–Dos entradas...

Faina Ivánovna presionó con un ligero movimiento de su dedo índice el conmutador. La comunicación se interrumpió. Y ella sonrió misteriosamente.

–Y ahora... –Este era el segundo punto de su programa para la noche de Año Nuevo–. Ahora voy a enseñarte un jueguecito...

Faina le cogió la mano, se apoderó con fuerza de su pulgar y sacó su lengua dura entre sus labios redondeados, y le lamió la yema del dedo...

–No tengas miedo, te gustará...

La leona tenía peculiaridades de las que Shurik, hasta cierto punto armado con la experiencia del lunes, no se había percatado. Y no suscitó en él ninguna asociación de ideas: no conocía estos juegos. Al cabo de media hora, perdió el sentido de la orientación, tanto en el espacio como en sus propias sensaciones, presa de un placer eléctrico y ardiente que se le propagaba a través de la columna vertebral. Ante él se cernió algo inimaginable y exagerado que no tenía nada en común, aparte del olor, con la pequeña flor seca sobre la cual se había precipitado unos instantes antes. Era el indescriptible y atrayente olor del cuerpo femenino y descubrió que ese olor también tenía un sabor. Su instrumento, familiar y acostumbrado, estaba completamente fuera de control, y era objeto de caricias vivas y húmedas y fue engullido, mordisqueado, lamido... Él titubeaba confuso, como un nadador perdido antes de saltar a aguas desconocidas. Recibió un empujón y se echó hacia atrás. Parecía que no quería zambullirse. Por alguna extraña razón, sentía miedo. Oyó un rugido largo y aterciopelado... Pero en otra parte de su cuerpo se produjo algo indescriptible y ojalá no se acabara nunca. No quedaba otra salida y se zambulló en el mismo corazón del torbellino... El sabor le quemó: al mismo tiempo picante y ácido como el yogur, y suave y completamente inocente...

Y de repente adivinó con qué tenía relación todo aquello: con una imagen incomprensible y completamente inverosímil que había examinado cuatro años antes durante mucho rato en la pared del retrete público de la calle Pushkin y el callejón Stoléshnikov. Su abuela lo esperaba arriba mientras él se aliviaba.

Shúrik no volvió a casa hasta el día siguiente. Muriéndose de la repugnancia, contó una mentira coherente: el taxi en el que regresaba de casa de Faina Ivánovna había chocado con otro vehículo y tuvo que pasarse tres horas sentado en el departamento de la policía en calidad de testigo y no le permitieron telefonear...

Vera, totalmente exhausta por la pérdida que había imaginado, rehusó con un movimiento de la mano.

–De todas maneras no habrías podido comunicarte con nosotras, nos pasamos toda la noche llamando a las morgues y a los hospitales.

Confiaron en él sin reservas.

Vera Aleksándrovna se sentía satisfecha de haber recuperado a su hijo desaparecido. Un poco más tarde, Faina, experta en ardides de todo tipo, aprovechó la trama y confirmó su coartada: su teléfono estaba averiado.

Las lágrimas y la inquietud compartidas de esa noche de Año Nuevo habían obrado un acercamiento entre Vera Aleksándrovna y la alumna sobresaliente de química. Aquella le había perdonado a Alia su aspecto poco favorecido y su modo de hablar provinciano.

«Es una chica de buen corazón –decidió Vera–. Gracias a Dios que todo acabó bien.»

De paso, echó una mirada furtiva al espejo; incluso en el recibidor, sumido en la penumbra, la imagen que le devolvía el espejo carecía de valor: párpados hinchados, círculos oscuros alrededor de los ojos, y los hoyuelos en las comisuras de su boca, que otrora emocionaron a Aleksandr Siguizmúndovich, se habían transformado en arrugas fláccidas.

–Acompaña a Alia y vuelve rápido a casa –le pidió Vera.

Le dolía el estómago a causa de la comida de Faina y tenía sueño, pero sobre todo tenía ganas de quedarse a solas por fin con su hijo, sin forasteros ni personas superfluas.

Y Shúrik de nuevo se encaminó muy despacio hacia la calle de la que acababa de volver. La llave de la habitación de Alia colgaba del casillero enrejado detrás del mostrador del conserje. El conserje no estaba allí: era su oportunidad.

–¿Subimos? –propuso Alia con un lastimoso aire juguetón.

–¿Y las otras chicas? –preguntó Shúrik, intentando escabullirse.

Alia se ruborizó: para que la desenmascarara solo faltaba un paso. Ella misma había olvidado que la noche anterior mintió sobre sus compañeras, diciendo que se habían llevado la llave de la habitación. Pero ni un terremoto, ni una inundación, ni un incendio habrían conseguido disuadirla de sus intenciones... Cogió la llave del casillero y tomó a Shúrik del brazo. No había escapatoria para él. Subieron al segundo piso. Sus compañeras de habitación estaban entrelazando sus vidas personales con los destinos de los estudiantes africanos de la Universidad Patrice Lumumba en el territorio de las primeras y, en esas circunstancias, Shúrik tuvo que capitular. La árida flor kazaja se abrió para él unos minutos y ambos se quedaron plenamente satisfechos: él de no haber defraudado las expectativas de la chica y ella porque imaginaba equivocadamente que había conseguido una gran victoria.

La única persona a la que no tenía que mentir era Matilda, que se había quedado dormida la noche de Año Nuevo en su cama, delante de la televisión, y solo se dio cuenta por la mañana de que Shúrik no había ido... Cuando él apareció dos días más tarde, un poco turbado por haber faltado a su promesa, ella se limitó a reír.

–Mi querido amigo, no hace falta que digas nada.

16

Después de Año Nuevo, el frío se intensificó aún más. Era un invierno excepcionalmente pobre en nieve, el viento barría los granitos secos de nieve contra las paredes y las cercas, y por todas partes se veían calvas en parterres y descampados. Vera Aleksándrovna, que amaba los inviernos por la blancura y su engañosa pureza, sufría con el frío y la oscuridad invernal, no mitigados por la bendición de las nevadas, los montones de nieve y los árboles cubiertos de blanco. En aquel primer invierno después de la muerte de su madre, las enfermedades de Vera se prolongaron más de lo acostumbrado: los resfriados y las anginas se sucedían uno detrás de otro. Yelizaveta Ivánovna sabía entenderse con las enfermedades, las ahuyentaba con remedios caseros: leche con miel, leche con yodo, milenrama y centaura. En resumidas cuentas, los útiles consejos publicados en la última página de la revista *Salud*. Pero, ahora, además de las enfermedades habituales, a Vera le asaltaban unas extrañas palpitaciones, abundantes sudoraciones que la dejaban empapada, como un herrero en una forja al rojo vivo, misteriosos flujos y reflujos cuyo ciclo parecía superado para ella desde hacía mucho tiempo. Tenía también toda clase de pequeños dolores erráticos: en las sienes, en el estómago, en el dedo gordo del pie... Todo su organismo estaba en desorden, porfiaba y gritaba: ¡Mamá! ¡Mamá!

107

El gran número de conocidos y las vastas relaciones de Yelizaveta Ivánovna estaban vivos todavía, así que Shúrik, a petición de su madre, revisó las hojas despegadas de la gran agenda de la abuela y en la letra A encontró «análisis, Marina Yefímovna», que resultó ser la directora de un laboratorio de bioquímica. Su hija era una antigua alumna de la abuela y la había puesto al corriente de la muerte de Yelizaveta Ivánovna. Sería quedarse corto decir que trató a Shúrik y a Vera Aleksándrovna como si fueran miembros de su familia, como si para ella y su laboratorio fuera un honor especial que les permitieran realizar los análisis... Cuando llegaron al día siguiente al enorme laboratorio lleno de luz y vidrio, Marina Yefímovna, una mujer pequeña, con una cara de estrella de cine mudo pasada de moda, interrogó durante largo rato a Vera Aleksándrovna sobre su estado por la mañana y por la tarde, pidiéndole todo tipo de detalles, le echó una ojeada por debajo de los párpados y le palpó las yemas de los dedos. Después examinó al trasluz una probeta de sangre que le había extraído de las venas, la agitó ligeramente como un catador de vino y asintió con la cabeza en señal de aprobación.

Algunos días después del análisis la llamó y le informó de que no había descubierto nada malo, si bien algunos índices excedían el límite de lo normal y, que para obtener un cuadro más completo, tenía que consultar a un médico del instituto de endocrinología.

Y acto seguido Marina Yefímovna se puso a telefonear, organizar, hacer gestiones. Como Yelizaveta Ivánovna, pertenecía a ese tipo de personas serviciales que procuran agradar a todo el mundo, y sus redes cubrían un vasto territorio. La endocrinóloga a la que Marina Yefímovna envió a Vera también pertenecía a ese tipo, y Shúrik, que siempre acompañaba a su madre en sus visitas médicas, no dejaba de maravillarse de los numerosos amigos y amigos de amigos que tenía su difunta abuela, como si se tratara de una sociedad secreta o una orden religiosa cuyos miembros se reconocían con media palabra y se ayudaban mutuamente... Pertenecían a «una misma familia» de acuerdo con ciertas propiedades indefinibles. Todos tenían derecho a un renglón en la agenda de la abuela y estaban clasificados no por orden alfabético, sino de un modo arbitrario: a veces por la primera letra de su profesión –farmacéutica, peluquera, propietaria de dacha–, otras por la inicial de su nombre o de su apellido, o todavía, como en el caso de la mecanógrafa Tatiana Ivánova, por el nombre de la calle donde vivía... Tal vez Yelizaveta Ivánovna se guiara por un código especial a la hora de elegir la letra, pero Shúrik no lo había descubierto... Y cada una de las personas inscritas por la mano de la abuela tenía, por lo visto, una agenda idéntica y cuando llamaban nunca obtenían una negativa por respuesta: formaban un mundo por sí mismas donde se prestaban socorro mutuo...

La mayor parte de números telefónicos comenzaban por una letra: ese era el sistema de numeración de preguerra abolido en los años cincuenta. Shúrik llamaba a esos números obsoletos y, por regla general, respondía gente desconocida pero siempre dispuesta a ayudar. Por ejemplo, una tal «Lena de la farmacia», después de soltar gritos durante un buen rato y de sollozar de manera natural, le explicó a Shúrik qué mujer tan extraordinaria era su abuela y después ella misma le llevó a casa todas las medicinas necesarias, le enseñó cómo preparar correctamente una infusión de centaura y regaló a Vera Aleksándrovna un collar de ámbar, que supuestamente tenían un efecto curativo sobre los enfermos de glándula tiroides...

Por otra parte, la endocrinóloga Brumstein, a quien Marina Yefímovna había llamado por teléfono, esta vez sirviéndose de su propia agenda, no era en absoluto tan amable como el resto de los personajes del alfabeto. Seca y casi calva, esta señora Brumstein, de una majestuosidad imponente, recibió, no obstante, a Vera Aleksándrovna sin hacerla pasar por la lista de espera, examinó con detenimiento el papel con los resultados de los análisis, le auscultó el corazón, le tomó el pulso, le palpó el cuello, se mostró muy descontenta y le pidió que se hiciera un análisis poco común, que solo practicaban en su instituto.

Antes de que Vera Aleksándrovna se fuera, cuando ya estaba asiendo el pomo de la puerta, le dijo con aire sombrío: –El istmo de su cuello se ha compactado, los lóbulos están hipertrofiados. Sobre todo el de la izquierda... En cualquier caso, es inevitable una cirugía. La única cuestión es saber hasta qué punto es urgente... Con una sorprendente determinación, Vera rechazó operarse. Decidió que antes se pondría en tratamiento con un homeópata. La medicina homeopática no estaba completamente prohibida, pero sí estaba en entredicho, como el arte abstracto, la música vanguardista o el origen judío. Al homeópata también lo encontraron por la agenda de la abuela. Se desplazaron hasta el lejano suburbio de Izmáilovo y encontraron en una cabaña de troncos medio derruida a un médico malhumorado y barbudo que hizo gala de una educación pasada de moda en cuanto mencionaron el nombre de Yelizaveta Ivánovna. El médico garabateó en un viejo trozo de papel amarillento varias palabras mágicas y unas cruces, le pidió cien rublos –unos honorarios monstruosamente elevados– y se despidió de Vera besándole la mano.

Al día siguiente Shúrik recibió la primera ración de pequeñas cajas blancas, de una farmacia especial, para su madre. Una expresión nueva y concentrada apareció pronto en la cara de Vera: con los labios un poco abombados y los ojos entrecerrados, chupaba esas grageas blancas desiguales. Por todos los rincones de la casa estaban desparramadas esas cajas de cartón: de tuya, anís, belladona... Vera cogía la caja de fabricación casera entre dos dedos, la agitaba –las píldoras chocaban ligeramente unas contra otras– y después las vertía sobre su estrecha mano: una, dos, tres... Sus manos recordaban las que aparecen en los retratos españoles: dedos afilados y pliegues delicados sobre sus falanges alargadas.

Y sus dos anillos preferidos: uno con un pequeño diamante, el otro con una gran perla...

Poco a poco, Vera ocupó el sitio que una vez perteneció al pequeño Shúrik, y Shúrik, un Shúrik adulto, pero con las mejillas calientes y sonrosadas de un niño, sustituía a Yelizaveta Ivánovna como podía. Y sus atenciones torpes le proporcionaban a Vera más placer que las de su madre: era un hombre. La cara de Shúrik no se parecía a la de Aleksandr Siguizmúndovich, sino más bien a la del abuelo Korn, pero sus cabellos eran rizados y tupidos como los de su padre, tenía las manos grandes, con hermosas uñas, y luego ese modo cariñoso que tenía de tomarla por los hombros... Sin duda, ser desgraciada cerca de Shúrik era mucho más fascinante que serlo cerca de su madre...

Yelizaveta Ivánovna no había sabido en absoluto ser infeliz, tal vez porque su energía pragmática no le dejaba tiempo para reflexionar sobre cosas abstractas y poco prácticas como la felicidad, pero quería apasionadamente a su hija y trataba con respeto su estado de tristeza melancólica y de humillación inmerecida, considerándolo una manifestación de su constitución psíquica delicada y su talento frustrado. Aleksandr Siguizmúndovich también había sufrido por su naturaleza demasiado sensible. Por lo general, desde el punto de vista de Vera, los sufrimientos morales eran un privilegio. Y hay que reconocer que, incluso en los años más duros de la evacuación, en medio del barro y el frío invernal de Tashkent, Vera soportó con relativa facilidad las dificultades materiales y dio preferencia a los sufrimientos relacionados con el final de su carrera artística y con la pérdida –temporal, aunque entonces parecía definitiva– de su adorado Aleksandr Siguizmúndovich...

Nadie, excepto Yelizaveta Ivánovna, estaba en condiciones de apreciar en su justa medida el sacrificio que Vera había hecho consagrando la mitad de su vida a un lastimoso empleo de contable. La pregunta de por quién o por qué Vera se había sacrificado no se planteaba: se sobrentendía, obviamente. Shúrik

111

había visto cómo se lo recordaba su abuela con reproches tiernos a fin de estimular su amor por Vérochka. Ahora, después de la muerte de su abuela, Shúrik todavía exageraba más la dimensión de ese sacrificio. Y un halo leve e invisible coronaba el moño al estilo griego y perfectamente recogido de esos cabellos envejecidos.

Por la tarde, Vera siempre encontraba un momento para sentarse en la salita de estar. Reclinada en la enorme butaca combada por el peso del cuerpo de su madre, abría los cajones del escritorio, revisaba viejas cartas ordenadas cronológicamente, facturas emitidas por servicios desconocidos e incontables fotografías, principalmente de ella misma, de Vera. Las mejores colgaban encima de la mesa en marcos inestables, que no soportaban el menor contacto: Vérochka engalanada en sus trajes de actriz. La mejor época de su vida, pero tan breve... Cuando Shúrik la sorprendía en esa actitud melancólica, se sentía embargado por una compasión tierna y amarga: sabía que había obstaculizado su gran carrera como actriz... Impulsado por un arrebato de amor, abrazaba esos hombros de muchacha joven y susurraba:

—Verusia... Mi pequeña mamá... Vamos...

Y Vera repetía:

—Mi pequeña mamá, mi pequeña mamá... ¡Estamos los dos solos en el mundo!

17

Shúrik estaba convencido de que su abuela murió por culpa del increíble olvido que lo había asaltado mientras ayudaba a Lilia a preparar su partida a Israel. Su vida adulta comenzó con sombríos ataques de angustia que lo despertaban en mitad de la noche. Su enemigo interior, su conciencia herida, le enviaba de vez en cuando sueños realistas e insoportables, cuyo tema principal era su incapacidad –o la imposibilidad– de ayudar a su madre que lo necesitaba.

Esos sueños eran a veces bastante complicados y requerían una interpretación. Una vez soñó con Alia Togusova desnuda, acostada sobre la cama de hierro de su habitación de la residencia y calzada, por extraño que parezca, con los botines blancos de punta que Lilia Laskina llevaba el año anterior, pero estos estaban muy desgastados y presentaban rajas transversales negras. Él está de pie al lado de la cama, también desnudo, y sabe que debe penetrarla y que, tan pronto como lo haga, ella se transformará en Lilia. Alia lo desea mucho y de él depende que la metamorfosis se produzca de modo perfecto. Numerosos testigos –las chicas que viven en la habitación, Stovba entre ellas, su profesor de matemáticas Izraílevich y Zhenia Rozentsweig– están situados alrededor de la cama y esperan la metamorfosis de Alia en Lilia. Además sabe que, si esto se produce, Izraílevich le dejará hacer el examen de matemáticas. Todo eso no sorprende a nadie. Lo único extraño es la presencia de los gatos negros de Matilda sobre la mesilla de noche, al lado de la cama de Alia...

Y Alia, con sus ojos maquillados como una japonesa, le mira expectante, y él está dispuesto, completamente dispuesto, a ponerse manos a la obra para liberar a la maravillosa Lilia de la lastimera envoltura de Alia. Pero entonces el teléfono suena, no en la habitación sino en algún lugar cercano, tal vez en el recibidor, y sabe que le llama su madre del hospital y que no debe perder ni un segundo, porque de lo contrario a Vera le pasará lo mismo que le pasó a su abuela...

Alia menea sus botines puntiagudos, los espectadores manifiestan su descontento al ver su indecisión, pero él sabe que debe comenzar a correr, a correr mientras el teléfono todavía suene...

La realidad se hizo eco de su sueño: en el buzón había una carta de Lilia. Desde Israel. Para Shúrik era la única que había recibido. Para Lilia, la última de varias enviadas. Lilia le escribía que él la ayudaba muchísimo a entenderse a sí misma. Intuía desde hacía tiempo que sus cartas no le llegaban, de hecho nadie en Israel sabía según qué leyes el correo circulaba —por qué las cartas llegaban con regularidad a ciertas personas mientras que otras no recibían ni una—, pero ella escribía a Shúrik una carta tras otra, como si se tratara de un diario de su emigración.

«Después de nuestra catástrofe familiar, empecé a quererlos a los dos mucho más. Mi padre me escribe sin parar e incluso me telefonea. Mamá se enfada porque mantengo relación con él, pero no creo que él sea culpable de nada ante mí. Y no comprendo por qué debería mostrar solidaridad femenina. Naturalmente mamá me da una pena terrible, pero estoy contenta por papá. Su voz suena tan feliz. ¡Qué tontería! Eso es todo. La lengua es genial. Al lado del hebreo, el inglés es un aburrimiento mortal. Después me pondré a estudiar árabe. Sin falta. Soy la mejor estudiante del ulpán. Es una monstruosidad espantosa que no estés aquí. Es tan estúpido que no seas judío. Arye se enfada

114

conmigo, dice que me acuesto con él pero que es a ti a quien quiero. Y es verdad.»

Shúrik leyó la carta delante del buzón. Un mensaje del más allá. En cualquier caso, la carta no estaba dirigida a él, sino a otro hombre que había vivido en otro siglo. Aquel siglo pasado donde habían quedado sus paseos nocturnos por la ciudad y las clases de literatura: todo aquello era demasiado hermoso para transformarse en vida cotidiana. Para el día a día ya estaba aquella química que le irritaba la nariz... En el pasado también se había quedado la abuela, cuya dimensión no había dejado de crecer desde su salida del tiempo, a su sombra no hacía ni frío ni calor, solo una brisa agradable. De repente Shúrik experimentó allí, entre la planta baja y el primer piso, al lado de la fila de buzones verdes, un sentimiento de aborrecimiento, intenso y fulgurante, hacia todo: en primer lugar hacia él, después hacia el instituto, las mesas y los pasillos del laboratorio, hacia los aseos que apestaban a orina y a cloro, hacia las disciplinas que estudiaba y sus profesores, hacia Alia, con sus cabellos espesos y grasos impregnados de un olor rancio, que de repente sintió debajo de la nariz... Se estremeció, incluso se sintió empapado en sudor. Pero todo pasó en un instante.

Se metió la carta en el bolsillo y corrió hacia el instituto: la temporada de exámenes estaba a la vuelta de la esquina y la primavera también, y otra vez había desatendido la química orgánica y las prácticas de laboratorio, y todavía no se había ocupado de la dacha que su abuela alquilaba cada año, en parte porque no había encontrado el número de teléfono de la propietaria en la agenda, en parte por falta de tiempo. Todo el mundo sabe que las dachas se alquilan en febrero, en marzo ya no se puede alquilar nada que valga la pena.

Corría al instituto y la carta de Lilia descansaba en su alma como el desayuno en su estómago, irreversiblemente y muy en el fondo. Dos hechos mencionados por Lilia –que sus padres se habían separado y que un chico llamado Arye había aparecido en su vida— no le habían afectado en absoluto. La carta misma fue la que lo tocó, casi físicamente: ese papel, donde su mano había escrito algo, demostraba más allá de cualquier duda que ella existía, que no había desaparecido sin dejar rastro, como su abuela. Hasta ese momento, había tenido la sensación de que las dos se habían alejado en la misma dirección. Pero esa carta en el bolsillo –¡cómo nos gusta engañarnos!– era en cierto modo una señal de que su abuela también podía escribirle desde dondequiera que estuviera.

Shúrik no reflexionó sobre esto lo suficiente, ese sentimiento agradable no se revistió con palabras con las que poder explicárselo a otra persona. ¿Acaso comprendería su madre esa impresión confusa y agradable? Ella lo atribuiría tan solo a su felicidad por haber recibido una carta de Lilia...

Apartó a un lado todas esas cosas vagas e intangibles y continuó con su vida. Corría al instituto, pasaba exámenes orales, se las ingeniaba para ganar un poco de dinero dando clases de francés, heredadas de su abuela. El dinero, sobre el que no se hablaba en vida de su abuela, se iba volando a la velocidad del rayo y eso le obligaba a pensar en ello. Para Shúrik resultaba evidente que era él quien debía preocuparse de ese tema, y no su frágil y delicada madre.

«El año que viene buscaré nuevos alumnos», decidió Shúrik. Enseñar francés a los niños le gustaba mucho más que estudiar química. Y aunque, de alguna manera, seguía las clases y cumplía con las prácticas de laboratorio, cada vez se apoyaba más en Alia Togusova, y esta se esforzaba, se desvivía por él hasta el punto de copiarle los apuntes de las clases que tan a menudo se saltaba.

Después de atraer a Shúrik aquella memorable mañana de Año Nuevo y, por falta de experiencia, considerar un gesto forzado de cortesía masculina como un enorme triunfo femenino, Alia comprendió bastante rápido que el éxito que había conseguido no era tan inmenso. Sin embargo, no tenía que dejar que su conquista de Año Nuevo siguiera su marcha natural, sino que, por el contrario, para que el germen se abriera y creciera, debía trabajar duro y con perseverancia. Ese pensamiento no era nuevo para ella, pues siendo todavía una niña había descubierto que en el mundo algunas mujeres iban con zapatos mientras que la mayoría –de la que su madre formaba parte– llevaba botas de fieltro en invierno y botas de goma en verano... En resumen, la vida era una batalla, y no solo en lo tocante a los estudios superiores. Shúrik le gustaba mucho, por supuesto, tal vez incluso estuviera enamorada de él, pero todas aquellas emociones románticas no eran nada en comparación con la enorme tensión que implicaba la suma de tareas que debía cumplir: los estudios superiores, combinados con Shúrik y la capital a la que él pertenecía por derecho. Alia se sentía a la vez como un animal que acechara a su presa y un cazador que hubiera tropezado con una especie rara que solo se encuentra una vez en la vida, y aun eso con suerte.

La tensión de Alia se alimentaba con otra circunstancia: durante aquella famosa noche de Año Nuevo, Lena Stovba también había encontrado su felicidad: el cubano Enrique, un atractivo estudiante de tez oscura de la Universidad Patrice Lumumba. La había invitado a bailar y, al son de «Bésame mucho», toda una bandada de niños regordetes –amores, cupidos y otras criaturas aladas– dispararon sus flechas contra aquella pareja de gran estatura. Lena, que poseía una indolencia natural, sintió despertar su cuerpo blanco y se lanzó al encuentro de ese cubano, que bailaba con todos sus órganos, y toda la fase preliminar, cuya ejecución conlleva a veces un tiempo considerable, se cumplió con una urgencia acuciante: comenzó una hora antes de medianoche y acabó felizmente a las dos de la mañana del nuevo año con Lena entre los brazos robustos de piel oscura.

Aunque el joven cubano de veintidós años no era un novato en cuestiones amorosas, no se había quedado menos embelesado por el milagro de cabellos rubios que le había llegado

117

como llovido del cielo. La amistad entre los pueblos celebró un triunfo: hacia marzo Lena quedó definitivamente encinta y el enamorado cubano se informó sobre las formalidades que debía cumplir para casarse con una ciudadana rusa.

Ahora, dos residencias de estudiantes –Presnia y Beliáyevo– se preocupaban de proporcionar a los enamorados un lugar para garantizar con regularidad sus encuentros amorosos, pero la tarea no era fácil: los cancerberos del Instituto Mendeléyev, porteras entradas en años y administradoras displicentes de la residencia, estaban lejos de ser conciliadoras y, debido al color de la piel de Enrique, que tanto se diferenciaba del resto de visitantes, rosados y fríos, a las once de la noche puntualmente golpeaban a la puerta y la vigilante, con una moralidad a prueba de bombas, invitaba a todos los extraños a que abandonaran la residencia femenina... Lena se cubría con su pelliza de astracán –un regalo carente de tacto de su madre, miembro del comité central del Partido, que desentonaba en medio de aquella miseria estudiantil– y acompañaba a su amado hasta la estación de metro Krasnoprésnenskaya, donde se despedían, con el cuerpo y el alma apesadumbrados... El cuerpo de vigilancia de la residencia Lumumba se mostraba más correcto, pero exigía la presentación de los pasaportes, lo que podía acarrear disgustos de todo tipo, incluso con la policía.

Alia, recalentada por la fiebre diaria de aquel romance, no podía por menos de inquietarse por la moderación con que Shúrik manifestaba su ardor para consumar del todo sus cálidas relaciones. Aunque él disponía de unas buenas condiciones de vivienda, nunca la invitaba. No pasaba nada en la vida de Alia que se pareciera a las pasiones en blanco y negro de Lena y Enrique. Era humillante. Como antes, Alia solo tenía derecho a las prácticas de laboratorio en común, las comidas en la cantina estudiantil donde compartían mesa, la preparación de los exámenes orales y un sitio a la derecha de Shúrik en el aula, que por lo general ella misma reservaba. Alia se extrañaba un poco también de la indolencia con la que estudiaba Shúrik. A ella le iba a las mil maravillas como estudiante y además ganaba un poco de dinero. Al principio había comenzado como limpiadora y después la cogieron como ayudante de laboratorio. Trabajaba por las tardes, así que no tenía tiempo para ir al cine. Por otra parte, Shúrik no la invitaba. Pasaba las tardes en general con su madre. Ocasionalmente Alia le llamaba por las tardes, pero para visitarlo en su casa debía inventar un motivo especial: por ejemplo, pasar a recoger un manual o unos ejercicios. Una tarde Alia le telefoneó desde el instituto y le dijo que había perdido su monedero. Ella quería ir a su casa pero él mismo corrió de inmediato para llevarle algo de dinero.

Su relación amorosa continuaba ardiendo a fuego lento: una vez Alia le pidió que la ayudara a transportar desde el instituto un bote robado de tres litros de pintura. Era de día y ninguna de sus compañeras estaba en la residencia. Alia lo abrazó con sus brazos morenos, entornó los ojos y entreabrió la boca. Shúrik la besó e hizo todo lo que se esperaba de él. Con mucho gusto.

En otra ocasión fue ella quien lo visitó mientras Vera Aleksándrovna había salido para un examen médico y consiguió otra prueba de peso de que su relación con Shúrik era amorosa, no una pura camaradería entre komsomoles.

Por supuesto veía la diferencia entre sus amoríos tibios y la pasión ardiente entre la antaño flemática Lena y su mulato Enrique. Pero Shúrik tampoco era un negro de Cuba, sino un blanco de la calle Novolésnaya. Alia sospechaba que Cuba, aunque era un país extranjero, debía de parecerse un poco a Kazajistán... Es verdad que el cubano tenía la intención de casarse mientras que Shúrik ni siquiera había hecho la más mínima alusión. Por otro lado, Lena estaba embarazada... Pero, a fin de cuentas, ella también podía estarlo... Sin embargo, en ese punto se preguntaba confusa qué era lo más importante, ¿los estudios o el matrimonio?

A principios de abril Stovba anunció que habían entregado todos los documentos en el Palacio de Matrimonios para registrar su unión.

Las chicas estaban entusiasmadas: durante mucho tiempo habían temido que Enrique abandonara a Lena, trataban de persuadirla de que abortara, pero ella se limitaba a abrir desmesuradamente los ojos y a sacudir sus cabellos rubios platino. Ella confiaba en él. Tanto que incluso se había decidido a escribir a su familia para informarles de la inminente boda. Solo una cosa preocupaba a sus amigas: el hecho de que el niño pudiera ser negro. Pero Lena las consolaba: la madre de Enrique era casi blanca, su hermano mayor, que tenía otro padre –un polaco americano–, era completamente rubio, solo su padre era negro. Y en cuanto a ese padre negro, era amigo íntimo de Fidel Castro, habían combatido en el mismo destacamento... Así que el niño podía nacer completamente blanco, dado que casi era cuarterón. Las chicas asentían pero en el fondo se les partía el alma: mejor sería si fuera ruso... Sin embargo, todas se habían encariñado con Enrique: era un chico alegre y amable a pesar de que procedía, al igual que Lena, de una familia de altos dignatarios del Partido. Él no se daba aires, al contrario de su amada –iba bailando y cantando por la vida–, pero la eternamente soñolienta Stovba, a la que desde el primer día de curso habían tomado antipatía, comenzó a dejar de pavonearse y, gracias a su dudosa relación –desde el punto de vista racial–, ahora la apreciaba todo el mundo.

Un mes más tarde, un poco antes de la fecha prevista para la boda, se produjo un acontecimiento que inquietó mucho a Lena: llamaron a Enrique desde la embajada y recibió la orden de regresar a su casa urgentemente. Estaba en último curso, solo le quedaban unos meses para obtener su diploma y trató de retrasar su partida, más aún cuando su novia a fin de cuentas estaba embarazada... Intentó entrevistarse con el embajador, que siempre se había mostrado casi familiar gracias a la elevada

120

posición de su padre: a Enrique, el estudiante, le invitaban a las recepciones oficiales y el embajador a veces se le acercaba y se divertía propinándole puñetazos en la boca del estómago, como si fuera un boxeador. Pero esta vez el embajador no lo recibió. A finales de abril, Enrique voló a La Habana. Pensaba volver en una semana. Pero no volvió ni al cabo de un mes, ni al cabo de dos. Todo el mundo comprendió de inmediato que había tomado el pelo a la pobre chica y la compadecían por su desgracia, y ella montaba en cólera con los que la compadecían: estaba convencida de que él no la había abandonado, solo unas circunstancias especiales podrían haberlo obligado a quedarse allí. Esa conmiseración general era humillante, y su silencio, extraño. Por otro lado, se sabía que el correo de Cuba se regía por principios arbitrarios, a veces llegaba cinco días después del envío, a veces al cabo de un mes y medio.

Justo ahora que los estrictos padres de Lena comenzaban a hacerse a la idea de que les iba a tocar cuidar de sus nietos negros —su madre se había tomado la noticia particularmente mal, al padre, en cambio, le reconfortaba un poco la alta posición de su futuro yerno en el Partido—, la pobre novia iba a tener que informarles de que el novio había desaparecido.

Todo el primer curso estaba que trinaba de la indignación. Lena vivía de esperanzas. Antes de las fiestas de mayo, un chico calvo bastante antipático, un cubano amigo de Enrique, fue a verla al instituto. Él estaba preparando una tesis doctoral de zoología o de hidrobiología. El joven calvo salió con Lena a la calle y le explicó, sentados en el banco de un parque, que el hermano de Enrique había huido de Cuba a Miami, que el padre de Enrique había sido arrestado y que, por lo que respecta a Enrique, nadie sabía dónde estaba, había desaparecido de su casa. Es posible que lo hubieran arrestado en la calle...

Lena, que era una chica altanera, prefería de lejos ser la víctima indirecta de una causa política que una novia abandonada. Es posible que los padres hubieran preferido la otra variante...

121

En cualquier caso, el retoño de uno de los líderes del pueblo cubano –algo a lo que ellos podían resignarse– ahora se había transformado en un simple cabrón.

Las opiniones de los estudiantes de química discrepaban: los liberales estaban dispuestos a recolectar dinero para la canastilla del bebé y proclamarlo niño de su tropa, los conservadores consideraban que se debía expulsar a Lena del instituto, de la organización de los komsomoles, mientras que los radicales consideraban que la mejor solución sería un aborto.

Alia, mestiza y mitad huérfana, estaba llena de compasión hacia la, hasta hacía muy poco, feliz y exitosa Lena. Se acercó a su altiva compañera, se convirtió en la confidente de sus secretos y sus esperanzas, y Shúrik, gracias a Alia, estaba informado de todas las peripecias de aquella historia dramática. Él también estaba lleno de compasión hacia la pobre Stovba...

18

La glándula tiroides de Vera despreció la homeopatía y experimentó un rápido crecimiento: Vera se ahogaba. Comenzaron a marearla de nuevo con el tema de la operación, pero ella se oponía con todas sus fuerzas. Un día tuvo que llamar a urgencias por un ataque agudo. Le pusieron una inyección y el ataque pasó de inmediato. Vera se animó.

–Ves, Shúrik, las inyecciones me hacen bien. ¿Para qué me voy a poner en manos de un carnicero?

Vera le tenía un miedo atroz a la operación, no tanto a la intervención como a la anestesia general. Creía que ya no volvería a despertarse.

El siguiente ataque de asfixia se produjo por desgracia en uno de aquellos momentos en que Shúrik, escabulléndose sin hacer ruido, había salido a encontrarse con Matilda, «al otro lado del puente».

Hacia la una de la madrugada, Vera llamó despacito a la puerta de la habitación de Shúrik: apenas podía hablar. Su hijo no dio señales de vida y Vera abrió la puerta, su cama ni siquiera estaba deshecha.

«¿Dónde puede haberse metido?», se preguntó con perplejidad e incluso salió al balcón para ver si estaba fumando allí. Sabía que todos los chicos fumaban... Pasaron unos diez minutos. Una pastilla y los remedios caseros –como inhalar vapores de agua hirviendo– no le produjeron ningún efecto, los ahogos no se le pasaron. Se sentía terriblemente mal y, con una voz apenas audible, llamó a urgencias y les susurró la dirección.

Los de urgencias llegaron muy rápido, al cabo de unos veinte minutos, y resultó ser por casualidad el mismo equipo que la última vez. La vieja doctora bigotuda, que ya había insistido la vez anterior en que fuera hospitalizada con urgencia, se puso enseguida a chillar a Vera Aleksándrovna y le ordenó que se preparara para irse deprisa al hospital. Vera, totalmente desamparada por la ausencia de Shúrik, lloraba en silencio y negaba con la cabeza.

–Entonces ponga por escrito que se niega a ser hospitalizada. ¡Declino toda responsabilidad!

Al ver la ambulancia delante del edificio, a Shúrik casi le dio un patatús. Subió volando los cuatro pisos. La puerta estaba entreabierta.

«¡Todo está perdido! ¡Mamá se ha muerto! –se horrorizó él–. ¡Qué he hecho!»

Oyó voces fuertes que procedían del salón. Verusia, vivita y coleando, estaba medio recostada en la butaca de la abuela. Respiraba de modo completamente satisfactorio. Al ver a Shúrik se deshizo en un mar de lágrimas. Vera estaba un poco avergonzada delante de la doctora, pero no podía hacer nada contra esas lágrimas: la culpa la tenía su tiroides...

En dos zancadas Shúrik cruzó la habitación y, sin avergonzarse ni por la presencia de la doctora ni por la del hombre medio uniformado, agarró a su madre entre sus brazos y la cubrió de besos, en los cabellos, en la mejilla, en la oreja...

–¡Perdóname, Verusia! ¡No lo volveré a hacer! ¡Qué idiota soy! Perdóname, mamá.

Qué era lo que no volvería hacer jamás, por supuesto, ni él mismo lo sabía. Pero esta era siempre su reacción infantil: no

124

haré nada malo, seré bueno, seré un buen chico para no enfadar a mamá y a la abuela...

La doctora bigotuda, que estaba a punto de desgañitarse de nuevo, se ablandó y se conmovió profundamente. Escenas así no se veían todos los días. ¡Cómo la besaba sin ningún atisbo de vergüenza! Le acariciaba la cabeza... ¿Qué habría hecho para estar tan desolado?

–Su madre tiene que ser hospitalizada. ¡Debería tratar de convencerla!

–¡Verusia! –suplicó Shúrik–. Si de verdad hace falta...

Vera estuvo de acuerdo con todo. Bueno, con casi todo, naturalmente...

–¡Bueno! Está bien. Pero iré a la consulta de Brumstein...

–No se retrase demasiado. La inyección solo tiene efecto durante unas horas y el ataque puede reanudarse –dijo la doctora a Shúrik con una voz más dulce.

La doctora se fue. Era inevitable una explicación. Antes siquiera de que su madre le preguntara, Shúrik lo supo: ¡no, no y no! Por nada del mundo podía decirle a su madre que venía de estar con una mujer.

–Fui a dar un paseo –declaró él con firmeza.

–¿Cómo es eso? ¿En mitad de la noche? ¿Solo? –preguntó Vera, sin comprenderlo.

–Tenía ganas de caminar. Fui a dar una vuelta.

–¿Adónde?

–Por ahí. –Shúrik señaló con la mano hacia donde había estado–. Dirección Timiriázev, pasado el puente.

–Bueno, bueno –se rindió Vera. Se sentía aliviada, si bien aquella ausencia, extraña y nocturna, tenía algo de turbio. Pero estaba acostumbrada a que Shúrik nunca le mintiera–. Vamos a beber una taza de té e intentaremos dormir un poco.

Shúrik se fue a poner la tetera. Ya amanecía, y los gorriones gorjeaban.

–La próxima vez avísame cuando salgas...

Sin embargo, la próxima vez aún tardó en llegar. Brumstein, la calva, estaba de vacaciones, y Vera fue hospitalizada en la sección de Liubov Ivánovna, la mano derecha de Brumstein y su sustituta.

En vista de la urgencia de la operación, esta debería efectuarla no la experimentada Brumstein, sino Liubov Ivánovna. Era una rubia de mediana edad, con un pequeño defecto de pronunciación, bastante atractiva, a pesar de la ligera cicatriz de su labio leporino cuidadosamente cosido.

–¿Dónde sigue su tratamiento por lo general? –le preguntó con precaución Liubov Ivánovna, mientras palpaba el cuello fláccido e inflamado de Vera.

–¡En la clínica de la Sociedad de Teatro! –respondió Vera con un aire digno.

–Ya veo. Allí hay especialistas excelentes en foniatría y en traumatología –la cortó la doctora con desdén.

–¿Cree que la operación es inevitable? –le preguntó Vera con timidez.

Liubov Ivánovna se ruborizó tan violentamente que la cicatriz de su labio superior se tornó de un rojo oscuro.

–¡Vera Aleksándrovna! ¡La operación es urgente! ¡Muy urgente!

Vera sintió náuseas y preguntó con un hilo de voz:

–¿Tengo cáncer?

Liubov Ivánovna se lavó las manos sin apartar los ojos del lavamanos, luego se las secó durante mucho rato con la toalla e hizo una pausa.

–¿Por qué debería tener cáncer? Su sangre está bien. Se trata de hipertiroidismo difuso, la glándula ha aumentado mucho de tamaño. Además de un bocio tóxico, tiene un tumor en el lóbulo izquierdo. Aparentemente es benigno. No vamos a hacer una biopsia. No hay tiempo. Ha descuidado su enfermedad de manera criminal. La doctora Brumstein le prescribió la operación enseguida, aquí está escrito: «Recomendado».

—Pero seguí un tratamiento con un homeópata.

La cicatriz casi invisible de su labio de nuevo se animó y se le hinchó:

—Si por mí fuera, le pondría un pleito a su homeópata.

Al oír esas palabras, Vera Aleksándrovna tuvo la impresión de que se le hacía un nudo en la garganta, que se le estrechaba. «Si mamá todavía viviera, todo sería diferente... Y, de hecho, nada de esto hubiera pasado», pensó ella.

Luego Liubov Ivánovna invitó a Shúrik a que entrara en su despacho mientras Vera se quedaba sentada en la silla pegajosa del pasillo que Shúrik había calentado.

La doctora le dijo a Shúrik lo mismo que a Vera Aleksándrovna, sin embargo añadió que la operación era bastante dura, pero lo que más le preocupaba era el posoperatorio. La atención en el hospital era pésima y más le valdría buscar a una enfermera. Sobre todo para los primeros días.

«Si la abuela todavía viviera, todo sería diferente.» Madre e hijo a menudo pensaban lo mismo.

Tres días más tarde operaron a Vera. Sus malos presentimientos se revelaron en parte justificados. Si bien la intervención fue todo un éxito, como se comprobaría más adelante, Vera soportó muy mal la anestesia. Cuarenta minutos después del inicio de la operación, el corazón se le paró, y al del joven anestesista a punto estuvo de parársele también... de miedo. Le pusieron una inyección de adrenalina. Todos sudaron la gota gorda. La operación se prolongó más de tres horas y luego Vera tardó dos días en despertarse.

Permaneció en cuidados intensivos. Su estado se consideraba de extrema gravedad, pero no irreversible. Sin embargo, Shúrik, que esperaba en la escalera delante de la entrada de la unidad de cuidados intensivos, donde no dejaban entrar a nadie, no oía nada de lo que le decían. Dos días enteros se pasó sentado allí, presa de una pena profunda y de un inmenso sentimiento de culpa.

Estaba absorbido por una comunicación imaginaria e ininterrumpida con su madre. Por encima de todo, se esforzaba en mantenerla constantemente en su mente, con todos los detalles, con todos los pormenores: sus cabellos, se acordaba de cuando todavía eran espesos, la manera en que se los peinaba, después de habérselos lavado y secado, sentada en un pequeño taburete, al lado del radiador... Luego, se le enralecieron y el moño, por encima de su nuca, se encogió, su color avellana oscuro se había descolorido, primero sobre las sienes, más tarde la cabeza entera se le cubrió de mechas de un gris sucio, como si fueran los cabellos de otra persona... Y sus cejas maravillosas y largas, que comenzaban con un pequeño triángulo tupido para convertirse en un hilito delgado... Y ese lunar en la mejilla, oscuro y redondo, como una tachuela...

Hacía un esfuerzo desesperado y casi físico para retenerla en su totalidad: sus manos queridas, las yemas de los dedos arqueadas hacia arriba, sus pies pequeños y finos, con ese hueso bastante feo que le sobresalía cerca del dedo gordo del pie... No debía dejarla marchar, no debía distraerse...

La enfermera se le acercaba para preguntarle si quería té.

No, no, se limitaba a negar con la cabeza. Tenía la impresión de que en cuanto dejara de pensar en ella con esa intensidad, con esa fuerza, ella moriría...

Al final del segundo día –había perdido la noción del tiempo, no había comido ni bebido nada, ni siquiera había ido al lavabo–, mientras permanecía sentado, como fosilizado, en una silla que un alma caritativa le había sacado al rellano de la escalera, Liubov Ivánovna apareció y le dio una bata blanca.

Shúrik no la reconoció en el acto, sin embargo entendió inmediatamente lo que debía hacer con la bata y se deslizó en el tejido húmedo con las mangas pegadas.

–Tamara, las fundas para los zapatos –ordenó Liubov Ivánovna, y una enfermera le alargó dos pequeñas bolsas marrones y blancas en las que hundió las botas que contenían sus pies entumecidos.

–Solo un minuto –dijo la doctora–, y luego váyase a casa. No hace falta que se quede aquí. Duerma un poco, compre agua mineral Borzhom, limones... Y vuelva mañana.

Shúrik no la oyó. A través de la puerta abierta de la habitación vio a su madre. Unos tubos le salían por la nariz y le envolvían el pecho, otros le iban por el brazo hasta un trípode. El brazo, de una palidez azulada, reposaba sobre la sábana. También en el cuello, donde tenía pegado algo blanco, había un cable delgado y rojo. Tenía los ojos abiertos, reconoció a Shúrik y sonrió.

Shúrik sintió que le faltaba aire en la garganta, en el mismo punto donde su madre había sido operada: ¡era culpa suya! ¡Todo era culpa suya! Mientras su abuela agonizaba en el hospital, él, como un idiota, corría por las tiendas con Lilia, compraba salchichón curado, que después se quedó en manos de los aduaneros, y matrioshkas, abandonadas más tarde en un hotel de Ostia, cerca de Roma...

Mientras la abuela agonizaba en el hospital –se decía Shúrik, atizando el fuego de su culpa, que nunca había podido perdonarse–, tú abrazabas y acariciabas a Lilia, en los portales y en las esquinas oscuras... Y ahora su pobre madre, tan frágil, tan escuálida, apenas viva... Y él fuerte como un toro, como un macho cabrío, gozaba de una salud que le producía náuseas... Mientras ella casi se asfixiaba en uno de sus ataques, él estaba fornicando con Matilda. La violenta repugnancia que experimentaba hacia sí mismo proyectaba una sombra odiosa sobre Lilia y Matilda, que de hecho eran completamente inocentes de ese delito.

«Oh, nunca más –juró para sus adentros–. No volveré a hacerlo.»

Se arrodilló al lado de la cama y besó los pequeños dedos de su madre, secos como el papel.

–¿Cómo te encuentras, Verusia?

–Bien –respondió ella con una voz apenas audible, pues todavía no podía hablar.

Se encontraba verdaderamente bien: estaba bajo los efectos de un sedante, la operación había terminado y delante de ella, sonriendo y con los ojos llorosos, estaba Shúrik, su querido niño. Ni siquiera sospechaba la inmensa victoria que acababa de conseguir. Idealista y artista en el alma, había meditado mucho desde su juventud sobre las variantes del amor y consideraba que la forma más sublime de todas era el amor platónico que atribuía equivocadamente a cualquier relación afectuosa que no tuviera lugar debajo de las sábanas. El confiado Shúrik, que había sido expuesto a esa concepción desde su edad más temprana, se mostraba totalmente de acuerdo con esos adultos razonables, su madre y su abuela. Shúrik se convenció de alguna manera de que en el seno de su peculiar familia, donde todos se amaban de un modo sublime y abnegado, reinaba precisamente el amor platónico.

Y ahora era horriblemente obvio para Shúrik que había traicionado ese amor «elevado» por otros «inferiores». A diferencia de la mayoría de personas que se encuentran en situaciones parecidas, sobre todo chicos jóvenes, ni siquiera intentó construir alguna autodefensa psicológica ni murmurarse en su fuero interno que, bueno, tal vez fuera culpable de algo, pero también había cosas de las que no tenía la culpa. Al contrario, barajaba las cartas en su contra de modo que su culpabilidad fuera convincente e incontestable.

De camino a casa, Shúrik volvió en sí y emergió poco a poco del estado catatónico, propio de un pez, en el que había estado sumergido durante los últimos dos días. Se dio cuenta de que, entretanto, el calor intolerable de los últimos días se había interrumpido para dar paso a una llovizna grisácea que caía en medio de ese día laborable y en el aire flotaba el encanto exquisito de una naturaleza desvalida aunque autosuficiente: el olor a hojas frescas y a moho emanaba de los montones del pasado año que formaban una cubierta rugosa en los márgenes de un jardincito abandonado. Shúrik inhalaba la amalgama de olores de una ciudad sucia: una pizca de verduras frescas, una pizca de hojas caídas, una pizca de lana mojada...

«¿Y si Dios está en alguna parte?», pensó de repente y, como de debajo de la tierra, emergió una pequeña iglesia achaparrada. ¿O tal vez la había visto primero y por esa razón había pensado en Dios?... Se detuvo: ¿y si entraba? Una pequeña puerta lateral se abrió y una mujer vieja, con aspecto de campesina y una escudilla en la mano, atravesó el patio con aire afanoso con destino a un edificio anexo. «No, no, aquí no –decidió Shúrik–. Si estuviera aquí, la abuela lo habría sabido.»

Shúrik apretó el paso, casi echó a correr. Le embargó un sentimiento de felicidad nunca antes experimentado, la mitad consistía en gratitud hacia no se sabe quién: mamá está viva, mi querida mamá, te deseo todo lo mejor por tu cumpleaños, por el Día Internacional de la Mujer, por el Día del Trabajo, felicidades, felicidades... Rojo sobre azul, amarillo sobre verde, estrellas de rubí sobre azul oscuro, todas las tarjetas postales, el centenar de tarjetas postales que había escrito a su madre y a su abuela desde que tenía cuatro años. ¡La vida es bella! ¡Felicidades!

En casa, Shúrik se duchó con agua fría. Por alguna razón no había agua caliente y la que venía de las profundidades de la tierra, no calentada todavía, era de un frío glacial. En el momento en que salía del cuarto de baño, completamente helado, sonó el teléfono.

–¡Shúrik! –exclamó el auricular–. ¡Por fin! ¡Nadie tenía noticias! Llevo tres días llamándoos. ¿Qué ha pasado? ¿Cuándo? ¿En qué hospital?

Era Faina Ivánovna. Se lo explicó, como pudo, un poco confuso.

–¿Puedo ir a verla? ¿Qué necesita?

–Me dijeron que llevara agua mineral Borzhom.

–Muy bien. Te la llevo enseguida. Estoy en el teatro, el coche estará aquí de un momento a otro, ¡ahora mismo paso!

Y ¡pum!, colgó el auricular. Y enseguida el teléfono volvió a sonar. Era Alia. Le hizo las mismas preguntas, con la única diferencia de que no tenía agua mineral, sino prácticas con los estudiantes del turno de tarde –trabajaba a media jornada como auxiliar de laboratorio– y acababa a las once y media.

–Pasaré a verte después –prometió ella alegremente, y él ni siquiera tuvo tiempo de decirle: ¿Puede ser mañana?

Faina pasó por su casa una hora más tarde, apenas había tenido tiempo de tomarse un té acompañado de pan seco y una lata de carne en conserva que había descubierto en el fondo del armario. Faina depositó cerca de la puerta una de esas bonitas bolsas de plástico del extranjero, con cuatro botellas de Borzhom dentro.

–Bueno, ahora vamos a discutir algo, tú y yo... –le dijo despacio, acercándole su hermosa boca depravada.

«¡No, no y no!», se dijo decidido Shúrik para sus adentros.

La boca se acercó más todavía, se apoderó de sus labios, una lengua un poco dulce y ligeramente jabonosa chocó contra su paladar y se movió elásticamente.

Shúrik no pudo evitarlo; al contrario, todo en él se levantaba al encuentro de esa mujer lasciva y exuberante.

Hacia las once, el timbre sonó una vez, después otra más. Al poco tiempo, sonó el teléfono, después llamaron tímidamente de nuevo a la puerta. Pero ni las mismísimas trompetas de Jericó habrían podido sacar a Shúrik de donde estaba...

Al día siguiente le dijo a Alia, y casi era verdad:

–Llevaba dos días sin dormir. Me arrastré hasta la cama y me derrumbé.

Es raro encontrar a alguien que odie tanto la mentira como Shúrik...

19

Durante aquellas semanas de verano –seis en el hospital y algunas más después– Shúrik aprendió de manera acelerada y de forma abreviada una nueva ciencia, comparable al cuidado de los recién nacidos: desde la leche, las papillas y el queso fresco casero, hasta el aceite de girasol hervido para ablandar las cicatrices, pasando por las compresas y la limpieza de las heridas. Sin embargo, lo más importante de esa ciencia era la adquisición de la atención concentrada que dispensa una madre cuando alumbra a su primogénito. Lo único que no tuvo que emplear fueron los pañales.

El sueño de Shúrik se volvió extraordinariamente ligero. En cuanto Vera bajaba los pies de la cama al suelo, Shúrik corría a su habitación: ¿qué sucede? Oía el más ligero chirrido de los muelles de la cama cuando su cuerpo casi inmaterial se volvía de un lado a otro, percibía el tintineo del vaso, su tos. A decir verdad, era esa conexión especial –entre una madre y un bebé– que nunca había experimentado Vera, porque Yelizaveta Ivánovna, para cuidar a su hija debilitada por el parto y por la desgracia que acababa de sufrir, se había hecho cargo precisamente de esa parte de la relación con el niño, dejando a Vera que se ocupara solo de la lactancia. Sin duda, estaba lejos de ser una parte puramente decorativa: Vérochka tenía los pezones pequeños, con conductos estrechos, la leche no fluía bien, a veces había que filtrarla y los pechos le dolían... Pero, aun así, era Yelizaveta Ivánovna la que dormía en la habitación del bebé, la que se levantaba cuando lloraba, le cambiaba los pañales, lo bañaba y, a su debido tiempo, colocaba delante del pecho de Vera a un pequeño envuelto en pañales limpios.

Shúrik no podía saber nada de todo eso, pero en su voz apareció esa entonación particular con la que las mujeres se dirigen a los bebés. De nuevo le salió el nombre de pila por el que llamaba a su madre cuando tenía dos años: no sabiendo pronunciar Verusia, como la llamaba la abuela, llamaba a su madre Usia o Úsenka.

Sobre la cuestión económica, se cernía la incertidumbre más absoluta. En realidad, el dinero se había acabado. Le habían quitado la beca. Había conseguido de alguna manera aprobar los exámenes de primavera, pero le habían quedado las matemáticas para el otoño. La verdad es que con la baja por enfermedad, a Vera Aleksándrovna le tocaba recibir casi la totalidad de su salario: tenía varios años de antigüedad. La principal fuente de ingresos de Shúrik se había secado: no tenía alumnos durante el verano, todos se marchaban de vacaciones fuera de la ciudad. La abuela siempre cogía durante ese período uno o dos grupos de estudiantes aspirantes a la universidad...

Una vez Faina apareció, en ausencia de Shúrik, y les llevó algo de dinero del comité local del Partido. El día que ese dinero se acabó, Vera encontró, debajo del papel que tapizaba un cajón del secreter de su madre, dos libretas de ahorros. La suma de ambos depósitos habría bastado para comprar un coche, era una suma enorme para la época. Una iba a nombre de su nieto, la otra, al de la hija.

Aspirando para tragarse las lágrimas, Vera le dijo a Shúrik con un hilo de voz, todavía no restablecida después de la operación, unas palabras que él ya había oído en otro tiempo en boca de Yelizaveta Ivánovna:

–Tu abuela nos ayuda a sobrevivir desde el otro mundo...
Esa herencia inesperada anulaba por completo la triste perspectiva de una miseria inminente. Shúrik se acordó en el acto del relato que su abuela le había contado hacía tiempo y del esqueleto de metal de la condecoración japonesa de su abuelo, con agujeros negros donde los diamantes habían desaparecido. Esto casaba a la perfección con el carácter de la abuela. Consideraba indecorosas las conversaciones sobre el dinero y rechazaba con aversión los cálculos de sus amigas sobre quién ganaba cuánto –el tema preferido de las conversaciones de cocina–, ella siempre gastaba el dinero como una manirrota, distinguiendo lo necesario de lo superfluo y lo indispensable del lujo según unos criterios particulares estrictamente personales, y se las había ingeniado para dejar aquella enorme suma de dinero a sus niños... Habían pasado solo tres años desde que se habían mudado a aquella casa. No, casi cuatro... Y cuando compraron el apartamento, habían invertido sin duda hasta el último céntimo, de lo contrario no habría vendido las últimas piedras que quedaban... Era difícil de comprender.

A la mañana siguiente, Shúrik, provisto de su pasaporte, fue al banco y retiró los primeros cien rublos. Decidió comprar de todo, absolutamente de todo. Y de hecho compró en el mercado de Tishin un montón de comida y gastó hasta el último kopek. Vera se burló de sus aires de gran señor y se comió la mitad de una pera.

En general, el estado de ánimo de Vera era excelente, la sombra que se había cernido sobre su vida en los últimos años procedía de las moléculas envenenadas segregadas en cantidad excesiva por una glándula enloquecida. Ahora, por primera vez desde la muerte de su madre, Vera recobró el ánimo y recordaba a menudo los felices años de su juventud, cuando estudiaba en el taller de Taírov. Como si al cortarle un pedazo de la tiroides hipertrofiada le hubieran quitado veinte años de fatiga. De repente se puso a hacer con los dedos los pequeños ejercicios que Aleksandr Siguizmúndovich le había enseñado en otro tiempo,

135

doblaba la última falange como si quisiera arrancar una tapa, retorcía cada dedo en todas direcciones, luego giraba las muñecas y los tobillos y acababa sacudiéndolos vigorosamente.

Un par de semanas después de que le dieran el alta en el hospital, le pidió a Shúrik que bajara al entresuelo a buscar una vieja maleta con el inventario de los objetos contenidos en el interior en un lateral, escrito a mano por Yelizaveta Ivánovna.

Vera sacó de la maleta una túnica de un azul descolorido y una cinta para la cabeza y cada mañana empezó a hacer movimientos bruscos que representaban un sistema híbrido entre Jaques-Dalcroze e Isadora Duncan al compás de la música de Debussy y Skriabin, de la misma manera que esta disciplina revolucionaria se enseñaba en la década de 1910... Adoptaba poses extrañas, se quedaba inmóvil en ellas, y se alegraba de que su cuerpo se sometiera a la música modernista de principios de siglo.

Shúrik a veces se asomaba a la puerta de doble batiente abierta de par en par y la admiraba: sus brazos y piernas delgadas brotaban de la túnica como ramas blancas, sus cabellos, que ya no llevaba recogidos en un moño –durante la enfermedad se los había cortado considerablemente, justo para poder atárselos detrás–, revoloteaban detrás de ella con cada uno de sus movimientos, suaves o bruscos.

Vera nunca había sido gruesa, pero en los últimos años, devorada por las hormonas malignas, había alcanzado un peso infantil –cuarenta y cuatro kilos–, así que la piel le quedaba grande y colgaba por aquí y por allá en pliegues. Ahora, a pesar de la gimnasia, había comenzado a ganar peso, un kilo por semana. Cuando llegó a los cincuenta, empezó a preocuparse.

Shúrik se interesaba por todas sus preocupaciones. Preparaba el desayuno y la cena, la acompañaba en sus paseos, iba a buscarle libros a la biblioteca, a veces a la sección de literatura extranjera, donde todavía conservaban la tarjeta de lectora de la abuela. Pasaban mucho tiempo juntos. Vera volvía a tocar el piano. Mientras ella tocaba en la habitación grande de la abuela, él se tumbaba en el diván con un libro en francés entre las manos, leyendo según su vieja costumbre algo de los autores favoritos de la abuela: Mérimée, Flaubert... A veces se levantaba e iba a la cocina a coger algo sabroso de la cocina: las primeras fresas de la temporada del mercado de Tishin o cacao que Vera ahora volvía a adorar como cuando era niña.

Vera no se inmiscuía en los asuntos de su hijo y no se daba cuenta de que había una gramática francesa sobre el diván al lado de Mérimée... Ni de que sus compañeros hacían prácticas en las fábricas mientras él se quedaba en casa, a compartir con ella las delicias de su convalecencia.

Shúrik había sido liberado de sus prácticas para que pudiera cuidar a su madre y lo enviaron a un laboratorio del instituto, donde no lo necesitaban para nada, así que pasaba por allí cada dos o tres días, preguntaba si alguien tenía trabajo para darle y regresaba a casita. También Alia hacía sus prácticas pero no en una planta química, sino en el despacho del decano. Allí es donde Alia, esperando el momento propicio, sacó del armario el expediente de Shúrik. Y este último, sin decirle ni una palabra a su madre, se inscribió en las clases nocturnas del pequeño instituto, bastante mediocre, donde daba clases su abuela. En lenguas extranjeras. La química no podía verla más, ni siquiera olerla, y ni siquiera pensaba presentarse al examen de matemáticas pendiente.

20

Entretanto las peores suposiciones del cubano calvo se habían confirmado: a Enrique, en efecto, lo habían arrestado y no había esperanzas de que volviera pronto.

A mediados de verano, la madre de Stovba llegó desde Siberia. Entregó a Lena un montón de dinero y le explicó que la reputación de su padre estaba por encima de todo y que no podía volver a casa en ese estado, que el padre ya tenía demasiados detractores y por la ciudad circulaban comentarios mezquinos... En resumidas cuentas, iba a tener que dar a luz en Moscú y, con un hijo nacido fuera del matrimonio, las puertas de casa se le cerrarían definitivamente. Tenía que alquilar un apartamento o una habitación allí, ellos la ayudarían económicamente. Pero lo mejor sería que diera ese hijo ilegítimo en adopción...

Por entonces, Stovba hacía tiempo que ya no flotaba en las nubes, pero no se esperaba un golpe así. Sin embargo, no perdió el control, aceptó el dinero, se lo agradeció y no le dio ninguna explicación a su madre.

Tuvo una atrevida idea que compartió con Alia: cuando iba todavía a la escuela le ocurrió algo horrible que dio mucho que hablar en la ciudad. En aquel tiempo, ella iba a séptimo curso y muchos chicos se fijaban en ella. Pero uno de ellos, que iba tres cursos por delante de ella, Guennadi Rizhov, se enamoró hasta tal punto que hubiera dado la vida por ella. Bueno, casi. La seguía como si fuera su sombra, pero en aquella época ella tenía otro pretendiente más atractivo y por eso había dado calabazas a Guennadi. Es decir, le había negado el placer de acompañarla a casa después de la escuela... Y el pobre enamorado se había ahorcado, pero sin éxito. Era desafortunado donde los haya... Le quitaron la cuerda, le hicieron la respiración artificial y lo trasladaron a otra escuela, pero no por eso se desvaneció el amor. Guennadi le escribía cartas y, al finalizar la escuela, se fue a Leningrado, donde ingresó en la Academia Naval. Ya hacía cuatro años que le escribía cartas, le enviaba fotografías en las que aparecía un pequeño marinero, unas veces con visera, otras con el pelo lacio peinado hacia atrás y en la cara una expresión orgullosa y estúpida... En sus cartas le expresaba su confianza de que acabarían casándose algún día y que entonces se esforzaría en hacerla feliz. Subrayaba que su carrera iba sobre ruedas y que si ella esperaba un poco no se arrepentiría... «Quise morir por ti y ahora solo vivo para ti...»

Stovba consideró todo lo que había pasado, sopesó sus alternativas y tomó una decisión: entonces, así será. Le escribió una carta donde le hablaba de su matrimonio no celebrado y del niño que iba a nacer a principios de octubre.

Guennadi fue a verla el fin de semana siguiente. Por la mañana temprano. Alia todavía no se había ido a su trabajo en la oficina de admisiones, así que tuvo la oportunidad de verlo mientras tomaban té.

Él iba vestido con un uniforme soberbio de cadete, era un chico más bien apuesto, alto, pero estrecho de hombros y huesudo. Ojos verdes, digamos, del color del mar... Él manoseaba su pañuelo sin decir nada y se limitaba a carraspear de vez en cuando. Alia se apresuró a beber su té para dejarlos a solas, aunque su trabajo comenzaba a las diez y para eso todavía quedaban dos horas.

Cuando Alia se fue, Guennadi guardó silencio durante mucho rato y Lena también. Se lo había explicado todo en la carta, y lo que no, ahora era más que evidente: había engordado mucho, estaba hinchada, su cara blanca como la leche se había estropeado por unas manchas de color óxido en la frente, alrededor de los ojos y en el labio superior. Solo sus cabellos de color ceniza, que colgaban pesadamente a lo largo de las mejillas, estaban igual. Se quedó desconcertado.

–Esta es la historia, mi pequeño Guennadi –le dijo con una sonrisa, y entonces él la reconoció por fin, su desconcierto desapareció, sustituido por la certeza de que se llevaría la victoria, y aunque esa victoria estuviera un poco empañada era, a pesar de todo, una victoria deseada e inesperada, literalmente llovida del cielo.

–Bueno, Lena, son cosas que pasan en la vida. No te arrepentirás de haber confiado en mí. Siempre os querré, a ti y a tu niño. Dame solo tu palabra de que nunca volverás a ver al hombre que te abandonó. Es ridículo decirlo en mi posición, pero soy terriblemente celoso. Me conozco bien –confesó él.

Llegados a este punto, Lena reflexionó. No había dado detalles en su carta y ahora comprendía que mejor habría sido contar una mentira corriente: él prometió casarse, la engañó... Pero no podía.

–La historia no es tan sencilla, Guennadi. Mi prometido es cubano, vivimos un gran amor, no era una simple aventura. Su país le reclamó y, una vez allí, lo metieron en la cárcel por culpa de su hermano. No sé qué pudo haber hecho su hermano. Todo el mundo dice que nunca lo dejarán volver aquí.

–¿Y si lo dejaran?

–No lo sé –admitió Lena con sinceridad.

El marinerito la atrajo entonces hacia sí. El vientre le molestaba y también las manchas en su cara, pero, a pesar de eso, era su Lena Stovba, su sol, su estrella, la única mujer de su vida, y comenzó a besarla, a picotearla con sus labios secos por todas partes. Y su bata de verano, una bata de color claro, se abrió muy naturalmente y dejó al descubierto unos auténticos pechos y un vientre muy lleno de mujer, y se lanzó hacia delante, desabrochándose los botones laterales de sus ridículos pantalones negros acampanados hasta poseer por fin a su sueño. Pero el sueño se giró en una posición más cómoda para una embarazada, estaba tendida de lado, sumisa, y se decía a sí misma: «Qué más da, que más da, no tenemos otra salida...».

Más tarde se fueron a la Plaza Roja, luego tomaron el autobús para ir a las colinas Lenin y ver la universidad. Era la primera vez en su vida que estaba en Moscú y quería ver el parque de exposiciones, pero Lena estaba cansada y volvieron a la residencia.

Él se fue a Leningrado a medianoche, en el Flecha Roja. Lena lo acompañó a la estación. Llegaron antes de tiempo. Él la animaba a que volviera a casa, se preocupaba porque ya era muy tarde. Pero ella no se iba.

—Cuida de ti y del niño —le dijo en el momento de la despedida.

Lena se acordó entonces de que había olvidado un detalle.

—Guennadi, el niño tendrá la piel oscura. Puede que negra.

—¿Qué quieres decir? —le preguntó sin comprenderla el flamante novio.

—Un poco, como su padre —le aclaró Lena. Ella sabía lo guapo que sería su bebé.

Sonó la última señal y el tren se puso en marcha, llevándose la cara de asombro de Guennadi Rizhov, que la miraba por detrás del revisor uniformado con una gorra.

Guennadi era a su manera un chico honrado. Se torturó mucho tiempo sin llegar a escribirle una carta, pero al final escribió a Lena: «Soy un hombre débil, además teniendo en cuenta que soy un militar, y con lo estricto que es el ejército, no podría soportar las burlas y humillaciones a causa de un hijo negro... Perdóname...».

Sin embargo, Lena ya lo había comprendido en la estación. Se lo explicó todo a Alia, de cabo a rabo. Incluso lo más repugnante: no le había rechazado, se había entregado... Las dos lloraron de humillación. Pero lo más insoportable de todo es que nadie era culpable de nada... Simplemente ocurrió así.

21

Esta solución ya la había considerado Yelizaveta Ivánovna y la guardaba de reserva. En realidad, al principio era la principal, pero estaba convencida de que, en caso de que Shúrik fracasara en la universidad, encontraría el medio de meterlo en su instituto. No podía suspender en ninguna asignatura y los puntos que le faltaran para ingresar en la Facultad de Filología serían casi un diploma de honor en su instituto de mala muerte... Ahora, después de un año en el Instituto Mendeléyev, el propio Shúrik comprendía que se había equivocado de profesión.

Fue a inscribirse a las clases nocturnas. Hizo cola entre chicas que no habían pasado los exámenes de ingreso en la Facultad de Filología y chicos con gafas de culo de botella. Uno de ellos, en lugar de las gafas llevaba un bastón: cojeaba visiblemente. No había comparación entre los aspirantes a la universidad del año anterior y aquellos estudiantes de tercera categoría.

La chica que recogía la documentación, exhausta por el calor y la larga cola, no prestó atención al apellido de Shúrik, que todo el mundo conocía allí, y él suspiró aliviado: apreciaba la independencia y había imaginado por anticipado con disgusto cómo las antiguas compañeras de trabajo de su abuela –Anna Mefódievna, Maria Nikoláyevna y Galina Konstantínovna– irían a besarle y a acariciarle la cabeza.

El examen de francés corría a cargo de una dama entrada en años que llevaba el cabello, teñido de amarillo, recogido en un moño grueso y torcido. Todo el mundo le tenía miedo. Era la presidenta del comité de admisiones y la más feroz. Shúrik estaba lejos de sospechar que esa dama era la famosa Irina Petrovna Krúglikova que diez años antes había solicitado el puesto de profesora que ocupaba Yelizaveta Ivánovna. Echó un rápido vistazo a la lista de aspirantes y preguntó en francés.

–¿Quién es pariente de Yelizaveta Ivánovna Korn?

–Era mi abuela. Murió el año pasado.

La dama lo sabía, naturalmente.

–Sí, sí... La echamos mucho de menos... Era una mujer magnífica.

Después le preguntó por qué se inscribía a las clases nocturnas. Él le explicó que su madre acababa de pasar por una operación grave y quería trabajar para que ella pudiera jubilarse. Por cortesía respondía en francés.

–Entiendo –rezongó la dama, y le hizo una pregunta de gramática bastante complicada.

–Mi abuela consideraba que esa forma cayó en desuso en la época de Maupassant –declaró con una sonrisa radiante inadecuada, para responder después a la pregunta con habilidad.

En la cabeza de Irina Petrovna se atropellaban los pensamientos disparatados. Hundió el lápiz entre la maraña de sus cabellos y se rascó la cabeza. Yelizaveta Ivánovna había sido su enemiga. Pero de eso hacía mucho tiempo y ahora ya estaba muerta. Irina Petrovna había contribuido enormemente a su jubilación, pero después, cuando ocupó su puesto, descubrió sorprendida que a muchas colaboradoras les gustaba Yelizaveta Ivánovna no porque fuera su superiora sino por otra razón, y esto le desagradaba.

El chico hablaba francés a las mil maravillas, pero ella podía suspender a quien le viniera en gana. No estaba segura de qué decisión tomar.

–Realmente su abuela le enseñó bien el francés... Cuando haya pasado todas las pruebas, venga a verme al despacho, estaré allí hasta las tres de la tarde. Veremos qué trabajo puedo encontrarle.

Tomó la hoja y escribió «excelente» con una pluma de oro. Ella comprendió que había actuado no solo correctamente, sino de manera genial. Sopló sobre el papel, como si se tratara de una colegiala, y le dijo a Shúrik mirándole de frente:

–Su abuela era una persona de una integridad excepcional. Y una especialista excelente de la lengua francesa...

Dos semanas más tarde, Irina Petrovna Krúglikova le consiguió un trabajo a Shúrik en la Biblioteca Lenin. Obtener un empleo allí era más difícil que ingresar en la Facultad de Filología. Por otra parte, Irina Petrovna lo mandó llamar antes de que comenzaran las clases y le informó de que lo había matriculado en el grupo de inglés.

–Por lo que respecta al francés, no necesita más cursos básicos. Puede asistir a los seminarios especializados, si quiere.

Y lo inscribieron en el grupo de inglés, a pesar de que el curso ya estaba abarrotado.

Solo cuando todo estuvo arreglado anunció a su madre que había cambiado de instituto y que había encontrado trabajo. Vera se quedó boquiabierta, pero también se alegró.

–¡Shúrik, no me lo esperaba! ¡Qué reservado eres!

Hundió los dedos entre los rizos de su hijo, lo despeinó y de repente se inquietó:

–¡Sabes, te clarea el pelo! Justo aquí, en la coronilla. Hay que cuidarlo.

Enseguida fue a rebuscar en la biblioteca especial de la abuela, donde almacenaba toda clase de sabiduría médica popular, así como recortes de artículos de la revista *El Obrero*. Allí leyó que debía lavarse el pelo con pan de centeno, yema de huevo cruda y raíces de bardana.

Ese mismo día Shúrik la sorprendió con un gesto viril y firme.

–He decidido que ya es hora de que te jubiles. Ya es hora de que dejes de cargar con ese peso. Tenemos los ahorros de la abuela y te aseguro que puedo mantenerte.

A Vera se le hizo un nudo en la garganta como hacía tiempo que no le sucedía.

–¿Tú crees? –es lo único que acertó a responder.

–Estoy completamente seguro –dijo Shúrik con tanta firmeza que Vérochka tuvo que reprimir las lágrimas.

Era su felicidad tardía: tenía a su lado a un hombre que se hacía cargo de ella.

También Shúrik se sentía feliz: su madre, a la que casi había dado por perdida durante los dos días que se pasó sentado en la escalera del hospital, se había restablecido tras su enfermedad y además la química seguiría prosperando sin él.

Por la tarde de ese día memorable, Alia le telefoneó para invitarlo a la residencia.

–Es el cumpleaños de Lena. Lo está pasando tan mal y todo el mundo se ha marchado de vacaciones... Ven, he hecho un pastel. La pobre Lena me da pena...

Eran las siete pasadas. Shúrik le dijo a su madre que iba a la residencia para el cumpleaños de Stovba. No tenía muchas ganas de ir, pero a él también le daba pena Lena.

22

Lena Stovba cumplía diecinueve años y, después de tantos cumpleaños alegres, este era espantoso. Era la hermana pequeña, preferida y adorada de sus dos hermanos mayores. Su padre, como todos los dirigentes de alto rango, no conocía el idioma de la igualdad: a unos les daba órdenes, hostigándolos y humillándolos, y ante otros él mismo se humillaba, voluntariamente y casi con entusiasmo. Lena, aunque fuera su propia hija, pertenecía a la categoría de los seres superiores. La había colocado sobre tal pedestal que incluso la idea de que pudiera casarse algún día le resultaba desagradable. No era que la destinara a la vida monástica, ¡no! Pero en las profundidades insondables de su alma comunista albergaba la creencia popular –tal vez fuera un eco de las enseñanzas del apóstol Pablo– de que las personas de esencia superior no daban a luz hijos, sino que se consagraban a algo más elevado, en su caso específico, a esa ciencia llamada química.

Cuando su mujer, tímidamente y después de un gran trabajo preliminar, le anunció que su hija iba a casarse, se quedó consternado. Pero cuando a esto se añadió la circunstancia de que el elegido de Lena era un ser diferente, de otra raza, el golpe fue dos veces terrible: en el alma de los hombres blancos, incluso en la de aquellos que nunca han tenido contacto con la raza

147

negra, existe el miedo secreto de que los negros estén dotados de una fuerza viril particularmente feroz, muy superior a la de los blancos... Sus celos eran de una naturaleza singular: inconscientes, tácitos, mudos. La idea de que su pequeña Lena adorada, tan blanca y tan pura, fuese a... He aquí precisamente a lo que no podía poner palabras el secretario del comité regional del Partido que, ducho en el arte del mando, conocía a fondo todas las palabras de la A a la Z con las que podía derribar a una pequeña mosca... Pero cómo iba a encontrar una palabra para unir a su hija y a un negro en el espacio íntimo del matrimonio, si solo con pensar que ese hombre le ponía a Lena una mano encima empezaban a zumbarle las sienes...

Después de haberle informado con cautela de ese matrimonio, su mujer también se había visto obligada, al cabo de un tiempo, a informarle sobre su anulación. Y, al mismo tiempo, de que un niño estaba en camino y que no iba a tardar mucho en nacer. Así lo hizo. La reacción sobrepasó todas las expectativas: al principio rugió como un oso, luego rompió la mesa del comedor con su puño poderoso. A su mano también le costó caro —dos huesos rotos— y tuvieron que ponerle un guante de escayola. Pero antes incluso de la escayola, ordenó a su familia que nunca más volviera a pronunciar en su presencia el nombre de Lena, no quería volver a verla y no deseaba saber nada de ella. La esposa del dirigente del comité regional del Partido sabía que el tiempo todo lo cura y que perdonaría a Lena, pero lo que no sabía era si Lena le perdonaría que la hubiera repudiado en un momento tan difícil...

En pocas palabras, el cumpleaños de Lena fue triste donde los haya. La protagonista de la fiesta, voluminosa y con las piernas hinchadas, estaba sentada en una silla que cojeaba, y la tarta de manzana que Alia había cocinado para la ocasión tenía un aspecto miserable al lado del queso, el salchichón cortado a rodajas y los huevos rellenos con una mezcla de su propia yema con mayonesa.

Dos eran los invitados: Shúrik y Zhenia Rozentsweig, que había venido de su casa de campo para celebrar el cumpleaños de la solitaria Lena. Le trajo una cesta que le había preparado su madre, una judía de corazón compasivo, enterada del estado de la joven. El contenido de la cesta correspondía casi con exactitud a la lista de provisiones que Caperucita Roja llevaba a su abuela enferma: una botella de dos litros de leche de granja, un pastel casero a base de frutos del bosque y mantequilla fresca comprada en el mercado de los artesanos locales, próximo a la estación... El fondo de la cesta estaba cubierto de manzanas blancas y verdes del único árbol frutal de la parcela del jardín de Rosentsweig. Zhenia también había compuesto un poema tragicómico en que «diecinueve» rimaba de modo vanguardista con «naciones», mientras que el acontecimiento inminente, resultado de la deplorable despreocupación de los jóvenes amantes, pero también del ardor y la precipitación del héroe, así como de ciertas lagunas en los conocimientos prácticos de la heroína, era interpretado por el poeta casi como una transformación revolucionaria del mundo.

Lena se alegró un poco a pesar de todo. Estaba agradecida a Alia, que se había acordado de su cumpleaños justo en el momento en que ella misma maldecía el día en que había nacido, y a Shúrik, que había ido corriendo a la celebración con una botella de vino espumoso y otra de vino tinto seco georgiano, así como una caja de bombones que llevaba tiempo guardada en el pequeño armario de su madre y estaba impregnada de la ligera fragancia del perfume eterno de la abuela.

Se pusieron a beber y a comer: los dos pasteles, el queso, el salchichón y los huevos. Tenían un hambre canina y pronto acabaron con todo. Entonces la avispada Alia se fue a la cocina y preparó unos macarrones que se comieron después de los pasteles... Todos pasaron una buena velada, incluso Lena, que, por primera vez después de varios meses, pensó que sin su desgracia nunca se hubiera imaginado que tenía unos verdaderos amigos que la apoyaban en los momentos difíciles que atravesaba su vida.

A decir verdad, los amigos cubanos de Enrique –el biólogo calvo y José María– tampoco la habían abandonado, y si no habían ido a su cumpleaños era porque no estaban al tanto. En cualquier caso, vaciaron el último vaso de vino a la salud de los amigos y, una vez acabados los macarrones, la conversación sobre temas elevados descendió a las cuestiones de la vida cotidiana y fue Zhenia, el menos práctico, el artífice del viraje.

–Y bien, ¿has alquilado el apartamento?

Era una cuestión espinosa. Lena debía dejar libre su plaza en la residencia antes del 1 de septiembre, pero no conseguía alquilar un apartamento. Al principio Alia la había acompañado al callejón Banni, donde se ubicaba el mercado negro de la vivienda, pero resultó que su aspecto asiático era un obstáculo. Una de las propietarias incluso se lo había dicho sin rodeos: no aceptamos a no rusos.

Lena iba casi cada día al callejón Banni, pero nadie quería alquilar un piso a una mujer soltera y embarazada. Solo una propietaria había aceptado, una vieja borracha del suburbio de Lianozovo. Las otras la rechazaban sin miramientos: no querían a una mujer con un niño. Una casi había aceptado, pero le pidió su pasaporte, lo examinó detenidamente buscando el sello del matrimonio y, al no encontrarlo, se negó.

La pregunta de Zhenia sobre el apartamento devolvió a Lena a la cruda realidad y se deshizo en lágrimas, por primera vez en los últimos dos meses.

–Con un ridículo sello en mi pasaporte tal vez incluso podría volver a casa. Daría a luz aquí y luego volvería: mi padre ya se habría hecho a la idea. Pero así, para él es una vergüenza..., dada su posición...

Shúrik la compadecía. Sus ojos, redondos ya de por sí, se le salían de las órbitas. Buscaba una solución. Y la encontró:

–Lena, ¿por qué no nos casamos? ¡Y asunto resuelto!

Stovba todavía no había tenido tiempo de apreciar la generosa proposición que le acababan de hacer, cuando Alia sintió como si un hierro candente acabara de atravesarla: se había estado trabajando a Shúrik para ella, lo había cebado como a un joven cordero para su propia conveniencia, él debía casarse con ella, era con ella con quien debía inscribirse en el Registro Civil...

Entretanto Lena ya había digerido la sugerencia: todo podía arreglarse a las mil maravillas. Sí, sí, sí..., resonó en su cabeza rubia.

–Y tu madre, Shúrik, ¿qué diría de esto?

–No tiene por qué saberlo. ¿Para qué? Nos casamos, alquilamos una habitación para ti, tienes al niño y, entonces, tal vez puedas volver a casa. En cuanto todo esté arreglado, nos divorciamos... ¿A quién le importa?

«Hay que ver cómo son las cosas –pensaba Lena–, Guennadi Rizhov, locamente enamorado de mí, huyó despavorido, y este chico moscovita, este intelectual piojoso, pegado siempre a las faldas de su madre, está dispuesto a ayudarme de buenas a primeras.»

Lena lanzó una mirada de curiosidad a Alia: esta tenía la cara avinagrada y sus pequeños ojos oblicuos estaban más entornados que de costumbre. Lena sonreía para sus adentros: de todos los presentes solo ella adivinaba lo que estaba pasando en el alma de Alia y una alegría maliciosa la embargó. No había tenido ninguna intención de rivalizar con aquella kazaja, trabajadora e insignificante, y sin embargo así había ocurrido. Había ganado sin levantar siquiera el dedo meñique...

Sus lágrimas se secaron de repente y su vida desmoronada comenzó a remontar la pendiente.

–¿Vendrás conmigo al callejón Banni, Shúrik?

–¿Y por qué no? ¡Claro que sí!

Zhenia aulló de entusiasmo.

–¡Hurra! ¡Shúrik, esto sí que es un amigo!

En efecto, Shúrik tenía la impresión de ser un amigo de verdad y un buen chico. A él siempre le había gustado ser un buen chico. Quedaron en que irían al Registro Civil al día siguiente. Zhenia y Alia serían los testigos del enlace. Alia se maldijo por el pastel, por la fiesta de cumpleaños que se le había ocurrido organizar, pero no encontraba una tabla de salvación para su futuro. Y al día siguiente todos fueron al Registro Civil, no en el Palacio de Matrimonios, sino a una sencilla oficina del distrito. La ceremonia se fijó para la semana siguiente, teniendo en cuenta el elocuente vientre. Shúrik estuvo a punto de olvidarse, pero exactamente una semana más tarde Lena telefoneó temprano por la mañana para decirle que lo esperaba al cabo de una hora al lado del Registro Civil. Shúrik salió a todo correr y llegó a tiempo: se casó con Yelena Guennádievna Stovba y salvó temporalmente su reputación. Ahora podía volver a casa con el honorable estatus de mujer casada...

23

Matilda se había ido al campo con sus gatos a principios de mayo. Pensaba pasar allí dos semanas, vender la casa que había heredado y volver como muy tarde a principios de junio. Pero las cosas dieron un giro inesperado: la casa resultó ser tan viva y cálida y se sintió tan bien allí que decidió no venderla y mantenerla como casa de campo. Faltaba solo un taller y Matilda se puso a la tarea de construirlo. De hecho no era necesario construir nada. Había un patio inmenso y un recinto cubierto para guardar el ganado que hacía tiempo que ya no se destinaba a ese uso, y era preciso reforzarlo, abrir unas ventanas, y entonces sería un espacio ideal para dedicarse a la escultura. Había una única pega: los campesinos bebían como descosidos y encontrar carpinteros estaba lejos de ser fácil. Shúrik le venía a menudo a la cabeza: le habría sido enormemente útil allí. No para los trabajos de carpintería, sino para el día a día. Más de una vez había recorrido los ocho kilómetros que había hasta correos para telefonear a Moscú, pero nadie respondía. A mediados de verano se le presentó una oportunidad: un vecino del pueblo iba a Moscú en coche a pasar dos días y propuso llevar a Matilda con sus gatos. Hizo las maletas y se fue.

En la ciudad se le había acumulado un montón de cosas por hacer, pero en sus dos meses de ausencia los asuntos moscovitas de alguna manera se habían marchitado y descolorido, mientras que los del campo –comprar clavos, medicinas para sus vecinos, semillas de flores, azúcar, al menos diez kilos, etc.– ocupaban en la cabeza de Matilda un lugar más importante. Sin embargo, ya en el camino –el viaje duraba entre cinco o seis horas con suerte– había experimentado una especie de transformación: recordó que no había pagado el alquiler del taller, que la hija de su amiga Nina debía de haber dado a luz y ni siquiera la había llamado... Y se acordó de Shúrik con una sonrisa, como siempre, pero también con cierta inquietud. Al llegar a casa cogió enseguida el teléfono y marcó su número. Fue su madre la que descolgó y dijo «¿Diga?» con una voz débil, pero Matilda no respondió. La segunda vez que llamó fue más tarde de las diez de la noche y descolgó el auricular Shúrik. Ella le informó de que había vuelto, él se quedó callado durante un buen rato y luego dijo:

–Ah... Bien...

Matilda se enfureció inmediatamente consigo misma por haberle llamado y remató la conversación con habilidad. Colgó el teléfono y se sentó en un sillón. Konstantín, el cabeza de familia, se acostó a sus pies mientras Dusia y Morkovka se empujaban sobre su regazo para ponerse cómodos. A Matilda le horrorizaban las sesiones de autoanálisis que son tan habituales entre las mujeres. La ligera contrariedad que había suscitado aquella torpe llamada telefónica a un muchacho con el que había entablado una relación por casualidad, y que ahora le había dado a entender que en realidad no la necesitaba, la ahuyentó con ayuda de toda una lista de cosas de las que debía ocuparse al día siguiente: clavos, medicinas, azúcar, semillas... Aunque... ¿para qué semillas si el verano ya estaba a punto de terminar?

En la televisión parpadeaban imágenes en color, no había encendido el sonido, para que no interfiriera con su pensamiento principal: Moscú la aburría y ese pueblo cerca de Vishni Volochok, la tierra natal de su difunta madre, esos bosques, esos campos y esas colinas que conocía desde la infancia le sentaban bien, como un zapato hecho a medida: agradable, cómodo y todo en su sitio. Había observado esa vida rural todavía no destruida y sintió, por primera vez quizá en muchos años, que era una chica de campo. Sus viejas vecinas, antiguas ordeñadoras de vacas y horticultoras, eran mucho más amables y comprensibles que sus vecinas de Moscú, preocupadas por la compra de una alfombra o por adjudicarse una habitación que se acababa de liberar en su piso comunitario. Y a su difunta tía la veía ahora bajo una luz diferente. Su vecino la había atosigado para que le vendiera o le legara la casa, una de las isbas más bellas del pueblo, construida a finales del siglo XIX por una brigada de campesinos de Arjanguelsk. Pero su tía, esa tía a la que Matilda nunca había querido, se negó en redondo: la casa se la dejaré a Matriona, si se la dejo a un extraño nuestra familia se extinguirá en la región. Matriona es una chica de ciudad, es rica y no es tan tonta, la conservará... En el pueblo la llamaban por su verdadero nombre, del que se había sentido avergonzada desde niña, y cuando se trasladó a la capital se lo cambió por el de Matilda.

Y Matriona-Matilda sonreía, recordando a su tía que, a fin de cuentas, resultó no ser tan tonta, puesto que sus cálculos eran los correctos. Más que correctos: Matilda se había sentido tan ligada a la casa que estaba dispuesta a cambiar su vida por completo...

A las once y media, cuando el mal sabor de la conversación con Shúrik había desaparecido y Matilda, rodeada de sus gatos, estaba acostada en la cama, sonó el timbre de la puerta.

Matilda no esperaba en absoluto a su joven amante, sin embargo él había ido corriendo como siempre a su encuentro, jadeante porque había subido los cinco pisos a toda prisa y se abalanzó sobre ella acertando solo a decir:

–Cuando has llamado no podía hablar, mamá estaba sentada al lado del teléfono...

En ese momento Matilda comprendió cuánto le había echado de menos: el cuerpo no engaña. Probablemente por primera

155

vez en su vida experimentó que ninguno de los dos reclamaba al otro nada excepto un contacto carnal. «Son las relaciones más puras: ningún interés, ni por mi parte ni por la suya, solo la alegría de dos cuerpos», se dijo Matilda, y esa alegría estalló con toda su fuerza y su plenitud.

Shúrik no pensaba en nada. Jadeaba, corría, llegaba y otra vez corría, volaba, se elevaba, descendía y volvía a ascender... Y toda esa felicidad habría sido absolutamente imposible sin ese milagro creado por la naturaleza: la mujer, con sus ojos, sus labios, sus pechos, con ese abismo estrecho al que se lanzaba para volar...

24

Una vida completamente nueva comenzó con la llegada del otoño: Shúrik tenía su primer trabajo de verdad y, por fin, estudiaba en el instituto adecuado. Vera, al contrario, había dejado de trabajar y también empezaba una nueva vida. Se sentía mucho mejor después de la operación y aunque su debilidad de siempre no la abandonaba, recuperó una vida interior y experimentó algo parecido a una renovación, como si volviera a ser como era de joven. Ahora tenía muchas horas libres, releía con placer libros que ya había leído en otro tiempo y se aficionó a las memorias. A veces salía a pasear y se acercaba hasta el jardín más cercano o se quedaba sentada en el banco del patio, lo más lejos posible de las madres con hijos ruidosos y lo más cerca posible de los álamos jóvenes y los olivos plateados plantados alrededor del edificio a modo de experimento. También hacía gimnasia y hablaba por teléfono con una de sus dos amigas de toda la vida, Nila, la viuda sin hijos de un pintor célebre, siempre dispuesta a discutir largo y tendido sobre las cartas de Antón Chéjov o los diarios de la mujer de Tolstói, Sofia Andréyevna... Era verdaderamente asombroso: todo lo que tenía que ver con aquella vida era mucho más comprensible e interesante que lo que atañía a la vida actual. Con su segunda amiga, Kira, nunca lograba mantener largas conversaciones porque siempre tenía algo en el fuego que amenazaba con desparramarse.

Para la jubilación de su madre, Shúrik había llevado a casa una televisión grande. Vera se sorprendió un poco, pero no tardó en apreciar aquella nueva adquisición: a menudo emitían espectáculos, la mayoría representaciones antiguas, y muy rápidamente, haciendo concesiones a lo poco agraciado de ese arte, se acostumbró a ver «la caja tonta».

Shúrik apenas tenía tiempo libre y veía a su madre mucho menos de lo que hubiera querido. Por lo general, ella se levantaba tarde, cuando él ya se había marchado al trabajo dejando en la cocina, en un plato cubierto con un trapo, los copos de avena que el abuelo Korn, que desde su juventud dio muestras de anglofilia, introdujo en el menú familiar.

Los domingos, sin embargo, desayunaban juntos y luego, a mediodía, Shúrik impartía clases particulares de francés a dos «supervivientes», como los llamaba Vera, y pasaban la tarde juntos. Como a Vera todavía le daba miedo salir de casa sola, el domingo por la tarde asistían a conciertos y espectáculos y visitaban a sus dos amigas, Kira y Nila. ¿Disfrutaba Shúrik con esa vida social? ¿O tal vez el joven habría escogido otro entretenimiento dominical? A Vera no le asaltaban esas preguntas. Y a Shúrik tampoco. La relación con su madre se caracterizaba, además de por el amor, el afecto y la preocupación, por una especie de sumisión bíblica hacia los progenitores, natural, no forzada.

Vera no le exigía ningún sacrificio: salía de él. Y Shúrik siempre estaba dispuesto a ayudarla a quitarse los botines y el abrigo, a sostenerla cuando subía a un vagón y a buscar el asiento más cómodo para ella. Todo era tan natural, sencillo, amable...

Vera compartía con él sus pensamientos y observaciones, le relataba los libros que había leído, le informaba sobre el estado físico y mental de sus amigas. A veces incluso abordaban temas políticos en sus conversaciones, aunque por lo general se mostraba más timorata que su difunta madre. No solía dejarse arrastrar a conversaciones peliagudas y prefería remarcar que la política no le interesaba y que sus inclinaciones se limitaban exclusivamente al campo de la cultura. Veía con buenos ojos el trabajo de Shúrik en la biblioteca por ser cultural, aunque intuía que no era un trabajo cien por cien masculino.

Pero a Shúrik le gustaba. Le gustaba todo lo de allí: la estación de metro Biblioteca Lenin, el viejo edificio de la biblioteca Rumiántsev, los olores variados de los libros, los antiguos, los viejos y los actuales que, para una nariz sensible, se distinguían entre sí por miles de matices que tenían que ver con la piel, el calicó de la encuadernación, la cola, el tejido insertado en los lomos de la obra y la tinta de la tipografía. Y las mujeres amables de esa clase especial que se encuentran en la mayoría de las bibliotecas: discretas, corteses, todas de una mediana edad deliciosamente indefinible, incluso las más jóvenes. A la hora de comer se sentaban en una mesa de juntas grande para tomar el té, y todas obsequiaban a Shúrik con sus bocadillos idénticos de queso y salchichón...

La única excepción era la jefa, Valeria Adámovna Konétskaya. También destacaba entre los responsables y directores de los departamentos. El resto de departamentos estaban encabezados por personajes más respetables e incluso, aunque era poco habitual en la biblioteca, por personas de género masculino. Ella era la más joven, la más enérgica, vestía mejor que las demás e incluso llevaba pendientes de brillantes que relumbraban como pequeños fuegos azules en sus orejas cuando rara vez asomaban por debajo de su tupida cabellera, cuyo volumen equivalía al de tres mujeres, sujeta con una diadema aterciopelada o bien con un lazo negro y liso en la nuca. Su presencia se anunciaba de antemano por un olor embriagador a perfume y por el ruido sordo de su muleta. Esa hermosa mujer cojeaba y su cojera era fuerte y profunda, como si a cada paso se zambullera y luego emergiera al tiempo que alzaba sus pestañas azules... Sería presumible que, debido a la ruptura de la uniformidad general que ella representaba, resultara impopular. Pero gustaba a todo el mundo: por su belleza, por su desgracia que superaba con valentía, incluso por su coche para inválidos, un Zaporozhcts adaptado que ella misma conducía, maravillando al resto de conductores y peatones por el carácter totalmente imprevisible de su comportamiento al volante, por su carácter alegre, y le perdonaban –¡si es que había algo que perdonar!– su afición por los cotilleos, su irrefrenable coquetería y sus inagotables flirteos con los asiduos de la biblioteca.

Shúrik valoró su profunda capacidad de empatía el día en que, en plena epidemia de gripe –la mitad de los empleados estaban enfermos y la otra mitad trabajaba el doble–, fue a pedirle tres días de asueto.

–¡Se ha vuelto loco! Tengo que darle días libres para sus exámenes durante el período de más trabajo y todavía me pide que le añada tres días de fiesta. Ni hablar. ¿Quién hará entonces el trabajo?

–¡Valeria Adámovna! –suplicó Shúrik–. Las circunstancias son tan... ¡Estoy dispuesto a presentar mi dimisión si hace falta!

–¿Lleva pocas semanas trabajando y ya quiere presentar su dimisión? Muy bien, hágalo. ¡Los candidatos hacen cola para trabajar en la Biblioteca Lenin! Nadie dimite aquí. ¡De aquí solo nos vamos para jubilarnos! –exclamó sinceramente ofendida.

–Necesito irme tres días a Siberia. De lo contrario, defraudaré a una mujer en una situación espantosa...

Una chispa de interés se avivó debajo de sus pestañas azules.

–¿Cómo?

–Entiéndalo, está a punto de dar a luz y yo, por decirlo así, soy su marido...

–¡Qué gracia! ¿Está a punto de tener un niño y dice que usted es, por decirlo así, su marido? –se sorprendió exageradamente Valeria.

Y Shúrik, sentado en el borde de la silla, le contó brevemente, pero con claridad, toda la historia de la pobre Stovba, una historia que todavía no tenía desenlace porque, después del matrimonio, ella se había ido a casa de sus padres en Siberia. Ahora, estaba a punto de dar a luz y le había llamado para pedirle que fuera inmediatamente: si el niño nacía con la piel un poco oscura no sería demasiado terrible. Pero si el bebé era completamente negro, con toda certeza habría un escándalo familiar porque su padre era un dirigente del Partido con el corazón como una piedra y la pondría de patitas en la calle... Por lo tanto, debía ir allí a toda costa e interpretar el papel de padre feliz de un bebé cubano...

–Escriba una solicitud de permiso –le dijo Valeria Adámovna, y estampó su bella firma llena de garbo bajo las tímidas líneas de Shúrik.

25

Y comenzó a preparar su viaje. Lena le pidió si podía comprarle dos trajecitos de lana al niño. Se dirigió a la misma tienda para niños donde su abuela Yelizaveta Ivánovna le había comprado la ropita a él antes de que naciera. Hizo la cola de rigor y compró dos: uno rosa y otro amarillo. Una mujer pragmática, entrada en años, que hacía cola justo delante de él, le aconsejó que cogiera una prenda para el primer año y otra para el segundo año. ¿Para qué comprar dos de la misma talla? El argumento era de peso.

En cuanto al biberón con tetina, importado del extranjero, Shúrik no pudo comprarlo porque ese día ya no quedaban más en la tienda. Fue Alia Togusova la que consiguió ese artículo raro de fabricación checoslovaca. Aunque todavía no se había recuperado del trauma matrimonial que Shúrik, sin saberlo, le había infligido, no dejaba de comportarse como si entre ellos hubiera una relación amorosa. Sin embargo, después de la lata de pintura al óleo que le había servido como pretexto para un acercamiento y algunas visitas supuestamente improvisadas a la calle Novolésnaya, Shúrik no la requirió para nada particular. A decir verdad, no la requería en absoluto. No la había llamado ni una sola vez.

Era ofensivo, pero para Alia era solo un obstáculo más en su vida. Todos los demás los había superado poco a poco. Sabía intuitivamente que debía trabajar con las circunstancias para volverlas a su favor.

En el instituto, todo iba a la perfección. Le habían aumentado la cuantía de la beca por las notas obtenidas en la última evaluación –en realidad, la última para Shúrik, pues para Alia era la de primavera de primer curso–. Ella tenía dos empleos a media jornada: uno como auxiliar de laboratorio en la cátedra de química, otro como secretaria en la oficina del decanato del departamento nocturno. Había tomado clases de mecanografía mientras trabajaba en la planta química de Akmolinsk. Pero ella misma había amputado aquella parte de su vida pasada, no pensaba en ella y tan solo le había escrito dos cartas a su madre: la primera cuando la habían admitido, en un arrebato de alegría, donde le hablaba de la Plaza Roja y de la residencia, y la segunda, por primavera, para anunciarle que no podría ir a verla durante las vacaciones, en primer lugar por las prácticas y luego porque iba a tener que trabajar para ganar dinero y no tenía con qué pagarse el billete. Su madre no comprendió esa carta porque había deducido que su hija tenía la intención de visitarla en cuanto reuniera el dinero para el billete.

Desde luego que Alia trabajaba: para ganar dinero y forjarse un futuro a la vez. Todo el mundo se llevaba bien con ella, tanto los compañeros de estudio como sus colegas de trabajo. Sabían que podían contar con ella, que se esforzaba en todo y que no le importaba trabajar de más. La única pega era que no tenía amigos. No la invitaban a ningún lado. Ciertamente, ella no tenía tiempo, pero era ofensivo: nadie la invitaba.

En cierta medida, no había logrado establecer lazos con las personas adecuadas, las que en verdad necesitaba. En química sí que hacía progresos, pero le hubiera gustado mucho hacerlo en todo lo demás. La casa de Shúrik era la única de todo Moscú donde la recibían. Y la única mujer a la que llamaba en su fuero interno «dama» era Vera Aleksándrovna. Alia la observaba y todo le gustaba de ella: su presencia, su manera

163

de expresarse, sencilla pero especial, y la forma de colocarse la chaqueta por encima de los hombros sin meter los brazos por las mangas, sus uñas pintadas de rosa y también su modo de comer y de beber, como sin prestar atención, pero tan despacio y con tanta elegancia... Era un modelo excelente, pero ¿cómo iba Alia a ponerse así las mangas? Ella no podía ir así, con las mangas colgándole, le habrían molestado en el laboratorio y en las oficinas también...

Sin embargo, había tomado prestadas ciertas cosas de ella, por ejemplo el té con leche. A la inglesa. Vera Aleksándrovna vertía de una lechera de plata, y no de un cartón, un chorro delgado de leche en una taza de té y allí se desencadenaban unas ramificaciones brumosas que mezclaba dando vueltas con una cucharilla en el sentido de las agujas del reloj...

Al reparar en la mirada atenta de Alia, Vera Aleksándrovna le dijo:

–Cuando Shúrik era pequeño, pensaba que el té se endulzaba removiéndolo y no por el azúcar. Creía que cuanto más se removía, más dulce era. Curioso, ¿no es cierto?

Y ese «¿no es cierto?» era especialmente encantador.

La tarde antes de la partida Alia no avisó a Shúrik de que pasaría a verlo después del trabajo y lo esperó tomando té a la inglesa con Vera Aleksándrovna. Herencia del abuelo Korn. Le tocó esperar bastante rato.

–Traje un biberón con tetina para Lena –le dijo Alia con una sonrisa conspiradora–. Puedes llevárselo, ¿no es cierto?

–¿Por qué no? –murmuró Shúrik sin apreciar en su justo valor la inoportuna finura de su lenguaje.

Vera Aleksándrovna puso a calentar en la parrilla unos *golubtsí*[1] que había comprado en una tienda de comida preparada.

–Alia, comes con nosotros, ¿no?

1. Rollitos de col rellenos de arroz, hortalizas y carne picada. (*N. de la T.*)

Sin embargo, Alia declinó la invitación. Tenía hambre, pero le daba miedo no cortar los trozos correctamente y no saber manejarse con el tenedor y el cuchillo. En la cantina del instituto comía muy bien los *golubtsí* con una cuchara porque al mediodía nunca había suficientes tenedores.

Shúrik comía, como su madre, con lentitud y precisión. Alia se maravillaba. ¡En el laboratorio era incapaz de mezclar dos soluciones en una probeta y de hacer un pesaje correcto!

Vera Aleksándrovna se retiró a la habitación para ver la televisión. Daban *Tania*, de Arbúzov, con una nueva puesta en escena y no podía perdérselo.

–Bueno, ¿así que mañana te vas a ver a tu mujer? –le preguntó Alia en broma.

–¡Cállate! ¿Te has vuelto loca? Mamá no sabe nada –se asustó Shúrik.

–¿No sabe que te vas? –preguntó Alia sorprendida.

–Le dije que me iba en un viaje de trabajo. Por casualidad a la ciudad donde vive Lena. No sabe que me he casado con ella. Escondí mi pasaporte para que no lo viera por casualidad.

–¿Compraste los trajecitos para el bebé?

Shúrik asintió.

–Uno para el primer año y otro para el segundo.

–¡Enséñamelos! –le pidió Alia estratégicamente.

El ingenuo de Shúrik la llevó a su habitación, donde estaba su maleta casi acabada. Era la «maleta número uno», es decir la más pequeña de la colección de la abuela, con las esquinas de metal. También había las maletas número 2 y número 4. Pero Alia no lo sabía.

Shúrik se agachó junto a la maleta, que estaba en el suelo al lado del escritorio. Alia lo abrazó por detrás. Él miró su reloj: eran las diez y media. Naturalmente la acompañaría a la residencia, y mañana tenía que levantarse a las seis, el avión salía temprano.

–Rápido, entonces –le advirtió Shúrik.

Estas no eran en absoluto las palabras que Alia hubiera querido oír. Pero, al fin y al cabo, lo importante no eran las palabras sino la línea general. Alia había crecido con la idea de que los hombres solo quieren una cosa de las mujeres. Aquella era su teoría simplista, y seguía sin considerar necesario preguntar a Shúrik si era lo que él deseaba en ese preciso instante. En cuanto a él nunca se le pasó por la cabeza negarle algo tan insignificante a una chica. Y con el apetito que invariablemente se despierta a la hora de comer, Shúrik hizo todo lo necesario para proporcionarle a Alia una satisfacción plena: eran amantes, esta era ya la quinta vez desde Año Nuevo que estaban juntos, es decir, que todo iba en la buena dirección, y si Stovba no procuraba ponerle el collar, era Alia quien lo conseguiría a fuerza de tesón y lealtad. A causa de su avanzado estado de gestación, Lena no representaba por ahora ningún peligro. Además, todo el mundo sabía lo enamorada que estaba de su Enrique de piel morena y ¿a qué hombre le iba a gustar eso?

El esquema general era, tal vez, correcto, pero para regiones muy apartadas y para otro género de individuos. Y eso Alia no lo había tenido suficientemente en cuenta, pero todavía le quedaba mucho tiempo por delante para aprenderlo.

Shúrik voló durante cinco horas con sus trajecitos de bebé y sus tetinas. Antes había pasado cuatro horas en el aeropuerto esperando a que saliera el vuelo que se retrasaba a cada hora. Además de la maleta, había cogido de la abuela dos libros viejos de su biblioteca. El primero, un tomo en francés bastante tedioso, lo leyó disciplinadamente hasta el final antes de embarcar; el segundo, un pequeño volumen bastante estropeado, lo comenzó en el avión. Era interesante. A la mitad del libro se detuvo y se dio cuenta de que no estaba leyendo en francés sino en inglés. Miró entonces la cubierta: era una novela de Agatha Christie. Era el primer libro que leía en inglés, por equivocación.

En el aeropuerto le recibió su suegra ficticia a la que veía por primera vez en su vida: un monigote de nieve con un cubo de fieltro en la cabeza y labios fruncidos. Shúrik era más alto que ella, pero a su lado se sentía como un niño pequeño frente a una profesora enfadada. De repente incluso pensó: ¿para qué había ido allí? ¡Podría haberse negado! ¡No era por los trajecitos para el bebé...!

–¡Faina Ivánovna! –dijo la madrastra propulsando su mano gruesa hacia delante, y Shúrik captó instantáneamente su semejanza con la otra Faina Ivánovna, la antigua jefa de su madre. Y se sintió bastante incómodo.

–Shúrik –le respondió con un apretón de manos.

–¿Y su patronímico? –le preguntó la suegra con un aire severo.

–Aleksándrovich...

–Aleksandr Aleksándrovich, entonces...

Ya había memorizado su apellido cuando estudiaba el pasaporte de Lena. Su apellido era sospechoso, pero el nombre y el patronímico eran normales...

Ella pasó delante de él y él la siguió. Cerca de la salida los esperaba un Volga oficial negro.

«El coche de su padre», adivinó Shúrik. Al ver a la propietaria del coche, el chófer salió, quería abrir el maletero, pero cuando vio la modesta maleta de Shúrik, se limitó a abrir la puerta.

–Nuestro yerno, Aleksandr Aleksándrovich –dijo la suegra, presentándoselo al chófer. Le tendió la mano.

–Bienvenido, Aleksandr Aleksándrovich –dijo dibujando una sonrisa de oreja a oreja que hizo relumbrar sus dientes metálicos–. Me llamo Volodia.

Shúrik y la suegra se sentaron en los asientos traseros. El coche se puso en marcha.

–¿Cómo está su madre? –le preguntó de repente Faina Ivánovna con voz afectuosa.

–Gracias, se siente mucho mejor desde su operación –dijo sorprendiéndose de que hubiera oído hablar de su madre.

–Sí, Lena nos dijo que la intervención había sido muy difícil. Bueno, entonces, ¡gracias a Dios! ¡Gracias a Dios! ¿Estuvo mucho tiempo en el hospital?

–Tres semanas –respondió Shúrik.

–Guennadi Nikoláyevich también pasó tres semanas este año en el hospital del Kremlin. Lo operaron de la vesícula biliar. Hay buenos médicos allí –redundó con un tono aprobador–. Si otra vez tiene que hospitalizarla, lo mejor sería que la ingresaran en el hospital del Kremlin. Guennadi Nikoláyevich lo arreglará, como miembros de la familia...

En ese momento, al fin, Shúrik comprendió que la conversación estaba destinada al chófer y su propio papel comenzó a aclararse con mayor nitidez...

–Lena te espera con impaciencia. Dará a luz de un momento a otro...

–Sí, claro –reaccionó vagamente Shúrik, y la suegra decidió callarse, por lo visto, para evitar meteduras de pata.

–¡No aparques el coche en el garaje, Volodia! Estate preparado para cogerlo, nunca se sabe –ordenó Faina Ivánovna cuando llegaron a casa.

–Desde luego, ya hace varios días que no lo aparco –asintió el chófer. Salió de un salto y abrió la puerta.

La casa era un edificio estalinista, nada fuera de lo normal. En el ascensor había escrita una palabra obscena en la pared, una palabra que había arraigado en Rusia desde la invasión tártara. En el piso donde bajaron solo había una puerta en medio del rellano. Estaba abierta de par en par. En el umbral había un hombre opulento con una espesa cabellera canosa, exhibiendo una amplia sonrisa.

–Hola, yerno. Adelante, entra. ¡Bienvenido!

Detrás de él estaba Lena, muy gorda, con un nuevo peinado y un chal de Orenburgo encima de un vestido holgado de color rojo oscuro. Lena mostraba una hermosa sonrisa que transmitía gratitud y Shúrik se asombró al ver cuánto había cambiado.

El suegro estrechó la mano de Shúrik, luego lo besó tres veces. Olía a vodka y a loción de afeitar. Lena levantó su cabeza rubia, con la raya peinada a la derecha. Shúrik nunca había visto a una mujer embarazada tan de cerca y de pronto se sintió conmovido por ese vientre lleno y por la extraña inocencia de su cara. Antes tenía una expresión diferente. Y él, estremeciéndose no se sabe bien en qué parte, la besó primero en el pelo y luego en los labios. La cara maquillada de Lena se ruborizó. Ya no era una belleza, sino simplemente encantadora...

–Vaya, Lena, ¡qué barriga tienes! ¡No sé por qué lado abordarte! –dijo sonriendo.

El suegro lo miró con aprobación y se echó a reír.

–¡No te preocupes! ¡Ya te enseñaremos! Faina Ivánovna tuvo tres y mira qué bien está.

El pasillo tenía dos recodos. Shúrik supuso que el piso estaba compuesto por varios. Lo condujeron a una gran habitación donde estaba puesta la mesa ya un poco estropeada.

Guennadi Nikoláyevich gruñó algo e inmediatamente empezó a salir gente por las tres puertas, como si hubieran estado esperando de antemano detrás de ellas. Con Shúrik incluido, eran nueve los comensales: un viejo alto y demacrado y una anciana encorvada –los padres de Guennadi Nikoláyevich–, la hermana de Faina Ivánovna, con una cara extraña –tenía un retraso mental, como supo más tarde–, el hermano de Lena, Anatoli, y su mujer, los padres de Lena y la propia Lena.

La comida sobre la mesa parecía de atrezo, pensó Shúrik. Un pescado enorme, una pierna de algún animal colosal, empanadillas, cada una del tamaño de un pollo, y pepinillos en salmuera que parecían calabazas... Patatas hervidas en una olla de la capacidad de un cubo, y caviar en una ensaladera.

Lena era la chica más alta de la clase, pero aquí, entre su gigantesca familia, parecía ser del montón, incluso con su barriga.

–Sentaos, sentaos, vamos –pregonó Guennadi Nikoláyevich, y todos se apresuraron a mover sus sillas.

Luego todo se celebró exactamente como en una asamblea. Guennadi presidía, su mujer hacía de secretaria y la hermana retrasada iba a por garrafas a la cocina...

—¡Sírveles! ¡Anatoli, sirve a los abuelos de beber! Masha, ¿qué haces ahí sola, como una forastera? ¡Levantemos las copas! —ordenó el suegro, sirviendo a todos los que se encontraban a su lado, es decir Faina Ivánovna, Lena y Shúrik... En cuanto todos estuvieron servidos, Guennadi Nikoláyevich levantó su vaso.

—¡Mi querida familia! Demos la bienvenida a un nuevo miembro, Aleksandr Aleksándrovich Korn. Las cosas no pasaron como habrían tenido que pasar, la boda no se celebró como es debido, pero ¿para qué vamos a hablar ahora de eso? Vamos a celebrarlo por las buenas, como gente civilizada. ¡A la salud de la joven pareja!

Todos extendieron sus vasos para brindar. Shúrik se levantó para alcanzar los de la abuela y el abuelo. A pesar de ser bastante viejos, resultó que estaban ansiosos por un trago. Todo el mundo vació sus vasos y atacaron los entrantes.

Luego llegaron los platos fuertes. Shúrik tenía hambre, sin embargo comió pausadamente, como le había enseñado su abuela. El resto comía a dos carrillos, haciendo ruido, vigorosamente, incluso se podría decir que con espíritu guerrero. No paraban de llenarse una y otra vez los platos y las copas. La pierna resultó ser de oso, el pescado era de la región y el vodka nacional. Y Shúrik bebió mucho. La sobremesa se acabó con una rapidez inesperada: todos comieron, bebieron y se dispersaron por las tres puertas.

Lena mostró el camino a Shúrik: el pasillo daba dos vueltas más. Entraron en la habitación de Lena, que hasta hacía poco había sido una habitación infantil. Lena había crecido tan deprisa que los osos y los monos de peluche todavía no habían tenido tiempo de desaparecer de la vista y disiparse, como suele pasar en las habitaciones de las adolescentes. En las paredes colgaban imá-

170

genes: una gata con sus gatitos, una ceremonia de té chino con tazas de porcelana y un ciruelo en flor y dos payasos. Y arrimada contra la pared, una cama infantil. Como si un niño, que se hubiera hecho mayor, le cediera el sitio a otro, a uno nuevo... También había una otomana, no demasiado ancha, y sobre ella dos almohadas y dos mantas.

–El baño y el aseo están al final del pasillo a la derecha. Te dejé una toalla verde –le dijo Lena sin mirarlo.

Y Shúrik salió al pasillo, hacia donde se moría de ganas de ir hacía rato. Cuando volvió, Lena ya estaba acostada, vestida con un camisón rosa, con la montaña de su vientre delante de ella. Shúrik se tumbó a su lado. Ella suspiró.

–¿Por qué suspiras? Todo está yendo bien –dijo Shúrik sin demasiada convicción.

–Te agradezco que hayas venido, por supuesto. Papá te lo enseñará todo: la fábrica de laminados de tubo, los terrenos de caza, la fábrica de cemento...Tal vez te llevará a tomar un baño de vapor a Sugleika...

–¿A qué viene todo eso? –se sorprendió Shúrik.

–¿No lo comprendes? Para que la gente te vea...

Lena resopló por la nariz y se puso las manos sobre el vientre por encima de la colcha y Shúrik tuvo la impresión de que el vientre se movía. Le tocó el hombro.

–Bueno, entonces iré a ver esa fábrica. ¡Qué más da!

Ella se apartó y rompió a llorar con amargura y en silencio.

–¿Qué pasa, Lena? ¿Por qué lloras? ¿Quieres que vaya a buscarte un vaso de agua? No estás triste, ¿verdad? –le decía Shúrik para consolarla.

Pero ella siguió llorando a lágrima viva. Luego dijo entre sollozos:

–Enrique me envió una carta. Lo han condenado a tres años por pelearse en la calle, pero, en verdad, lo han encarcelado por culpa de su hermano. Me ha escrito que volverá si sobrevive...

171

Y que si no vuelve, significará que ha muerto. Ahora solo tiene una idea: salir de la cárcel y venir aquí...

—Bueno, eso está bien —se alegró Shúrik.

—¡No entiendes nada! Aquí no sobreviviré. Deberías conocer a mi padre. Es un déspota terrible. No tolera que se le lleve la contraria. Toda la región le tiene miedo. Incluso tú. Mira, él quiso que vinieras y has venido...

—¿Qué dices, Lena? ¿Te has vuelto loca? He venido porque tú me lo pediste. ¿Qué tiene que ver tu padre con eso?

—Estaba de pie a mi lado, con su enorme puño encima de la mesa... Así que te pedí que vinieras...

A Shúrik lo invadió una piedad ardiente, como antes, en la entrada, cuando la había visto por primera vez con su nuevo peinado y su vientre. Sintió incluso que se le humedecían los ojos. Y ante la lástima hacia esa pobre mujer algo se le endureció. Había adivinado desde hacía tiempo que aquel era el principal sentimiento que el hombre experimenta hacia la mujer: la lástima.

Le acarició el pelo. Ya no lo llevaba recogido en la nuca con un tosco pasador rojo, se desparramaba, espeso y suave. La besó en la cabeza.

—Pobrecilla...

Lena giró torpemente su enorme cuerpo hacia él, que sintió su vientre y sus pechos a través de la colcha. Shúrik le cogió las manos y se las llevó a su pecho. La acariciaba suavemente, y Lena lloraba, sin prisa, con alivio. Ella misma también se compadecía de esa enorme rubia que había perdido a su amado novio y que iba a tener un niño que no sabía si algún día conocería a su padre...

—¿Comprendes, Shúrik? Fue uno de sus amigos quien me trajo la carta. Dice que hay pocas posibilidades de que las cosas se arreglen, que Fidel es vengativo como el demonio, siempre ajusta cuentas con sus enemigos, los persigue hasta el fin del mundo, si es preciso... —En ese momento Shúrik comprendió que hablaba ni más ni menos que de Fidel Castro–. Y todo por culpa del hermano de Enrique. Huyó a Miami en una balsa. Además, es medio hermano suyo, no tienen el mismo padre. Su madre lo tuvo antes de la Revolución... Se llama Yan. Y Fidel hizo arrestar a su padre porque su hijastro huyó. Y a Enrique lo han encarcelado sin ningún motivo. Y no sé cuánto tiempo va a tener que pasar encerrado y la vida pasa y quién sabe si podrá salir algún día... Pero lo esperaré toda la vida... Porque no necesito a nadie más en el mundo que a él...

Todo esto balbuceaba Lena entre lágrimas, pero sus manos estaban muy atareadas. Pronunciar esas palabras tristes no interfería en lo más importante: se acariciaban el uno al otro –de forma reconfortante– la cara, el cuello, el pecho..., movidos completamente por la compasión. Shúrik se apiadaba de Lena y Lena de sí misma...

Se acurrucaban estrechamente bajo la manta de Lena, la segunda manta hacía rato que había caído al suelo. El fino raso de su ropa interior negra era la única barrera, pero Lena apretaba el objeto del amor y la piedad ya entre sus manos.

–... no necesito a nadie más en el mundo que a él... Oh, es igual que con Enrique, exactamente igual... Quizás nunca vuelva a verlo... Oh, Enrique, por favor...

Shúrik estaba tendido ahora boca arriba y apenas se atrevía a respirar. Sabía que no podría contenerse mucho más y aguantó hasta el momento en que, en nombre de ese Enrique, que se pudría en una cárcel en las tórridas orillas de Cuba, descargó sobre el raso negro una ráfaga de piedad masculina.

–Oh –dijo Shúrik.

–Oh –dijo Lena.

Todo lo que pasó luego, lo hizo exclusivamente en nombre de Enrique, con mucha precaución, casi alegóricamente... Un poquito... Con mucha suavidad. Más bien a la manera de Faina Ivánovna que a la manera simple y honesta de Matilda Pávlovna.

A la mañana siguiente, fue Guennadi Nikoláyevich quien tomó el mando. En primer lugar, cancelaron el billete de Shúrik. Luego lo llevaron a la fábrica... Todo marchó según el programa previsto por Lena, desde la fábrica de cemento hasta la de laminados de tubo.

Todavía se consolaron otras dos noches. Lena ya no lloraba. De vez en cuando llamaba Enrique a Shúrik. Pero eso no le molestaba, al contrario, le resultaba incluso agradable: cumplía una especie de deber masculino, no de forma personal y egoísta, sino en nombre de otro y por cuenta de.

Todo el mundo le llamaba «San Sánich».[1] Así era como su suegro lo había presentado por toda la región, cuya superficie era tan grande como Bélgica, Holanda y algunos estados europeos medianos juntos...

La tercera noche se llevaron a Lena, separándola del sustituto provisional de Enrique, para que diera a luz. Rápidamente y sin complicaciones alumbró a una niña dorada y de tez morena. Si el personal no hubiera estado avisado de antemano del inminente nacimiento de un bebé negro –los rumores se habían filtrado a través de la propia Faina Ivánovna, que había anunciado a sus allegados que la familia pronto casi se emparentaría con Fidel Castro, y desde entonces toda la ciudad saboreaba por anticipado el escándalo con una alegría maliciosa–, no habrían notado la mezcla con una raza extranjera.

Guennadi Nikoláyevich logró que el marido fuera a recoger a su mujer en la maternidad antes de irse de nuevo a Moscú. Shúrik estaba terriblemente nervioso, telefoneaba cada día a su madre y al trabajo, y balbuceaba excusas... Finalmente, todo pasó como quería el suegro: Shúrik fue a buscar a Lena con su canastilla rosa a la maternidad y ese mismo día tomó el avión de vuelta a casa. Al día siguiente publicaron en el periódico

1. Diminutivos de Aleksandr Aleksándrovich. (*N. de la T.*)

174

local una fotografía: la hija de la principal personalidad de la región con su marido y su hija, Maria, delante de la puerta de la maternidad...

26

Durante los diez días que Shúrik había estado arreglando sus asuntos en Siberia, el frío había irrumpido en Moscú prematuramente. Hacía frío en casa, se colaba por las ventanas, y Vera, arropada con el chal de la difunta Yelizaveta Ivánovna por encima de la blusa, esperaba impaciente a Shúrik: era preciso sellar los marcos de las ventanas. Shúrik nunca lo había hecho, pero sabía dónde estaba, en la agenda de la abuela, el número de teléfono de Fenia —la portera del pasaje Kamerguerski—, que lo hacía muy hábilmente. Desde que se habían mudado cerca de la estación Bielorrusia iba dos veces al año: en otoño para sellar las ventanas y en primavera para sacar con el cuchillo el algodón metido en las rendijas y limpiar las ventanas. Sin abrir la maleta ni la caja con comida que le había entregado ya en el aeropuerto Volodia, el chófer —esta vez Faina Ivánovna no lo había acompañado—, Shúrik telefoneó de inmediato a Fenia, pero resultó que estaba ingresada en el hospital con una neumonía.

Vera se inquietó: ¿quién iba ahora a sellar las ventanas?

Shúrik la calmó, le aseguró que lo haría él mismo, le ordenó que se sentara en la cocina para no resfriarse y se puso manos a la obra de inmediato con la ventana de la habitación de la madre. Decidió que, para comenzar, taparía las junturas y, al día siguiente, en cuanto se informara de cómo elaborar la cola, pegaría las tiras de papel para contener la invasión de ese frío prematuro. Además, no estaba del todo preparado para responder a las preguntas de su madre sobre cuáles eran esos asuntos importantes que lo habían retenido en Siberia y, cumpliendo con las imperiosas tareas domésticas, evitaba al mismo tiempo mentir, algo que siempre le hacía sentir náuseas...

Metió en las rendijas todo el algodón que encontró por la casa y el aire casi dejó de colarse. Cuando fue a la cocina, se encontró con un invitado. Vera estaba tomando el té con el vecino del cuarto piso, un militante del Partido conocido en todo el edificio por su implicación social; recaudaba dinero sin descanso para las necesidades de la comunidad y fijaba carteles en todas las paredes del vestíbulo con instrucciones absurdas sobre el respeto a la limpieza, la prohibición de fumar en el rellano de la escalera y de tirar por la ventana «enseres domésticos inservibles». Todos esos avisos estaban escritos con una tinta lila que hacía tiempo había caído en desuso y en un papel de embalar tosco cuyos bordes conservaban la huella de un cuchillo nervioso.

Zhenia, el antiguo compañero de Shúrik en el Instituto Mendeléyev, solía despegarlos cada vez que iba a visitar a su amigo, y poseía ya toda una colección de esas directrices que siempre comenzaban por la palabra «prohibido». Y ahora Vera servía té a ese viejo imbécil, y este, abriendo desmesuradamente sus ojos de ave rapaz, señalaba con el dedo al aire y se escandalizaba con el impago de las cuotas del Partido. Shúrik se sirvió té sin decir palabra y Vera lanzó a su hijo una mirada mortificada. El impago de las cuotas del Partido no tenía nada que ver con ella, pero el vecino, como se aclaró en el curso de la conversación, era el secretario de la organización del Partido para los jubilados del edificio. Y este se había pasado a charlar con espíritu de vecindad, con la intención apenas disimulada de reclutar a Vera Aleksándrovna para las «actividades sociales».

Ese secretario del Partido cubría su cabecita calva con una tubeteika, un gorro típico de Asia central, que en otro tiempo debía de haber sido roja, y tanto de sus orejas como de sus orificios nasales sobresalía una espesura viva y fresca.

Cuando apareció Shúrik, interrumpió su enérgica soflama, se calló un minuto y luego, siempre perforando el aire con su dedo, pero esta vez en dirección a Shúrik, declaró con tono severo y decidido:

–Y tú, joven, siempre das portazos en el ascensor...

–Disculpe, no volveré a hacerlo –le respondió Shúrik completamente serio, y Vera sonrió a Shúrik comprensivamente.

El viejo se levantó con aire resuelto, pero tambaleándose un poco, y le tendió una mano acartonada:

–¡Que le vaya bien! Piense en mi propuesta, Vera Aleksándrovna. Y tú, no le des más golpes a la puerta del ascensor...

–¡Buenas noches, Mijaíl Abramóvich!

Vera se levantó y lo acompañó hasta la puerta. Cuando la puerta se cerró de golpe, los dos estallaron en una carcajada.

–Le sale pelo de las orejas. ¡De las orejas! –sollozó Vera de la risa.

–¿Y qué me dices del gorro? –añadió Shúrik.

–La puerta del ascensor... La puerta del ascensor... No le des más golpes –repetía Vera sin poder dejar de reírse.

Y una vez reprimido el ataque de risa, rememoraron a Yelizaveta Ivánovna. ¡Se hubiera divertido una barbaridad! Luego Shúrik se acordó de la caja que le habían regalado.

–¡Me han colmado de regalos!

Quitó la tapa de cartón y empezó a sacar rarezas de toda clase y tesoros culinarios, envueltos primorosamente en la exclusiva tienda del Partido de Siberia para los parientes de un auténtico dirigente del Partido –no de poca monta como ese ridículo Mijaíl

Abramóvich–. Pero Shúrik no habló más de la cuenta y se limitó a decir:

—Es una recompensa por mi trabajo.

Nadie pudo reírse de esa broma.

27

Valeria Adámovna estaba furiosa: sus ojos de un azul frío estaban entrecerrados y sus labios carnosos, por lo general pintados de carmín rosa, estaban tan apretados que por debajo se le formaban dos pequeños hoyuelos.

—¿Qué debería hacer con usted, Aleksandr Aleksándrovich?

Valeria repicaba con su dedo meñique la superficie de la mesa. Shúrik, sumiso, estaba de pie ante ella, con la cabeza gacha, su actitud revelaba culpabilidad, pero en el fondo de su alma sentía una indiferencia absoluta hacia su destino. Estaba preparado para que lo echaran por esa falta injustificada, pero también sabía que no se quedaría sin trabajo y sin dinero. Además, Valeria no le daba ningún miedo, y aunque no le gustaba causar disgustos a la gente e incluso se sentía incómodo ante su jefa por haber faltado a su palabra con ella, no tenía intención de defenderse. Por eso dijo humildemente:

—Lo que usted decida, Valeria Adámovna.

Tal vez porque esa humildad la ablandaba o tal vez porque la curiosidad la vencía, lo cierto es que su severidad se atemperó, repiqueteó con sus dedos todavía un poco más, pero con un ritmo ahora más sosegado, y le dijo, no como jefa, sino más bien como amiga:

–Bueno, bueno, cuénteme cómo fue todo por allí.

Shúrik le contó con honestidad lo que había pasado sin mencionar, claro está, los húmedos abrazos nocturnos: que había interpretado el papel de marido legítimo, que lo habían exhibido por todas partes como un trofeo, pero que no había podido irse el día previsto porque, conforme a los planes de su suegro, sobre los que no le habían avisado de antemano, tuvo que ir a buscar al niño a la maternidad.

–Y ¿cómo es el bebé? –sintió curiosidad Valeria Adámovna.

–Ni siquiera lo pude mirar bien. Fui a buscarlo a la maternidad y después tomé el avión enseguida. Pero la niña, en cualquier caso, no es negra, tiene un color de piel bastante normal.

–¿Cómo se llama? –preguntó Valeria muy animada.

–Maria.

–Maria Korn –dijo Valeria con satisfacción–. Suena bien. En absoluto plebeyo.

Maria Korn... Era la primera vez que oía ese nombre y se sorprendió. ¿Cómo era eso? La hija de Stovba, la nieta de Guennadi Nikoláyevich, iba a llevar el apellido de su abuelo, de su abuela... En algunos documentos ya debía estar inscrita así... Y le hizo sentirse un poco incómodo y avergonzado con respecto a su abuela. No había pensado en eso. Una actitud un poco irresponsable...

Su confusión se reflejó con claridad en su cara y no pasó desapercibida.

–Sí, Aleksandr Aleksándrovich. Los matrimonios a veces son ficticios, pero los bebés nunca lo son –sonrió Valeria Adámovna con sus mejillas redondas.

En ese mismo instante, Shúrik tuvo un pensamiento interesante: su matrimonio era por acuerdo ficticio, lo sabía él mismo, lo sabía la propia Lena, y también Faina Ivánovna. Pero el carácter indiscutiblemente ficticio de ese matrimonio, ¿acaso no había quedado desmentido con aquellas dos noches y media sobre la otomana de Lena en las que había interpretado tan exitosamente el papel de amante desaparecido?

Valeria Adámovna también tuvo en ese mismo instante una epifanía que su instinto le enviaba: ese chico tan puro y encantador y físicamente tan atractivo podía darle lo que no le habían procurado sus dos terribles matrimonios ni sus muchas aventuras amorosas.

Valeria estaba sentada en un sillón de su minúsculo despacho y enfrente de ella estaba Shúrik, un subordinado, un joven apuesto que no quería nada de ella, un chico de buena familia con conocimientos de lenguas extranjeras, pensó burlonamente; todo aquello estaba escrito en su frente con letras mayúsculas... Y le mostró la mejor de sus sonrisas, irresistible y eficaz, que los hombres adultos comprendían infaliblemente como una invitación...

—¡Siéntate, Shúrik! —le dijo de repente en un tono informal e hizo un gesto hacia la silla.

Shúrik retiró las revistas de la silla, las puso en el extremo de su escritorio y se sentó a la espera de más órdenes. Ya había comprendido que no le despedirían.

—Nunca más vuelvas a actuar así.

Cómo le hubiera gustado levantarse con soltura de la mesa, deslizarse hacia él y apretar contra él sus pechos... Pero esto era imposible: le costaba levantarse, debía apoyarse con una mano en la muleta y la otra sobre la mesa... Solo se sentía completamente libre en la cama, cuando no necesitaba esas malditas muletas; allí, lo sabía, su discapacidad desaparecía y se convertía en una mujer de pleno derecho. Ay, ¡más que una mujer de pleno derecho! Volaba, se elevaba, se encumbraba...

—Nunca más vuelvas a actuar así... Tú sabes cuánto te aprecio y, naturalmente, no te voy a poner de patitas en la calle, pero aquí hay unas normas, querido mío, y hay que cumplirlas —dijo con voz ronroneante, y es que, y, en general, cuando se sentaba se parecía mucho a una enorme gata hermosa, una semejanza que se desvanecía en cuanto se ponía de pie y andaba con paso desigual. Su tono de voz no se correspondía en absoluto con el

182

contenido de sus palabras. Shúrik lo percibió y lo consideró algo incomprensible–. Vete, a trabajar...

Y regresó a su puesto, muy satisfecho de conservar el trabajo después de todo.

Valeria se puso melancólica: si tuviera diez años menos, viviría una aventura con él... Sería un hombre con el que tendría un hijo... ¡No pediría nada más! Soy una vieja tonta...

28

Toda una vida, corta desde el punto de vista temporal pero inmensa desde el prisma de los acontecimientos, separaba a Shúrik y Lilia de aquel invierno en que Shúrik la acompañaba desde la vieja universidad de la calle Mojovaya hasta su casa, en el callejón Chisti: un paseo de diez minutos que se prolongaba hasta medianoche, luego, después de los besos dilatados en la entrada principal y de perder el último metro, iba caminando hasta la estación Bielorrusia. Shúrik, sin haberse trasladado geográficamente a ningún sitio, había franqueado el límite que separaba su vida irresponsable de niño en el seno de su familia de la vida de adulto responsable del funcionamiento del mecanismo familiar, que incluía tanto las minucias de carácter doméstico como las distracciones de su madre, ya fuera ir al teatro o a un concierto.

Por lo que respecta a Lilia, sus desplazamientos geográficos por Europa –Viena, luego Ostia, una pequeña ciudad cerca de Roma, donde habían pasado cerca de tres meses mientras su padre esperaba la legendaria invitación de una universidad americana, y, por fin, Israel– habían suplantado sus recuerdos. De todo lo que había dejado atrás en su vida solo Shúrik estaba presente de un modo extraño en su vida. Le escribía cartas como si escribiera un diario, para marcar los acontecimientos que se producían e intentar darles un sentido, a vuelapluma. Sin esas cartas, las imágenes que se sucedían a toda velocidad amenazaban con hacerse un ovillo. Por otra parte, en cierto momento había dejado de enviarlas...

De Shúrik había recibido durante todo ese tiempo una única carta, sorprendentemente aburrida, donde solo había una frase que demostraba que él no era un producto de su imaginación. «Dos acontecimientos han cambiado mi vida por completo –escribía Shúrik–. La muerte de mi abuela y tu partida. Después de recibir tu carta, comprendí que se había producido un punto de inflexión y que ahora mi vida va en otra dirección. Si la abuela viviera y yo todavía fuera su nieto, habría estudiado en la universidad, me habría doctorado y, hacia los treinta años, habría entrado a trabajar en una facultad como asistente o colaborador científico, y así hasta el final de mi vida. Si estuvieras aquí, nos habríamos casado y habría vivido siempre como hubieras considerado correcto. Conoces mi carácter, en el fondo me gusta que me dirijan. Pero nada de esto ha ocurrido y me siento como un tren enganchado a una locomotora que no es la suya, que corre a toda máquina sin saber hacia dónde. No decido casi nada, aparte de lo que compro para la comida: un bistec ruso o un filete empanado. Me limito a hacer solo lo que es necesario en el momento presente y no tengo que elegir...»

«¡Qué persona más maravillosa y delicada!», pensó Lilia, y dejó la carta a un lado.

Lilia debía tomar decisiones totalmente sola y casi a diario. El sentimiento agudo de estar construyendo su vida no le dejaba elección. Sus padres se habían divorciado al poco tiempo de llegar a Israel. Su padre vivía ahora en Rehovot, se dedicaba felizmente a su querida ciencia y estaba a punto de marcharse a América: su nueva mujer era americana y estaba deseoso de organizar su carrera en Occidente. Era curioso observar cómo en uno o dos años aquel intelectual apático se había transformado en un hombre pragmático y rebosante de energía.

Su madre, trastornada por ese divorcio imprevisto –durante toda su vida en común, lo llevaba de la mano y se aseguraba de que no desayunara sin ella, no se olvidara de abrocharse los pantalones o de ir a trabajar–, se encontraba en un estado de confusión depresiva que irritaba a Lilia. Luchaba con su madre como podía, y finalmente, después de acabar sus estudios de ulpán en Tel Aviv, ingresó en el Instituto de Tecnología. Ese también había sido un paso decisivo: renunció a su intención inicial de matricularse en la Facultad de Filología y decidió estudiar informática porque creía que con esa ocupación conquistaría su independencia más rápido. Se había encontrado sumergida en una avalancha de matemáticas, por las que nunca había sentido la menor atracción, y tuvo que aplicarse en los estudios para disciplinar su cerebro, un ejercicio extremadamente difícil, como pudo comprobar.

Vivía en una residencia y compartía habitación con una chica de Hungría, y la habitación vecina la ocupaban una rumana y una marroquí. Todas eran, desde luego, judías, y la única lengua que tenían en común era el hebreo, que solo comenzaban a dominar. Todas sentían con mucha intensidad su judeidad renacida y estudiaban con pasión: por sí mismas, por sus padres, por el país.

Arye, el amigo de Lilia –era él quien la había incitado a entrar en el Instituto de Tecnología–, también estudiaba allí, tres cursos por delante de ella. Era un joven maduro, que ya había hecho el servicio militar y se había enamorado locamente de ella a primera vista. La ayudaba mucho en sus estudios, era alguien con quien se podía contar, un *sabra* que no sabía lo que eran las dudas, es decir, un judío de una especie desconocida para Lilia. Un tipo robusto, no demasiado alto, con piernas vigorosas y puños grandes, terco, pero también romántico y sionista, descendiente de los primeros colonos que llegaron de Rusia a principios del siglo XX.

Lilia hacía con él lo que quería, totalmente consciente de la fuerza y de los límites de su poder. El próximo año pensaban alquilar un apartamento juntos, lo que, para Arye, significaba casarse. Lilia tenía un poco de miedo ante esa perspectiva. Le gustaba mucho y todo lo que no se había producido en otro tiempo con Shúrik pasaba a las mil maravillas con él. Solo que Shúrik era, por decirlo así, alguien de la familia, y no así Arye. Pero ¿quién dijo que es obligatorio escoger como marido a alguien de la familia? Por ejemplo, sus padres: no se habría podido encontrar a dos personas más profundamente emparentadas que ellos... Y se habían separado...

Lilia no hacía planes a largo plazo, tenía más que suficiente con sus proyectos a corto plazo. Y a pesar de todo escribía a Shúrik, movida por esa necesidad típicamente rusa, que iba debilitándose con el paso de los años, de mantener relaciones íntimas que se cuelan hasta lo más recóndito del alma.

29

Otra vez se acercaba el Año Nuevo, y otra vez Vera y Shúrik se sentían huérfanos: la ausencia de la abuela los privaba de la Navidad, de la fiesta infantil con el abeto, de los villancicos franceses y los panes de jengibre con predicciones. Los dos eran conscientes de que la pérdida era irreparable y, en lo sucesivo, la ausencia de Yelizaveta Ivánovna constituiría un firme componente de las fiestas navideñas. Vera se entregaba a la melancolía. Por las tardes Shúrik se sentaba con ella cada minuto que tenía libre. De vez en cuando Vera abría el piano y tocaba con una tristeza lánguida algo de Schubert, que cada vez interpretaba con peores resultados...

Shúrik, por su parte, tenía demasiadas ocupaciones y obligaciones para entregarse a la melancolía. Otra vez se aproximaba el período de exámenes. Sin embargo, solo le preocupaba un examen: el de Historia del Partido Comunista. Era una asignatura árida e indigesta que le causaba un aburrimiento mortal. Además, había una circunstancia agravante. Durante todo el semestre, Shúrik sólo había aparecido tres veces por clase y el profesor le daba mucha importancia a la asiduidad: antes de escuchar las respuestas del examen revisaba minuciosamente el registro de asistencia. Shúrik tal vez habría frecuentado esas clases terriblemente tediosas si no las hubieran puesto a última hora del lunes. Los lunes desaparecía justo después de la clase anterior, Literatura Inglesa, que impartía Anna Mefódievna, gran amiga de Yelizaveta Ivánovna, una vieja dama en apariencia completamente antibritánica, pero una anglófila y anglómana redomada, que Shúrik conocía casi desde su nacimiento, lo mismo que sus bizcochos y sus púdines incomestibles que cocinaba según un viejo libro de cocina inglesa, *Cooking by gas*, que había marcado su infancia.

Después de esa clase, corría a encontrarse con Matilda. Posiblemente había desarrollado una especie de reflejo condicionado para ese día de la semana: no pasaba un solo lunes en que no visitara a Matilda. Corría a la tienda de la calle Yeliséyev –la única que quedaba abierta hasta tan tarde– y compraba dos kilos de bacalao menudo para los gatos. Ese pescado constituía el único alimento que Matilda necesitaba verdaderamente, todo lo demás eran juegos que acompañaban el plato principal...

Luego se apresuraba a volver a casa. Tenía presente la experiencia espantosa en que su madre tuvo que llamar a urgencias mientras él retozaba y se deleitaba bajo las sábanas de Matilda y, por eso, siempre se marchaba exactamente a la una, como si se le escapara el último metro. Y a la una y cuarto, después de cruzar el puente del ferrocarril, abría la puerta con suavidad para no despertar a su madre si ya estaba durmiendo. Matilda, todo sea dicho, lo apremiaba, respetando la ética de la familia.

189

30

Shúrik no se daba cuenta de la ofensiva que se preparaba contra él. Especialmente porque Valeria Adámovna, que había puesto sus ojos claros y ardientes sobre el chico, no encontraba la estrategia correcta a seguir, y cuanto más tiempo pensaba, más se enardecía. Después de admitir un día la idea de hacer de ese pequeño ternero sonrosado su amante y de tener un hijo suyo, si Dios se apiadaba de ella, se había sentido arrastrada hacia algo que no había previsto. Su naturaleza apasionada e irreflexiva la había empujado a los laberintos sombríos e inmemoriales de los sentimientos y, tanto al dormirse como al despertarse, deliraba de amor pensando en cómo arreglarlo todo de la mejor manera posible.

Además Valeria rezaba. Así ocurría en su vida: los asuntos amorosos siempre intensificaban sus sentimientos religiosos. Se las ingeniaba para implicar a su Señor Dios –su variante católica– en todas sus historias de amor. Al principio consideraba cada nuevo amante como un regalo enviado del cielo, agradecía fervientemente al Señor aquella felicidad fortuita y lo consideraba un tercer participante amoroso en su unión, no un testigo ni un observador, sino un colaborador benévolo que participaba de esa alegría. La alegría pronto se transformaba en sufrimiento. Entonces cambiaba de parecer y comprendía que no era un regalo lo que le había sido enviado, sino una tentación... El estadio final de sus romances la conducía por lo general junto a su director espiritual, un viejo sacerdote que vivía en los alrededores de Vilnius, donde ella –¡en polaco!– le abría su corazón consumido de pena, lloraba, se arrepentía, y recibía un sermón compasivo y consuelos entrañables. Después volvía a Moscú calmada y sosegada, hasta la siguiente aventura.

Dado que sus tormentosos amores transcurrían según un orden establecido –no tardaba en asustar a los hombres por su generosidad inconmensurable que exigía un compromiso recíproco y estos no tardaban en salir corriendo–, con los años se había vuelto más comedida en la expresión de sus pasiones; por lo demás sus historias de amor ya no eran tan frecuentes...

Cuando entró en la cuarta década de su vida, Valeria comenzó a desarrollar un humor amargo y una relación burlona consigo misma, y puesto que necesitaba tanto la protección celestial, había acabado por pensar que el Señor le había enviado su enfermedad justamente para refrenar su naturaleza salvaje.

Valeria había enfermado de poliomielitis a los cinco años, poco después de la muerte de su madre. Al principio, la enfermedad se había manifestado con unos síntomas tan leves que apenas le habían prestado atención. Su familia –el padre se acababa de casar con Beata, la viuda de un amigo, una exactriz, exbelleza y exbaronesa– estaba en medio de una mudanza a Moscú. El padre había obtenido un puesto importante en un ministerio. Era un experto en el trabajo de la madera, procedía de una rica familia de madereros polaco-lituana y había estudiado en Suecia. En la Lituania burguesa había trabajado como profesor en el Instituto de Ingeniería Forestal y conocía no solo la tecnología de procesamiento de la madera, sino también la gestión forestal.

Con la confusión de la mudanza y la esmerada organización de una nueva vida en una nueva ciudad, descuidaron de alguna manera a Valeria. En una de sus piernas había sufrido un empeoramiento irreversible. Valeria fue operada, luego la enviaron a un sanatorio infantil donde llevó escayola durante mucho tiempo. Cada vez cojeaba más y cuando cumplió diez años, ella misma comprendió que nunca correría ni saltaría y ni siquiera andaría como las personas normales.

Las pasiones violentas habían roído su alma desde la infancia. Era de una belleza tan deslumbrante, y tan sensible y tan desgraciada... Los hombres no se mostraban indiferentes ante ella. Lo que más miedo le daba era el momento en que tenía que levantarse de la mesa y el hombre, que acababa de demostrar un interés vivo por ella, se alejaba apenado. Así pasaba en repetidas ocasiones. Ya en su adolescencia, mientras todavía se desenvolvía sin muleta, estrenó su primer bastón, negro, con un pomo ambarino, muy llamativo y lo proyectaba delante de ella como señal de advertencia. No escondía su minusvalía, sino que la mostraba deliberadamente y de antemano, eso es lo que había aprendido a hacer.

La infeliz tribu de soviéticos –una generación completamente lisiada a causa de la guerra, mancos, cojos, quemados y desfigurados, pero que vivían rodeados de trabajadores de bronce y de yeso, con brazos poderosos, y campesinos, con piernas robustas– despreciaba cualquier clase de discapacidad. Valeria sentía también con intensidad la indecencia de su discapacidad. Odiaba no solo la invalidez, sino a los propios inválidos.

Después de pasar no menos de tres años, con algunas interrupciones, entre hospitales y sanatorios, se había forjado muy pronto una teoría según la cual la invalidez física mutila poco a poco las almas. Había observado a personas desgraciadas y amargadas, que sufrían, envidiosas, llenas de exigencia hacia su entorno, y no soportaba esa forma de monstruosidad psicológica. Quería ser una persona de pleno derecho.

Después de acabar la enseñanza secundaria, se trasladó a una ciudad remota de Siberia, donde un cirujano estiraba los huesos con la ayuda de una sofisticada máquina de su invención. Pasó allí un año espantoso, se sometió a toda una serie de operaciones, después de las cuales la pusieron en ese aparato cuya función era estirar los tejidos óseos. Beata la visitaba, se sentaba junto a la cabecera de su cama durante los días más duros de los posoperatorios, luego se iba y volvía otra vez. Beata consideraba que todos esos sufrimientos a los que se sometía eran en vano. Y así fue. La máquina debía de haber ayudado a otros; en cualquier caso, Valeria, después de un año de torturas, salió de allí en un estado mucho peor. La articulación de la cadera no había soportado el estiramiento, la clavija metálica la había destruido, y su pierna, antes siete centímetros más corta, pero viva, en lo sucesivo no sería más que una extremidad triste y decorativa. Ahora ya no andaba con un bastón elegante sino con una vulgar muleta.

Su padre murió poco después de su regreso y se quedó sola con Beata, cuya carrera de actriz se había acabado antes de la guerra y no había vuelto a trabajar después. Su situación cambió bruscamente. Beata quería regresar a Lituania, pero Valeria la retenía. Para asombro de su madrastra, Valeria tomó las riendas de su vida de una forma independiente.

No volvió a intentar mejorar su situación con ayuda de la medicina. Pidió un certificado de invalidez de segundo grado y recibió su primer coche adaptado para discapacitados y, conduciendo ese automóvil de juguete ridículo y ensordecedor, acabó su carrera y se doctoró. Beata se ocupaba de la financiación: ahora vendía esto, ahora compraba lo otro. Poseía un gusto excelente y el olfato característico de una mujer de negocios. En la época, se llamaba especulación. Valeria la apoyaba con su energía juvenil, su bondad infinita y su gratitud.

Con los años, Valeria se acostumbró a su desgracia, aprendió a ignorarla, y su mayor alegría era poder ayudar a alguien. Para ella significaba que era una persona de pleno valor. De hecho, así era. Su apartamento, que todavía no había sido dividido entre sus sucesivos maridos, siempre estaba repleto de gente joven, y Beata no podía dejar de asombrarse de cómo la pobre Valeria lograba suscitar a su alrededor tanto alboroto y alegría. Sus amigos se olvidaban por completo de sus defectos físicos. En cuanto a los demás, la gente bien educada hacía como si no pasara nada y la gente más sencilla la compadecía. La combinación de su belleza y su discapacidad física la hacía destacar más todavía.

También tenía minutos, horas y días difíciles. Pero sabía luchar contra lo que se llama hacerse mala sangre. Mientras era todavía una niña, tumbada durante meses boca arriba, inmovilizada, torturada por incesantes picores bajo el yeso, aprendió a rezar. Y la oración se había convertido poco a poco en un ruido de fondo homogéneo y persistente: hiciera lo que hiciese nunca interrumpiría esa conversación constante y completamente unilateral que mantenía con Dios a propósito de cosas que a Él no podían interesarle en absoluto. Por eso siempre añadía: perdóname que te moleste con semejantes tonterías. Pero ¿a quién podría dirigirme, si no a Ti?

Y, de forma extraña, eso la ayudaba.

Durante su segundo curso en el instituto, se casó con un compañero de clase, un joven de provincias. Estudiaba artes gráficas y destacaba por su ambición desaforada. En cuanto se instaló en la maravillosa casa de Valeria, con el mayor de los descaros, obligó a Beata a que se trasladara a la dacha de Kratovo. Cuando acabó sus estudios, después de pasar cuatro años felices con Valeria, se divorció e intentó conseguir por vía judicial un tercio del apartamento. La madrastra, fuera de sí, vendió la dacha de Kratovo y se deshizo de su exyerno comprándole una pequeña casa en Zagorsk, adonde se mudó renunciando al tercio del apartamento de Moscú que había obtenido legalmente. Una victoria muy cara para Beata.

La vida en Zagorsk le resultó muy beneficiosa. Con el tiempo, consiguió grandes honores y fama con sus representaciones de los viejos monumentos de Serguéi Posad y Radonezh. Valeria seguía la carrera de su primer marido con cierta vanidad y nunca dejaba escapar la ocasión de mencionar su nombre.

Al segundo marido, otra vez un hombre de provincias sin permiso de residencia en Moscú, Valeria lo cazó en un seminario para bibliotecarios algunos años después de su primer fracaso conyugal. Era un chico robusto, natural de Izhevsk, que había desertado de una fábrica de neumáticos –donde habían estado a punto de enjuiciarle por un robo que, según él, no había cometido– para dedicarse a la biblioteconomía. Ese tal Nikolái no se mostró demasiado correcto. Se casó con Valeria y obtuvo su permiso de residencia, a pesar del auténtico escándalo familiar que se produjo por este motivo. Beata, fría y perspicaz, luchó a sangre y fuego, defendiendo los intereses de la zoqueta de su hijastra y esta vez no firmó la autorización. A pesar de la incompatibilidad total de caracteres y temperamento, las dos mujeres se querían: la baronesa quería esconderse de su pasado y la hermosa mujer coja estaba preparada a darlo todo por amor.

–¡Morirás sobre un montón de basura! –le profetizaba su madrastra. Valeria le besaba la mejilla endurecida y se reía...

Hicieron la separación de bienes. Ahora Valeria era propietaria de dos habitaciones y volvía a ser una mujer casada.

Ese segundo matrimonio le costó a Valeria otra habitación. Lo más abominable de la historia es que, al cabo de un año exactamente, ese Nikolái de Izhevsk trajo a su mujer anterior con su hijo, supuestamente para que el niño se sometiera a tratamiento en el hospital Filátov, se instalaron en el piso y, durante un tiempo, él iba de una habitación a la otra, para gran perplejidad de Valeria, la esposa legítima, que no adivinó nada hasta el vergonzoso final. Un día, por fin, le confesó a Valeria que su antiguo amor había ganado, un segundo hijo estaba en camino, ese que Valeria no había podido proporcionarle a pesar de todos los esfuerzos que había hecho, y se divorció de Valeria para volver a casarse con su «exmujer».

Beata, su inteligente madrastra, que en el momento de ese segundo divorcio descansaba de la odiosa vida moscovita en el cementerio de Vilnius, cerca de su primer marido, ya no podía ayudarla en nada. Además, su antigua habitación también estaba poblada en ese momento por extraños, puesto que habían hecho el reparto de bienes antes del segundo matrimonio de Valeria.

De esta manera, el apartamento se convirtió en comunal. Valeria había heredado de su madrastra un pequeño cofrecito de madera bastante feo repleto de diamantes.

Así, cuando se encontró con Shúrik era la propietaria no solo de un cofrecito, sino de una enorme habitación de un piso comunitario, abarrotada de muebles franceses dignos de figurar en un museo reunidos por Beata, en parte porque se aburría, en parte por razones de orden práctico: en ninguna época, salvo en los años de la Revolución y de la guerra, esos muebles preciosos habían tenido un valor tan irrisorio. La vitrina estaba repleta de porcelana, que Beata había pasado toda su vida comprando o vendiendo sin llegar a decidir nunca qué valía más la pena comprar, si porcelana rusa o alemana... La rusa, por alguna razón, tenía más valor, pero el gusto de Beata se decantaba por la alemana. Valeria prefería la porcelana rusa.

Ahora se sentaba allí, ante una mesa ovalada con adornos de marquetería, con dos cupidos mofletudos enmarcados por una mezcla de frutas y verduras, y apoyaba la barbilla sobre las manos doloridas por las muletas. Enfrente de ella tenía una gran taza de té, con los detalles dorados casi borrados, bizcochos baratos en una dulcera, una vela en una palmatoria y un viejo evangelio gastado que le servía para sus conversaciones. En la casa hacía calor y humedad, y los vecinos siempre tendían la colada en el cuarto de baño y en la cocina. Del calor incluso se le humedecía el cabello. El rímel azul, comprado en el mercado negro, se le había corrido debajo de los ojos en ese momento álgido de humedad.

—Bueno —dijo ella dirigiéndose a su principal Interlocutor—, te confieso que le deseo. Como una gata. Pero ¿acaso soy peor que una gata? Ella sale, maúlla, y llega corriendo un compañero, no casado, porque todos los gatos son solteros... Y entre ellos no es pecado... Entonces, ¿en qué soy peor que una gata? Eres Tú el que hiciste las cosas así, el que me dio este cuerpo cojo, y ¿qué debería hacer con él? ¿Te gustaría que fuera una santa? ¡Pues haberme hecho santa! Me gustaría mucho tener un bebé, una niña pequeñita, o incluso un niño. Si me concedieras eso, nunca más volvería a hacerlo. Te lo prometo: ¡nunca más! Pero dime, ¿por qué creaste el mundo así?

Valeria ya había dado su palabra de que nunca más volvería a hacerlo. Lloraba y se lo prometía a su padre espiritual. La última vez fue un año antes, después de una fallida historia de amor con un profesor de cierta edad, uno de los visitantes asiduos a la biblioteca. Todo acabó de una manera particularmente triste, los habían visto juntos en algún sitio e informaron a su mujer, y el profesor sufrió un derrame cerebral del susto. Después, solo volvió a verlo una vez: era una ruina, un incapacitado... Sin embargo, esta vez era diferente y no podía haber nada malo en eso.

—No quiero nada malo. Solo un bebé. Y solo una vez —intentaba convencerse Valeria sin escuchar ninguna respuesta positiva.

Y aun así, todavía insistió y gimoteó hasta el momento en que se sintió avergonzada. Entonces se acabó su té frío y decidió lavarse la cabeza, aunque no lo tenía previsto. Se acarició los cabellos... ¡Sí, sería una buena idea! Y se fue al cuarto de baño comunal donde se secaban los pañales y otras prendas del bebé. Su exmarido y su espantosa mujer habían tenido ya el segundo hijo y en el despacho de su padre vivía ahora una familia, que esperaba su tercer hijo para asegurarse el derecho a un apartamento independiente.

Valeria quitó la palangana que había dentro de la bañera y puso un taburete en su lugar. Hacía tiempo que solo se daba duchas, le daba asco la bañera colectiva.

197

Todo estaba preparado para el día siguiente. Shúrik iría con su madre al conservatorio, luego la enviaría con un taxi a casa. Había prometido a Valeria que pasaría hacia las diez por la suya. La calle Herzen estaba a tiro de piedra de la calle Kachálov. ¿Para qué? La ayudaría a bajar los libros del estante más alto de la biblioteca, a apilarlos, atarlos con un cordel y llevarlos en su coche. Hacía tiempo que Valeria Adámovna tenía la intención de donar al departamento de lenguas extranjeras los libros en sueco que habían pertenecido a su padre.

31

Todo fue a pedir de boca. El concierto era espléndido. Con Dmitri Bashkírov al piano. Era el mismo programa que Aleksandr Siguizmúndovich había interpretado en otro tiempo y Vera se sumió en un estado de lo más placentero: la música reunía los recuerdos de su difunto amado con su hijo, que se sentaba a su lado y al que había tenido tiempo de cuchichear, antes de que comenzara el concierto, que su padre interpretaba esas piezas magníficamente, de un modo simplemente incomparable. Bashkírov tampoco lo hacía nada mal. No peor que Aleksandr Siguizmúndovich. Aquella velada el público en la sala era muy selecto: expertos y entendidos por doquier, incluso muchos músicos habían asistido al concierto.

–Si tu padre viviera, el concierto de hoy habría sido una fiesta para él –le dijo Vera en el guardarropa, y Shúrik se sorprendió un poco: su madre mencionaba pocas veces a su padre. «Es curioso –pensó Shúrik–. Habla de él más a menudo desde la muerte de la abuela.» Su intuición se afinaba cuando se trataba de su madre.

Tardaron mucho en encontrar un taxi: el público era distinguido, y por lo visto nadie quería volver en trolebús. Enfilaron el bulevar Tver. Cerca del Teatro Pushkin, Vera suspiró y Shúrik supo perfectamente lo que iba a decir.

–¡Maldito lugar! –dijo Vera con solemnidad, y Shúrik estaba encantado, le gustaba saberlo todo por anticipado.

Sin embargo, esa noche Vera no mencionó ni una sola vez a Alisa Koonen. Shúrik la llevaba del brazo, tenía el mismo porte que Aleksandr Siguizmúndovich, con el que había paseado tantas veces por esas aceras, y la conducía con la misma firmeza respetuosa que su padre.

«¡Qué felicidad!», pensó Vérochka.

Llegaron a la calle Gorki. Shúrik paró un taxi en la esquina, cerca de la farmacia. Vera Aleksándrovna estaba contenta de volver sin él, tenía ganas de quedarse a solas con sus pensamientos.

–¿No volverás demasiado tarde? –le preguntó a su hijo ya en el coche.

–Claro que llegaré tarde, Verusia. Son casi las once. Valeria Adámovna me dijo que había ochenta volúmenes, hay que sacarlos, atarlos en fardos, cargarlos en el coche...

Vera hizo un gesto con la mano. Ella sabía lo que haría al llegar a casa. Sacaría las cartas de Aleksandr Siguizmúndovich y las releería...

Valeria recibió a Shúrik vestida con un quimono azul con cigüeñas blancas que volaban espaciosamente por todo su cuerpo. Un antiguo regalo de Beata. Su pelo lavado –de color avellana, una rareza eslava– le caía sobre los hombros, con las puntas ligeramente hacia arriba.

–¡Oh, querido mío, muchas gracias! –dijo Valeria contenta mientras él permanecía de pie en el vestíbulo–. No, no, no deje nada aquí. Venga a mi habitación, ¡a mi habitación!

Golpeteando la muleta contra el suelo, entró cojeando en la habitación. Él la siguió. En la habitación se quitó la cazadora y echó una mirada alrededor. La habitación estaba dividida por dos muebles, exactamente como los que habían tenido en el pasaje Kamerguerski. Estanterías repletas de libros. Una araña de bronce que colgaba del techo con engarces de vidrio azul.

–Se parece a nuestro antiguo apartamento de Kamerguerski –dijo Shúrik–. Ahí nací.

–Yo nací en Vilna, en lo que hoy se llama Vilnius. Pero me escolarizaron en Moscú, en una escuela rusa. Hasta los siete años no hablé ruso. Mi lengua materna es el polaco. Y el lituano. De hecho, mi madrastra hablaba muy mal en ruso, aunque vivió aquí los últimos veinte años de su vida. Con papá yo hablaba en polaco y con Beata en lituano. Así que el ruso es mi tercera lengua.

–¿De veras? –se maravilló Shúrik–. Mi abuela me hablaba en francés desde pequeño... Luego me enseñó alemán.

–Ya entiendo. Entonces usted es como yo... ¡Un producto del capitalismo!

–¿Qué? –se preguntó Shúrik asombrado.

Valeria rió.

–Así es como llamaban a quienes pertenecían al antiguo régimen... ¿Té, café...?

La pequeña mesa ovalada, que solo tenía una pata, como la de su abuela, ya estaba puesta. Shúrik se sentó y se dio cuenta de que sus botas húmedas estaban dejando pisadas en el suelo.

–Ay, perdone... ¿Puedo quitarme los zapatos?

–Por supuesto. Como esté más cómodo...

Regresó al lado de la puerta, se desató los cordones y se quitó el calzado. Sacó un pañuelo del bolsillo de su cazadora, se sonó y se pasó la mano por los cabellos...

Valeria a veces lo tuteaba, otras lo trataba de usted, en el trabajo le llamaba Aleksandr Aleksándrovich insistiendo en el patronímico, y en otras ocasiones simplemente Shúrik. Ahora estaba confusa, sobre todo después de que se quitara las botas. No, tenía que acortar las distancias.

–Bueno, ¿cómo van tus asuntos en Siberia? ¿Tienes noticias de tu hija?

–No sé nada –respondió Shúrik con ingenuidad–. La madre no ha vuelto a llamarme.

201

–¿Y tú? –preguntó Valeria con una sonrisa.

–No lo habíamos acordado así. Solo la ayudé a... Bueno, a salir de una situación complicada. Nada más...

La jugada no había obtenido resultados.

«O me he vuelto idiota o he perdido mis habilidades femeninas», se dijo Valeria. De hecho, se moría de ganas de inspirarle a ese hombre un interés amoroso, sin embargo él continuaba comportándose de manera educada, amistosa y totalmente indiferente.

–¡Ay! –exclamó ella echándose el pelo hacia atrás–. Tengo un coñac maravilloso. Abra la puerta de ese pequeño armario, por favor... No, el otro con la pintura. Completamente al estilo de Fragonard, ¿no es cierto? Mi madrastra lo adoraba... Aquí, aquí, y dos copitas para el coñac. ¡Qué agradable es cuando te sirven! Me las he arreglado para ir a la cocina lo menos posible. –Valeria señaló una pequeña tetera sobre un hornillo–. Y ahora sirva el coñac, Shúrik. Veo que le gusta que le dirijan...

–Creo que sí. Es algo en lo que ya he pensado.

Shúrik le llenó la copita casi del todo.

–Lo ha servido bien, pero no es así como se debe hacer –se echó a reír Valeria–. Déjeme que le dirija un poco... Puedo enseñarle muchas cosas, sabe, y no solo de biblioteconomía. –Valeria hizo una pausa. Esa última frase había estado muy acertada–. Por ejemplo, del coñac. Solo se llena un tercio de la copita... Aunque eso está bien para las ocasiones oficiales. En nuestro caso hizo muy bien llenándolas hasta arriba.

Valeria tomó una copita y se la alargó a Shúrik. Lo tocó con cuidado, apenas lo rozó. Valeria dio un sorbo lento, Shúrik se lo tragó de golpe.

–Tengo un amigo georgiano, un gran conocedor de vinos. Me enseñó la manera de beber el vino y el coñac. Dice que beber es un acto sensual. Requiere aguzar los sentidos. Primero, se calienta durante mucho rato la copita de coñac. Así.

Valeria puso entre las palmas de sus manos la copa, con forma de bombilla, la acarició y, con suaves movimientos circulares, hizo que el coñac salpicara las paredes interiores de la copita. Despacio se llevó la copa a la boca y presionó los labios contra el vidrio.

–Hay que hacer esto con ternura, con mucho amor...

En su pensamiento no era la copa lo que tenía entre sus manos, sino que efectuaba una maniobra de aproximación a él. El sofá en el que estaba sentada era de dos plazas. «Ven, siéntate a mi lado –le ordenó mentalmente–. Por favor.»

Shúrik no se movió. Pero en ese preciso instante comprendió lo que se esperaba de él. También comprendió que ella, presa de la confusión, le pedía ayuda. ¡Era tan hermosa, tan femenina, tan adulta y tan inteligente! Y lo que quería de él era tan poca cosa. ¡Por el amor de Dios! No valía la pena ni siquiera hablar de eso. «Dios mío, qué dignas son de compasión todas las mujeres –pensó Shúrik–. Todas...»

Valeria dio otro pequeño sorbo y se desplazó a un lado del sofá. Shúrik se sentó a su lado. Ella dejó su copa y puso la palma de su mano sobre la de él. Luego todo se desarrolló de la manera más sencilla. Lo único que sorprendió a Shúrik fue su temperatura: era muy elevada. Allí, dentro de esa mujer, hacía un calor tórrido. Y húmedo. Tenía unos pechos preciosos, con los pezones muy duros, olía de maravilla y su entrada era tan suave y perfecta: un pequeño esfuerzo y era como deslizarse a lo largo de una pendiente... Pero no hacia abajo sino hacia arriba... Tan empinado que casi se le cortaba la respiración. Fue maravilloso. Temblaba como si tuviera fiebre y él la agarraba ligeramente. Donde Matilda siempre acababa, Valeria solo empezaba y subía por escalones siempre más altos, y Shúrik adivinaba por su cara que se alejaba volando más lejos y que él no la alcanzaría. Además, notó que sus movimientos, sencillos y primitivos, suscitaban dentro de ese espacio de estructura compleja una gran variedad de reacciones; palpitaba, se abría y se cerraba, se humedecía y volvía a secarse... Se quedaba inmóvil, se apretaba contra él y de nuevo lo soltaba, y él se sometía a su ritmo cada vez mejor y perdió la cuenta de sus clímax.

Shúrik sentía que debía durar más y las pausas sincopadas de ella le daban esa posibilidad.

A la una de la madrugada llamó a su madre para decirle que aún tardaría: había mucho trabajo. De hecho, no terminarían el trabajo hasta las tres. Estaban tumbados en la cama completamente húmeda. Parecía delgada y muy joven. Shúrik quería levantarse pero ella le retuvo.

–No, no tan rápido...

Se volvió a tumbar. Y la besó en la oreja. Ella se rió:

–Me estás dejando sorda. Voy a enseñarte cómo se hace...

Le lamió la oreja, haciéndole cosquillas y humedeciéndosela.

–Nunca me había pasado algo parecido –susurró ella mientras empujaba la lengua en su oreja.

–A mí tampoco –admitió Shúrik.

Tenía diecinueve años y, en realidad, había muchas cosas que nunca le habían pasado.

32

Vera releyó las cartas de Aleksandr Siguizmúndovich, las de antes y las de después de la guerra. Se las sabía de memoria y se acordaba no solo de las cartas, sino del momento, el lugar y las circunstancias en que había recibido cada una de ellas. Y los sentimientos que había tenido entonces.

«Se podría escribir una novela», pensó Vera. Colocó los sobres en montoncitos, los ató con unos lazos y los volvió a dejar en su sitio. A medida que pasaban los años, su juventud le parecía brillante y dotada de un gran significado. Cerca del cofrecito donde guardaba las cartas, Vera descubrió otro que había pertenecido a su madre. Su madre sentía una verdadera pasión por las cajas, los cofrecitos y las bomboneras, y las coleccionaba de todos tipos: cajas de hojalata de antes de la Revolución, cajitas de té y de caramelos, de Suiza, de Francia...

«¿Qué habrá ahí dentro?», se preguntó Vera, apartando a un lado la sombrerera redonda para hacer sitio a su caja de recuerdos.

La abrió. Se asombró. Sonrió. Eran trapos para el polvo que Yelizaveta Ivánovna hacía con retazos deshilachados de medias que ya no se usaban. Vera recordó cómo su madre cortaba en pedazos las medias viejas, ponía cuatro capas de tejido una encima de la otra y luego hacía un dobladillo en punto de cruz. Así también fabricaba plumeros, pero con viejos paños. Cuántas cosas habían desaparecido hoy de la vida cotidiana: las almohadillas para perfumar, los pequeños cojines, las tenacillas para ondular, los servilleteros y las mismas servilletas.

Vera cogió dos trapos de color carne –medias de ese color ya no se hacían ahora– y recorrió la habitación quitando el polvo a la multitud de pequeños objetos que componían el paisaje inmutable de su vida.

«Mamá siempre limpiaba los espejos con amoníaco, no sé por qué –recordó Vera mirándose al espejo–. Nadie me considera ya una belleza –se dijo sonriendo a su agradable reflejo–. Excepto Shúrik, tal vez.»

Volvió la cabeza a derecha e izquierda. «La verdad es que no me conservo tan mal. Solo tengo la barbilla un poco estropeada y un poco de papada.» Y si se apartaba el cuello alto de la camisa dejaba al descubierto la cicatriz, rosa y un poco arrugada. Le habían hecho una buena sutura, a otras personas les quedaba más pronunciada y gruesa. La suya era muy estética... Tocó su barbilla, que se había vuelto fláccida. Hay unos ejercicios... Y se puso a hacer movimientos circulares con la cabeza y algo le crujió en la nuca. ¡Ajá, calcinosis! Tengo que hacer gimnasia...

Habían pasado varios días desde que había ido con Shúrik al conservatorio. La víspera había asistido al Museo Skriabin ya sin él porque estaba en el instituto. Tocaron *Poema del éxtasis*, que Vera conocía desde la primera hasta la última nota. Nunca había intentado tocarlo: era muy difícil. Pero se había acordado con emoción de los ejercicios coreográfico-gimnásticos que en otro tiempo había practicado al son de esa música enérgica y desgarrada. Y de los versos de Pasternak relacionados con esa música y con su ídolo de la época, el compositor Skriabin. Qué cultura tan poderosa y moderna, y todo aquello había desaparecido, se había evaporado sin dejar ni rastro, según parecía. En teatro, fuera de los autores clásicos, no hay nada que ver. Algunos dicen que Liubímov... Pero, en el fondo, todo se basa en la energía de Brecht. En la biomecánica. ¡Qué época tan vacía! Sí, también estaba Efros. Tenía que ir a verlo... Estaba allí sentada con un trapo para el polvo en la mano, reflexionando sobre temas elevados, cuando de repente sonó el timbre de la puerta. Era el vecino, Mijaíl Abramóvich...

–Volvía de una reunión y vi la luz encendida –explicó él.

–Pase, por favor, deje que me lave las manos un momento... Vera fue al cuarto de baño y puso las manos bajo el chorro de agua. Dejó el trapo para el polvo en el lavabo, después lo enjuagaría.

El vecino estaba de pie, sobre la alfombrilla, con un aire increíblemente serio.

–Bueno, Vera Aleksándrovna, ¿ha pensado en la propuesta que le hice? ¡El sótano está vacío!

Había olvidado por completo que había ido ya dos veces a molestarla para sugerirle qué maravilloso sería organizar una actividad lúdica para los niños.

–No, no, de ninguna manera... En otro tiempo fui actriz, es cierto, pero nunca trabajé con niños. ¡Ni hablar! –dijo, negando con firmeza.

–Bueno, bueno... Entonces, ¿quizá podría ocuparse de nuestra contabilidad? También necesitamos a una contable para nuestra cooperativa. Nuestra vieja contable se va... Y usted sería ideal para el puesto... –Reflexionó un instante y añadió–: ¿Cómo? No diga inmediatamente que no. ¡Piénselo primero! Me saca de mis casillas que una mujer tan joven y bella, si me permite que se lo diga, claro está, no se involucre en el plano social.

Dicho esto, rechazó el té que Vera le había ofrecido amablemente y se fue.

Vera le contó a Shúrik sus ideas respecto al empobrecimiento de la cultura así como la visita de Mijaíl Abramóvich y su propuesta de hacer algo útil. Se echó a reír un poco. Sin embargo, Shúrik le dijo de modo inesperado:

–¿Sabes, Verusia? Te iría bien trabajar con niños. ¡Lo que explicas sobre el teatro y la música siempre es tan interesante! No sé, quizá sea una buena idea...

Al cabo de unos días Mijaíl Abramóvich le llevó una caja de cartón donde estaba escrito con letras desgarbadas y de color marrón: «Mermelada de frutas bañada en chocolate». Tomaron el té. Él trataba de seducirla en nombre del Partido. Sonreía y respondía bromeando. Desde hacía tiempo sabía que gustaba a los hombres judíos. Y este se parecía un poco al proveedor que se había enamorado de ella hacía mucho tiempo... Pero un admirador semejante era demasiado... Desde ese día a Mijaíl Abramóvich le quedó el mote de «Mermelada».

Vera sonreía, estaba de un humor excelente, algo sorprendente teniendo en cuenta que era diciembre. Incluso propuso a Shúrik organizar para sus alumnos si no una verdadera fiesta de Navidad, sí al menos una merienda.

–¿Y los panes de jengibre?

–Bueno, podemos comprarlos y añadir unas notitas...

Sin embargo, Shúrik rechazó categóricamente esa propuesta por considerarla una profanación de las tradiciones familiares. Esta vez había comprado un abeto maravilloso con antelación y lo había puesto mientras tanto en el balcón.

Después de encontrar los trapos para el polvo, Vera advirtió de repente que la casa había perdido algo de brillo y de frescura desde la muerte de su madre. Eso a pesar de que el encerador había pasado por allí, había sacado brillo al parqué con dos cepillos de crin y había dejado tras de sí un olor a cera pasado de moda, y de que la propia Vera había recorrido varias veces el piso con trapos de hilo de Persia, recogiendo el polvo sobre sus pequeños vientres rosas... Pero faltaba algo... Y no tardó en comentárselo a Shúrik, con su habitual melancolía...

Era de noche, después de cenar, y estaban sentados a la mesa, no en la cocina como por las mañanas, deprisa y corriendo, sino en la habitación de la abuela, en la mesa ovalada.

Brahms llegaba a su fin, y Shúrik, que había escuchado ese disco muchas veces, esperaba la inminente coda...

–Creo que el problema no es la casa, Verusia. Todo está en orden y la abuela estaría satisfecha. Creo simplemente que pasas demasiado tiempo en casa...

–¿Tú crees? –se sorprendió Vera ante esa extraña traición. ¿No había sido Shúrik el que había insistido para que se jubilara, para que consiguiera la invalidez? Y ahora le salía con esas...–. ¿Crees que debería buscar trabajo?

–No, no, en absoluto. Estoy pensando en otra cosa. No un trabajo, pero sí una ocupación. Estoy seguro de que podrías escribir críticas, hablas siempre de un modo tan interesante del teatro, de la música. Sabes tanto... Podrías dar clases. No sé sobre qué, pero podrías hacer mucho... La abuela siempre decía que habías desperdiciado tu talento, pero todavía no es demasiado tarde para hacer otra cosa...

Vera frunció los labios.

–¿Qué talento, Shúrik? Vi a actrices de verdad, conocí a Alisa Koonen, a Babánova...

Al parecer, nadie había tenido tanto respeto como Shúrik por su naturaleza artística. Era agradable.

33

Alia no tenía tiempo para estados de ánimo, ya fueran buenos, malos o melancólicos. Estaba demasiado ocupada. Sin embargo, poco antes de Año Nuevo, recibió una carta semioficial de la fábrica de Akmolinsk. La responsable del laboratorio le felicitaba las fiestas en nombre de sus antiguos colegas, le escribía que habían contratado a dos ayudantes de laboratorio para sustituirla y que los dos juntos se las arreglaban mucho peor que ella sola. Era la parte agradable de la carta. Más adelante le decía que todo el laboratorio esperaba que volviera como una auténtica especialista, y que sería particularmente bueno que dominara los métodos de análisis cuantitativos y cualitativos de los productos del craqueo del petróleo, porque sería su principal línea de trabajo en el futuro. Y algo más: en verano, cuando tuviera que hacer prácticas, la fábrica enviaría una solicitud a su instituto para que la mandaran a trabajar allí durante esa estación del año. El departamento de personal ya le había confirmado que le pagarían el viaje y que las prácticas serían remuneradas.

Alia entonces sí sintió su estado de ánimo. Uno horrible. Muy horrible incluso. Se había hecho a la idea de que se quedaría en Moscú para siempre después de obtener su diploma y comprendió hasta qué punto sería difícil huir de Akmolinsk, a la que parecía estar encadenada de por vida.

La única solución era el matrimonio, y el único candidato, Shúrik, ya estaba cazado, aunque de modo ficticio. Le parecía que después de haber hecho aquel favor a Lena, que no era especialmente amiga suya, debía casarse sin falta con ella. Además, no sería ninguna ficción. Alia contaba mentalmente con ayuda de sus dedos: ya habían sido amantes en seis ocasiones. No era solo una vez, ni dos... Era algo serio. Lo cierto es que Shúrik no mostraba el menor interés por ella. Pero había estado tan ocupado: con su madre enferma, los estudios, el trabajo... ¡No hay tiempo para todo!, se decía para convencerse.

Alia no pensaba dar su brazo a torcer y la fiesta de Año Nuevo, que estaba a la vuelta de la esquina, le parecía un momento propicio para llevar a término su ofensiva.

Desde mediados de diciembre pasó varias veces por la calle Novolésnaya como si estuviera en el barrio por casualidad, pero nunca encontraba a Shúrik en casa. Vera Aleksándrovna le había ofrecido té con leche y mostrado una amabilidad distraída, pero Alia no consiguió sacar nada de esos encuentros. Quería que la invitaran a celebrar el Año Nuevo, como el año anterior. Había borrado por completo de la memoria que tampoco nadie la había invitado en esa ocasión.

Al final consiguió hablar por teléfono con Shúrik y le dijo que tenía que verlo urgentemente. Shúrik, sin sentir la menor curiosidad, corrió al Instituto Mendeléyev a las diez de la noche y esa carrera le proporcionó cierto placer, al igual que la visión de la entrada principal y el vestíbulo: se sintió como un prisionero liberado que volviera a su antigua cárcel.

Alia lo recibió en la escalera, vestida como siempre con su chaqueta azul y peinada con un moño grueso. Lo cogió por el brazo. Shúrik miró a su alrededor. Era extraño: no había ni una sola cara conocida y eso que había estudiado allí durante un año...

Fueron a la sala de fumadores, debajo de la escalera. Alia sacó su paquete de cigarrillos Fémina.

–Ah, ¿fumas? –preguntó Shúrik asombrado.

–De vez en cuando –respondió Alia dándole vueltas a un cigarrillo con el filtro dorado.

Shúrik siempre se sentía un poco incómodo en su presencia.

–Bueno, ¿qué?

–Quería pedirte consejo sobre Año Nuevo... –Por más que se había roto la cabeza no pudo encontrar un comienzo más hábil–. ¿Hago un pastel o preparo una ensalada?

Shúrik la miró sin comprenderla, pensó que lo quería invitar a la residencia.

–Siempre lo celebro en casa, con mi madre. No voy a ir a ninguna parte...

Era la verdad, aunque no del todo. A la una de la madrugada, una vez hubiera tomado con su madre la ritual copa de champán, quería ir a casa de su viejo amigo Guiya Kiknadze, que había invitado a algunos antiguos compañeros de clase.

–Yo también quiero ir a tu casa, pero quería saber si hace falta que prepare algo...

–Bueno, se lo preguntaré a mamá –respondió evasivamente Shúrik.

Alia soltó el humo a través de la boca abierta. No tenía nada que decir, pero debía encontrar algo...

–¿Tienes noticias de Lena?

–No.

–He recibido una carta de ella.

–¿Y qué dice?

–Nada especial. Dice que volverá a finales de curso y que seguramente dejará a su hija con su madre.

–Es una buena idea –aprobó Shúrik.

–¿Sabes que Kalínkina y Demchenko se casan?

–Kalínkina..., ¿quién es?

–La jugadora de voleibol de Dnipropetrovsk. Una chica con el pelo corto...

–No me acuerdo. ¿Cómo quieres que lo sepa? Aparte de ti, no veo a nadie más de la clase. Solo hablo a veces con Zhenia por teléfono.

–¡Zhenia también tiene una amiguita! –casi gritó Alia, desesperada.

No se le ocurría nada más que decir. Shúrik no mostraba ningún interés por las noticias de la clase.

–¡Ah! Me olvidaba. ¿Te acuerdas de Izraílevich? Tuvo un infarto, estuvo en el hospital. No hará los exámenes este invierno, después quizá le den la invalidez.

Shúrik se acordaba muy bien de ese matemático maníaco, incluso se le había aparecido en sueños. Por culpa de él se había ido del Instituto Mendeléyev: el examen de matemáticas que debía pasar en otoño había sido decisivo...

–Se lo tiene bien merecido –refunfuñó Shúrik–. Bueno, entonces, ¿qué querías decirme tan urgente? –volvió Shúrik al motivo de su encuentro.

–Era a propósito de Año Nuevo, Shúrik, para ponernos de acuerdo –respondió Alia confusa.

–Ah, ya entiendo –dijo vagamente–. ¿Eso es todo?

–Sí, claro. Más vale prepararlo con tiempo...

Shúrik acompañó a Alia galantemente hasta el metro y corrió hacia casa olvidándose al instante de ella y de sus noticias, que no tenían ni pizca de interés. Olvidó esa conversación por completo hasta el mismo 31 de diciembre, hacia las once de la noche, mientras Vera y él estaban en la habitación de la abuela, delante del abeto iluminado. Y todo estaba preparado de la misma manera que habían planeado el año anterior: la butaca de la abuela, su chal sobre el respaldo, la penumbra hogareña, la música, los regalos bajo el abeto...

–¿Quién puede ser? –Vera Aleksándrovna miró a Shúrik con preocupación cuando sonó el timbre de la puerta.

–¡Dios mío! ¡Es Alia Togusova!

–No, otra vez no –suspiró Vera, y agachó la cabeza con tristeza–. Pero ¿por qué la has invitado?

–Ni siquiera se me pasó por la cabeza. ¿Cómo puedes pensar eso?

Se quedaron un momento sentados sin decir nada, frente a los tres platos. Uno de ellos era para su abuela.

El timbre volvió a sonar tímidamente.

Vera Aleksándrovna repiqueteó con sus dedos quebradizos la mesa.

–¿Sabes lo que decía tu abuela en estos casos? Un huésped siempre es un enviado de Dios...

Shúrik se levantó y fue a abrir. Estaba furioso, consigo mismo y con Alia. Allí estaba de pie, delante de la puerta, con una ensalada y un pastel. Lo miraba con una sonrisa implorante y al mismo tiempo atrevida. Y sintió una lástima terrible por ella.

La Nochevieja se había echado a perder. Y todavía no sabía hasta qué punto.

La mesa estaba magníficamente decorada, pero la comida era más bien escasa. El pastel de Alia estaba quemado por fuera y poco hecho por dentro. Shúrik comió dos trozos pero no se dio cuenta, y Vera Aleksándrovna tampoco, porque no lo probó. Vera no tocó ni siquiera el piano y Shúrik sufría al ver la cara de pocos amigos que se le había puesto. La improvisación grotesca del año anterior –con la intervención alborotadora de Faina Ivánovna– al menos había tenido algo de teatral. Además, Alia tampoco se sentía a gusto: había conseguido lo que quería, pasar la Nochevieja con Shúrik y su madre, pero no tenía ninguna sensación de triunfo. Dos son compañía y tres son multitud: alguien sobraba. A medianoche brindaron. Luego Shúrik sirvió té y cuatro pasteles que había comprado por la mañana en la calle Arbat. Un cuarto de hora más tarde, Vera se levantó y se fue a acostar alegando una jaqueca.

Shúrik llevó los platos a la cocina y los apiló en el fregadero. Alia, muda, los fregó enseguida. Así, como hacía con los utensilios de química: quitaba la grasa por completo y luego le daba veinte pequeños aclarados, hasta que las gotas no quedaban pegadas.

–Te acompaño al metro. Todavía funciona –propuso Shúrik.

Ella lo miró como una niña castigada y dijo con desesperación:

–¿Eso es todo?

Shúrik tenía ganas de quitársela de encima lo más pronto posible y correr a casa de Guiya.

–¿Qué más quieres? ¿Otra taza de té?

Alia se refugió en una esquina de la cocina, detrás de la puerta, tapándose la cara con las manos y se deshizo en lágrimas. Primero lloró despacio, luego cada vez más fuerte. Incluso el temblor de sus hombros se hizo más violento, se oía además una lluvia de sollozos y un ruido extraño que asombró a Shúrik: se golpeaba la cabeza contra el marco de la puerta.

–¿Qué haces, Alia?

Shúrik la cogió por los hombros y quiso girarla hacia él, pero su cuerpo estaba rígido como un árbol que hubiera echado raíces en el suelo. Imposible moverla. Al espirar se le escapaban sonidos roncos y rítmicos.

«Como la cámara de aire de una bicicleta pinchada que alguien intentara hinchar», pensó Shúrik.

Shúrik puso la mano entre ella y la puerta, pero los golpes no cesaron. Los ruidos se volvieron más fuertes. Entonces Shúrik tuvo miedo de que su madre los oyera. Estaba convencido de que no dormía, sino que estaba tumbada en su habitación con un libro y una manzana... Con esfuerzo, y asombrándose de la resistencia de ese cuerpo delgado, consiguió arrancar a Alia del suelo, la llevó a su habitación y cerró la puerta con el pie. Quería acostarla en el sofá, pero se aferraba a él con sus manos heladas y siguió sacudiendo la cabeza y los hombros. Cuando pudo tumbarla de cara a él, dio un salto hacia atrás, horrorizado: tenía los ojos en blanco, la boca torcida por las convulsiones, las manos crispadas y había perdido visiblemente la conciencia.

«¡Urgencias! ¡Hay que llamar a urgencias!» Shúrik se lanzó hacia el teléfono y se quedó parado con el auricular en la mano:

215

Vera se asustará... Colgó el auricular, vertió agua en una taza de té y volvió junto a Alia. Todavía movía nerviosamente los puños cerrados y apretados, pero había dejado de hacer el ruido de una bicicleta. Shúrik le levantó la cabeza e intentó darle agua, pero sus labios estaban firmemente apretados. Dejó la taza y se sentó a sus pies. Observó que sus piernas también se movían convulsivamente al mismo ritmo. Se le había subido la faldita lastimeramente, sus piernas delgadas se adivinaban bajo los leotardos de lana rosa, tres tallas más grandes. Shúrik cerró la puerta con llave, le quitó los leotardos y le aplicó medidas de reanimación. No tenía otros recursos en su arsenal, solo ese, y resultó efectivo.

Al cabo de media hora, Alia había vuelto por completo en sí. Se acordaba de que había fregado los platos, luego fue a parar al sofá de Shúrik notando en su interior una sensación de profunda satisfacción: «¡La séptima vez!» Después de abotonarse los pantalones, Shúrik le preguntó galantemente cómo se sentía. Alia se sentía extraña: la cabeza le pesaba y le retumbaba. Supuso que se debería al champán.

Ya no pasaban metros. Shúrik la acompañó a la residencia en taxi, la besó en la mejilla y luego, con el mismo coche, se dirigió a casa de Guiya, feliz de que las cosas hubieran acabado bien y que ese incidente desagradable hubiera terminado.

En casa de Guiya la fiesta estaba en pleno apogeo. Sus padres se habían ido a Tiflis y le habían dejado a cargo del apartamento y de su hermana mayor, una chica regordeta y de baja estatura con aspecto mongol y una locución incomprensible. Por lo general se la llevaban con ellos, pero esa vez no habían podido: estaba resfriada y, ya se sabe, los resfriados pueden tener consecuencias peligrosas. Además de los antiguos compañeros de clase, Guiya había invitado a otros estudiantes de su instituto, así que las chicas, como a menudo pasa, estaban en mayoría y bailaban en grupos. Shúrik se encontró enseguida en medio de aquella barahúnda y bailó rock and roll, o lo que pensaban que eso era, con mucho entusiasmo, haciendo pausas solo para echar un trago, que había en abundancia. Shúrik bebía, bailaba y sentía que era eso exactamente lo que necesitaba para liberarse de un sentimiento de angustia cuya existencia desconocía hasta entonces y que se había instalado en el fondo de su alma. Como si hubiera descubierto en su propia casa, de la que conocía hasta el último ladrillo, una bodega secreta...

El coñac georgiano, transportado en cisternas desde Tiflis hasta Moscú para ser embotellado, se distribuía en parte entre amigos georgianos de la capital, amigos del director de la empresa de coñac moscovita. En la cocina había un tonel de veinte litros de ese licor regalado. No era particularmente malo, aunque distaba mucho de ser excelente, pero la cantidad sobrepasaba tanto la calidad que esta última perdió toda importancia. Era el mismo coñac que Valeria Adámovna le había ofrecido. Pero Shúrik lo bebía en vasos grandes como si fuese agua, tratando de liberarse lo más rápido posible de un recuerdo obsesivo: el de Alia con los ojos en blanco y las convulsiones de sus piernas retorcidas.

Al cabo de una hora, alcanzó el cenit de la embriaguez y unos cuarenta minutos más tarde continuaba aún en ese estado de alegría por el que millones de personas, desde tiempos milenarios, se llenan el estómago con esa «agua de fuego» que quema un pasado ensombrecido por innumerables fracasos y un futuro aterrador. Un estado eufórico, pero breve, del que Shúrik solo conservó un recuerdo: la hermana regordeta de Guiya con su cara radiante y plana saltando a destiempo de la música a su lado, y también una chica con el pelo largo, vestida de color azul, con un pastel empezado que le metía en la boca, Natasha Ostróvskaya, antigua compañera de su clase que había engordado mucho, con una alianza que no dejaba de enseñar a Shúrik y de nuevo la regordeta bajita que no dejaba de tirarle de la mano para llevarlo a algún sitio.

Se acordaba también de haber vomitado en el baño y estaba contento de que hubiera caído justo en medio de la taza, y no fuera. A partir de ahí ya no se acordaba de nada, hasta el momento en que se despertó en una cama estrecha en una habitación desconocida. Era una habitación infantil, a juzgar por la cantidad de peluches. Sus piernas estaban un poco aplastadas: la hermana de Guiya dormía encima de ellas apretando entre sus brazos un gran oso de felpa.

Con precaución liberó sus piernas del peso de aquella pareja conmovedora. La niña regordeta abrió los ojos, le sonrió vagamente y se durmió de nuevo. Una vaga sospecha lo sacudió como un relámpago, pero Shúrik la descartó sin el menor esfuerzo. Se levantó. La cabeza le daba vueltas. Tenía sed. Y por alguna razón le dolían mucho las piernas. Entró en la cocina. Allí reinaba un desorden inmundo: el suelo pegajoso, los platos rotos, colillas y restos de comida... En el salón una cantidad indefinida de invitados dormía sobre la alfombra, tapados con abrigos y una funda de nórdico ridículamente blanca.

Shúrik cogió su cazadora, que estaba convenientemente tirada en mitad de pasillo, y desapareció. Tenía que irse corriendo a casa, con mamá.

Alia estaba satisfecha con sus logros de la noche de Año Nuevo. Había dormido hasta tarde, sola en la habitación. Sus compañeras se habían ido a sus casas. La cabeza ya no le dolía.

Shúrik nunca iba a buscar a Alia. Al principio, ella lo llamaba. Una vez, lo invitó al teatro, otra vez le pidió que la ayudara a transportar un frigorífico a la residencia: una colega del trabajo le había dado el suyo viejo. Shúrik fue y la ayudó. Luego desapareció a toda prisa... Alia estaba inquieta: su historia de amor iba a quedar en aguas de borrajas. El período de exámenes había comenzado, quería llamarlo pero tenía miedo de estropearlo todo definitivamente.

Entonces Alia consiguió un empleo en la oficina de admisiones. Ahora era ella la que recogía la documentación de los estudiantes que venían de fuera de la ciudad, la revisaba con ojo experto y les les daba indicaciones para llegar a la residencia.

Recordaba cómo había llegado dos años antes, arrastrando su horrible maleta y los pies ensangrentados, y se sentía orgullosa porque había recorrido desde entonces una distancia como de la tierra al cielo.

En verano la cantina del instituto cerraba, y Alia siempre iba a la panadería a comprar roscas para todos los miembros de la oficina. Un día atravesó la calle con el semáforo en rojo y la atropelló un coche. No recordaba lo que había pasado. Cuando recuperó la conciencia, una muchedumbre se agolpaba a su alrededor. El conductor que la había atropellado también había chocado con un automóvil que venía en sentido contrario.

Sus huesos no estaban rotos, solo tenía un dolor en el costado y rasguños en la pierna izquierda. Dos policías redactaron el acta. Alia era víctima pero al mismo tiempo responsable del accidente. Pidió que no llamaran a una ambulancia y aseguró que no era nada. Uno de los policías, blanquecino y flacucho, se inclinó hacia ella y le dijo en voz baja:

–Es mejor para ti que venga una ambulancia.

Pero Alia tenía miedo de que la hospitalizaran y de tener problemas en el trabajo. Le explicó al policía que trabajaba como secretaria en la oficina de admisiones y que no podía perder tiempo en el hospital. El policía blanquecino se llamaba Nikolái Ivánovich Krútikov y la llevó a la residencia en un coche de policía. Era sargento y no comisario de policía, como Alia había creído, y trabajaba en el departamento de tráfico.

Más tarde, cuando intimaron, él le explicó todo mucho mejor. Nikolái Krútikov también era de provincias, pero no venía de muy lejos, de la región de Moscú, y vivía en una residencia para policías. Después del ejército había entrado en la policía de Moscú y consideraba que había tenido suerte. Pronto le darían una habitación y, si se casaba, un piso de una habitación.

No ocurrió tan pronto. Consiguieron una casa al cabo de dos años. Durante un año fueron al cine, pero Alia no le permitía que se tomara libertades: ahora era más lista. De resultas, cuando se casaron, él la amaba de verdad, como una vez Enrique a Lena Stovba. Durante un año alquilaron una habitación pequeña no muy lejos, en el callejón Pijov, luego se trasladaron a un apartamento de una habitación detrás de la estación Saviólov. Todo iba viento en popa, nunca hubiera podido soñar nada mejor. Cuando llegó el momento de regresar a Akmolinsk, ya estaba casada, embarazada, tenía el permiso de residencia en Moscú y estaba a punto de doctorarse. Alia solo regresó una vez a Akmolinsk, para el entierro de su madre. Nunca pensaba en Shúrik. ¿Para qué acordarse de los fracasos? De toda esa historia solo le quedó el té inglés. Alia compró una lechera pequeña, bebía té con leche y sacaba las galletas de su envoltorio para disponerlas sobre un platito. Cuando su hija creciera la apuntaría a una escuela de música. Era una buena chica.

34

Vera Aleksándrovna pasó un verano muy feliz. Habían alquilado una habitación a Olga Ivánovna Vlasochkina, la misma propietaria de siempre, en la dacha donde habían pasado todos los veranos, con una corta interrupción, desde el nacimiento de Shúrik. Ahora, en lugar de las dos habitaciones principales con galería, ocupaban una parte más modesta de la casa que daba a la parte trasera de la parcela, una habitación con terraza y una cocina independiente. Era más pequeña, pero más cómoda. En vísperas del viaje, Shúrik había sacado a rastras del cobertizo, donde la familia almacenaba las cosas de la dacha, los muebles que habían sido transportados allí en la época de la gran migración desde el pasaje Kamerguerski hasta la calle Novolésnaya. Era incomprensible cómo al mudarse de una sola habitación a un apartamento de tres piezas habían podido acumular tal exceso de muebles: sillas vienesas, dos estanterías, una mesa plegable, que había perdido su cualidad hospitalaria... Esos muebles, deportados dos veces y conservados intactos por la propietaria de la dacha, ahora estaban dispuestos en su nuevo lugar, y para Shúrik y Vera evocaban la presencia de Yelizaveta Ivánovna: esos objetos no estaban al tanto de su muerte y su silla parecía esperarla, con su funda bordada con flores. Sin embargo, al cabo de dos años, el sentimiento de pérdida se había descolorido un poco, como aquellas flores...

Ahora en la silla se sentaba Irina Vladímirovna, una vieja amiga de Vera con la que tenía un parentesco lejano. Esta Irina, solterona, hija de un comerciante, que había escondido sus orígenes toda su vida, se había instalado lejos de su Sarátov natal, en Maloyaroslavets, en los alrededores de Moscú. Trabajaba, como Shúrik, en una biblioteca, y ahora que se había jubilado, había aceptado con alegría la invitación de Vera de ir a pasar una temporada con ella al campo. Desde el tiempo de su juventud artística, Vera se le presentaba a Irina como una criatura de esencia superior y ninguno de los fracasos que habían marcado la vida de su amiga habían podido quebrantar su veneración profunda, teñida por una sospecha de sentimiento de inferioridad.

Shúrik también estaba contento: la presencia de una compañera cerca de su madre era un gran alivio. Los trayectos diarios en un tren de cercanías atestado de gente le quitaban mucho tiempo y, gracias a Irina Vladímirovna, ya no tenía que pasar todas las noches en la dacha. Iba un día sí, un día no, a veces cada tres días, con provisiones. Irina, que había vivido toda su vida si no en la miseria, sí con escasez de medios, se entregaba con pasión a los fastuosos guisos: había comida de sobra, incluso en exceso, y cocía, asaba, hervía con gran ímpetu, a gran escala, al estilo de Yelizaveta Ivánovna. Vera Aleksándrovna, acostumbrada a comer poco y distraídamente, tenía que esforzarse para arrancarla de los hornos y llevarla de paseo hasta el lago o hasta el bosque de abedules. Generalmente, Irina declinaba la proposición y Vera daba paseos solitarios, hacía ejercicios de respiración en un claro apartado, alternando inspiraciones largas, con las que llenaba hasta el fondo sus pulmones, con exhalaciones breves y enérgicas, y sentía la salud fluir por su cuerpo, sobre todo por su cuello estropeado por la operación. Durante ese tiempo, Irina rallaba, amasaba y batía con frenesí. Cuando Shúrik iba, Irina ponía la mesa con antelación: una tarta caliente se ablandaba bajo dos paños, la galantina se enfriaba en hielo al fondo de la bodega y una compota de fruta se maceraba en un frasco bien cerrado.

Shúrik llegaba al atardecer, se lavaba en el lavamanos y sacaba del cobertizo su vieja bicicleta, que le había regalado la abuela cuando tenía trece años. Lo que más le apetecía era ir al lago a darse un baño. Hinchaba las ruedas, frotaba el guardabarros sucio con un pijama infantil, relegado hacía tiempo al estatus de trapo, y saboreaba por anticipado la alegría de traquetear enérgicamente sobre las raíces que atravesaban el sendero rojo, el placer de la velocidad cuando el camino se inclinaba en una pendiente, y la fuerte caricia del aire frío azotándole en la frente... Pero Irina le suplicaba de forma casi humillante que se sentara a la mesa, porque todo estaba caliente y se iba a enfriar, y él se dejaba convencer y se sentaba a la mesa. Irina se quedaba inmóvil a sus espaldas con el aire de una gallina que está a punto de picotear grano, y le plantaba delante de las narices, precipitadamente y con brío, unos rabanillos, el salero u otro pedazo de tarta. Él mordisqueaba como un gato hambriento y podía dar gracias si no caía dormido en la mesa.

—Gracias, tía Irina —susurraba Shúrik y, lleno de remordimiento, iba a buscar la bicicleta, la conducía de vuelta al cobertizo sin haberla paseado, besaba a las viejas mujeres, se desmoronaba sobre el diván y se quedaba dormido al instante.

Irina vertía agua tibia en una palangana y fregaba los platos durante mucho rato, emitiendo murmullos débiles. Su locuacidad era tímida. En su soledad se había desacostumbrado a los interlocutores, mantenía un diálogo interminable consigo misma.

Así, apenas abría los ojos, empezaba a entonar su retahíla matinal: qué buen tiempo hace, qué deliciosa es la leche, el café se ha desparramado, el trapo ha desaparecido, la taza no está bien lavada, qué dibujo más bonito hay en el platito... Por la tarde el cansancio disminuía el torrente de palabras, si bien continuaba hablando y hablando: el sol se ha puesto, está oscureciendo, la humedad sube del suelo, el olor a tabaco llega a través de la ventana... De vez en cuando, caía en la cuenta y pregun-

223

taba: ¿no es cierto, Vérochka? Hacía tiempo que no necesitaba un interlocutor y no esperaba una respuesta.

Vera estaba completamente satisfecha con su compañera. Aunque Irina tenía dos años menos que ella, en cuanto a la vida práctica todo se desarrollaba como de costumbre para Vérochka. Como si Yelizaveta Ivánovna le hubiera enviado una sustituta provisional: cocinaba, limpiaba y se ocupaba de todo... Lo único molesto era que casi no podía hablar con Shúrik. Después de darse el atracón de rigor se dormía tan rápido que Vera no tenía oportunidad de discutir con él las noticias culturales, que eran abundantes y muy ricas ese año: acababan de traducir a Scott Fitzgerald, Robert Sturua había llevado a escena *El círculo de tiza caucasiano*, un famoso teatro de marionetas de Milán visitaría Moscú... E Irina Vladímirovna, aunque había trabajado en una biblioteca, aturdida por la abundancia de comida, era incapaz de mostrarse a la altura de los intereses culturales de Vera.

Por la mañana, cuando sonaba el despertador, Shúrik se levantaba de un salto, devoraba el desayuno para tres que le había preparado la infatigable Irina y, sin perturbar el sueño de su madre, corría a coger el tren. Por la tarde, lo esperaba Valeria con sus cigüeñas volando por la espalda y el pecho y él cumplía su promesa, con honestidad, aplicación y concienzudamente, como su abuela le había enseñado a cumplir todas sus obligaciones.

Para entonces Valeria ya le había confesado que nunca se habría permitido mantener una aventura con un chico joven si no deseara tener un niño. Shúrik estaba confuso: él ya tenía un hijo a sus espaldas.

—Es mi última oportunidad. ¿No me negarás lo que la misma naturaleza reclama? —le había susurrado Valeria con pasión.

Y Shúrik no negaba lo que la naturaleza reclamaba.

Todo el verano trabajó duro en aras de la naturaleza, con ahínco, y a finales de agosto Valeria le dijo que su trabajo se había visto coronado con el éxito: estaba embarazada. Cuando el ginecólogo le confirmó que estaba embarazada de seis semanas,

Valeria se acordó de su juramento y decidió respetar esa vez la palabra que le había dado al Señor. Lloró toda la noche: la gratitud, la amargura de la renuncia total –como pensaba en ese momento– al amor masculino, el sueño de una niña y el miedo por un hijo que todos los médicos sin excepción le prohibían... Decían que con su enfermedad un embarazo y un parto estaban absolutamente contraindicados. En ese cóctel de lágrimas, sin embargo, predominaban las de alegría...

Al final de las vacaciones de verano, Valeria anunció a Shúrik que no se volverían a ver y le ofreció de recuerdo un grabado de la colección de su padre, *El regreso del hijo pródigo* de Durero. Shúrik no entendió la indirecta, aceptó el rechazo y el regalo con humildad y sin una gran tristeza. Valeria no volvió a invitarlo a su casa.

En el trabajo veía a su jefa en contadísimas ocasiones: ella pasaba la mayor parte del tiempo en su despacho y Shúrik ahora trabajaba en el catálogo. Cuando se cruzaban por los pasillos, Valeria Adámovna le echaba unas miradas radiantes con sus ojos azules y le dirigía una sonrisa vaga, como si nunca hubiera habido nada entre ellos. Pero él sentía un calor agradable y el sentimiento de satisfacción por un trabajo bien hecho: él sabía que le estaba agradecida...

35

El apartamento de Moscú, polvoriento y abandonado, tenía un aspecto deshabitado. Irina Vladímirovna, que había vuelto de la casa de campo con Vera, enseguida se aplicó a una limpieza húmeda. Durante tres días enteros, Irina trepó con el trapo por todas partes, entonando su cantinela interminable: la pelusa se ha escondido en el rincón, ahora la sacaremos..., este parqué de roble está en buen estado, solo hay una grieta allí, en el rodapié..., hay que pasarle agua al trapo, está negro, me pregunto de dónde sale tanta suciedad...

Vera bajó al patio con un libro y se sentó en un banco. No tenía ganas de leer. Dormitaba al sol, el cuello envuelto en un pañuelo de gasa para defenderse de los rayos mortales que le habían prohibido los médicos.

«Es una lástima que nos hayamos ido tan pronto de la dacha —se decía ella adormilándose—. Es mamá la que instauró la costumbre de dejar la casa de campo el último domingo de agosto para preparar el curso académico. Tendríamos que habernos quedado hasta que el tiempo se estropeara...»

—¡Bienvenida! Bienvenida a casa, Vera Aleksándrovna.

Delante de Vera estaba Mijaíl Abramóvich con aire jovial, ofreciéndole cándidamente la palma de la mano extendida para un amistoso apretón de manos. Vera Aleksándrovna se despertó de su baño de sol y vio al vecino en pantalones de lona, una desteñida *kosovorotka*[1] y su invariable tubeteika roja.

«Como un personaje salido de una película cómica de antes de la guerra», pensó Vera.

–¿Me permite que me siente a su lado?

Mijaíl Abramóvich se sentó en el borde del banco con los movimientos precavidos de un hombre que sufre de hemorroides.

–Todo va a las mil maravillas –exclamó contento–. ¡El local es maravilloso! Várvara Danílovna, del sexto piso, murió, y su hija regaló al comité del edificio un hermoso piano. Solo hay que afinarlo un poco y ¡listo! Ya tenemos un horario: el lunes, la reunión del consejo de administración; el miércoles, comisión de control; el viernes, el doctor Bruk ofrece consultas gratuitas a los inquilinos de nuestro edificio. ¡Solo tiene que escoger el día que quiera y será suyo! ¡Puede organizar su taller para niños, de teatro o música! Lo que quiera. ¿Y bien?

Él mostraba un aspecto triunfal.

–Lo pensaré –dijo Vera Aleksándrovna.

–¿Qué hay que pensar? El martes es suyo. A menos que prefiera el jueves o el sábado...

Estaba lleno de entusiasmo, y el aspecto agradable y joven de esa señora cultivada y amable acrecentaba el celo del viudo.

«Una perla, una auténtica perla –pensaba Mijaíl Abramóvich–, si la hubiera conocido en mi juventud...»

Por la tarde, durante su cena tardía, Vera habló a Shúrik de ese encuentro con Mijaíl Abramóvich. La admiración masculina que le inspiraba al viejo no se le escapaba en absoluto, pero le parecía tan cómico con su camisa de bordados de flores a punto de cruz y su gorro, completamente grasiento tras años de servicio sobre su calva...

---

1. Camisa tradicional rusa para hombre que se cierra a un lado. (*N. de la T.*)

Sin embargo, esta vez Shúrik no la secundó en esa conversación habitualmente cómica. Con aire ensimismado, acabó de comer la hamburguesa a base de tres tipos de carne, como debe ser, que Irina Vladímirovna había preparado, se secó la boca y dijo con una seriedad inesperada:

–Verusia, la idea no es nada mala...

Irina, que en tres meses de compañía no había expresado su opinión personal, se apartó precipitadamente de una mancha en la cocina, invisible para el resto del mundo, que estaba frotando a conciencia con un trapo blanco, y exclamó:

–Y los niños, ¡sería una suerte para los niños! ¡Vérochka! ¡Con tu cultura! ¡Con tu talento! –Las mejillas de Vera se sonrojaron–. Podrías enseñar en un instituto, en una academia. Sabes tantas cosas sobre arte, sobre música, y no digamos ya de teatro. Mira qué profesora fue Yelizaveta Ivánovna, a cuánta gente enseñó, y tú desperdicias tu talento. Lo desperdicias y no sirve para nada. ¡Es un pecado que no des clases!

Vera se echó a reír: nunca había visto a Irina expresarse con tanta vehemencia.

–Irina, ¿qué dices? ¿Cómo puedes compararme con mamá? Ella era una verdadera pedagoga, yo solo soy una actriz fracasada. Una aspirante a músico malograda. Una contable mediocre. Y además, ¡una inválida! –Pronunció estas últimas palabras incluso con desafío.

Irina levantó los brazos al cielo y soltó sus dos trapos a la vez:

–¿Cómo? ¡Todo el verano te he oído decir tantas cosas interesantes! ¡Eres un pozo de sabiduría! ¡Una auténtica mina! Shúrik, díselo tú. ¿Quién sabe lo que es la danza antigua en nuestros días? ¡Hablas de eso como si lo hubieras visto con tus propios ojos! Y tu método de baile filosófico...

–La euritmia –apuntó Vera Aleksándrovna.

–¡Exacto! ¡Y cómo hablas de todas esas danzas sagradas! ¡Eres una verdadera biblioteca ambulante! ¡Y de Isadora Duncan!

228

Irina recogió los trapos que había dejado caer y dio por finalizada la conversación:

–¡Tienes que hacerlo! ¡Considero que tu deber es sencillamente enseñar!

Al día siguiente, en el vestíbulo del edificio y en el patio colgaba un anuncio escrito con tinta de color lila en un papel de embalar: «Un taller de cultura teatral tendrá lugar los martes a las siete de la tarde. Las clases irán a cargo de Vera Aleksándrovna Korn. Están invitados todos los niños en edad escolar. ¡Recomendado!». Mijaíl Abramóvich no había podido abstenerse de añadir una última exclamación que reemplazaba su tan querido «¡Prohibido!». Pero la entonación amenazadora estaba siempre omnipresente.

Una nueva vida comenzó para Vera con esa idea perfectamente ridícula: un taller de cultura teatral clandestino y subterráneo. A decir verdad, esa renovación había comenzado el día en que le habían extirpado esa glándula tiroides hipertrofiada que le envenenaba el cuerpo y le minaba el espíritu. Y ese taller, que había surgido exclusivamente de la presión comunista y la benévola estupidez de Mijaíl Abramóvich, la obligó a retomar los intereses de su juventud, y eso era como el regreso a una patria amada después de una larga ausencia.

Ahora, después de hacer con tranquilidad su gimnasia matutina al son de la música y tomar un lento desayuno, se empolvaba la nariz, pensaba bien la ropa que se iba a poner y se dirigía a la biblioteca. No tan temprano como Shúrik y no a la Biblioteca Lenin, sino a la de teatro, y no cada día, sino tres veces por semana. Hacía mucho que estaba inscrita allí y conocía a muchas de las empleadas, pero ahora se había adjudicado un sitio en la sala de lectura, la segunda mesa después de la ventana, allí donde no había corriente de aire. Ese lugar se convirtió en su sitio personal, su pequeño rincón, y solo lo encontraba ocupado durante el período de exámenes. Pero Vera Aleksándrovna evitaba aquellas tres o cuatro semanas, cuando los estudiantes de las escuelas superiores de teatro devoraban libros convulsivamente. Durante esa época, sacaba los libros en préstamo. Las revistas viejas, que a ella le interesaban en particular, no se podían sacar de la sala de lectura y esas solo las leía allí.

A veces Shúrik iba a buscarla a la biblioteca y pasaban juntos por la tienda Yeliséyev, donde compraban algo especialmente sabroso que en otro tiempo Yelizaveta Ivánovna llevaba a casa. Esperaban su turno y después iban a casa cogiendo dos trolebuses: el primero hasta la estación Bielorrusia a lo largo de la calle Gorki, después tres paradas por Butirski Val. Vera Aleksándrovna no soportaba el metro, se ahogaba y se ponía nerviosa.

–En cuanto pongo un pie en el metro, la tiroide me duele –le explicaba a Shúrik. Pero él no tenía nada en contra de ese largo trayecto. Nunca se aburría con su madre. Durante el camino, le contaba sus lecturas sobre historia del teatro y él la escuchaba con toda la simpatía hacia una persona querida.

Vera tomaba notas en un cuaderno y preparaba las clases para sus alumnas. Solo había chicas en el taller. Dos chicos que habían asistido en momentos diferentes no habían echado raíces en ese jardín femenino. El único representante masculino que frecuentaba sus clases era Shúrik. Al principio iba allí para darle apoyo moral y colocar las sillas. Después ya fue una costumbre. Las noches del lunes, después del instituto, pertenecían a Matilda como antes, pero los martes no tenía clases y en lo sucesivo las reservó para el taller.

Las tardes del sábado y del domingo pertenecían obviamente a su madre. Sin objeciones. Para su gran placer mutuo. De vez en cuando Shúrik anunciaba que iba a un cumpleaños o a visitar a uno de sus amigos, a Zhenia o a Guiya. Informaba a Vera con un tono de excusa y Vera lo dejaba libre con generosidad. Pero a veces Vera introducía enmiendas: le pedía que primero la acompañara al teatro o, al contrario, que fuera a buscarla después del espectáculo... Era su derecho incontestable y a Shúrik no se le ocurría protestar.

Desde la primera clase del taller, Vera Aleksándrovna había declarado que el teatro era el arte supremo porque contenía todos los demás: la literatura, la poesía, la música, la danza y las artes plásticas. Las chicas la habían creído. En virtud de esos principios concebía la enseñanza: hacía ejercicios de gimnasia con sus alumnas, les enseñaba a moverse con la música, a respirar, a recitar textos. Representaban pantomimas e interpretaban escenas ridículas: un encuentro después de una larga separación, una disputa, comer algo insípido...

Jugaban, se divertían, eran felices.

Las pequeñas alumnas adoraban a Vera Aleksándrovna y, al mismo tiempo, a Shúrik. Una de ellas, Katia Piskareva, una adolescente huraña de catorce años, fea y encorvada, de ojos saltones y boca torcida, hija del presidente de la cooperativa del edificio, se enamoró de Shúrik en serio, incluso Vera Aleksándrovna, absorbida por completo por el proceso de enseñanza, había observado cómo su mirada sombría y pesada se fijaba en Shúrik. Por suerte, era tan tímida que no representaba ningún peligro real para Shúrik.

Quizá por primera vez en su vida, Vera vivía como siempre había querido: tenía a su lado a un hombre que le era completamente fiel, cariñoso y atento, se dedicaba a la actividad que no había conseguido ejercer en su juventud, todo se había arreglado a la perfección sin ningún esfuerzo por su parte, y su salud, siempre inestable, se había restablecido justamente en aquellos años en que las mujeres de su edad sufren toda clase de enojosos desarreglos hormonales, en virtud de los cuales se caen pelos de los lugares donde deberían estar y crecen desordenadamente mechones salvajes y canos sobre un mentón caído.

Por lo demás, la preocupación pesada y materna en lo referente a la formación de Shúrik, que había recaído sobre sus espaldas desde la muerte de Yelizaveta Ivánovna, se había solu-

231

cionado: su hijo seguía sus clases nocturnas y se había librado del servicio militar sin demasiados problemas, alegando ser el sostén familiar de una madre inválida, y todo iba de maravilla. Era la primera vez en su vida que las cosas le iban tan bien.

36

Lo más difícil de todo eran los zapatos. La ropa se podía comprar, coser, tejer o retejer, o, al fin y al cabo, fabricar a partir de vestidos viejos, pero los zapatos eran un problema para todo el mundo, especialmente para Valeria. Tenía la pierna izquierda más corta, las operaciones a las que se había sometido se la habían deformado y, además, calzaba un número y medio menos en el pie izquierdo que en el derecho. Valeria llevaba en la pierna una especie de aparato, un complicado armazón de cuero rígido, metal y correas entrecruzadas. Toda la pierna, desde el pie hasta la cadera, estaba cubierta de cicatrices de diversa profundidad y antigüedad, como una especie de crónica de su enfermedad y su lucha contra ella. La pierna sana no estaba tullida, pero como soportaba todo el peso del cuerpo, estaba repleta de varices azuladas y envejecía mucho antes que su cuerpo blanco y terso. En cualquier caso, Valeria no enseñaba sus piernas a nadie, bajo ningún concepto. A menos que necesitara unos zapatos nuevos; los zapatos eran otra historia. Desde su traslado a Moscú, hacía más de treinta años, le confeccionaba los zapatos Aram Kikoyán, un célebre zapatero de Moscú que había conocido gracias a su difunta madrastra.

«Como profesor, se debe escoger siempre a un alemán, como médico a un judío, como cocinero a un francés, como zapatero a un armenio y como amante a una polaca», bromeaba el padre de Valeria, y esta trataba de ceñirse a esos principios siempre que las circunstancias se lo permitían. El zapatero armenio Aram no estaba especializado en calzado ortopédico, trabajaba para mujeres de altos dignatarios y actrices famosas, pero con la pequeña Valeria hacía una excepción. Le confeccionaba dos pares de zapatos al año con los mejores materiales y construía cada par como si se tratara de un buque: a partir de planos y bocetos, reflexionando cada vez sobre la construcción a seguir y modificando la horma anterior, esforzándose por perfeccionar, si no el calzado, al menos a sí mismo. Fabricaba una suela de plataforma más gruesa para el zapato izquierdo: estiraba el cuero un centímetro y medio en el interior y un centímetro y medio en la suela. Y además colocaba una plantilla ortopédica especial. Un verdadero trabajo de orfebrería...

Aram era un hombre extraño y peculiar. Vivía en un piso comunitario, en la habitación de un sótano en el puente Kuznetski, una verdadera pocilga impregnada de olor a cola de zapatos y cuero. Era rico, pero se vestía como un mendigo, comía cada día en el exclusivo restaurante Ararat y nunca dejaba propina pero, de vez en cuando, obsequiaba al camarero con regalos caros. Perdía mucho dinero jugando a las cartas, sin embargo a veces también ganaba. Nunca se había casado, mantenía a las familias de sus dos hermanas, que vivían en Ereván, aunque nunca iba a visitarlas y tampoco dejaba que sus hermanas o sus sobrinos entraran en su apartamento. Tenía una estatura ridícula y su aspecto era bastante ordinario: un viejo armenio demacrado, nariz grande y cejas pobladas. Le apasionaban las mujeres eslavas, rubias, exuberantes, con ojos azules, y si llevaban una trenza enrollada en la cabeza perdía literalmente la cabeza... Se rumoreaba que se acostaba con sus clientas, e incluso se citaban nombres que eran famosos en todo el país. Pero no existían pruebas. Le visitaban sin tapujos jóvenes prostitutas, se hacía amigo de ellas, les daba dinero, pero de lo que pasaba sobre el tapizado raído que cubría su sofá, nadie sabía nada. Solo chismes y cotilleos.

Aram sentía adoración por Valeria. Ella le llamaba «tío Arámchik» y él «Adámovna». A Aram le gustaba mucho a pesar de que no fuera rubia. Como oriental, respetaba la virginidad, y solo después de que Valeria se casara comenzó a manifestar un interés amoroso. Un día, después de calzar su pie estropeado con un nuevo zapato de tafilete rojo, le pidió:

–Adámovna, soy un hombre viejo, no te haré nada, pero haz algo por mí: muéstrame lo que tienes ahí.

El objeto de su interés eran sus pechos. Valeria se sorprendió, se echó a reír, después se desabotonó la blusa y, deslizando sus manos por detrás de la espalda, se quitó el sujetador.

–¡Ay! ¡Ay! ¡Ay! ¡Qué belleza! –exclamó encantado el tío Aram, que por aquel entonces no era tan viejo, quizás unos cincuenta años.

–Pero no se toca. ¡Me aterran las cosquillas! –le advirtió Valeria, y volvió a ponerse el sujetador y la blusa.

Desde ese momento la respetó más si cabe y nunca volvió a pedirle algo parecido. Cuando su vecina Katia Tolstova lo atosigaba con unos celos, en su caso, totalmente gratuitos –desde hacía tiempo albergaba esperanzas respecto a su vecino que, según ella, no eran infundadas–, Aram le decía:

–Solo hay una mujer con la que me casaría. Pero es coja y, como comprenderás, no puedo casarme con una coja. La gente me miraría, me señalaría con el dedo: ¡Por ahí va Aram con su cojita! No puedo, tengo mi orgullo.

A finales del último invierno, Aram había confeccionado para Valeria unos botines marrones, de piel fina, que se cerraban con una hebilla provista de una almohadilla debajo para que no le hicieran daño en el empeine. Sin embargo, aunque el nuevo invierno estaba en todo su apogeo, todavía no había estrenado los botines. En el tercer mes de embarazo, Valeria fue ingresada en el hospital para que no perdiera al bebé, y mientras tanto todos le repetían que no podría dar a luz de forma natural, que tendrían que hacerle la cesárea. Y lo más importante, durante el embarazo, el bebé le absorbería tal cantidad de calcio que sus pobres huesos corrían el riesgo de descalcificarse, las articulaciones de la cadera no resistirían y perdería la capacidad de andar para el resto de su vida. Y además quedaba el interrogante de si lograría mantener al bebé con vida.

Valeria se limitaba a sonreír y se mantenía en sus trece: confiaba en el acuerdo al que había llegado con Dios. Le había prometido que cuando consiguiera el niño dejaría de pecar, había mantenido su palabra, había dejado de ver a su joven amante de inmediato y creía firmemente que, a cambio, Dios se portaría bien con ella. Por eso no quería oír hablar de abortos. Los médicos, por más que intentaban asustarla con las graves consecuencias, siempre recibían como respuesta una sonrisa, a veces radiante, a veces burlona y a veces completamente estúpida.

Guardó cama durante dos meses, luego le dieron el alta y pudo regresar a casa, pero con la recomendación de hacer reposo. Su vientre crecía muy rápido. Mientras que a algunas mujeres en el quinto mes de gestación no se les nota nada, a Valeria le sobresalía una pequeña montaña justo por debajo del pecho. Le apetecía salir a pasear. Llamó a una amiga por teléfono, que vino en el acto y la acompañó a dar un paseo. Hacía un invierno atroz, Valeria apenas podía ponerse los botines en sus pies hinchados, le apretaban, y los pies se le congelaban enseguida. Llamó a Aram para decirle que los botines del año pasado le iban demasiado pequeños y le pidió si podía ensancharlos.

–¿Y por qué no? ¡Para ti siempre estoy disponible! ¡Aquí te espero!

La acompañó una amiga que se quedó esperando en el taxi. Vestida con una gran pelliza y el vientre por delante, entró en la pequeña habitación de Aram. Ni siquiera se había quitado la pelliza cuando Aram se dio cuenta, se echó a reír a carcajadas y gimió. Le pidió si podía acariciarle el vientre:

—¡Ay! ¡Bravo, Adámovna! ¡Te has vuelto a casar! ¡Pero esta vez tampoco soy yo el afortunado!

Valeria no quiso entristecerle y le dejó pensar que se había casado... Desenvolvió el paquete con los botines nuevos y los colocó sobre la mesa.

—¿Para qué me enseñas los botines? ¿Es que no los he visto ya? Lo que tienes que enseñarme son los pies...

Valeria se sentó en una banqueta, Aram se inclinó, le desató los botines viejos y dejó al descubierto sus pies hinchados. Le palpó como un médico el empeine inflamado.

Después se puso a examinar los botines nuevos por todos los lados, los dobló y estiró, pensando en cómo hacerlos más cómodos.

—Te los voy a hacer más grandes, Adámovna. Quitaré un poco de piel de aquí arriba. Te seguirán calentando bien los pies, ni te darás cuenta. Se necesitan unos botines muy calientes para salir a pasear con un bebé. Te mantendrán siempre caliente. Llámame la semana que viene y ven. Deja que te dé un beso.

Y luego se separaron, pero no por una semana sino por más tiempo. Valeria pescó unas anginas, tal vez no de verdad, pero le dolía la garganta y no se atrevía a salir de casa. Sus amigas revoloteaban sin cesar a su alrededor, relevándose las unas a las otras al lado de su exuberante cama. Valeria estaba tumbada sobre almohadas, vestida con elegancia y maquillada como para ir a una fiesta. Para ella, desde luego, era una fiesta. Su embarazo se acercaba al sexto mes, la niña se movía en su vientre, vivía allí, su corazón latía y eso colmaba a Valeria de tanta felicidad y agradecimiento que incluso se despertaba por las noches de alegría, se incorporaba en la cama, encendía una vela en una magnífica palmatoria ante el crucifijo de marfil de Beata y rezaba hasta que caía dormida de cansancio.

Antes de Año Nuevo, el frío se atemperó para dejar paso a un clima invernal más agradable: despejado, seco, una nieve que crujía y brillaba, un aire que olía a pepino fresco. Una mañana, después de echar una ojeada por la ventana, Valeria decidió salir y entonces se acordó de los botines. Telefoneó a Aram. Le respondió con tono ofendido:

–Hace tiempo que los tengo acabados, ¿por qué no has venido a buscarlos?

–¡Ahora voy, tío Aram!

–No, ahora no. Ven a las cinco, te invito a cenar en el Ararat. Te invito, ¿de acuerdo?

Valeria nunca salía de casa sin compañía, pero esta vez decidió ir sola: sería un poco violento pedir a una amiga que la acompañara hasta la casa del zapatero y luego dejarla plantada para ir al restaurante. Además, tendría que prodigarse en explicaciones sobre por qué iba a cenar a un restaurante lujoso con un armenio viejo y demacrado. No podía decírselo a nadie...

Se engalanó con una chaqueta nueva de color lila y botones plateados, que había terminado de tejer el día anterior, y unos pendientes de amatista: gotas malva en sus orejas rosadas. Se los había regalado Beata hacía mucho tiempo. Se miró en el espejo. ¿Y si en lugar de una niña era un varón? Según dicen, si es niña, la cara se afea y salen manchas. Pero ella tenía la piel blanca, incluso demasiado blanca.

«¡Pues que sea niño! Lo llamaré Shúrik», pensó Valeria.

Se preparó con tranquilidad, tratando su cuerpo con mimo. Se acariciaba el vientre.

Se enfundó el abrigo. Bajó en el ascensor. Un taxi se paró sin más, no necesitó hacerle ninguna señal. El conductor le abrió la puerta. Un hombre entrado en años le sonrió:

–¿Adónde llevo a la joven mamá?

Aram la recibió como si nada, ya no estaba ofendido. Estaba recién afeitado y se había puesto una americana. Valeria nunca lo había visto así, normalmente en casa vestía un chaleco grasiento. La ayudó a quitarse la pelliza, a sacarse sus botines viejos y a ponerse los nuevos.

–¿Y ahora?

Perfectos. Le iban como un guante, como necesitaba Valeria, sin apretarle los pies.

–¡Me han traído género nuevo! ¡La última moda! De color beige. Apartaré un poco para hacerte unos zapatos de verano.

Salieron por el puente Kuznetski. La jornada laboral tocaba a su fin, había muchos transeúntes y todos los observaban, los adelantaban. Ellos avanzaban a paso lento entre la gente que se apresuraba, como si navegaran en un buque imponente entre pequeñas barcas rápidas e insignificantes. Aram llevaba un abrigo viejo y desgastado, pero se cubría la cabeza con una *shapka* de piel de castor nueva y tan voluminosa como un cojín. Valeria se apoyaba en la muleta, la necesitaba más que nunca.

Le divertía imaginarse que todas las personas con las que se cruzaban pensaran que era la mujer de ese armenio viejo y enjuto, y Aram, por su parte, es probable que se enorgulleciera de llevar del brazo a una mujer tan bella, además embarazada, y que todos creyeran que era su esposa. Además, al zapatero lo saludaban a cada paso: era un antiguo vecino del barrio, se había establecido en los tiempos de la NEP,[1] luego había estado trabajando no lejos de allí, en un taller para oficiales, poseía un certificado de reserva e hizo la guerra exclusivamente en el frente de trabajo, pespuntando botas para los oficiales del NKVD[2] y zapatos para las esposas.

Doblaron la esquina y se aproximaron al Ararat.

–Bueno, ¿qué? ¿Te aprietan los botines? –le preguntó Aram con aire de suficiencia.

1. Nueva Política Económica. (*N. de la T.*)
2. Comisaría Popular de Asuntos Internos, la organización precursora del KGB. (*N. de la T.*)

A Valeria le entraron ganas de reírse, se lo estaba pasando en grande, subieron dos escalones. Valeria se quitó su chal blanco de Orenburgo, que le cubría la cabeza, y las viejas amatistas resplandecieron y Aram reparó en ellas enseguida y le preguntó con perspicacia:

—Los pendientes... ¿son un regalo de Beata? ¡Son muy bonitos!

Valeria jugueteó con el lóbulo de la oreja para que brillara más el polvo de diamante que adornaba la piedra.

—Me los regaló mi madrastra, ¡que Dios la tenga en su gloria!, cuando cumplí dieciséis años.

—¿Cuántos años tenías cuando viniste por primera vez a mi taller?

—Ocho, tío Arámchik, ocho años —respondió Valeria sonriendo, y levantó el labio dejando al descubierto sus dientes de un blanco mate y azulado, como hechos a medida.

Entraron por la puerta que un portero respetuoso les abrió de par en par y Aram se quedó dos pasos por detrás, en parte como gentileza, en parte debido a la muleta sobre la cual se apoyaba penosamente Valeria antes de bajar por las escaleras. Dio un paso, acometiendo su habitual zambullida y bajó rodando las escaleras con estrépito.

«¿Acaso me olvidé de pegar la goma?», se preguntó Aram horrorizado.

Recordó al instante que había pegado una fina lámina de goma en la suela de cuero para evitar que patinara.

El portero y Aram se abalanzaron sobre ella para levantarla del suelo, así como el camarero que llegó corriendo desde el pasillo. Era increíblemente pesada y los ojos se le habían ensombrecido por el miedo. Comprendió lo que había pasado antes de que la ayudaran a ponerse de pie: se había caído porque su pierna se había fracturado, y no a la inversa, es decir que la fractura se debiera a la caída... Todavía no padecía dolor porque la sensación de que se acababa el mundo era más intensa que cualquier otra.

La tumbaron sobre un sofá de terciopelo de un color rojo burdeos, le dieron medio vaso de coñac y llamaron a urgencias. Comenzó a gritar más tarde, cuando metieron la camilla dentro de la ambulancia y la trasladaron al hospital. Le hicieron radiografías. Tenía una fractura en el cuello del fémur y una fuerte hemorragia. También le pusieron una inyección para mitigar el dolor. Los médicos se apiñaban a su alrededor, no podía quejarse de falta de atención... Esperaban a un tal Lífshits, un ginecólogo, pero llegó Sálnikov en su lugar, que tenía que decidir junto con el cirujano Rumiántsev qué hacer en ese complicado caso.

«Como profesor a un alemán, como médico a un judío, como cocinero a un francés, como zapatero a un armenio...», se decía Valeria con angustia, recordando los preceptos de su difunto padre. Pero su estado era tan grave que ni los judíos hubieran podido hacer nada por ella.

El ginecólogo insistió en que se le provocara el parto urgentemente; el cirujano consideraba prioritario operar la cadera. La hemorragia no se detenía y empezaron las transfusiones de sangre. Transcurrieron doce horas antes de que se encontrara en la mesa de operaciones. Dos equipos de cirujanos –traumatólogos y ginecólogos– se amontonaban alrededor de la anestesiada Valeria para salvar, según una regla tácita, primero la vida de la madre y luego la del bebé.

Pero no lograron salvar a la niña. Lo más probable es que la placenta se desprendiera en el momento de la caída, el feto dejó de recibir oxígeno y murió asfixiado. No se atrevieron a colocarle una clavija metálica en el cuello del fémur fracturado: el hueso era tan frágil que ni osaron rozarlo con los instrumentos.

Shúrik recibió la Nochevieja a solas con su madre. Irina quería ir desde Maloyaroslavets, pero, con su pariente, Vera no se andaba con tantos miramientos como con los demás y le dijo que se alegraría si llegaba el 1 de enero. Por fin la madre y el hijo recibieron el Año Nuevo juntos, como una vez habían planeado: los dos solos, tres cubiertos, el chal de la abuela en el respaldo de la butaca, una interpretación casera de Schubert y las tartaletas de la Sociedad de Teatro. Shúrik le regaló a su madre un disco de Bach, un concierto para órgano interpretado por Harry Grodberg que escucharon de inmediato, y ella le regaló una bufanda de mohair roja y azul que se pondría durante los diez años siguientes.

Shúrik se enteró del accidente al cabo de una semana, cuando los empleados de la biblioteca recolectaban dinero para Valeria que, en aquellos momentos, todavía se debatía entre la vida y la muerte.

«Es culpa mía. Todo es culpa mía», se horrorizó Shúrik. Y ese sentimiento de culpabilidad no era nuevo, era el mismo de siempre, el que experimentaba para con su abuela y su madre. No lo pronunciaba en voz alta, pero lo sabía en su fuero interno: sus malas acciones se castigaban con la muerte. Pero no con su muerte, la del culpable, sino la muerte de las personas a las que amaba.

«¡Pobre Valeria! –lloraba Shúrik encerrado en el lavabo de hombres "reservado al personal", con la mejilla apoyada contra el azulejo frío de la pared–. ¡Soy un monstruo! ¿Por qué soy la causa de tanto dolor? ¡Yo no quería nada de esto!»

Lloró largo y tendido: por la muerte de su abuela, por la enfermedad de su madre, por la desgracia de Valeria, que había ocurrido exclusivamente por su culpa, incluso lloró por una criatura que hasta entonces le había importado un comino, culpándose también de su muerte, que le había sobrevenido antes de nacer.

Dos veces tiraron de la manilla de la puerta desde fuera, pero no salió hasta que hubo derramado todas las lágrimas. Se secó las mejillas con la manga rugosa y tomó una decisión: si Valeria sobrevivía nunca la abandonaría y la ayudaría hasta el fin de sus días. La compasión le abrumaba por dentro, con tanta fuerza y plenitud como el aire comprimido que aprieta las finas paredes de los globos de goma.

Entró en su casa con la firme decisión de contárselo todo a su madre, pero a medida que se acercaba dudaba cada vez más de tener el derecho de agobiarla con un nuevo tormento, a ella, que era tan frágil y tan sensible...

37

En primavera, Valeria regresó a casa en camilla, y Shúrik empezó a visitarla de nuevo con regularidad. Cada miércoles. El lunes, después del instituto, estaba consagrado a Matilda, el martes era el día del taller, las tardes del jueves y el viernes también las tenía ocupadas con sus estudios, las del sábado y el domingo pertenecían a Vera.

Shúrik llevaba a Valeria comida y revistas, pero era la presencia de él lo que ella necesitaba por encima de todo para distraerse de sus pensamientos tristes. Después de la operación, Valeria obtuvo la invalidez de primer grado y no pudo seguir con su trabajo. Sin trabajo Valeria se aburría y pronto se encontró redactando informes y haciendo traducciones para una revista de reseñas. Las firmaba con el nombre de Shúrik y, poco a poco, él se incorporó a ese trabajo. Colaboraban en tándem para esa publicación extraña, cuyo público eran investigadores que no dominaban lenguas extranjeras.

Valeria conservaba muchos contactos, aparte de esa revista, y aunque no saliera de casa nunca le faltaba trabajo. Traducía de su querido polaco y de media docena más de lenguas eslavas, que aprendía según las necesidades. Sobre Shúrik recaía otra parte: las lenguas de Europa occidental. Pero además también cumplía con las obligaciones de mensajero: le llevaba a Valeria el trabajo a casa. Valeria mecanografiaba a ciegas, con tanta velocidad que los golpes de las teclas se fundían en un único estruendo, seco y persistente.

En los últimos años, quizás por la inusual carga, a Valeria empezaron a dolerle mucho las manos. Al principio, Shúrik le fabricó todo tipo de artilugios, como por ejemplo una mesa con patas cortas, que se colocaba en la cama, y sobre ella la máquina de escribir, para que Valeria pudiera teclear recostada, poniéndose tres almohadas en la espalda. Sentarse le resultaba cada vez más difícil. Poco a poco, Shúrik se hizo cargo del mecanografiado.

Mientras Shúrik cursaba todavía sus estudios en el instituto, había asistido a algunos seminarios un tanto estrambóticos sobre patentes y se había familiarizado con la traducción de patentes al francés, al inglés y al alemán, textos totalmente disparatados que ni él mismo comprendía y que, en su opinión, tampoco comprendería ningún lector potencial. Sin embargo, por lo demás, pagaban con puntualidad y nunca presentaban reclamaciones.

El puesto de profesor de lenguas extranjeras en la escuela –al que optaban la mayoría de los estudiantes de esa lamentable promoción del turno de tarde– era mucho peor en todos los sentidos que su ocupación actual gracias a Valeria: ganaba más dinero y tenía más libertad. Para Shúrik, la libertad significaba poder ir al mercado a comprar zanahorias, imprescindibles para el zumo de su madre, desplazarse al otro extremo de Moscú para obtener una medicina rara, de cuya existencia Vera se había enterado mediante un calendario de hojas desprendibles o en la revista *Salud,* ir a correos, a la redacción de la editorial o a la biblioteca, no a las nueve de la mañana sino a las dos de la tarde, y dedicarse a las aburridas traducciones no según un estricto horario laboral, sino después de desayunar tranquilamente a una hora avanzada...

Las conversaciones sobre otro tipo de libertad, que se entablaban en casa de uno de sus dos amigos, Zhenia Rozentsweig, y que poseían un peligroso cariz político, las atribuía a un carácter específico de las familias judías –que se prodigaban en besuqueos, se divertían montando jaleo, servían para comer pescado relleno, carne agridulce y *strudel*, hablaban a voces y se interrumpían constantemente entre sí–, algo que Yelizaveta Ivánovna nunca había tolerado.

Las clases particulares eran mucho más importantes para su pequeña libertad, profundamente personal; le reportaban unos ingresos modestos, pero las asociaba a un quehacer culturalmente significativo; le daban la impresión, tal vez ilusoria, de que participaba en la transmisión de una herencia familiar y le procuraban una satisfacción sentimental y nostálgica. Con una sensación placentera, acariciaba los viejos manuales y los libros infantiles de principios de siglo, con los que seguía enseñando a sus nuevos alumnos. Shúrik no tenía que hacer ningún esfuerzo creativo: las clases discurrían según el canon establecido por Yelizaveta Ivánovna, que había puesto en práctica durante décadas. Shúrik, al igual que su abuela, instruía a sus alumnos de tal manera que podían leer con fluidez extensos pasajes en francés de *Guerra y paz*, pero eran incapaces de comprender un periódico francés moderno. Por otra parte, ¿de dónde lo hubieran sacado?

Por lo general, tenía bastante trabajo, pero distribuido de forma irregular, y en lo sucesivo conocería bien aquellas oscilaciones estacionales: una sobrecarga en noviembre y diciembre, luego el parón de enero, un nuevo pico a finales de la primavera y, por fin, la calma total de la temporada de verano.

El verano de 1980 fue una época excelente para Shúrik. Los Juegos Olímpicos le brindaron la oportunidad de ejercer un trabajo nuevo y desconocido, el de intérprete. Esa clase de trabajo, bien remunerado, que exigía contacto directo con personas de otros países, se confiaba a gente vinculada, en mayor o menor medida, al KGB. Pero, como durante las Olimpiadas la afluencia de extranjeros fue tan multitudinaria que los intérpre-

246

tes escaseaban, Intourist se vio obligado a contratar colaboradores externos. Shúrik recibió instrucciones orales, estaba obligado a redactar informes sobre la conducta de los franceses a quienes acompañaba. Cada visitante se consideraba un espía en potencia y Shúrik examinaba con detenimiento al grupo de turistas con los que pasaba días enteros, intentando adivinar quién de ellos podía ser un auténtico agente secreto.

La impresión más profunda que Shúrik se llevó en ese primer trabajo con franceses de carne y hueso fue darse cuenta de que su francés acumulaba un retraso de cincuenta años respecto a la lengua moderna, y decidió llenar ese hueco a toda costa. De esa manera, el fatigoso trabajo de guía se transformó para él en un curso de perfeccionamiento lingüístico. Encontró incluso a un «francés de Burdeos» –como el personaje de Griboyédov–, en este caso interpretado por Joëlle, la deliciosa estudiante de eslavas, que efectivamente era de Burdeos, y que fue la primera en indicarle que se expresaba en una lengua casi tan muerta como el latín. Los franceses actuales hablaban de otra manera, no solo el vocabulario había cambiado, sino también la fonética. Todos pronunciaban las R guturalmente, mientras que según la difunta Yelizaveta Ivánovna eso era una singularidad del acento popular de París. Resultó que su infalible abuela también se equivocaba.

Para Shúrik fue un descubrimiento desagradable, y se esforzó por ejercitarse al máximo para reciclar su francés. Pasaba su única noche libre de la semana con Joëlle, y solo le inquietaba no haberse escapado a la dacha ni un momento en toda la semana.

Aunque todo estuviera bien organizado allí, Shúrik se preocupaba de todos modos: Irina Vladímirovna era una ayudante fiel, pero también bastante torpe. ¿Y si de repente surgía algún imprevisto?

38

Por fin, en medio de las interminables correrías, Shúrik disponía de algunas horas libres que empleaba en atender asuntos que llevaba tiempo aplazando: tenía que enviar a la revista varios artículos traducidos desde hacía un mes y recoger una carta procedente de América que había prometido a Valeria que pasaría a buscar. La carta llevaba una eternidad en casa de una desconocida que vivía en la calle Vorovski. Shúrik debería habérsela enviado a Valeria mientras estaba ingresada en el sanatorio, pero ahora no tenía ningún sentido, ya que iba a volver al cabo de una semana.

Aprovechando el receso de dos horas a mediodía (los franceses solían destinar mucho tiempo para comer, y después del almuerzo aún les concedían una hora de descanso para que, ya por la tarde, con fuerzas renovadas, pudieran digerir *El lago de los cisnes* en el teatro Bolshói), Shúrik se apresuró a recoger la carta y enviar las traducciones.

Desde un teléfono público, llamó a la mujer, que se había olvidado ya de la carta y tuvo que buscarla un buen rato antes de confirmarle que podía pasar a recogerla. Le explicó a cuál de los cinco timbres de la puerta tenía que llamar y cuántas veces. Cuando Shúrik, al fin, estuvo delante del timbre en cuestión y llamó, esperó y esperó sin que nadie le abriera, hasta que por fin una mano gruesa le tendió un sobre blanco y grande a través del estrecho hueco de la puerta protegido con una cadena.

–Disculpe, ¿podría decirme dónde está la oficina de correos más cercana? –le dio tiempo a preguntar a través de la rendija oscura.

–¡En este mismo edificio, en la planta baja! –le respondió una voz grave de mujer acompañada de unos débiles gruñidos de perro.

De la oscuridad emergió el hocico blanco de un perro de lanas que soltó un gañido repulsivo y luego le cerraron de un portazo.

La oficina de correos, en efecto, estaba en la planta baja, y Shúrik se extrañó de no haber reparado en ella. Solo estaba abierta una de las ventanillas y la única clienta, una espalda alta y delgada con cabellos largos, estaba siendo abroncada por la empleada del lugar. El motivo era el retraso con el que la chica iba a recoger un paquete después de que le hubieran dejado tres avisos... La espalda delgada repelía el ataque con una voz sollozante. Shúrik esperaba con resignación el final de la escena. Por último, la empleada dijo a regañadientes:

–¡Pase y búsquelo usted misma! No me pagan para cargar paquetes pesados...

La espalda entró por la puerta de servicio y la regañina prosiguió en el interior, aunque Shúrik no prestó atención. Esperaba con su sobre. Por fin, la delgada –y ya no solo una espalda, sino la fisonomía poco atractiva de una chica con la cara pálida y larga– salió por la puerta con una carga que a duras penas podía levantar. Sujetaba con las dos manos una caja de madera no muy grande, el bolso debajo del brazo, y buscaba dónde depositarla.

La empleada se asomó por la ventanilla y traspasó su exasperación habitual al siguiente cliente.

–¡Es el cuento de nunca acabar! –gruñó, mientras la chica, detrás de Shúrik, trataba de agarrar la caja con mayor comodidad.

Shúrik le entregó el sobre y el dinero y recogió el recibo. La chica seguía arrastrando la caja. Su cara revelaba una desesperación infantil, su palidez se tornó en manchas rosadas y estaba a punto de echarse a llorar.

–Deje que le eche una mano –le propuso Shúrik.

Ella le miró con desconfianza. Luego le espetó:

–¡Le pagaré!

Shúrik no pudo reprimir la risa.

–No, de ninguna manera, no aceptaré su dinero... ¿Adónde tiene que llevarla?

Shúrik cogió la caja, demasiado pesada para su modesto tamaño.

–Al portal de al lado –murmuró la chica, y pasó por delante de él con aspecto contrariado.

Shúrik subió con ella en el ascensor hasta la segunda planta. La chica metió la llave en la cerradura. Entraron en un vestíbulo amplio con una gran cantidad de puertas. De detrás de la más próxima, retumbó una voz fuerte de hombre.

–¿Eres tú, Svetlana?

La chica no respondió. Avanzó por el pasillo. Shúrik le pisaba los talones. A su espalda chirrió una puerta: el vecino husmeaba para saber quién había entrado.

La chica, que se llamaba Svetlana, pasó por delante de un teléfono que colgaba en la pared y abrió la última puerta antes del recodo del pasillo. Dos llaves, dos vueltas cada una.

–¡Pase! –le dijo con voz severa.

Shúrik entró con la caja y se detuvo. La habitación estaba impregnada de un olor agradable a cola. La chica se quitó los zapatos y los puso sobre un banquillo tapizado.

–¡Quítese los zapatos! –le ordenó.

Shúrik dejó la caja junto a la puerta.

–No, no, tengo que irme.

–Iba a pedirle que me la abriera. Está cerrada con clavos.

–Bueno, de acuerdo –aceptó Shúrik.

Svetlana era un poco estrafalaria. Shúrik se quitó las sandalias. Las colocó sobre el banquillo, al lado de los zapatos de su anfitriona.

–¡No, no! –se asustó ella–. Déjelas en el suelo.

–Y el paquete, ¿dónde lo pongo?

La chica se quedó pensativa. Una mesa enorme, desproporcionada en relación con el tamaño de la habitación, estaba abarrotada de papeles de colores y de retales de tela. Shúrik quiso dejar la caja encima, pero ella se lo prohibió con un gesto y le acercó un taburete donde, por fin, Shúrik la soltó.

–Tengo un pariente en Crimea que está loco de remate. El primo de mi abuelo. A veces me envía fruta. Seguro que está podrida. Y esa señora de correos dándome gritos. ¡Qué horror!

Sacó de debajo de la cama una cajita de madera, hurgó en su interior y le extendió un martillo viejo provisto de un sacaclavos en el mango.

–Tenga. Un martillo.

Shúrik sacó los clavos con facilidad y levantó la tapa. No tenía pinta de ser fruta y todavía menos fruta podrida. Había algo de una sola pieza envuelto en un papel.

–¿A qué espera? Sáquelo –lo apremió ella.

Shúrik sacó la pieza y la desembaló. Era una piedra o algo fosilizado desde hacía tiempo, de forma bastante regular, con una superficie ondulada.

–¿No hay ninguna carta? –preguntó señalando la caja.

Shúrik rebuscó en el interior y sacó una nota. La chica la cogió y estuvo leyéndola durante un buen rato, le dio la vuelta y examinó el papel por todos los lados. Luego soltó una risita y se la pasó a Shúrik.

«¡Querida Svetlana! Tía Larisa y yo te deseamos un feliz cumpleaños y te enviamos una rareza paleontológica, un colmillo de mamut. Perteneció al museo de etnografía local, lo han cerrado y ahora están trasladando los objetos expuestos a Kerch, pero allí ya están bien servidos. Te deseamos una salud tan fuerte como la de este mamut y esperamos que nos visites muy pronto. Tío Misha.»

Mientras Shúrik la leía, ella cogió el tesoro paleontológico de la mesa, con tan mala fortuna que se le resbaló de las manos y cayó. Justo en el pie de Shúrik, que empezó a dar alaridos y a pegar brincos. Todos los dolores que le había tocado sufrir hasta ese instante –en los oídos, los dientes, los golpes en las peleas de niños, así como el espantoso absceso que se le había formado en el lugar en que se rasguñó con un clavo oxidado, o el anzuelo que se le clavó en la yema del dedo pulgar– no eran nada comparado con un golpe seco en el punto sensible donde nace la uña. Una claridad deslumbrante le cegó los ojos y se apagó. Se quedó sin aliento. Al cabo de un segundo se le saltaron las lágrimas. Se dejó caer sobre el sofá. Tenía la sensación de que le habían cortado el dedo del pie.

Svetlana lanzó un grito, se apresuró a buscar su botiquín tallado, sacó todo lo que había dentro y, con dedos temblorosos, lo puso sobre la mesa. Intentó abrir en vano el frasco de amoníaco que estaba cerrado con un fino tapón metálico. Cuando por fin lo consiguió, derramó la mitad. En el aire flotó un olor intenso y calmante. Shúrik respiró a pleno pulmón. Después la chica vertió en un vasito esas gotas de olor calmante y se lo bebió de un solo trago.

–¡No se preocupe, sobre todo, no se preocupe! ¡Qué pesadilla! Basta con que alguien se acerque a mí para que enseguida le pase algo –balbuceaba ella–. Es todo culpa mía, culpa mía... Maldito mamut... Esa estúpida tía Larisa.

Se puso en cuclillas delante de Shúrik y le quitó el calcetín. Él estaba como paralizado. El dolor se propagaba por todo el cuerpo y se reflejaba en su cara. El dedo le cambiaba de color a ojos vistas, del color rosa carne al azul amoratado.

–¡Sobre todo no lo toque! –le advirtió Shúrik envuelto en una nube de dolor.

–¿Quiere que le ponga un poco de yodo? –le preguntó la chica con timidez.

–¡No, no! –respondió Shúrik.

–¡Ya sé! Una radiografía, necesita una radiografía –cayó en la cuenta ella.

–No se moleste, esperaré un minuto y me iré... –la tranquilizó Shúrik.

–¡Hielo! ¡Hielo! –exclamó la chica, y corrió al pequeño frigorífico que había al lado de la puerta.

Rasgó, golpeó, dejó caer algo, y al cabo de unos minutos aplicó un cubito de hielo en el desdichado dedo de Shúrik. El dolor se intensificó con una virulencia renovada.

Svetlana se sentó en el suelo, a sus pies, y lloró en silencio.

–Pero ¿por qué? ¿Por qué? –se lamentó–. ¿Por qué esta desgracia? ¡En cuanto un hombre se acerca a mí, ocurre algo horrible!

Abrazó la pierna sana de Shúrik y apoyó la cara en su espinilla cubierta de un tejido de lana burda.

El dolor era intenso, pero su agudeza había remitido. Los cabellos rubios y secos de Svetlana le hacían cosquillas y se arremolinaban, y Shúrik, compasivo, le pasó la mano por su mullida cabeza. Sus hombros se estremecieron en un fino temblor.

–Perdóname, por el amor de Dios –sollozaba ella.

La tristeza se apoderó de Shúrik, así como una lástima especial hacia esos cabellos finos, esos hombros estrechos temblorosos cuyos huesos se vislumbraban bajo la fina blusa blanca...

«¡Es como un pequeño gorrión desplumado!», pensó Shúrik aunque, a decir verdad, si parecía un pájaro, era más bien una garza desgarbada que un gorrión pulcro y revoltoso.

–Pero ¿por qué? ¿Por qué siempre me pasa lo mismo? –dijo levantando hacia él una cara llorosa, y se sorbió la nariz.

La lástima, al descender, sufrió una transformación sutil y gradual, y acabó por convertirse en un ostensible deseo que iba asociado a esas lágrimas transparentes, al tacto seco de esos cabellos esponjosos y al dolor en el dedo. Shúrik no se movía,

253

asimilando aquella extraña e indiscutible conexión entre aquel dolor apremiante y una excitación asimismo apremiante.

–¡Hago daño a todo el mundo! ¡A todo el mundo! –sollozaba la chica y sus manos entrelazadas golpeaban el aire histéricamente.

–Calma, calma, por favor... –le pidió Shúrik, pero ella comenzó a sacudir la cabeza a un ritmo desacompasado con respecto al de las manos e intuyó que tenía una crisis de histeria. La abrazó. Ella se acurrucó en sus brazos como un pájaro. «Clavadita a Alia Togusova», pensó Shúrik.

–¿Por qué? ¿Por qué siempre me pasa a mí? –repetía llorando la pobre chica, pero poco a poco se calmaba y se apretaba cada vez más a él. Le reconfortaba estar en sus brazos, pero presentía lo que iba a pasar a continuación y se preparaba para oponer resistencia, porque sabía perfectamente que claudicar acarrearía consecuencias terribles. En su vida siempre había sucedido así. Ya iban tres veces... Pero él se limitaba a acariciarle la cabeza, la compadecía y se daba cuenta de que estaba enferma y no se comportó de modo insolente. Es más, cuando cesaron sus temblores, Shúrik se apartó un poco. Sin embargo, ella esperaba que volverían a violarla. Esta vez resistiría el ataque sin gritar, para que los vecinos no lo oyeran, protestaría solo en voz baja y apretaría las rodillas...

–¿Quiere un poco de agua? –le preguntó la víctima del mamut, y ella tuvo miedo de que todo se acabara, negó con la cabeza, se quitó la blusa blanca y arrugada, su pobre faldita de algodón e hizo todo lo posible para decir en el último momento «No»... Pero él no se propasó, no se aprovechó de la situación, se quedó quieto como una estatua, y ella no tuvo que pronunciar con arrogancia ese «No», al contrario, se vio obligada a tomar la iniciativa...

Por supuesto, habría necesitado una radiografía y, tal vez, que le escayolaran. El pie le hacía un daño insoportable, pero los analgésicos le calmaban el dolor hasta rebajarlo al nivel de lo soportable. Shúrik cojeaba bastante, así que cuando llegó por fin a la dacha, Vera notó enseguida su cojera.

Shúrik contó a su madre la mitad de la historia –la que se refería al colmillo de mamut–, se rieron un poco y no volvieron a hablar del tema.

Cenó la abundante comida que Irina había preparado hacía una semana y que guardaban en el frigorífico para cuando llegara, se quedó dormido apenas rozó su cabeza con la almohada y a la mañana siguiente salió disparado para Moscú.

Las Olimpiadas llegaban a su fin, solo quedaban algunos días de trabajo frenético. El último día de trabajo coincidió con la vuelta de Valeria del sanatorio.

Fue uno de esos días disparatados en que coinciden varios asuntos urgentes con un sinfín de contratiempos. No dejó de correr de un lugar a otro para cumplir tareas tanto previstas como imprevistas... Todo se había acumulado en el día de la llegada de Valeria. A fin de poder ir a buscarla, la víspera se puso de acuerdo con Intourist para cambiar su horario: a la mañana siguiente, a las nueve, su grupo realizaría la excursión en autocar por la ciudad con otro guía que hablaba francés y se reuniría con ellos a la una y media ya en el restaurante. Era un grupo especialmente caprichoso. No eran quisquillosos con la cultura, contemplaron obedientemente el Panorama de Borodinó y las colinas Lenin, pero, por el contrario, en el restaurante no dejaron de acosar a los camareros y a Shúrik de la forma más despiadada: cambiaban el menú, rechazaban los vinos, exigían unas veces queso y otras, frutas de las que nunca habían oído hablar en Moscú.

Shúrik no se liberó de los turistas hasta las diez y todavía le quedaba un recado pendiente: llevar provisiones a Mermelada, que estaba enfermo.

Mijaíl Abrámovich se moría de cáncer en su casa, se negaba a ir al hospital. Como viejo bolchevique, tenía derecho a unos cuidados médicos especiales, pero hacía mucho, mucho tiempo que había renegado de esos privilegios concedidos por el Partido porque los consideraba obscenos para un comunista. Y ese mamut esquelético, sin duda el último de una especie en vías de extinción, tambaleándose por la debilidad y arropado con una manta del ejército, vivía sus últimos días o meses en un apartamento que apestaba a orines, con un libro de Lenin entre las manos.

Dos hileras de libros polvorientos alineados en las estanterías, carpetas de cartón atadas con cuerdas, montones de papeles arrugados y garabateados... Las obras completas de Marx, Engels, Lenin, Stalin y Mao Zedong... La morada de un asceta y de un loco.

Hacía tiempo que Shúrik se había resignado a la necesidad de llevar al viejo las medicinas y la comida, pero las sesiones de educación política –el verdadero pan de esa vida menguante– eran insoportables. El anciano detestaba a Brézhnev, lo despreciaba. Le escribía cartas –análisis de política económica repletos de citas de clásicos–, pero tenía una dimensión tan insignificante en el mundo que no le juzgaban digno de represalias ni de respuestas. Esta circunstancia lo acongojaba, se quejaba sin cesar y vaticinaba una nueva revolución...

Shúrik dejó en la mesa la comida que le había traído de la cantina olímpica: queso para untar de importación, bollos de leche de formas sofisticadas, cartones de zumo de frutas y un tarro de mermelada. El anciano lo miró con descontento.

–¿Por qué desperdicias el dinero inútilmente? Me gustan las cosas sencillas...

–Mijaíl Abramóvich, para serle franco, le diré que compré todo esto en la cantina olímpica. No tengo tiempo para ir a la tienda.

–De acuerdo, de acuerdo –lo excusó Mijaíl Abramóvich–. Si la próxima vez que vengas no me ves, una de dos: o ya estoy muerto, o he ido a entregarme al hospital. He decidido que iré al hospital del barrio, como todos los soviéticos... Preséntale a

Vera Aleksándrovna saludos cordiales de mi parte. Sinceramente, la echo de menos...

Mermelada, que sufría de insomnio, retuvo a Shúrik un buen rato, y el muchacho no pudo desplomarse en la cama hasta la una y media de la madrugada.

39

Todo estaba previsto y calculado, pero en mitad de la noche el teléfono sonó: Matilda Pávlovna lo llamó desde Vishni Volochok. Tenía un problema urgente. Ahora vivía seis meses al año en el campo. La vida rústica la absorbía, los bancales de verduras y el jardín le interesaban mucho más que su anterior trabajo de artista. Cada vez con más frecuencia observaba un viejo peral o un canto rodado a las afueras de la aldea con un sentimiento que se parecía mucho al remordimiento: ¿en nombre de qué y con qué derecho había gastado tanta madera y piedras hermosas para sus ejercicios de escultura? Ahora se extasiaba cada vez más con la belleza simple del campo, motivo por el cual había plantado malvas y comprado gallinas. Miraba de reojo y con envidia la cabra de su vecina, un animal de un gris rosado, con los cuernos de color ceniciento. Una cabra maravillosa. ¿Y si cogía uno de sus cabritos? Contrató a unos obreros para que repararan el viejo pozo.

Iba vestida con una falda vieja y larga, descalza, como desde hacía tiempo nadie se paseaba en el pueblo. Las campesinas se reían: «¿Por qué te vistes como una pobre, Motia?».

En el pueblo no la llamaban Matilda Pávlovna sino Motia, como lo hiciera su madre.

Ese año, el koljós había emprendido un juicio contra ella: había heredado la casa por ley, pero el terreno sobre el que se erguía pertenecía al koljós y ahora querían expropiarle parte de su parcela. Le habían puesto una denuncia, y algunas personas inteligentes le aconsejaron adquirir la tierra para destinarla a una dacha. Necesitaba con urgencia un certificado que acreditara su pertenencia a la Unión de Artistas y que tenía derechos adicionales para comprar tierras que le daban ventaja sobre los ciudadanos de a pie. Todo aquello era una tontería, pero una tontería de Estado, universalmente admitida, y solo se podía solucionar con otra tontería del mismo tipo, como ese certificado. Matilda había llamado a la sección moscovita de la Unión de Artistas y había acordado que le harían el certificado, pero la secretaria que lo tenía se marchaba de vacaciones al sur y Matilda, después de haber pasado toda la noche en la estación telefónica a la espera de que repararan un cable que se había roto en alguna parte y la comunicaran con Moscú, ahora le pedía a Shúrik que fuera urgentemente, esa misma tarde, a buscar el certificado, ya fuera al trabajo o a la casa de la secretaria. Faltaban solo dos días para el juicio, así que era imprescindible enviar al día siguiente ese certificado a Vishni Volochok.

–Lo haré, Matilda, no te preocupes –le prometió Shúrik.

Pero Matilda ya no estaba preocupada: había conseguido contactar con él, y Shúrik era un verdadero amigo, nunca le había fallado. Matilda le preguntó por su madre, por Valeria, pero la comunicación era demasiado mala para las preguntas de cortesía...

–Ven a verme, Shúrik. Y quédate un tiempo –gritó al auricular–. Hay muchas setas, salieron después de las lluvias. Ah, no te olvides de mi medicina.

–Iré, iré. No me olvidaré –prometió Shúrik.

Las setas no le interesaban en absoluto. En cuanto a la medicina que Matilda tomaba para la tensión alta, ya la había comprado. Guardaba dos cajas en el frigorífico. Comprobó una vez más que hubiera puesto el despertador para no dormirse y faltar a su promesa de ir a buscar a Valeria.

259

El tren llegaba a las diez y cuarenta de la mañana, pero Shúrik tenía que pasar primero por el patio de Valeria, sacar del garaje su coche de inválida –hacía tiempo que conducía su coche con autorización– y meter dentro la silla de ruedas. Desde primera hora de la mañana todo salió mal. Primero se le saltaron dos botones de la última camisa que tenía limpia y tuvo que coserlos, después se le cayó la taza de su abuela del fregadero y se rompió, luego sonó el timbre de la puerta: en el umbral estaba Mijaíl Abramóvich, con una botella mojada en la mano y le pidió que la llevara al laboratorio en el callejón Blagovéschenski antes de ir a trabajar... Estaba tan enjuto, amarillo y tenía un aire tan desdichado que Shúrik asintió y, sin decir una palabra, envolvió la botella con un periódico.

Por suerte, no tuvo que hacer cola en el laboratorio, al cabo de diez minutos llegó al patio de Valeria y abrió el garaje. El coche, que se oxidaba en el garaje trescientos sesenta días al año, no arrancaba. Subió al piso y le pidió ayuda al nuevo vecino, que se había mudado después de la marcha del exmarido de Valeria, y el vecino bajó refunfuñando. El viejo policía era un manitas, se llevaba muy bien con Valeria y despreciaba un poco a Shúrik.

Abrió el capó, llevó a cabo unas operaciones misteriosas y el coche arrancó. Shúrik se fue y, de la alegría, se olvidó de cargar la silla de ruedas. Tuvo que dar media vuelta a mitad de camino y el tiempo que tenía de ventaja se convirtió en tiempo contado. Contrariamente a la costumbre de los ferrocarriles, el tren no llegó con retraso sino con diez minutos de antelación, y Valeria, apoyándose en sus dos bastones, esperaba sola en el andén, desamparada e infeliz: con la maleta y la bolsa no podía dar ni un paso...

Shúrik corrió por el andén con la silla de ruedas, compartiendo el mismo desasosiego que su amiga...

Llegaron a casa sin más contratiempos. En tres viajes subió en el ascensor a Valeria, su maleta y su silla, trasladó todo a la habitación y corrió al encuentro de los turistas. Aterrizó en el restaurante a la una y media en punto, cuando el contingente de franceses al completo languidecía de aburrimiento, incapaces de tomar asiento por propia iniciativa. Luego siguió la comida para las fieras a la que Shúrik no tenía derecho. Después del restaurante, Shúrik condujo a los interesados a los almacenes GUM,[1] donde compraron los últimos recuerdos. Luego, un viejo doctor de Lyon le pidió que le indicara dónde estaba la farmacia, mientras que una mujer oronda de Marsella quería ver el planetario. No obstante, el *Lago de los cisnes* de rigor ganó y desbancó al planetario. Mientras las bailarinas revoloteaban sobre el suelo polvoriento, Shúrik tuvo tiempo de alcanzar en volandas la tienda Yeliséyev: Valeria no tenía en casa ni un mendrugo de pan. En cambio no pudo pasar a recoger por casa de la secretaria el certificado para Matilda. La telefoneó y acordaron que iría al día siguiente por la mañana temprano. La secretaria saldría de casa a las ocho y media, pero para ir a la clínica, no al trabajo.

Después del espectáculo se celebró una cena de despedida. Al día siguiente, los franceses cogían el avión para París. Shúrik abandonó la bolsa con la comida, a la buena de Dios, bajo el mostrador de la recepción del hotel. Hambriento, tradujo el menú. No tenía derecho a cena, y estuvo todo el rato intentando escabullirse un minuto para hincarle el diente al salchichón que guardaba en la bolsa debajo del mostrador. Después llegó el representante de Intourist acompañado de una empleada con aspecto de pelandusca y tuvo que traducir a los franceses una patochada aduladora sobre la amistad olímpica. Luego el doctor de Lyon, borracho como una cuba, llevó a rastras a dos prostitutas hasta Shúrik, por lo visto, para que le ayudara con las negociaciones, pero las chicas al ver al representante oficial se cohibieron y desaparecieron enseguida...

1. GUM (Gosudarstvenni Universalni Magazin), famosos almacenes de Moscú. (*N. de la T.*)

A las dos de la madrugada, Shúrik llegó por fin a casa de Valeria, que estaba sentada en la butaca, toda rosa y visiblemente más gorda. Se había peinado un flequillo juvenil en la frente, y el resto de la melena le caía sobre los hombros formando una onda regular con las puntas hacia arriba, briosas. El quimono también era nuevo, sin cigüeñas desteñidas, sino cubierto de crisantemos sobre un fondo sandía-escarlata... La mesa estaba puesta: la porcelana rusa rivalizaba con la alemana. Presidía el centro de la mesa una bolsa de agua caliente de tela con forma de gallina, a guisa de salvamanteles, sobre la que reposaba una cacerola con gachas de trigo sarraceno. Aparte del grano y los macarrones, Valeria no había encontrado nada comestible en casa. Sentada en su butaca, con un libro entre las manos, esperaba pacientemente a Shúrik para cenar.

Shúrik dejó la bolsa cerca de la puerta, se acercó a Valeria, la besó en la frente y se desmoronó en la silla.

–¡Qué día de locos! Comeré algo rápido y me iré corriendo...

«No te irás corriendo», pensó Valeria.

Shúrik se levantó de sopetón, sacó los paquetes de la bolsa y los puso en un carrito de servicio cerca de Valeria. Esta se había organizado cómodamente la vida para no tener que levantarse de la butaca... Valeria desenvolvió los paquetes deprisa, los olió y sonrió. El carmín rosa brillaba en sus labios y la seda escarlata del quimono le reverberaba en la cara, y Shúrik vio qué hermosa era, sabía que quería gustarle, por eso se había dejado puestos unos gruesos bigudíes durante el día y había tenido tiempo de hacerse la manicura: el brillo de la laca húmeda de un rosa oscuro contrastaba un poco con sus manos estropeadas por las muletas, estriadas de venas azules.

–La comida que me daban allí era bastante decente. Pero tan aburrida... ¡Qué buena idea que hayas comprado esturión! Sírvete gachas...

Valeria cortó el queso sobre una bandeja de porcelana y puso el pescado en un platillo. Giró con la silla, abrió la puerta de un armario delicado y sacó una espátula y un tenedor plano para el pescado...

–Voy a lavarme las manos –dijo Shúrik, y salió.

«No le dejaré irse», decidió Valeria, pero rectificó al momento y le pidió con humildad a la Instancia Superior: «Se quedará, ¿verdad? No pido demasiado...».

Desde la pérdida del bebé y el malogro definitivo de sus piernas, no había vuelto a Lituania a ver al viejo sacerdote católico, y aprendió a negociar con Dios sin intermediarios. Solo le escribía cartas de vez en cuando. Cuando pasaba algo bueno le daba gracias al Señor. Cuando cometía algún pecado, se arrepentía, lloraba y suplicaba perdón. El juramento que le había hecho a Dios por el bebé quedaba anulado. Si Dios no había mantenido su palabra, ¿por qué una mujer débil como ella debía mantener la suya? Por eso, poco tiempo después, en cuanto se hubo recuperado de aquella terrible historia, le hizo un gesto con el dedo a Shúrik para que regresara y le devolvió su lugar en la cama. ¿Dónde si no iba a meterse él?

Fue entonces cuando nació una verdadera amistad. Todos los otros hombres de su vida, tan pronto como comenzaban a compadecerla, la abandonaban presa del pánico.

Sin embargo, Shúrik estaba hecho de una pasta diferente: Valeria hacía tiempo que había adivinado que, en él, compasión y deseo masculino confluían en un mismo punto.

Siguiendo su instinto y su costumbre femenina, Valeria se esforzaba en ponerse guapa y en cultivar una jovialidad desenfrenada, se reía a carcajadas y jugueteaba con sus hoyuelos, pero por lo general Shúrik se iba de un salto a las doce y media de la noche, acordándose de su madre, que no dormía y lo esperaba. En cambio, cuando Valeria no podía dominar sus crisis de dolor, malhumor o compasión hacia sí misma, Shúrik no la dejaba sola. Telefoneaba a su madre, le preguntaba cómo se encontraba y si podía, esa noche, no volver a casa. Entonces se quedaba y

Valeria se alegraba tanto que ya no se compadecía de sí misma, sino que se enorgullecía de su belleza y de su feminidad, y era ella la que compadecía a ese hombre tan infantil, conmovedor y viril... Por qué lo compadecía no lo sabía ni ella misma...

—Abre la botella de vino. —Valeria le alargó el sacacorchos—. Todos los vecinos se han ido hoy. No me gusta estar sola en el piso...

Era mentira, por supuesto. Se sentía muy bien y tranquila cuando estaba a solas en el piso.

—Mi pequeña Valeria, esta noche no podré quedarme. Mañana tengo que ir a Vishni Volochok. Matilda necesita urgentemente que le lleve un certificado, tiene una vista judicial.

—Irás, naturalmente —le sonrió Valeria.

La amistad entre Shúrik y Matilda le resultaba simpática: Matilda era una viejecita, tenía unos diez años más que ella...

—Por la mañana temprano tengo que ir a buscar el certificado, no lo tengo todavía...

Shúrik quería hablarle con detalle sobre los medicamentos que estaban en la nevera y sobre los franceses que tenía que acompañar a Sheremétievo... Pero Valeria no parecía escucharle. Miraba hacia otro lado, las comisuras de sus labios apuntaban hacia el suelo. Se iba a echar a llorar de un momento a otro...

Shúrik la tomó en sus brazos y la acostó en la cama. Las gachas, que se había servido de la olla que descansaba sobre la gallina salvamanteles, se enfriaban en el plato. Las lágrimas no tuvieron tiempo de derramarse. Consoló a su amiga un poco deprisa, pero con toda cordialidad.

Después comió las gachas frías y se marchó. Tenía que recuperar el tiempo perdido. A las seis y media estaba en casa. Cogió las medicinas, fue a buscar el certificado al lejano barrio de Chertanovo, de allí al Hotel Nacional, del Hotel Nacional a Sheremétievo y de Sheremétievo a la estación Leningrado. Llegó a tiempo para coger el tren, comprar un billete a un revendedor y partir hacia Vishni Volochok. El último autobús ya había salido, pero llegó a un acuerdo con el propietario de un coche particular para que lo llevara al pueblo y llegó allí antes incluso que el autobús de línea. Y Matilda ni siquiera tuvo tiempo de preocuparse por la idea de que esta vez Shúrik pudiera defraudarla...

Con los cabellos canos, bronceada y visiblemente más delgada, Matilda lo recibió con una botella de vodka y la mesa puesta. Se besaron. Lo primero que hizo Shúrik fue dejar sobre la mesa el certificado y los medicamentos. Cuando ella volvió del zaguán, donde estaba el hornillo de petróleo, trayendo una sartén de patatas fritas, él ya dormía, con la cabeza rizada sobre sus brazos cruzados, como un colegial.

Era un buen chico...

40

Poco antes del día de Año Nuevo de 1981, Shúrik recibió una llamada. La telefonista le gritó durante largo rato: «¡Una llamada de Rostov del Don!», pero la comunicación era mala y la voz desabrida al otro lado del teléfono se cortó. Mientras Shúrik explicaba a Vera que, por lo visto, se trataba de una equivocación, el aparato volvió a sonar. Esta vez le pasaron la llamada enseguida y oyó una voz femenina tranquila, agradablemente pausada.

–¡Hola, Shúrik! Lena Stovba, molestando. Tengo un asunto urgente, me gustaría verte. Estaré en Moscú a finales de diciembre. ¿Podemos quedar?

Mientras Shúrik se sorprendía y hacía preguntas más bien absurdas, Stovba hizo una larga pausa y después dijo con tono resuelto:

–Me reservarán un hotel, no te molestaré. No quiero entrar ahora en detalles, pero creo que sabes lo que necesito... Se trata de cierta formalidad.

–Sí, sí, claro –intuyó Shúrik y no quiso añadir ninguna palabra más. Vera estaba de pie a su lado–. Por supuesto, ven. Me encantaría... ¿Cómo te va la vida?

–Ya hablaremos cuando nos veamos. Aún no he comprado el billete. Nada más llegar, te llamo. Bueno, ¡hasta luego! Saluda a tu madre de mi parte, si es que se acuerda de mí... –añadió en un tono algo irónico.

Shúrik apenas había pensado en el destino de su familia ficticia, desde el momento en que, ante el objetivo del fotógrafo de un periódico siberiano, Lena Stovba le había puesto en los brazos a una niña recién nacida, Maria.

Vera miró a su hijo con aire interrogativo. Shúrik sopesó los pros y los contras: Vera no sabía nada de su matrimonio y, ahora que Lena estaba a punto de divorciarse, era una estupidez explicárselo.

–¿Qué pasa? –Vera notó la turbación de Shúrik.

–Era Lena Stovba, ¿te acuerdas? Íbamos juntos al Instituto Mendeléyev...

–Sí, ya lo creo, aquella chica rubia robusta, venía a estudiar a casa. Tuvo una historia con un cubano, creo recordar que se armó un escándalo... Aunque ahora no logro recordarlo... ¿La expulsaron del instituto? Alia, la kazaja, esa buena muchacha, me lo contó. Pero no recuerdo cómo acabó –dijo tratando de refrescar la memoria–. Sin embargo, es extraño, ese episodio del Instituto Mendeléyev se me ha borrado por completo de la memoria, como si no hubiera ocurrido... ¡Fue un modo de actuar raro! Aquel verano fue espantoso, espantoso... –se entristeció Vera al recordar la muerte de Yelizaveta Ivánovna.

Shúrik abrazó a su madre por sus hombros frágiles y la besó en la sien.

–¡Va, no pienses más en eso! Te lo ruego. Mira, Lena me ha llamado para decirme que viene a Moscú a finales de diciembre y quiere que nos veamos.

–Fantástico, que venga a vernos. Dime, Shúrik, ¿al final se casó con el cubano? No me acuerdo de cómo acabó todo...

Shúrik comprendió en el acto que había metido la pata. Ahora no podría quedar con Lena en la calle, llevarla a un café y discutir lo que fuera lejos de casa.

—Claro, Verusia, le diré que nos visite. En cuanto a su historia, por lo que yo sé, aún no se ha acabado. Tuvo una hija, vivió en Siberia y, por lo visto, ahora vive en Rostov del Don. No he tenido noticias suyas durante todos estos años.

—Aun así, qué bien que te haya llamado...

Shúrik asintió.

Lena apareció unos días después de la llamada que anunciaba su llegada, con un ramo de rosas de té para Vera Aleksándrovna y una criatura envuelta en un pañuelo grande de campesino por encima de la pelliza. Cuando le desataron el pañuelo y le quitaron la pelliza, apareció una niña de una belleza exótica. Tenía la cara y el cabello del mismo color miel, y la piel le brillaba desde el interior, como las peras más maduras. Los ojos, con forma de huesos de fruta y una curvatura imperceptible en el rabillo, emanaban reflejos marrones de espejo.

—Dios mío, ¡qué maravilla! —exclamó Vera.

Aquella maravilla se quitó las botas de fieltro. Obedeciendo a la mirada severa de su madre, la pequeña saludó con un «Buenos días» y gritó:

—¡Tengo muchas cosas que contaros! ¡Aquí hay tanta nieve! Y por la calle hay abetos con adornos. Y en el tren había un portavasos. ¡Todo de oro!

La niña resplandecía, irradiaba alegría y calor como una estufita, y a su sonrisa le faltaban dos incisivos superiores. En su lugar, dos rayitas blancas asomaban por la encía.

«¡Qué jovencita es todavía, como sus dientes de leche —se maravilló Vera—. Parece de otro planeta...»

—Vamos a hacer las presentaciones —dijo Vera inclinándose hacia la niña—. Me llamo Vera Aleksándrovna. ¿Y tú? ¿Cómo te llamas?

—Maria, pero no me llaméis Masha, ¡no lo soporto!

—Te comprendo perfectamente. Maria es un nombre muy bonito.

–Preferiría Gloria. ¡Cuando sea mayor me llamaré Gloria! –anunció la niña.

Shúrik observó a Lena. Estaba irreconocible. Había en ella algo nuevo, cinematográfico. No es que simplemente hubiera cambiado después del nacimiento de su hija: no quedaba ni rastro de la belleza flácida e indolente de otro tiempo. Ahora era delgada, enérgica y nerviosa. Llevaba muy corto su pesado pelo rubio por el que Enrique había enloquecido de amor antaño. Tampoco entornaba ya los ojos: ahora utilizaba gafas.

–Y bien, ¿la reconoces? –le preguntó Lena en voz baja señalándole con los ojos a su hija, y Shúrik, alarmado, le hizo un gesto de advertencia: ni una palabra. Lena lo comprendió y rectificó enseguida–. Pensé que no me reconocerías...

Pero Vera no prestaba atención a esas palabras dichas de pasada.

La apariencia de la niña, todo su aspecto –«revoloteante», como lo definió Vera–, la viveza de su gesticulación, el atractivo de un animal raro, hizo vibrar aquella cuerda en el interior de Vera que era la responsable de su desarrollado sentido estético.

–Vamos a tomar el té. ¡He comprado un pastel Praga! –propuso Shúrik, y abrió la puerta de la cocina.

La merienda se sirvió en la cocina, de manera informal. Tomaron té a la inglesa, acompañado de galletas de vainilla y pastel, un verdadero *five o'clock*. Maria comía con glotonería, ayudándose con los dedos y moviendo la cabeza con placer. Relamió los arabescos de chocolate, se limpió la boca con un movimiento felino y giró la cabeza sobre su largo cuello en un gesto de refinada elegancia, hizo una pausa a la mitad, y culminó con un ligero elevamiento de barbilla. Después dijo a Vera con tristeza:

–¡En casa no tenemos nada de esto! ¡Está delicioso! ¡Qué pena que no pueda comer más! –dijo, y movió la cabeza con aire afligido.

Vera reprodujo sus gestos de forma automática y, al darse cuenta, sonrió: «Qué gestualidad tan contagiosa».

–Ven conmigo, te enseñaré el abeto –le propuso Vera, y condujo a Maria al salón.

Shúrik y Lena se quedaron en la cocina y fumaron. A Lena ya no le quedaban más cigarrillos Fémina, pero Shúrik ofreció a su esposa oficial un cigarrillo de importación, un Lord. Lena le explicó, entre caladas profundas, que llevaba bastante tiempo viviendo en Rostov del Don, que tenía un buen trabajo y que todo le iba bien. Solo que necesitaba urgentemente el divorcio porque tenía la posibilidad de reunirse con Enrique: él había encontrado a un americano dispuesto a viajar a Rusia para casarse con ella y sacarla del país.

–¿Un americano? ¿Para llevarte a Cuba?

Shúrik lo dudaba, a pesar de toda su ingenuidad política.

Stovba le lanzó una mirada propia de su padre en el comité regional, impertérrita y hostil.

–Bueno, sí..., no te he contado lo más importante. ¡Fidel es un monstruo!

–¿Qué Fidel? ¿No estabas hablando de Enrique?

Stovba se quitó las gafas, acercó su cara a la de Shúrik para mirarle de cerca y luego se las volvió a poner.

–¿Qué Fidel? ¡El barbudo! ¡Fidel Castro! El padre de Enrique estuvo a su lado desde el principio, desde playa Girón. Sabes quiénes son, ¿no? ¿Lo entiendes?

Shúrik asintió.

–Así pues, Enrique tiene un hermano mayor de otro padre, un polaco. Su madre era una mujer muy guapa de las islas Caimán. Su hermano, el polaco, huyó de Cuba y Fidel, vengativo como un demonio, encarceló al padre de Enrique, aunque no fue por el polaco, eso no tiene nada que ver, de hecho tenían algunas diferencias políticas. Cuando apresaron a su padre estrecharon el cerco en torno a Enrique, lo reclamaron desde Moscú y también lo encarcelaron. Enrique salió de prisión al cabo de tres años. Pero su padre no. Dicen que murió en su celda de un ataque al corazón. ¿Entiendes?

Shúrik asintió con respeto: era una historia digna de consideración.

–Después, Enrique huyó de Cuba, como tantos otros balseros. ¿Me sigues? Lleva un año en Miami. No tenemos mucho contacto. Enrique vive como un refugiado, pero le han prometido la *green card*. Por ahora no puede ir a ningún lado. Trabaja como un condenado y, además, hace sus exámenes en la universidad porque quiere acabar sus estudios de medicina. Conoció a un americano que le prometió que formalizaría nuestra situación mediante un matrimonio. ¿Comprendes ahora por qué necesito divorciarme con tanta urgencia? Aunque a mí el sello no me da ni frío ni calor...

A Shúrik le llegó de nuevo el aroma a cine, el aroma de una auténtica película de aventuras.

Lena no solo había cambiado su aspecto exterior, su forma de hablar tampoco era la misma: en el pasado era lánguida y arrogante, ahora era brusca y práctica.

–¿Comprendes ahora por qué necesito divorciarme con tanta urgencia?

–Sí, claro. Solo te pido, Lena, que tengas en cuenta que mamá no sabe que estamos casados, y preferiría que continuara así... ¿Lo entiendes?

–Claro, lo de antes solo fue una broma desafortunada –le respondió, y cambió de tema–. ¿Te acuerdas de lo fea que era Maria cuando nació? Y mírala ahora, qué belleza.

Stovba no cabía en sí de orgullo.

–Sí, es muy bonita, pero te confieso que casi no me acuerdo de cómo era... Una cosita amarilla y arrugada.

–Se parece a la madre de Enrique, solo que aún mejor –suspiró Lena.

Mientras Shúrik y Lena hablaban de sus asuntos en la cocina, Maria miraba los adornos del abeto y se regocijaba a la vez con todos los matices de la alegría infantil: alborozo, vitalidad, asombro, candor, perplejidad, inocencia y fervor religioso. Vera contemplaba ese arcoíris emocional con veneración. ¡Qué riqueza interior! ¡Qué riqueza!

Vera descolgó del abeto una libélula de cristal, el mejor adorno que conservaba de su madre, y la envolvió en papel de seda. Maria estaba delante de ella, con los brazos cruzados, y sus largas pestañas bajadas le dibujaban una sombra en las mejillas. Vera depositó el pequeño paquete en uno de los cofrecitos japoneses que había cobijado la difunta orden del Sol Naciente. Maria lo tomó entre sus manos y lo apretó contra su pecho.

–¡Oooh! –gimió la niña–. ¿Es para mí?

–Claro que es para ti.

La niña se cubrió la cara con las manos y se meció rítmicamente. Vera se asustó. Maria apartó las manos de la cara y dijo con un tono de voz trágico:

–¡Podría romperla!

Vera le acarició el pelo, era de un tacto agradablemente sedoso.

–A todos se nos puede romper...

–A mí me pasa muchas veces –dijo Maria y suspiró.

–A mí también –la tranquilizó Vera–. ¿Quieres que juguemos?

Al entrar en la habitación, el abeto había centrado toda la atención de la niña y solo ahora se fijó en el piano.

–El piano está desnudo, sin tapete... –dijo la niña, acariciando la madera lacada.

–¿Qué quieres decir? –se sorprendió Vera.

–Marina Nikoláyevna, mi profesora, siempre pone un tapete de encaje encima –explicó Maria.

Vera sentó a Maria en el sillón de Yelizaveta Ivánovna y se puso a tocar Schubert. Al principio, la niña escuchó con mucha atención, pero, de repente, se abalanzó sobre el piano y propinó un puñetazo contra las teclas. Las notas graves rugieron. Maria se puso a dar vueltas como una peonza y a chillar:

–¡Para! ¡No se toca así! ¡Para!

Vera se quedó estupefacta: ¡qué reacción más extraña!

–¿Qué te pasa, pequeña? ¿A qué viene esto?

Maria subió de un salto al sillón y se hizo un ovillo. Se quedó inmóvil. Vera le tocó el hombro con cuidado. Durante unos minutos acarició su espalda delgada. Luego la niña desenroscó la cabeza, como una serpiente. Sus ojos eran enormes, negros, como si no tuviera iris en las pupilas, y estaban humedecidos de lágrimas.

–Perdóname. Me he enfadado porque a mí no me sale. Y a ti sí...

–¿Qué no te sale, mi niña? –le preguntó Vera sorprendida.

–Tocar.

Vera la cogió en brazos, se sentó en el sillón y la sentó a su lado: en el espacioso sillón de Yelizaveta Ivánovna había sitio de sobra para las dos.

«¡Menuda vida complicada le espera a la madre, con esta hija! ¡Qué emotividad, delicadeza y gracia encantadoras, y ese extraño color de piel! ¡Parece sacado de una novela colonial! –intuyó Vera más que reflexionarlo–. ¡Qué niña más extraordinaria y excepcional!»

–A mí tampoco me salen muchas cosas, ¿sabes? Hay que trabajar duro para que algo salga bien –la consoló Vera.

–Sí, hace un año que voy a casa de Marina Nikoláyevna y aún no me sale nada.

–Va, escoge otro adorno del árbol –le propuso Vera.

Maria saltó del sillón, empezó a dar saltos y vueltas... Parecía que se le había multiplicado el número de manos y pies, y Vera se admiró una vez más de la gran cantidad de emociones que encerraba un cuerpo tan pequeño.

Shúrik y Stovba entraron en la habitación.

–¡Prepárate, Maria, que nos vamos! –dijo Lena a su hija. Y añadió–: Nuestro hotel está en Vladikino, nos espera un largo trayecto.

Vera Aleksándrovna las invitó inmediatamente a que pasaran la noche en casa. ¿Por qué cargar con la niña por toda la ciudad hasta un hotel de mala muerte cuando podían dormir cómodamente en la habitación de Yelizaveta Ivánovna?

–¿Con el abeto? –se alegró Maria.

–Cómo no, pondremos tu cama aquí...

Por la mañana, a petición de Vera Aleksándrovna, Lena fue al hotel sola, dejando a su hija en la casa de los Korn, para recoger el equipaje, y hasta el final de la semana corrió de una administración a otra. Además de las gestiones del divorcio tenía otros asuntos que resolver relacionados con su trabajo. Vera Aleksándrovna salía a pasear con Maria. Empujada por una especie de impulso interior, la llevó al Museo de Cultura Oriental y le enseñó la Plaza Roja. Vera gozaba de esos paseos: disfrutaba de la compañía de Maria y contemplaba la ciudad –que en su memoria recordaba más desangelada– con los ojos maravillados y ansiosos de un niño.

Entretanto, Shúrik y Lena fueron al registro civil. Resultó que para divorciarse les faltaba un documento: la partida de nacimiento de Maria. El documento estaba en casa de los padres de Lena, se lo había olvidado cuando se marchó de allí con su bebé de cuatro meses.

Para recuperarlo debía pedírselo a su abuela, con la que mantenía correspondencia en secreto, o presentar una solicitud en Siberia. En cualquiera de los dos casos, requeriría tiempo, y Lena se marchó con la intención de volver en cuanto consiguiera aquel certificado indispensable.

Vera Aleksándrovna le propuso que se quedara al menos hasta Año Nuevo, pero Stovba, a pesar de las lágrimas desesperadas de su hija, partió el día 31.

Vera se quedó muy afligida: se había imaginado ya la formidable fiesta que podían organizar para esa niña maravillosa.

41

A Shúrik, la uña del dedo del pie, que le había dolido de un modo tan atroz, se le amorató, inflamó y luego el dolor remitió del todo. Un tiempo después le crecieron varios milímetros de uña rosa totalmente nueva al lado de la lúnula, y más tarde, le creció una nueva uña con una muesca extraña en el medio. La fisura en el metatarso se había curado por sí sola, sin dejar secuelas. Shúrik se olvidó por completo de aquel accidente absurdo.

Tal vez la propietaria de la rareza paleontológica también la habría acabado olvidando con el tiempo, de no ser por un objeto fortuito: un recibo de correos con la dirección del remitente garabateada con negligencia y un apellido incompleto «Kor»: ¿Kornílov? ¿Kornéyev? Svetlana, armada con una lupa, inspeccionó la dirección ilegible: la calle era, a buen seguro, Novolésnaya, el siete parecía un uno, y el pequeño gancho podía ser tanto un dos como un cinco... Pero esa incertidumbre le producía una confusión agradable. ¿Acaso no era el azar el que había querido que apareciese ese recibo con su dirección? Y si no el azar, ¿no era un signo del destino, una flecha de la providencia?

Durante varios días Svetlana vivió experimentando el sabor anticipado de la felicidad. Le parecía que volvería —si no ese mismo día, tal vez mañana— y ensayaba todo para su reencuentro:

275

cómo se sorprendería ella y cómo se desconcertaría él, lo que diría él y lo que respondería ella... Con todo, él no apareció: no se decidía..., se sentía cohibido..., algunas circunstancias se lo impedían... Al cabo de una semana, le vino a la cabeza la idea de que, tal vez, había desaparecido para siempre. Y, cuantas menos posibilidades quedaban de que volviera, más ofendida se sentía. Hablaba con él mentalmente y, poco a poco, las conversaciones se volvieron más irritantes y lo más desagradable es que eran continuas.

Svetlana consiguió dormirse entrada la noche, despés de tomar un somnífero suave, pero la conversación con Shúrik se entrometía en su sueño y la alteraba. En medio de ese sopor medicinal, habló con él largo y tendido, a veces Shúrik le pedía perdón, otras veces reñían, otras se reconciliaban, y todas esas comunicaciones estaban en parte dirigidas, ella había inventado un guión que se desarrollaba en una dirección dada... Se extenuaba. Después se despertaba...

Su sueño, por naturaleza ligero y espantadizo, acabó desbaratándose del todo. Ahora se levantaba de la cama por las noches, bebía agua caliente con limón y se sentaba a la mesa a confeccionar flores de seda, blancas y rojas, para una cooperativa que fabricaba coronas fúnebres. Era la mejor artesana, pero no tenía un buen salario porque trabajaba muy despacio. En cambio, las rosas que moldeaba con ayuda de una cuchara redonda a partir de retazos de seda fina encolados se distinguían por una peculiar tristeza que las otras artesanas no lograban plasmar.

Pasaba todas las noches ensimismada, como una figurita de cristal, delante de la seda resbaladiza, conseguía dormirse unos veinte minutos de madrugada y de nuevo se sentaba a la mesa. Apenas salía de casa: tenía miedo de que Shúrik volviera mientras ella estaba ausente.

Svetlana entendía que había perdido el equilibrio mental que el excelente doctor Zhuchilin –gordo y cariñoso como un viejo gato castrado– le había procurado durante casi un año con un tratamiento a base de medicamentos.

En ese estado aguantó un mes, luego fue a ver a Zhuchilin. El doctor no vivía muy lejos de su casa, en la calle Málaya Brónnaya, y hacía mucho tiempo que Svetlana iba a visitarlo a su casa, y no al hospital.

Zhuchilin, un médico meditabundo y compasivo, pertenecía a esa raza de masoquistas de corazón noble y convertía a muchos de sus pacientes en una cruz con la que cargaba toda la vida. Le incomodaba el dinero, lo evitaba y prefería aceptar regalos, como libros o coñac. Svetlana cosía para su hija muñequitas con caras diminutas y blancas dibujadas en la seda y les ponía vestidos rojos y azules.

Desde su época de estudiante, el doctor estaba fascinado por el suicidio, que consideraba una inclinación incomprensible y atrayente para una raza particular de personas, y su elección de la especialidad en psiquiatría obedecía más a cuestiones humanitarias que médicas. Svetlana pertenecía a esa raza portadora de una fuerza de atracción interior hacia al suicidio. El doctor la conoció después de su tercer intento de suicidio, afortunadamente fallido.

Zhuchilin sabía, según las estadísticas médicas, que el tercer intento de suicidio era el más eficaz. Basándose en sus consideraciones bastante imprecisas, que estaban a punto de sentar las bases de una teoría, en el caso de Svetlana, el riesgo debería disminuir con el tiempo y, si recibía el tratamiento adecuado, en la etapa posterior de su vida solo se vería amenazada por el envejecimiento natural y las enfermedades relacionadas. Saldría de la zona de riesgo. Por tanto, Svetlana estaba dentro del grupo de pacientes que más le inquietaban y le suscitaban mayor interés.

Con estos pacientes conversaba durante horas. Para él era importante llegar hasta el fondo, hasta la grieta donde había arraigado la idea del suicidio. La metodología del psicoanálisis freudiano no le era extraña y se atrevía a zambullirse en el alma ajena con la esperanza de repararla a tientas, sumido en la oscuridad total...

Nina Ivánovna, su mujer, se retiró a dormir mientras ellos se quedaban en la cocina, desenredando las ramificaciones enfermizas de los pensamientos y las emociones de Svetlana. Le contó el incidente. Lo más divertido de su relato es que se centraba precisamente en aquella parte del suceso que Shúrik había omitido al contar la historia a su madre. Así pues, Vera solo tuvo derecho a la historia del colmillo de mamut, mientras que al doctor le tocó el episodio amoroso que, en el relato de Svetlana, surgía de la nada, sin referencia al colmillo de mamut. La historia, privada de parte de la trama, adquiría tintes de una escena de seducción cruel con algún elemento de violación. Aunque Zhuchilin le hacía preguntas provocadoras, intentando conseguir de Svetlana un cuadro más verosímil, no lo consiguió. Una violación deseada, así es como definió para sus adentros la situación que le presentaba.

Zhuchilin bebía un té fuerte y añadía agua hirviendo a la infusión con confitura de Svetlana, donde esta de vez en cuando sumergía los labios, y reflexionaba sobre el hecho de que la única diferencia esencial entre una persona enferma y otra sana era la capacidad de controlar la espina clavada en el alma. Esa espina se podía encapsular, construir un muro de protección, impedir que la dolorosa inflamación se propagara, pero todavía no estaba en condiciones de extraerla. Y el doctor escuchaba ese pobre delirio amoroso, observando la contradicción de los deseos de Svetlana: ansiaba un amor feliz y consentido libremente, pero continuaba siendo víctima de malas personas, de las circunstancias y, lo más importante en el presente caso, del propio héroe. Sentirse injustamente agraviada, de modo monstruoso y excepcional, como nadie en el mundo, era su necesidad más profunda.

El doctor Zhuchilin comprendía que si le hablaba sobre aquella necesidad enfermiza de sentirse ultrajada, corría el riesgo de herirla y de quebrantar su confianza, sin la cual resultaría imposible mantenerla dentro de los límites de una salud relativa.

La mayoría de sus colegas habrían diagnosticado el estado de Svetlana como la manifestación de una psicosis maníacodepresiva y le habrían prescrito unos fuertes psicofármacos que aturdirían todas sus facultades, incluida su capacidad de sufrimiento infinito.

—¡Mi querida Sveta! —le dijo Zhuchilin hacia las dos de la madrugada—. Podemos partir del supuesto que estamos en condiciones de evaluar los acontecimientos y de reaccionar ante ellos de un modo adecuado. ¿No es así?

Ese discurso siempre tenía un efecto alentador en Svetlana. Era justamente lo que quería, que todo fuera de un modo adecuado... Su propio comportamiento le parecía del todo adecuado, pero ¿qué decir de Shúrik? Fue él quien no se comportó de un modo adecuado: no se había presentado, y Svetlana lo deseaba tanto...

Svetlana asintió. Tenía unas ganas de dormir terribles, pero sabía que no lo conseguiría, y por eso, postergaba el momento de la despedida.

—No merece la pena meterse en un callejón sin salida. Nos abstendremos incluso de analizar la conducta de este joven. ¿Quién es? ¿Un seductor de poca monta o un hombre que se encontró en una situación imprevista? ¿Te acuerdas de *Insolación,* el relato de Bunin? ¿Un arrebato de sentimientos inesperado, imprevisible? Bueno, digamos que fue una insolación: un hombre en absoluto propenso por naturaleza a cometer una violación, de repente comete una... Y desaparece. Aunque quisiéramos encontrarle para exigirle explicaciones sobre su comportamiento ruin, no tenemos ninguna posibilidad... Moscú tiene nueve millones de habitantes y, entre ellos, viven un centenar de miles de Shúriks. Sería intentarlo en vano. Nunca podremos averiguar por qué cometió ese acto, pero es absolutamente necesario solucionar tu problema de insomnio. Y está a nuestro alcance. Te iría bien pasar una temporada en un sanatorio. Podemos iniciar los trámites. Has adelgazado. En tu estado la pérdida de peso no es deseable. Me parece que deberían volver a examinarte la glándula tiroides. Voy a pensar estos días en un nuevo plan y vamos a empezar una nueva vida, con un nuevo horario. El problema no me parece muy grave y creo que juntos podemos solucionarlo...

El doctor Zhuchilin no expresaba su verdadera opinión: la situación le parecía muy grave, pero consideraba que valía la pena hacer un último intento para sacar a Svetlana de la crisis inminente con los recursos mínimos.

Por su parte, Svetlana también había tomado una decisión. En el bolso guardaba el recibo, de cuya existencia no había informado al médico, y, después de toda aquella cháchara, estaba dispuesta a dirigirse a las señas indicadas en el recibo. La palabra «insolación» la había inspirado mucho.

Los dos —tanto el médico como la paciente— estaban satisfechos de su actuación: cada uno había conseguido engañar al otro...

Esa noche Svetlana no se acostó. Volvió a casa de madrugada. Mientras los vecinos dormían, ella fue al cuarto de baño comunitario, limpió durante largo rato la bañera con una pasta de un olor acre que cortaba la respiración, luego la llenó de agua y se metió dentro. Normalmente sentía repugnancia hacia esa bañera comunitaria, cuya superficie estaba tan agrietada como la piel de un elefante, pero esa vez se dijo que era su bañera, que su difunta abuela había vivido en ese piso desde 1911, su abuelo había vivido allí, su padre había nacido allí, todo ese piso le pertenecía por derecho de nacimiento, y todos los vecinos actuales eran unos intrusos extraños, unos parásitos, unos palurdos, ninguno de ellos sospechaba siquiera que ella era la verdadera propietaria... Y se apoderó de ella un delicioso sentimiento de amargura, ese sentimiento de ultraje que tanto quería...

Todo era de una blancura inmaculada: la ropa interior, el sujetador, la blusa. Una perla deformada colgaba de una cadena de plata: la de oro la había vendido hacía tiempo. La perla no era del todo blanca, más bien grisácea. Pero se trataba de una perla antigua, totalmente auténtica, aunque muerta. Svetlana pensó que podía comer algo. Coció un huevo. Comió la mitad. Hizo café. Bebió media taza. Sentía la importancia decisiva que tenía ese día.

«¡Vamos a reaccionar ante los acontecimientos de un modo adecuado!», se repetía mentalmente, y a las siete y media de la mañana salió de casa. Fue a pie hasta el metro Krasnoprésnenskaya, llegó rápido a la estación Bielorrusia, tardó mucho en encontrar la calle Novolésnaya y todavía más en dar con el edificio. Al final resultó que el siete era un uno, porque no había tantos edificios en la calle y la numeración no llegaba al setenta... A las ocho y cuarto se sentó en un banco sin perder de vista la única entrada de un edificio moderno de obra vista.

Pasó tres horas allí sentada. Tenía la absoluta certeza de que no se había equivocado, de que el joven vivía sin duda en ese edificio. Transcurrido ese tiempo entró en el portal y se detuvo ante una hilera de buzones, colocados entre la planta baja y el primer piso. En algunos de los buzones había un papelito pegado con el nombre del inquilino, en otros el apellido estaba escrito a lápiz directamente sobre la hojalata pintada de verde y en el resto sólo aparecía el número del piso. Buscó el apellido Kornílov o Kornéyev. Debajo del número 52 había un papelito pegado en el que, escrito con una bonita caligrafía como de otra época, aparecía el apellido Korn. Era incluso mejor que Kornílov...

Svetlana volvió a casa totalmente satisfecha. Sabía que el joven estaba ya casi en sus manos.

No había urdido ninguna estrategia. Hasta principios de septiembre fue un día sí y otro no hasta el portal de su casa, llegaba hacia las ocho de la mañana, se sentaba en el banco exactamente tres horas y a las once se iba. Estaba convencida de que, tarde o temprano, Shúrik aparecería, y como un cazador paciente en una emboscada, permanecía allí concentrada e inmóvil, sin perder de vista a los vecinos que salían. A algunos ya los conocía de vista. Algunos le caían bien, y a otros les cogía manía. El más simpático de todos era un gafotas que llevaba un maletín y algunos periódicos recién sacados del buzón, uno de los cuales siempre perdía infaliblemente cerca de la entrada. En cambio sentía una aversión especial por una chica gordinflona que tenía las piernas como postes, a la que a veces esperaba un coche.

Un día, de vuelta en casa después de haber montado guardia bajo la lluvia, Svetlana cayó enferma. Le aparecieron los primeros síntomas de unas anginas virulentas como nunca había tenido. La enfermedad fue de lo más oportuna, le daba una tregua en su agotadora cacería y Svetlana se cuidó con empeño: hacía gárgaras con diferentes enjuagues, untaba su faringe irritada con yodo y glicerina y tomaba algunas pastillas inocuas. Aunque rechazaba los antibióticos, por lo general le gustaba cuidarse mucho. Durante casi dos semanas arrastró las anginas, que desaparecieron con el buen tiempo.

El primer día que consideró que estaba restablecida, metió en dos cajas todas las flores que habían florecido durante su convalecencia y las llevó a la cooperativa –que estaba en el quinto pino–, en el mercado de la calle Koptevskaya. Cuando recibió la paga del mes anterior pensó que tenía que comprarse urgentemente un impermeable: no podía acudir a la cita con su viejo impermeable azul.

Se mire por donde se mire, la compra de un impermeable no era un asunto sencillo. Como cualquier otra compra, por otra parte. Svetlana pertenecía a esa clase de personas que sabe siempre exactamente lo que quiere. Por eso hubiera podido pasarse el resto de su vida en el mercado para comprar el impermeable que había visualizado en su mente, de color beige, con capucha, bolsillos cortados y, para colmo, botones de carey.

Ahora, cada mañana, Svetlana recorría las tiendas en lugar de ir a la estación Bielorrusia. Era meticulosa y perseverante, y al cabo de dos semanas, se persuadió de que el impermeable, visualizado en su mente, solo podría tenerlo si lo hacía a medida. Y entonces se decidió: lo confeccionaría. Esto estrechaba el campo de búsqueda, ahora se limitaría a rebuscar en las tiendas de telas. Esta vez tuvo más suerte: en la primera que entró, literalmente a dos pasos de su casa, compró una magnífica tela impermeable fabricada en Checoslovaquia. Los problemas para confeccionar el impermeable crecieron como una bola de nieve: ¿Y el forro? ¿Y la entretela? ¿Y los botones? Todas esas dificultades eran bien recibidas, y cuanto más complicado resultaba de ejecutar, tanto mejor. De este modo, Shúrik quedó relegado a un segundo plano, cocinándose a lo lejos, a fuego lento. Ahora su principal foco de atención era el impermeable...

Zhuchilin la llamó varias veces, preocupado: según sus cálculos, Svetlana debía de necesitar su ayuda en ese momento preciso y aferrarse a él como siempre hacía en los momentos críticos. Sin embargo, por extraño que parezca, ese no era el caso. Incluso hablaba por teléfono con él con bastante despreocupación. Le explicó que estaba muy atareada con la confección de un impermeable... Y que los problemas de insom nio se habían arreglado...

«¡Qué poder estimulante y terapéutico ejercen los trapos sobre las mujeres! Es preciso que reflexione sobre este punto», se dijo para sí el doctor. Entre la multitud de ideas que se le apelotonaban en la cabeza, estaban las profundas diferencias en la manera de manifestarse los mismos trastornos mentales en los hombres y las mujeres. Después de meditar un rato determinó que, a corto plazo, un nuevo intento de suicidio era poco probable...

Mientras Svetlana salvaba los obstáculos para la confección del impermeable —una especie de prototipo del famoso capote–, llegó el invierno. El impermeable estaba acabado, colgaba de una percha de madera en el armario, protegido con una sábana vieja. Las calles estaban cubiertas de nieve y no podía plantearse comprar un abrigo nuevo para afrontar el invierno: se habían agotado todos sus recursos financieros. La cuestión de Shúrik volvía a acaparar toda su atención.

Svetlana fue a visitar a su tía al distrito Preobrazhenka. Dos años antes esta le había ofrecido una vieja pelliza de astracán que en su día había rechazado. La piel era bonita, pero necesitaba arreglos importantes. Su tía se enfadó con ella, por lo que Svetlana le compró un pastel caro y escogió entre sus ramilletes para sombrero, que ella misma había confeccionado, el más rosa: una alusión a la obsesión senil de su tía por intentar parecer siempre más joven.

Svetlana se reconcilió con su tía e hizo todo lo posible para ganarse su simpatía. Se quejó del frío y mencionó la pelliza de astracán. La tía negó con la cabeza:

–Deberías habértela llevado cuando te lo dije, se la regalé a la mujer de Vitia.

Pero enseguida se traslució una expresión enigmática en su cara de nariz larga... Svetlana ni siquiera tuvo tiempo de afligirse porque comprendió que su tía iba a ofrecerle otra cosa. Y así fue. ¡Dios mío! ¡Qué era! Una enorme piel de ciervo. De un hermoso color nogal. Con un excitante olor a animal. Svetlana lanzó un grito y besó a su tía.

–Se la trajeron del norte a Nikolái Ivánovich. Cógela, no te dé apuro. Pero no te alegres demasiado, es una piel de verano. ¿Lo ves?, pierde pelo... No la podrás llevar mucho tiempo. La quería poner en el sofá, pero en cuanto te sientas en ella el culo se te queda cubierto de pelo. Cógela, me hace ilusión que la tengas...

Para no perder a Shúrik totalmente de vista, Svetlana hizo varios viajes de reconocimiento. Al final obtuvo su recompensa y un día le vio salir del portal del brazo de una señora menuda, tocada con boina gris, para dar un paseo por los alrededores, pero no por la avenida principal. Cuando Svetlana, después de dejar pasar un momento, les siguió, habían desaparecido sin dejar rastro. Shúrik acompañaba a su madre al taller de teatro y desaparecieron tras una pequeña puerta, que conducía al sótano.

En otra ocasión asistió a la escena del último adiós al comisario político del edificio: Mijaíl Abramóvich había muerto y todos los vecinos se dirigían al autobús que llevaba al pálido caballero del marxismo al crematorio, cerca del monasterio del Don. Shúrik portó el féretro desde la puerta hasta el autobús con ayuda del conserje y dos comunistas con sombrero. Después volvió para buscar a la encantadora señora de la última vez, que en esta ocasión llevaba una boina negra y un ramo de crisantemos blancos. Con el mayor de los respetos, la ayudó a subir al autobús y luego hizo lo mismo con los otros ancianos que acompañaban el ataúd. Por último, Shúrik subió al autobús funerario.

Ese mismo día, Svetlana averiguó el número de teléfono del administrador del edificio por la portera, hizo como que llamaba de correos y averiguó el número de teléfono del apartamento 52.

Solo al tercer intento Svetlana consiguió seguir la pista a Shúrik de manera eficaz. Una tarde –Svetlana había desistido de las vigilancias matutinas– Shúrik salió solo del edificio a paso ligero, con una carpeta debajo del brazo, y echó a correr hacia la parada del trolebús. Pero el trolebús acababa de pasar y, después de esperar un rato cerca de la parada, lo cual permitió a Svetlana dominar los nervios y reunir fuerzas, se encaminó a la estación Bielorrusia. Svetlana le pisaba los talones, pero Shúrik no se dio cuenta.

Era el momento oportuno de hablar con él, pero el pánico se apoderó de Svetlana, que se sintió bañada en un sudor frío, y comprendió que todavía no estaba preparada. Comprendió también que ahora le tocaba lo más difícil: cómo acercarse a Shúrik sin comprometer su dignidad femenina. No era una de esas mujeres que corre detrás de los hombres... Todavía no había pensado en lo que le diría cuando, por fin, lo viera. Daba vueltas a algunas frases sin sentido y no le salía nada.

Svetlana se quedó un poco rezagada, pero sin perderle de vista. Entraron en el metro. Tuvo tiempo de subir en el mismo vagón y bajar detrás de él en la estación Pushkin, sin perderle entre la multitud de la abarrotada estación...

Ni los agentes secretos más veteranos serían capaces de seguir los pasos de un «sospechoso» de forma tan profesional como Svetlana logró hacer desde el primer momento. Le siguió hasta el final de su itinerario, la entrada de un edificio estalinista imponente, cerca de Nikistskie Vorota, en la esquina de la calle Kachálov, donde se hallaba la tienda en que había comprado la magnífica tela de su impermeable. ¿Quién lo iba a imaginar? Estaba tan emocionada que no esperó a que saliera y corrió a casa. Solo estaba a diez minutos andando.

Una vez en casa tomó un té caliente, entró en calor y se puso a trabajar en la pelliza. No podía presentarse ante Shúrik con un abrigo viejo... El trabajo con la pelliza avanzaba muy despacio. La piel era tupida y estaba mal curtida. Después de cortarla, Svetlana unió los pedazos con unas tiras de tela resistente. Era un trabajo manual, minucioso y, sobre todo, pesado. Pero, como todos los trabajos manuales, le dejaba tiempo para pensar. Y Svetlana, anticipándose al futuro, construía castillos en el aire poblándolos con sus fantasmas de juventud... En realidad, la pelliza que estaba acabando de coser no solo le ayudaba a contener la impaciencia sino también sus angustias secretas: ¿y si todo el esfuerzo era en balde?

La tarde que acabó la pelliza decidió llamar por teléfono a Shúrik. Era más sencillo que abordarle por la calle. Había pensado bien en todas las opciones, sin excluir la peor: que no se acordara de ella... Lo sopesó todo, no dejó ningún cabo suelto. Llamó a las diez de la noche. Respondió una voz de mujer. Sin duda era aquella señora encantadora, su madre... Svetlana colgó el auricular y decidió llamar cada noche a esa misma hora.

Unos días después fue Shúrik quien respondió al teléfono, y ella le dijo con una voz suave y alegre, como si no fuera ella la que hablara, sino una chica completamente diferente:

—¡Buenas noches, Shúrik! ¡Recuerdos del mamut! ¡Y del colmillo que te causó tantos problemas!

Shúrik se acordó al instante de aquel maldito mamut: la uña del dedo gordo le había tardado más de tres meses en volver a crecer, era difícil de olvidar... Se echó a reír y ni siquiera le preguntó de dónde había sacado su número. Se alegró y sonrió al teléfono.

—¡Ah, el mamut! Ya me acuerdo.

—¡Él tampoco te ha olvidado! Hace poco me hizo pensar en ti. Mientras sacaba el polvo al piano... Te invita a cenar.

Fue un verdadero milagro lo alegre y fácil que discurrió la conversación. Svetlana le había invitado sin comprometer en lo más mínimo su dignidad femenina y él aceptó sin pensárselo dos veces. Pero necesitó un rato para elegir el día: el sábado no, el domingo tampoco, ni el lunes... El miércoles, ¿te va bien? Dame solo la dirección, me acuerdo de que está al lado de correos, pero he olvidado el número del piso...

No quedaba lejos de la casa de Valeria. El martes tenía que pasar por la redacción a recoger el trabajo pendiente para Valeria y el miércoles iría a llevárselo. Shúrik llegó a la casa de Svetlana hacia las siete de la tarde, como habían acordado.

El colmillo de mamut, adornado con flores artificiales, presidía la mesa donde había toda clase de entremeses aliñados con un vinagre fuerte que Shúrik no soportaba; Svetlana, al contrario, regaba con él todos los platos que le parecían insípidos. También había una botella de vodka, una bebida que Svetlana aborrecía, todo lo contrario que Shúrik. Charlaron animadamente, como si se conocieran desde hacía mucho tiempo y de un modo completamente inocente, como si no hubiera pasado nada entre ellos, ni la crisis de histeria ni la escena de sexo tempestuosa sobre el estrecho sofá. Svetlana, con su blusa blanca y sus pequeñas venas azuladas en las sienes y en el cuello alargado, le recordó a una antigua compañera de la escuela, solo que hablaba de temas elevados –del destino y otras cuestiones por el estilo–, pero, por otro lado, eso le resultaba familiar: Vera también amaba los temas elevados.

A las nueve y media, Shúrik miró el reloj, suspiró y se levantó.

–Tengo que pasar todavía por casa de una amiga. No está muy lejos de aquí. Le llevo un trabajo.

Shúrik se marchó como una exhalación. Svetlana se derrumbó en el sofá y comenzó a llorar por la emoción contenida. Todo había ido bien. Qué acertado había sido no abordarle en la calle. ¿Qué le habría dicho? Todo había ido muy bien, muy bien. Lo único es que no se había convertido en una cita amorosa. Por una parte, estaba bien que él la tratara con respeto, por otra, era un poco humillante... ¿Qué pasaría ahora? No le había dado su número de teléfono.

Una vez que se hartó de llorar, comenzó a maquinar nuevos planes: podía comprar entradas para el conservatorio, por ejemplo, o invitarle al teatro. No, no actuaría así. El hombre es el que debe invitar. Lo más adecuado sería pedirle algo... Algo puramente masculino, reparar algo, mover un mueble... Pero ¿y si no se le daban bien las reparaciones y decía que no de inmediato? Tenía que ser algo sencillo, a lo que le resultara difícil negarse. Pensó con placer que sabía más cosas de él de lo que se imaginaba: su dirección, su casa, su madre e incluso la entrada del edificio donde entregaba el trabajo...

La pelliza de ciervo hacía tiempo que ya estaba terminada. Pero resultó que la pelliza no resolvía nada. Svetlana reflexionó un poco y tuvo una idea. Deshizo un gorro azul y tricotó una bufanda con la lana. Le quedaba bien. Se pasó toda la semana limpiando la habitación y cambió las cortinas por las de su abuela, más viejas pero con más encanto. Lavó con agua fría un tejido asiático antiguo al que su abuela llamaba *suzani* y lo colgó delante de la puerta a modo de cortina para protegerse de las miradas de los vecinos. Cuando todo estuvo adecentado a su gusto, se tumbó en la cama y se dijo: mañana tendré anginas otra vez. Y tuvo anginas.

Por la mañana se aseó, se puso un jersey blanco y se anudó la bufanda azul alrededor del cuello. Luego llamó a Shúrik y le pidió con ternura si podía hacerle un favor: le dolían las anginas y no tenía a nadie que pudiera ir a comprarle medicinas. Después se acostó.

No pudo habérsele ocurrido nada mejor: la compra de medicinas era un asunto sagrado. Medicinas para su madre, medicinas para Matilda, medicinas para Valeria... A Shúrik la petición le pareció tan natural que, después de tomar el desayuno a toda prisa, fue a casa de Svetlana para cumplir con ese recado tan habitual. De camino compró calcio.

Svetlana era tan amable y tan digna de compasión. La estancia rezumaba un olor a perfume barato, tal vez de jazmín, y un poco a vinagre, y la lana azul le entró a Shúrik por la boca cuando ella estrechó contra su pecho enclenque la cabeza de él, todavía rizada pero ligeramente clareada por una coronilla incipiente. Shúrik sintió con todo su cuerpo que estaba constituida por un armazón de huesecitos frágiles y torcidos, como cartílagos de pollo, y la piedad, esa piedad impetuosa del ser fuerte hacia la criatura débil actuó en él como el mejor de los estimulantes. Especialmente cuando supo de repente cuál era la medicina que necesitaba. Al quitarse el jersey, la bufanda y la camiseta, todavía le pareció más lastimosa, con su piel de gallina azulada, su pecho plano tan conmovedor y el plumón blanquecino entre las piernas.

Con todo, no se olvidó de dejar el calcio sobre la mesa. Después de aplicarle ese tratamiento terapéutico, fue a la farmacia a comprar un enjuague para hacer gárgaras y también le llevó tres limones que compró en un excelente colmado de la plaza más cercana.

Tampoco olvidó comprar el paté de hígado para su madre en la sección de charcutería. A Vera le encantaba el paté. Y esa mañana también se enteró de que Svetlana comía el limón con la piel, que le gustaban las infusiones de té de Ceilán, que nunca tomaba antibióticos y que para las anginas solo tomaba calcio.

«Es un hombre muy diferente, no es un canalla como Seriozhka Gnezdovski, ni un traidor como Aslamazián, nunca se comportaría como ellos... Es diferente... –se decía en sueños y susurraba–: Diferente... Diferente.»

Por la tarde Zhuchilin fue a casa de Svetlana, visitó a la paciente en calidad de amigo. Ella le preparó un té de Ceilán bien fuerte –que, de hecho, ella nunca tomaba–, sirvió en la mesa una dulcera con confitura, bizcochos y un limón cortado en finas rodajas. Llevaba la bufanda anudada al cuello.

–Con esta, ya van dos anginas de un tirón –se quejó Svetlana. Estaba relajada, en absoluto tensa. Los ojos le brillaban.

–¿Duermes bien? –le preguntó el doctor.

–Se me ha ajustado el sueño por completo –le respondió Svetlana.

«El enorme poder de los placebos», pensó el doctor contento. En la anterior visita, en lugar de somníferos, le recetó tabletas de calcio con glucosa. Pero Svetlana de todas formas no las tomó.

¿Acaso las anginas habían influido? Interesante, cuando menos. Era casi una regla: las enfermedades físicas de alguna manera aliviaban las psíquicas. Recordó un caso reciente en el que un paciente, como consecuencia de una fuerte gripe, salió admirablemente de una profunda depresión.

Esa tarde todos estaban satisfechos. Svetlana había encontrado, al menos eso creía ella, a un hombre que se distinguía favorablemente de todos los canallas con los que había topado en su vida hasta ese momento. El doctor Zhuchilin estaba convencido, una vez más, de que había alejado a un paciente de una zona de riesgo. Shúrik tuvo la oportunidad de complacer a su madre con el paté de hígado. Además, le había llevado medicinas a esa Svetlana y le dispensó la atención sexual que ella imploraba de un modo tan conmovedor...

Shúrik no sabía planificar más allá del día presente. Los presentimientos y los pronósticos eran competencia de Vera.

Su abuela, que era la más perspicaz de la familia, hacía tiempo que ya no estaba, y él, pobre desgraciado, ni siquiera se imaginaba qué cruz había cargado sobre sus hombros ofreciéndole un consuelo sin pretensiones a esa joven nerviosa y poco agraciada.

42

Al salir del portal de Svetlana, Shúrik apartó inmediatamente de su mente aquella pequeña aventura. La triste asimetría de las relaciones humanas: mientras Svetlana repetía por enésima vez la secuencia de la visita de Shúrik, desde el primer hasta el último minuto, como si pretendiera fijar en su memoria todos sus movimientos, dar a cada palabra que él había pronunciado todas las posibles interpretaciones y conservar en formol ese encuentro para siempre, Shúrik, en cambio, continuaba viviendo en un mundo donde Svetlana estaba del todo ausente.

Svetlana no salió de casa durante cuatro días, esperaba la llamada telefónica de Shúrik. Y eso que sabía perfectamente que no le había dado su número de teléfono. Al quinto día salió de casa. El miedo a estar ausente cuando llamara la obligó a ir corriendo a la tienda y a la farmacia.

–¿Me ha llamado alguien? –le preguntó a su vecino gordo, y el cerdo viejo le respondió con sarcasmo:

–Sí, ¿cómo no? Pero se cortó la comunicación...

A medida que se escurría la semana, la certeza de que Shúrik la llamaría ese día a toda costa se vio sustituida por la convicción, igual de absoluta, de que no la llamaría nunca. En las perchas del armario, protegidas con viejas sábanas, colgaban el impermeable diseñado con la capucha a juego y el forro de cuadros, y una nueva pelliza de ciervo, mejor dicho, una chaqueta larga. Svetlana estaba armada de pies a cabeza. El primer intercambio de palabras fue cordial y el encuentro amoroso se había consumado –el primero, bajo el signo del colmillo, no contaba–. Y ahora todo colgaba inútil, sin valor, como aquellas magníficas prendas en el armario...

Una semana después marcó el número de Shúrik. La vieja señora contestó y Svetlana colgó. Al día siguiente fue Shúrik quien respondió. A Svetlana se le hizo un nudo en la garganta, no pudo articular palabra. ¿Qué podía decirle? Estuvo dos días sin comer ni dormir, trabajando toda la noche en las flores de seda. Sabía que tenía que ir a ver a Zhuchilin, pero siempre aplazaba la visita.

Al tercer día, al anochecer, se enfundó la pelliza y se dirigió a casa de Zhuchilin. Sin embargo, fue a parar a la estación Bielorrusia. Y de allí se acercó a la casa de Shúrik.

Permaneció allí de pie. No lo esperaba. Solo permaneció de pie. Después volvió a casa. Cada día se proponía ir a ver a Zhuchilin, pero acababa delante de aquel edificio. Finalmente lo vio salir. Ella le siguió los pasos. Con mucha habilidad. Le siguió hasta la Puerta Roja. Sintió un cansancio terrible y volvió a casa. Dos días después, volvió a seguirlo en secreto hasta la estación Sókol. Salió del metro y se desvió por la calle Baltiiski.

Durante dos semanas estudió su rutina diaria: nunca salía de casa antes de las cuatro de la tarde. Una vez lo siguió al teatro adonde acompañaba a su madre. Ahora sabía con detalle buena parte de sus movimientos: Sókol, calle Kachálov. Sabía en qué bibliotecas trabajaba. Averiguó el número del piso en la calle Kachálov donde, dos veces en esas dos últimas semanas, él se había quedado hasta tan tarde que tuvo que volver a casa antes de que saliera...

Shúrik no la vio ni una sola vez. En Svetlana se despertó la pasión de un detective, conocía todos sus escondites, excepto el de Matilda, dado que Matilda en ese momento se encontraba en Vishni Volochok. Compró una libreta donde registró todos los movimientos de Shúrik.

Svetlana todavía no había ido a ver a Zhuchilin, aunque era consciente de que tendría que haber ido hacía tiempo. Un día se encontró por casualidad a su mujer en la calle. Nina Ivánovna insistió en que fuera con ella a casa. Zhuchilin habló cinco minutos con Svetlana y le recomendó una hospitalización inmediata. Svetlana aceptó la sugerencia contra todo pronóstico, exhausta de sus actividades de agente secreto.

Zhuchilin disponía en su departamento de una sala para mujeres con seis camas donde alojaba, en la medida de sus posibilidades, a sus pacientes predilectas. Casi siempre congregaba allí a un público cultivado, maníaco-depresivas en un estado no demasiado crítico. A veces Zhuchilin celebraba sesiones de psicoterapia de grupo. Fue en esa sala donde Svetlana estuvo hospitalizada durante la última crisis, y de nuevo le hizo un lugar entre sus elegidas. Allí Svetlana conoció a Slava, una orientalista de cuarenta y tantos años, una suicida veterana que tenía en su haber ocho intentos de suicidio exitosos, desde el punto de vista médico.

Se hicieron amigas. Slava le leía sus traducciones de poetas persas mientras Svetlana bordaba un ramo de lilas en un retal del tamaño de una caja de cerillas, haciendo algunos puntos en relieve, de manera que la lila diminuta parecía cobrar vida en la tela, y admiraba los poemas.

–¡Un poco más y tus flores exhalarán perfume! –exclamó Slava, maravillada a su vez por el talento manual de su nueva amiga.

La segunda semana comenzaron las confesiones mutuas, y Slava adivinó que el príncipe azul de Svetlana era Shúrik, el traductor, que vivía con su madre en la calle Novolésnaya, que resultó ser el hijo de Vera Aleksándrovna Korn, una vieja amiga de su madre. Las dos estaban encantadas con ese cúmulo de coincidencias.

Slava conocía a Shúrik desde la infancia, recordaba a su excepcional abuela, que le había dado clases de francés cuando era niña, y le contó a Svetlana todo lo que sabía de esa curiosa familia. Kira, la madre de Slava, significaba mucho para Vera: era la única persona que recordaba al padre de Shúrik, el legendario Aleksandr Siguizmúndovich.

Zhuchilin mantuvo hospitalizada a Svetlana durante seis semanas. La salvó de un empeoramiento. A Slava, por su parte, le dieron el alta una semana antes. Las voces siniestras que la acosaban, empujándola al suicidio, acabaron por dejarla en paz.

Las dos pacientes del doctor Zhuchilin, que entretanto habían trabado amistad, empezaron a encontrarse de vez en cuando en el Café Praga, donde tomaban café y comían pastelillos de chocolate cremoso. Svetlana le regaló a Slava el ramo de lilas, que había enmarcado, y Slava la obsequió con una antología de poesía persa que incluía cuatro poemas traducidos por ella. El segundo regalo que Slava le hizo a su nueva amiga era definitivamente fabuloso: la invitó a la fiesta de cumpleaños de su madre. Eran pocos los invitados: el hermano de su madre, un militar retirado, y su mujer, una sobrina y dos amigas. Una de esas amigas era Vera Korn que normalmente iba acompañada de Shúrik. Era con lo que soñaba Svetlana: encontrarse con Shúrik no en la calle, como por casualidad, sino en una fiesta de gala, en una casa respetable, de improviso... Su orgullo femenino le impedía llamarlo por teléfono. Pero verlo en ese contexto, en una casa decorosa, le permitiría echarle el anzuelo como es debido.

Svetlana repasó mentalmente una y otra vez decenas de variantes hasta que dio con el anzuelo satisfactorio: a través de una amiga que trabajaba en una farmacia consiguió el prospecto de un nuevo medicamento francés. Era exactamente lo que necesitaba. Ahora tenía la excusa para que Slava lo invitara: la traducción del prospecto...

Se reunieron todos alrededor de la mesa, en casa de Kira Vasílievna. Shúrik reconoció inmediatamente a Svetlana, aunque su cita con anginas se remontaba a seis meses atrás. Shúrik se la presentó a su madre, recordándole la historia del colmillo de mamut que la encantadora Svetlana había dejado caer sobre su pie... Se sentaron el uno al lado del otro, y Shúrik se ocupó de las dos mujeres: les servía vino y les acercaba el plato de pescado.

Su primer encuentro, marcado por aquel condenado colmillo, no había sido el mejor, como un movimiento que empieza con el pie equivocado. En suma, había sido un simple encuentro en la calle, estúpido y fortuito. La cita de las anginas había quedado en el aire por una razón incomprensible. Ahora era como si pudiera reescribir todo el argumento de nuevo: en una casa respetable, sentados a la mesa, en presencia de su madre. De ahora en adelante todo podía ir de una manera totalmente diferente. Svetlana pertenecía a ese círculo: era la amiga íntima de la hija de una amiga de la madre de Shúrik. Por lo demás, su abuela había acabado la escuela secundaria como la abuela de Shúrik. En la ciudad de Kiev. Su abuelo también. Y su madre era muy activa en el ámbito cultural, dirigía un club. Su padre había sido militar...

Svetlana odiaba a su madre: esta había abandonado a su familia para irse con un superior de su marido, a ella la había dejado con su padre, y se había llevado a su hermano pequeño. Unos años más tarde su padre se pegó un tiro y Svetlana acabó en casa de su abuela, con la que no hacía buenas migas: se pinchaban constantemente, pero no podían prescindir la una de la otra. Ahora, su difunta abuela —una viejecita acaparadora y malsana— despertaba en Svetlana un sentimiento de gratitud, como si le echara una mano para introducirla en un círculo de personas decentes... Svetlana tenía la sensación de provocar en los presentes una impresión favorable, y sonreía a todos con amabilidad, pero le dijo a Shúrik:

—Estuve enferma bastante tiempo y no te pude llamar para darte las gracias por las medicinas. Sin embargo, ahora tengo otro problema... Me enviaron un medicamento desde Francia y el prospecto está en francés. ¿Me lo podrías traducir?

–Desde luego, Svetlana. Ya he traducido textos farmacológicos antes. Espero poder hacerlo.

Y entonces Svetlana sacó de su bolso un papel con su número de teléfono que había preparado de antemano.

–Llámame y quedamos un día...

La estrategia de los medicamentos, a la que ya había recurrido la primera vez, volvió a funcionar. Shúrik la llamó. Fue a verla. Tradujo. Tomó té. Y, otra vez, Svetlana tuvo que darle un empujón...

«El problema es que es demasiado tímido», decidió Svetlana. Y cuando lo comprendió, todo se volvió más fácil: ella le llamaba y lo invitaba, y él acudía al encuentro. Pocas veces declinaba la invitación, y si lo hacía era por una causa justificada: un trabajo urgente o una indisposición de su madre... Y siempre, en cada visita, Vera Aleksándrovna le mandaba un saludo.

43

El invierno de 1981 quedó marcado en la memoria de Vera Aleksándrovna por los dolores que le ocasionaba un hueso del pie y por la conmovedora correspondencia que mantenía con Maria. La niña escribía con una caligrafía menuda, con caracteres de imprenta y, para su asombro, con pocas faltas de ortografía. El contenido filosófico de aquellas cartas infantiles todavía era más sorprendente.

«Buenos días Vera Aleksándrovna por qué cuando pregunto tú me contestas y nadie más me contesta nunca por qué hace frío en invierno para qué hay yemas amarillas dentro de los huevos te quiero y a shúrik también los demás no son como vosotros dime soy tonta o inteligente?»

Durante mucho tiempo Maria se confundía con los patronímicos, olvidaba letras, las añadía, pero, al fin y al cabo, se salía con la suya. Las palabras «tonta o inteligente» las había escrito en un tamaño más grande que el resto, faltaban los signos de puntuación, excepto un enorme interrogante al final, torcido y dibujado con lápices de colores.

Vera pensaba largo y tendido en cada una de las cartas y escribía las respuestas en el dorso de bonitas tarjetas postales. No eran ni gatitos ni flores, sino reproducciones de cuadros famosos de grandes pintores. En el paquete que le preparaba incluía juegos y libros que Shúrik tenía que llevar a correos y enviar.

Todo el invierno Shúrik acompañó a su madre a fisioterapia, donde seguía un tratamiento para el hueso que se le agrandaba, y cada noche le hacía friegas en el pie con una pomada homeopática y un ungüento que iba a buscar a casa de un conocido herbolario que había encontrado en la agenda de su abuela.

Por otra parte, el hueso no impedía que Vera impartiera clases a las niñas: le dolía exclusivamente por la noche. A veces se despertaba del dolor, no era muy fuerte pero lo suficientemente molesto para hacerle perder el sueño. De todas formas, en general, a diferencia de la mayoría de las personas de su edad que se precipitaban por una pendiente, si puede decirse así, y que subsisten por inercia, sin gusto por nada, Vera había tomado una dirección inesperada y entró en una fase ascendente. Gracias a la ridícula idea del difunto Mermelada, su energía creativa, que en otro tiempo se animaba solo por el contacto con el arte ajeno, más bien como el eco de unas posibilidades enterradas, ahora había encontrado un cauce real. Resultó que en Vera también dormitaban las aptitudes pedagógicas de la madre, ahogadas por la abundancia de grandes talentos de los que siempre estuvo rodeada, y sus modestas capacidades solo se despertaron en el último tramo de su vida, ante un puñado de niñas ignorantes que respiraban dócilmente bajo su batuta.

Por la noche, cuando el huesecito dolorido le impedía dormir, soñaba con el verano. Lena les llevaría a Maria y vivirían juntas en la dacha. No debía olvidarse de recordar a Shúrik que a principios de marzo tenía que ir a ver a la casera Olga Ivánovna para que les alquilara las habitaciones que ocupaban en tiempos de Yelizaveta Ivánovna. Sus pensamientos tomaban unos derroteros domésticos bastante insólitos: sería una buena idea que ese verano prepararan la despensa para el invierno, como hacía su madre: mermelada de fresas, arándanos triturados con azúcar, confitura de albaricoque... Tenía que preguntarle a Irina si sabía preparar la mermelada de albaricoque con hueso, como hacía su madre... Además, pensaba en cómo podía convencer a Lena Stovba para que no pudiera negarse a lo que quería proponerle. Por supuesto, lo más importante era que Shúrik la ayudara... Por otra parte, estaba segura de Shúrik: en sus planes le asignaba al hijo un papel importante.

Vera a menudo comentaba con Shúrik las cartas de Maria. Se estaba trabando una relación personal entre la pequeña de seis años y la anciana, que existía con total independencia de Shúrik y Lena. Entretanto, los asuntos de Stovba no iban viento en popa, algo que, por supuesto, Vera Aleksándrovna no podía saber. Cuando Lena consiguió el certificado indispensable para el divorcio, la urgencia había pasado: recibió la noticia de que el matrimonio ficticio no se celebraría porque ese americano canalla, destinado a ser su marido, había desaparecido después de que Enrique le adelantara una suma de dinero. Ahora no había urgencia en divorciarse. Acordaron que Lena le enviaría los documentos necesarios, Shúrik solicitaría el divorcio solo y ella volvería a Moscú en la fecha indicada.

Después de prepararse para esa importante conversación, pero al mismo tiempo sin tener la menor duda de que Shúrik lo aprobaría, Vera le dijo que quería invitar a Maria ese verano a la dacha. Shúrik reaccionó con bastante indiferencia y Vera se sintió decepcionada por la apatía con la que Shúrik acogió la posible llegada de esa niña extraordinaria.

—No tengo nada en contra, Verusia, solo temo que sea demasiado agotador para ti. Pero como quieras. Este año no podré pasar mucho tiempo en la dacha y, de todas formas, creo que sería una carga excesiva para ti...

Vera Aleksándrovna escribió a Lena y obtuvo un consentimiento vago.

A pesar de todo, Lena quería volver a Moscú para el divorcio. Aunque el procedimiento ya no tuviera ninguna urgencia,

Lena comprendía que, tarde o temprano, debía liberarse de ese matrimonio sin sentido. Nunca se había separado de su hija y la propuesta le pareció extraña, pero Maria se alegró de una manera inesperada. Era el último verano antes de empezar la escuela, y aunque Rostov era una ciudad meridional con un gran río, no dejaba de ser industrial y polvorienta. Lena nunca había disfrutado de unas vacaciones veraniegas y decidió dejar que su hija fuera. Vera se haría cargo de su hija, pero solo un mes y no todo el verano.

A finales de mayo, cuando Shúrik estaba casi listo para hacer la mudanza a la dacha, es decir, cuando había metido en cajas, siguiendo la lista interminable que Yelizaveta Ivánovna había redactado hacía mucho tiempo, todas las provisiones y objetos indispensables –desde el azúcar en polvo hasta el orinal–, Lena les trajo a Maria. También llegó Irina Vladímirovna y Shúrik las acompañó a la dacha con gran solemnidad. Se presentó la demanda de divorcio y la fecha se fijó para finales de agosto. Lena tenía la sensación de haber dado otro paso más hacia Enrique.

Lena pasó dos días en la dacha con su hija. Le gustó mucho aquel lugar: la naturaleza, la calma y el modo de vida tan distinguido de la familia.

«Un verdadero nido de aristócratas», pensó con tristeza.

A Maria también le gustó mucho la dacha, siempre estaba pendiente de Vera Aleksándrovna, y Lena, que la había criado sin ayuda de nadie, se sintió herida por la atracción excesiva de su hija hacia Vera, pero la justificaba por la ausencia de una verdadera abuela en la vida de la niña. Ella, como Shúrik, había sido educada por su abuela y era a quien más quería de su familia...

Volvió a su casa con sentimientos encontrados, le parecía que Maria la había dejado marchar con demasiada facilidad. Acordó con Vera Aleksándrovna que la pasaría a buscar al cabo de un mes y entonces juntas decidirían si se la llevaba de vuelta a Rostov o si la dejaba allí hasta el final del verano. Lena, que nunca había estado más de unas horas alejada de su hija, había decidido de repente separarse de ella durante una larga temporada. Experimentó al mismo tiempo un sentimiento de angustia y de liberación, eran unas vacaciones temporales de su maternidad, con la que había cargado a solas durante casi siete años, en exclusividad y sin descanso. Un sentimiento de libertad ilícito...

Cuando Shúrik llegó tres días después de la mudanza con dos bolsas repletas de comida, descubrió que su madre y la niña eran Verusia y Múrzik la una para la otra, y así sería para siempre.

Maria recibió a Shúrik con una alegría desbordante, dando saltitos de impaciencia a su alrededor, botando como una pelota y haciendo esfuerzos por colgársele al cuello. Shúrik dejó las bolsas en el suelo y, volviéndose de improviso, la cogió por la cintura y la tiró sobre el sofá. Maria lanzó un chillido de alegría y rebotó como un muelle. Se desató una pelea cuerpo a cuerpo. Shúrik la subía a hombros, ella agitaba los brazos y las piernas en todas las direcciones y él la hizo girar, con el extraño sentimiento de haber vivido antes una situación parecida... ¡Lilia! Era Lilia a la que hacía girar y saltar en el aire, era ella a la que le gustaba colgarse de esa manera, pataleando con sus pies calzados con botines de punta.

–Ah, mi pequeña Múrzik –exclamó Shúrik lanzándola al sofá.

La niña bajó de un salto al suelo y se abalanzó sobre una de las bolsas, que vació a toda velocidad. Encontró un pequeño cartón de zumo de cereza que Shúrik había conseguido a través de unos misteriosos distribuidores por mediación de Valeria. Shúrik cogió la pajita que llevaba pegada a un lado y la puso dentro:

–¡Toma, bebe!

Maria aspiró con la pajita el zumo sintético finlandés y, cuando Shúrik acabó el contenido entre sorbos, la niña puso los ojos en blanco y dijo con aire soñador:

–Cuando sea mayor no beberé otra cosa, ¡lo juro!

Y se puso a estudiar el cartón con detenimiento para no confundirlo con otro en el futuro.

Luego Shúrik fue con la niña al estanque. Para su sorpresa, Vera los acompañó. Se sentó en la orilla mientras ellos chapoteaban en el agua fría. Maria hizo todo el camino de regreso montada a horcajadas sobre la espalda de Shúrik, ordenándole que corriera:

–¡Eres mi caballo! ¡Más rápido! ¡Deprisa!

Y Shúrik trotó dando saltos. Detrás de ellos iba Vera, que saboreaba el placer de la inesperada combinación: ya no eran dos sino tres. Cuando Shúrik y Maria llegaron al galope a casa, Vera les dijo:

–Niños, ¡lavaos las manos!

Y esto los igualó de inmediato.

Vera pasó dos semanas con Múrzik. Irina Vladímirovna gravitaba alrededor de ellas con una distancia bien marcada: solo se le permitía lavar la ropa de la niña. De todo lo demás –las comidas, los paseos y acostarla– se ocupaba Vera Aleksándrovna. Eran precisamente los cuidados que, en la infancia de Shúrik, habían recaído sobre Yelizaveta Ivánovna o una niñera.

Vera descubría tardíamente esas alegrías de la maternidad que antes no había conocido: el dulce bostezo matutino de un niño que todavía no se ha despertado del todo y la explosión de energía que se desata cuando los pequeños pies descalzos rozan el suelo, el bigote de leche del desayuno que Maria se limpiaba con el puño y sus impetuosos saltos acompañados de abrazos después de quince minutos de separación... Shúrik con cinco años era un niño de buen corazón y un poco lento y torpe, mientras que ese pequeño pájaro de pelaje oscuro gorjeaba, brincaba y se regocijaba sin parar, y Vera Aleksándrovna le pisaba los talones, temiendo perderse una sonrisa, una palabra o un movimiento de cabeza.

Vera preparaba a Maria para su entrada en la escuela, le hacía leer, escribir y realizar algunos ejercicios físicos: estiramientos, movimientos rítmicos, todas las tonterías que había aprendido en la escuela de teatro... O simplemente se sentaban las tres, incluida Irina, y deshuesaban cerezas: Irina sacaba los huesos hábilmente con ayuda de una horquilla, Múrzik con un instrumento especial y Vera con un pequeño tenedor. Múrzik se tapaba con trapos de cocina, pero el zumo de las cerezas la salpicaba de todos modos, unas veces en el *sarafán*, otras en sus mejillas atezadas o en los ojos, entonces pegaba un salto, sacudía la cabeza e Irina corría a buscar agua previamente hervida para lavarle el ojo.

Un día Vera colocó sobre la mesa un jarrón con flores amarillas y las dos se pusieron a dibujar. A Maria no le salía el dibujo, se enfadó, refunfuñó, pero Vera la ayudó un poco y el dibujo mejoró. Entonces Maria cogió un lápiz rojo y escribió en la parte inferior del papel con letras grandes: «Maria Korn».

Vera se desconcertó: ¿qué explicación podía haber? Después de un instante de indecisión, cogió el cuaderno donde hacían ejercicios y le pidió a Maria que pusiera su nombre.

La niña escribió por segunda vez: «Maria Korn». Vera no le hizo preguntas. Con gran impaciencia esperaba a Shúrik. Una sospecha absurda germinó en ella: ¿Y si...? En contra de lo que dictaba el sentido común, Vera comenzó a buscar rasgos de semejanza entre Múrzik y su hijo, y ¡encontró un montón! Su amor desbordante buscaba razones para justificar su origen y, en lo hondo de su alma, se convenció de que no era cosa del azar que la niña llevara ese apellido.

Hacía tiempo que Shúrik esperaba ser descubierto, comprendía que tardaba en reconocer ese matrimonio absurdo, pero no encontraba las fuerzas para entablar esa conversación. Además, esperaba que le concedieran el divorcio de Lena de un momento a otro, entonces Lena se llevaría a la niña de vuelta a Rostov o a Cuba, o a donde ella quisiera, y toda esa historia acabaría sin tener que molestar a Vera.

En cuanto llegó Shurik, ejecutó una danza ritual con Maria a sus hombros y, después de lanzar entre chillidos a la niña sobre el sofá, sintió que algo le pasaba a Vera. Se quedó callado y esperó.

Acostaron a Maria, enviaron a Irina Vladímirovna a su dormitorio y se sentaron a solas, a la luz del porche. Le formuló la pregunta sin rodeos, algo poco habitual en Vera:

–Dime, Shúrik, ¿por qué Maria lleva nuestro apellido? ¿Es tu hija?

Un sudor frío empapó a Shúrik, pillado en flagrante delito. Se ruborizó y se quedó paralizado, como ante un examen de química cuando no se saben las respuestas, y se sorprendió: ¿cómo podía pasársele por la cabeza esa idea a su madre? ¡Le habían dejado muy claro quién era el padre de la niña!

–Perdóname, Verusia, debería habértelo contado hace tiempo...

Shúrik le reveló tardíamente a su madre el secreto de su matrimonio ficticio y le explicó el viaje a Siberia para el nacimiento de Maria.

Vera estaba asombrada. Conmovida. Y sobre todo emocionada. Ella también había sido madre soltera, pero la inteligente y enérgica Yelizaveta Ivánovna la había compensado de su herida social.

Aunque no le fue revelado nada que no supiera ya de la vida de Lena Stovba, ahora sentía, después de saber con qué nobleza se había comportado Shúrik, una compasión más profunda hacia esa mujer, y le hubiera gustado que Maria fuera verdaderamente su hija, su nieta, poco importaba, con tal de que se quedara en casa. Por primera vez en su vida lamentaba no haber tenido una hija en lugar de un hijo... Pero Shúrik era maravilloso. Tan noble... Se había casado con esa chica cuando ella se encontraba en apuros, había reconocido a su hija y todo sin decirle ni una palabra a ella, Vera, con la intención de no afligirla... ¡Qué propio de él!

Shúrik, esforzándose en dar a la historia un viso humorístico, recordó el piso del secretario del comité provincial del Partido, enorme como un laberinto, por el que vagó toda la noche en busca del cuarto de baño, al abuelo y a la abuela, dos viejecitos achacosos que vaciaban alegremente el vaso de vodka e hincaban el diente a unas empanadillas de un tamaño colosal que, en cualquier casa normal, se habrían considerado un pastel de cuerpo entero.

—Lena no es tan ingenua como aparenta, Shúrik —remarcó Vera—. Me la imaginaba diferente por lo que contaba Alia...

—Desde luego. Lena es una mujer de carácter. ¡Pero si vieras a su padre...!

Y le contó cómo lo habían obligado a recorrer las enormes fábricas siberianas, pero no para enseñárselas sino para exhibirle ante el personal, como prueba irrefutable y viviente del decoro absoluto en la familia del primer hombre de la región.

—El padre... ¡es increíble! No te imaginas las costumbres que tienen... Si no me hubiera casado con ella, ni siquiera habrían permitido que Lena, embarazada, entrara en su casa.

—Sí, sí —asentía Vera—. Pobre niña...

No quedaba claro a quién se refería con lo de pobre niña, si a Lena o a su hija. Para Vera el anuncio de Shúrik, sin embargo, lo cambiaba todo. Ante ella emergía la visión de una familia: una madre, un padre y una hija. Es decir, Lena, Shúrik, Maria... Solo una figura estaba de más: la del padre invisible. Pero era como si no existiera...

—Dime, Shúrik, ¿qué sabe Maria de su padre? —le preguntó Vera, dejándose llevar por sus pensamientos y sentimientos, de los que no era del todo consciente.

—No tengo la menor idea —respondió Shúrik con franqueza—. Habría que preguntárselo a Lena.

306

A Shúrik, en realidad, no le interesaba en absoluto lo que Maria pensara sobre su padre.

En vísperas de la llegada de Lena, Maria por sí misma descubrió a Vera Aleksándrovna su gran secreto: su papá era un auténtico cubano, muy guapo y muy bueno, pero nadie debía saberlo... Maria rebuscó en la caja redonda de hojalata donde guardaba sus tesoros de niña y sacó la foto de un hombre de una belleza ejemplar pero de otra raza. Llevaba una camisa blanca, con el cuello abierto, y su cabeza reposaba sobre un cuello largo pero nada delgado, como un cubo sobre el poste de una valla, parecía que pudiera girar en cualquier dirección, incluso sobre su eje, y su boca sobresalía un poco, pero sin avidez.

Este gesto significaba que Maria había dejado que Vera se adentrara en su intimidad más estricta. Su madre le había hablado ya de su padre hacía mucho tiempo, pero hasta ese momento la niña no había dicho ni una palabra a nadie y nunca había enseñado la fotografía a nadie...

A finales de junio llegó Stovba. Shúrik la llevó a la dacha. El reencuentro fue de un ardor difícilmente imaginable. Maria daba vueltas alrededor de su madre como una rueda, se encaramaba a ella como un mono y no la dejaba ni a sol ni a sombra. A la postre, se negó a irse a dormir sin su madre y se quedó dormida pegada a su lado.

No es que Vera Aleksándrovna asistiera a esa explosión de sentimiento con desaprobación, pero le parecía que era necesario amainar un poco esa tormenta de emociones, en lugar de avivarla. Por esa razón Vera se mostró más reservada que de costumbre, incluso hablaba más bajo y, por la tarde, se sintió indispuesta y se acostó más temprano de lo habitual. Maria irrumpió en su habitación para darle un beso de buenas noches. Le estampó un beso ruidoso y le preguntó muy deprisa, como una ametralladora:

—¿Vendrás mañana con nosotras al estanque?

El pronombre hirió levemente a Vera: con nosotras, con ellas..., y yo, ahora, estoy apartada a un lado...

–Ya veremos, Múrzik. Nosotras aún tenemos cosas por hacer... ¡enseñarle a mamá lo bien que lees y escribes!

La niña pegó un salto.

–¡Me había olvidado del todo! ¡Se lo enseñaré!

Shúrik se fue a la mañana siguiente para ocuparse de sus traducciones, y Lena se quedó en la dacha por dos días. Vera no le había preguntado si Maria prolongaría su estancia. No se decidía. Tenía miedo de que una palabra mal dicha incitara a Lena a llevarse a su hija. Guardó silencio. Al tercer día Lena dijo durante el desayuno:

–¡Qué bien se está en su dacha, Vera Aleksándrovna! Mucho mejor que en el Cáucaso, palabra de honor. No me iría a ningún lado... Le doy las gracias por todo. Maria y yo nos iremos mañana. Quizá volvamos más adelante, si nos invita –dijo Lena soltando una risita.

Vera Aleksándrovna no tuvo tiempo de pronunciar la frase que había preparado cuando resonó el alarido de Maria:

–¡Mamá! ¡Un poco más! ¿Por qué no nos quedamos un poco más! Verusia, ¡invítanos a quedarnos!

Saltaba de su madre a su Vera, y de Vera a su madre, les tiraba de la mano, imploraba. Vera no había contado con ese apoyo. Aguardó un momento, después le pidió a Irina que preparara media cafetera y se arregló el peinado. Lena no sabía qué hacer. Maria, que se había sentado en su regazo, le susurraba al oído.

–¡Por favor, por favor!

–¡Queridas mías! ¿Sabéis? Estaría muy contenta de que os quedarais. Es verdad, Lena, ¿no podrías quedarte un poco más? Sería maravilloso. Tenemos unos vecinos encantadores, solo vienen los fines de semana y estoy segura de que nos cederían una de sus habitaciones entre semana o, por lo menos, la terraza.

Sin embargo, para Lena era el momento de regresar. Estaba firmemente decidida a volver a Rostov con Maria. Le habían prometido, casi confirmado, una plaza en agosto para unas colonias de verano en Alupka. Aunque, en realidad, tal vez sería mejor dejar que Maria se quedara un mes más...

—¡Mamá! ¡Quedémonos! ¡Te lo ruego! ¡Quedémonos aquí para siempre!

Vera Aleksándrovna, al ver la cara de desconcierto de Lena, entendió que sus posibilidades iban en aumento.

—Bueno, bueno... —se rindió Lena—. Entiéndelo, Maria, debo volver a trabajar. Tengo que irme. Además, Vera Aleksándrovna, seguro que usted está cansada. Necesita descansar...

—¿Sabes, Lena? Estaría muy contenta si las dos pudierais quedaros. Pero si dejas aquí a Maria, te garantizo que no le haremos ningún daño... Es nuestra querida niña.

Maria iba de las rodillas de su madre a las de Vera, y viceversa, y otra vez a las de Vera. Y el asunto se zanjó. Maria se quedaría hasta el final del verano.

Fue un verano maravilloso, como hecho por encargo: un mes de junio suave, un mes de julio potente, con días tórridos y fuertes chaparrones al atardecer, un mes de agosto lánguido que dejaba marchar el calor a regañadientes. Vera se sorprendía al pensar que cada vez se parecía más a su difunta madre. No exteriormente, por supuesto —Yelizaveta Ivánovna siempre había sido una mujer gruesa y corpulenta, con una cara expresiva, pero más bien fea, mientras que a Vera le había tocado un aspecto delicado que ganaba en distinción a medida que envejecía—, sino interiormente, por esa alegría de espíritu que siempre había caracterizado a Yelizaveta Ivánovna.

Ya fuera porque se había resignado con los años a su mala suerte, o porque la había superado, lo cierto es que cada vez experimentaba más a menudo una felicidad desconocida, que le brotaba de repente ante pequeñas cosas: el vuelo de un pájaro, la visión de un fresal en plena floración con bayas verdes encima, o estando delante de Múrzik cuando la niña alborotaba en el desayuno, mientras intentaba desmigajar el pan furtivamente para llevárselo a los pollitos; Irina Vladímirovna no permitía que a los pollitos se les diera pan, solo grano... Y Vera sonreía, asombrada de su buen humor invariable.

«Es influencia de Múrzik —se decía, e iba más allá en sus pensamientos—. Ahora comprendo por qué a mamá le gustaba tanto trabajar con niños: emana de ellos una alegría tan fresca...» Vera había concebido un plan hacía tiempo, de hecho lo tenía todo preparado, solo debía llevarse a Shúrik a su terreno. Por otra parte, siempre podía confiar en su hijo. Pero era indispensable mantener una conversación con él.

Estaban sentados en la terraza. Maria dormía ya. La lámpara, que colgaba cerca de la mesa, emitía una luz tenue a través de la pantalla de fabricación casera. Aunque durante el día hacía un calor intenso, por las noches refrescaba, y Vera se echó la chaqueta sobre los hombros. En casa reinaba una atmósfera especial, parecía que el sueño de la niña confiriera mayor consistencia al aire, ya de por sí denso, e impregnara todo el espacio cercano de imperceptibles irradiaciones, dando lugar a una paz profunda...

Shúrik, poco perspicaz por naturaleza, no captaba los detalles ni observaba los matices si no atañían a su madre. En cambio, por lo que respecta a Vera, había alcanzado una gran sofisticación: percibía el más mínimo cambio de humor y su atención, por lo general distraída, registraba hasta los detalles más mínimos de su ropa, el color del semblante, un gesto, un deseo no expresado... Ahora comprendía que tenía algo importante que contarle.

—¿Cómo va tu trabajo? —le preguntó, pero era evidente que eso no la preocupaba.

Shúrik percibió en su pregunta una falta de interés por todos los detalles de su vida y le respondió sin más:

—Muy bien, mamá. Pero la traducción es más difícil de lo que me imaginaba.

A principios de mayo, previendo la tregua estival, había aceptado trabajar en un manual de bioquímica que otro traductor, antes que él, había iniciado y masacrado de modo catastrófico. En la actitud de Vera –la manera simétrica en que tenía colocadas las manos delante de ella y cómo se enderezaba ostensiblemente–, Shúrik olfateó la solemnidad que precedía a una conversación importante.

–Tenemos que hablar de una cosa.

Vera miraba a su hijo con un aire enigmático.

–¿Sí? –preguntó Shúrik ligeramente intrigado.

–¿Qué te parece Múrzik?

La pregunta de Vera sonó un poco desafiante.

–Es una niña encantadora –contestó con indolencia Shúrik.

Vera lo corrigió:

–¡Es única, Shúrik! ¡No hay otra como ella! Tenemos que hacer todo lo que esté en nuestras manos por esta niña.

–Verusia, ¿qué es lo que está en nuestras manos? La haces trabajar, la preparas para su ingreso en la escuela, ¿qué más puedes hacer por ella?

Vera mostró la más tierna de sus sonrisas y tocó el brazo de Shúrik. Le explicó que, ahora que había pasado tanto tiempo con la niña, estaba convencida de que tenía que vivir en Moscú, estudiar en una escuela moscovita, solo allí podrían ayudarla a desarrollar su indudable talento.

Vera quería que, después del verano, la niña se instalara definitivamente en Moscú y acudiera a una escuela de la capital.

Shúrik no entendió lo que se produjo en su interior. Claramente no le gustó la idea, pero no estaba acostumbrado a rebelarse contra su madre. Y, por eso, recurrió a un argumento externo:

–Lena nunca estará de acuerdo, mamá. ¿Has hablado con ella o es solo una idea tuya?

–¡Tengo un argumento de peso! –exclamó Vera con aire misterioso.

Shúrik, que no estaba acostumbrado a contrariarla, le preguntó a pesar de todo cuál era ese argumento que esgrimiría ante Lena.

Vera se echó a reír triunfante.

–Los idiomas, Shúrik. Los idiomas. ¡Múrzik necesita saber idiomas! ¿Y quién en Rostov del Don puede dar a la niña esa educación? ¡Lena no es idiota! ¡Tú le enseñarás a Múrzik inglés y español!

–Mamá, ¿qué dices? ¡Yo solo enseño francés! ¡No puedo enseñar español! ¡Una cosa es traducir un artículo y otra muy diferente enseñar una lengua! Nunca he estudiado español.

–¡Más a tu favor! Estarás motivado. ¡Conozco tus capacidades! –declaró Vera con un tono de orgullo y al mismo tiempo halagador.

–No me opongo, mamá. Solo creo que Lena no aceptará por nada del mundo.

Vera parecía desilusionada, había contado de antemano con el entusiasmo de Shúrik y se sintió un poco herida por su indiferencia...

Lena volvió a finales de agosto, el mismo día que se celebraba el divorcio, y se presentó directamente en el registro civil con aire sombrío. En cinco minutos estaban divorciados. Querían ir de inmediato a la dacha, pero, en honor a ese acontecimiento, Stovba compró una botella de champán y decidieron beberla en la casa de Moscú. Después Shúrik destapó la botella de coñac georgiano que le había dado Guiya.

Stovba estaba muy nerviosa. No era una persona habladora, ni simplona, pero el coñac la hizo cantar: los trámites para los papeles americanos de Enrique se eternizaban. Yan, el hermano mayor medio polaco de Enrique, había entrado en escena y había propuesto un plan ingenioso. Él viajaría hasta Polonia, ella, Lena, se reuniría con él gracias a una invitación concertada de antemano, se casarían y entonces podría entrar en Estados

Unidos como esposa de Yan y allí ya verían qué hacían... Todo estaba planeado para el mes de noviembre. Pero ignoraba si el departamento de visados local la autorizaría a viajar a esa Polonia maltrecha...

–Eso es todo, ¿comprendes? Una vez más todo se aplaza y se alarga –dijo Lena con un tono brusco–. ¡Así nos podemos pasar toda la vida esperando!

–Tal vez sea mejor así... –le dijo Shúrik para intentar consolarla.

–¿Por qué mejor así? –le preguntó Lena mirándole con aire amenazador–. ¿Qué es lo que es mejor? Tengo que pasar un mes entero en Polonia, pero nunca me dejarán salir con Maria. ¿Entiendes ahora los problemas a los que me enfrento?

Shúrik sirvió el resto del coñac en los vasos. Sin darse cuenta, de alguna manera, se habían bebido toda la botella, pero no estaban especialmente borrachos.

–Precisamente, mamá quería hablar contigo... De todas maneras, por Maria no hay problema. A mamá le gustaría que la apuntaras a una escuela en Moscú, así podría aprender idiomas... Déjala con nosotros, podría vivir medio año en nuestra casa y después te la llevas. Ya sabes que mamá la adora. Yo creo que... ¿Y entonces?

Lena dio la espalda a Shúrik, que no supo qué expresión mostraba de cara a la pared.

«¿Por qué hago todo esto? –recapacitó Shúrik–. Vera no lo aguantará...» Se quedó callado, asombrado por su caótica amalgama de sentimientos: de compasión hacia Lena, de angustia por su madre, de miedo ante la nueva responsabilidad que se avecinaba, y que tendría que cargarse a las espaldas, de preocupación, y el deseo profundo de solucionar unos problemas que no le incumbían en absoluto...

De repente, Lena se arrojó sobre él –y por poco derrama el vaso todavía medio lleno–, lo abrazó por el cuello y presionó sus gafas rígidas contra su clavícula. Su cabello erizado, cortado a cepillo, le pinchaba a él en la barbilla. Lena lloraba. Shúrik estaba confuso: por lo general sabía cómo comportarse en esas situaciones. Pero esta vez le había cogido desprevenido. Aunque siete años antes, en casa de Lena, ya se había producido algo impredecible: un amor romántico, en cierto modo...

–Estoy loca, ¿verdad? ¿Crees que estoy loca? ¡Soy una estúpida! Llevo siete años con esta historia, ¡es una locura!, no hay nada que hacer...

–No, Lena, no lo creo... –masculló Shúrik.

Lena se tumbó en el sofá de soltero de Shúrik y resonó su risa enigmática, de mujer ebria.

–¡No hay que darle más vueltas, Shúrik! ¡Vamos a celebrar nuestro divorcio! ¿Alguna objeción?

No había objeciones. Esta vez Lena no actuó como si tuviera a su lado a su romántico amado y todo fue como la seda, sin las complicaciones que se presentan con las mujeres embarazadas.

A la mañana siguiente fueron a la dacha. Había que prepararse para el traslado. El acostumbrado ritmo anual, con sus flujos y sus reflujos: el regreso de la dacha a casa, el Año Nuevo con abeto, la Navidad de la abuela, el traslado a la dacha...

Dos días más tarde, el 30 de agosto, Vera Aleksándrovna fue a la antigua escuela de Shúrik e inscribió a Maria en el primer curso. Con la misma partida de nacimiento que habían necesitado para el divorcio.

La víspera del 1 de septiembre por la noche, Irina Vladímirovna le confeccionó un uniforme, porque el traje escolar de color marrón, que le habían comprado con antelación, se había quedado colgado en un armario de Rostov del Don, y fue imposible comprarle uno nuevo en la tienda ese último día febril antes del inicio del curso escolar. En el armario de Vera encontró una cartera y material escolar. En la misma estantería donde Yelizaveta Ivánovna guardaba una reserva de regalos para todas las ocasiones de la vida.

Cuando Maria se encontró en el patio de la escuela, rodeada por un enjambre de niñas con lazos, ramos y delantales blancos, su felicidad fue indescriptible. Bailaba de impaciencia, como un potrillo sobre sus patas delgadas, con calcetines blancos, y su lazo temblequeaba sobre su cabeza color miel y, de vez en cuando, mordisqueaba los pétalos de las margaritas rosadas que tenía en la mano.

Lena la llevaba de la mano, y Vera, con una mano sobre su hombro, era casi tan feliz como Maria. Para completar el cuadro, Shúrik estaba de pie detrás de ellas, la cabeza un poco gacha y una sonrisa vaga esbozada en los labios.

La directora les dedicó unos minutos a pesar de la importancia del día. Saludó a Shúrik, acarició la cabeza de Maria y dijo:

–¡Qué niña más curiosa! No sabía que Shúrik tuviera una hija tan encantadora, Vera Aleksándrovna. ¡Una niña especial!

Maria sonrió a la directora y esta se sorprendió por la insólita audacia de esa sonrisa: no sonrió como una niña debe sonreír a una adulta, sino de igual a igual, como un invitado saluda a otro en una fiesta.

«¡Es una niña mimada!», intuyó al instante la experimentada directora.

Vera Aleksándrovna, presintiendo algo, se estremeció por primera vez: ¿cómo recibirían los compañeros de clase y los profesores a la pequeña mulata? Miró con angustia a las personas que había alrededor. Nadie prestaba una atención particular a Maria. Cada uno cuidaba de su niño, un alumno de primer grado provisto de su primera cartera y tan emocionado como Maria. Pero solo ella era diferente, poseía una cualidad inexplicable que, según le parecía a Vera, parecía humillar a todos los demás alumnos.

«¡Una nueva raza! –se dijo Vera–. Pertenece a esa nueva raza de mestizos que se describen en las novelas de ciencia ficción y que superan a todos tanto en belleza como en talento. Simplemente porque fueron los últimos en aparecer; cuando todos los pueblos establecidos ya habían desgastado su genética y envejecido, y estos absorbieron lo mejor de sus predecesores. Y si se les inculca la cultura será la perfección. Sí, sí, era como Aelita la marciana...».[1]

Después de la cena, Shúrik salió a toda prisa para ocuparse de otros asuntos. Maria, totalmente extenuada por las emociones de su primer día de escuela, cayó dormida en el camino del cuarto de baño a la habitación.

Vera y Lena todavía se quedaron charlando un buen rato en la cocina. Al principio, Lena se sentaba rígida como en una reunión del Partido. Golpeaba ligeramente con sus uñas duras sobre el borde de la mesa. Por su cara, era imposible saber en qué estaba pensando.

–No te preocupes, Lénochka. Múrzik estará bien con nosotros. La primera escuela, la primera maestra, son muy importantes para un niño.

Lena continuaba dando golpecitos en la mesa. Luego se quitó las gafas, se tapó los ojos con la mano y se quedó inmóvil, sin decir nada. Al final, unas lágrimas gruesas le corrieron despacio, por debajo de la mano. Sacó un pañuelo y se secó las mejillas.

–Soy una mala persona, Vera Aleksándrovna. Y crecí entre gente mala. Pero no soy estúpida. Mi vida no me lo permite. No sé cómo acabarán las cosas. Quizá en tres meses Maria y yo nos vayamos. O quizás debamos esperar tres años más. Nunca me había encontrado con gente como vosotros. Shúrik me ha ayudado tanto en los momentos difíciles. Y pensar que lo tomé por un tonto. Con los años he comprendido que pertenecéis a otra raza, sois personas nobles...

Vera se sorprendió: ¿Shúrik, tonto? Pero no dijo nada. Lena se sonó la nariz. La expresión de su cara era severa.

–No sabía que existía gente como vosotros. Mi familia es espantosa. Tanto mi padre como mi madre... Solo mi abuela pa-

1. Protagonista de una novela homónima de ciencia ficción (1923) de Alekséi Nikoláyevich Tolstói sobre una travesía a Marte. (*N. de la T.*)

rece un ser humano. Me echaron de casa con un bebé de cuatro meses. Mi padre me puso de patitas en la calle. Son unos monstruos. Y yo también sería un monstruo si no fuera por toda esta historia de Maria. Llevo una vida horrible. Trabajo... ¿Cómo explicárselo? En un taller ilegal, donde trabajan en negro. Me ocupo de la contabilidad. Si algún día se descubre, puedo acabar en la cárcel. Pero, sin este trabajo, no sé cómo habría salido adelante: el alquiler, la niñera de Maria durante todos estos años... «¡Dios mío! Contable por partida doble. ¡Lena utiliza las mismas artimañas que Faina Ivánova, mi antigua jefa!», se alarmó Vera Aleksándrovna.

–Lénochka, ¡tienes que marcharte de allí enseguida! Múdate a Moscú, adonde sea... ¡Te buscaré un trabajo como contable! –le propuso enseguida.

Lena rechazó la oferta.

–No, no vale la pena ni pensarlo. Estoy tan implicada que tendría que irme al otro extremo del mundo para huir –suspiró Lena–. No, es mejor que se lo cuente todo... Si no, tendrá una opinión demasiado buena de mí. Me acuesto con el jefe. Solo de vez en cuando. No me puedo negar. Dependo demasiado de él. Es un hombre que da miedo. Pero muy inteligente y astuto. Eso es todo.

«¿Por qué me cuenta todo esto?», se preguntó Vera. Y de repente lo comprendió: Lena Stovba era, a su manera, una persona honrada. Pobre chica...

Vera se levantó y acarició los cabellos claros de Lena.

–Todo irá bien, Lénochka. Ya lo verás.

Lena hundió su cara en el pecho de Vera y esta continuó acariciándole la cabeza mientras la joven lloraba a lágrima viva.

Se separaron como amigas íntimas: ahora compartían un secreto. Vera sabía algo de Lena que nadie más sabía, ni siquiera Shúrik. Y Vera sintió de repente que no era ella misma, sino más bien Yelizaveta Ivánovna. Durante un minuto, fue la mayor, la adulta.

Sintió que Lena le dejaba a su hija por un tiempo indefinido y que no se interpondría entre ellas. Y además: entre
ella y Múrzik no se interpondría Yelizaveta Ivánovna, y su maternidad incompleta, que en parte le confiscó su madre, podía
revivirla de nuevo, en toda su plenitud. Las cosas se arreglaban.
Todo se había unido y ajustado.

44

En las fiestas de noviembre Zhenia Rozentsweig estaba a punto de casarse, consecuencia de unas exitosas vacaciones de verano en Gurzuf con Alla Kushak, una estudiante de tercer curso del Instituto Mendeléyev. Shúrik conoció a la novia de Zhenia un poco antes de ese viaje –que acabó por convertirse en un viaje prenupcial– y le resultó muy simpática. Parecía una clave de sol: una cabecita de Nefertiti estirada, cuya melena pelirroja y áspera como la estopa recogía en un moño, un cuello alargado y un talle alargado y, toda esa silueta delicada, se posaba sobre un gran trasero redondo del que nacían dos piernas arqueadas. De esa manera Shúrik le describió a su madre a la novia de Zhenia, y ella sonrió ante esa comparación grotesca.

La circunstancia de que el matrimonio fuera real emocionó mucho a Shúrik. Todo era auténtico, maduro, y no se parecía en nada a su matrimonio ficticio con Stovba. Zhenia irradiaba una luz casi celestial, y anunció a Shúrik que Alla estaba embarazada casi el mismo día en que regresaron de Gurzuf.

«¿Por qué están tan felices?», se sorprendió Shúrik, y se acordó de Valeria, que había sido tan feliz cuando consiguió quedarse encinta, y de la infeliz Lena, que lo consiguió al primer roce de Enrique.

Shúrik había visitado la casa de los Rozentsweig varias veces. La novia se había mudado a casa de Zhenia, y Shúrik fue testigo del alegre corro judío que se organizaba alrededor de una mujer embarazada. La abuela de Zhenia, en particular, no paraba de agasajarla: entraba en la habitación a cada instante y ofrecía a Alla ciruelas, crema o un pedazo de pastel. Alla lo rechazaba y la abuela salía con aire ofendido para volver a entrar enseguida con un nuevo ofrecimiento.

—Tengo náuseas todo el rato. Lo único que me apetece son naranjas —se lamentaba con un hilo de voz infantil Alla.

Zhenia corría a la cocina para ver si había naranjas en la casa... No había. Más tarde el padre de Zhenia llegaba del trabajo y traía dos naranjas.

La madre de Zhenia canalizaba su energía por la vertiente médica, a veces llevaba a Alla a hacerse unos análisis, y otras a consultas de lumbreras para supervisar y mantener el flamante embarazo.

El banquete de boda se pensó para que tuviera cabida todo el mundo. Alquilaron un restaurante cerca del metro Semiónov y compraron las provisiones de comida con mucha antelación. El propio Shúrik había colaborado en la medida de sus posibilidades: Valeria le ofreció dos latas de caviar rojo de su lote especial para inválidos. Además, Shúrik compró un regalo de boda, un enorme oso de peluche con una cinta alrededor del cuello.

—¡Te has vuelto loco! ¡Es un regalo de lo más vulgar! —le reprobó Vera, y Múrzik heredó el regalo vulgar.

Shúrik compró otro, esta vez uno de buen gusto, un espléndido volumen de Rembrandt. Con el grueso libro debajo del brazo, se presentó a la boda judía. Se había congregado una multitud: según la lista, unos cien invitados, pero, por lo visto, uno de cada dos iba acompañado de un familiar o amigo. No había suficientes sillas. También se habían quedado cortos con los platos. En cambio, había orquesta y un animador para amenizar la fiesta,que se hacía llamar *tamadá*, en referencia a los maestros de brindis caucasianos.

Había comida para todo un regimiento. El restaurante alquilado preparó las mejores especialidades del menú: ensalada de remolacha, gratén de patatas con setas, creps de manzana y, lo nunca visto, los blinis que suelen servirse en los funerales. La cocina judía también estaba representada por sus mejores productos: pescado relleno, *forshmak*[1] y aves de corral en forma de paté, cuellos rellenos y cuartos de pollo marinados al ajo, por no hablar de la gran variedad de *strudels* y pasteles con semillas de amapola. Ensaladilla rusa, esturión y salchichas de cerdo ahumadas fueron la aportación rusa al menú del banquete nupcial. Todo lo que había sobrado del dinero que la familia Rozentsweig había ahorrado durante tanto tiempo para la compra de un automóvil Moskvich se lo gastaron en vodka. El vino era tan barato que ni siquiera entraba en la cuenta...

Shúrik no estaba acostumbrado a esa abundancia de comida. Las provisiones en su casa, cuando no estaba Irina Vladímirovna, eran más bien modestas. Cuando vio toda aquella fabulosa opulencia, se le despertó un apetito voraz y comió durante tres horas sin interrupción, haciendo pausas solo para beber. El *tamadá* soltaba pamplinas y patochadas, pero nadie le escuchaba porque incluso él, un profesional ducho en el arte de la oratoria, entrenado para animar grandes fiestas, era incapaz de hacerse oír por encima de aquel griterío de centenares de voces. Tampoco la orquesta, a pesar de sus esfuerzos, conseguía triunfar en el alboroto de la boda. Tres horas más tarde, Shúrik sintió que había comido demasiado. Comenzaron los bailes, pero no estaba en condiciones de participar.

Sin embargo tuvo que hacerlo. La encantadora Alla, con un vestido largo y favorecedor, que conseguía acentuar su cintura todavía excepcionalmente estrecha al tiempo que disimulaba su incipiente barriga y su trasero imponente, llevó hasta donde es-

---

1. Picadillo de arenque. (*N. de la T.*)

taba Shúrik a una chica pequeña, su prima hermana Zhanna. Resultó ser una enana adulta, bastante atractiva que, bien mirado, no era tan joven.

–A Zhanna le encanta bailar pero es tímida –dijo Alla con candor al presentarle de forma poco convencional a su prima.

Shúrik, como un condenado, se levantó arrastrando los pies de detrás de la mesa. Zhanna apenas le llegaba al cinturón de los pantalones. Sin duda, era más canija que Maria, una niña bastante alta para ser alumna de primer curso. Y bailoteaba intrépidamente. A Shúrik le costaba seguirla y, cuando perdía el ritmo, la cogía en brazos, y ella se desternillaba de risa con una voz infantil.

La boda daba sus últimos coletazos. La gente había comenzado a recoger ya los platos que habían traído de sus casas. Zhanna daba vueltas alrededor de él, como un juguete mecánico, y Shúrik sentía la necesidad imperiosa de salir de allí. Decidió marcharse a la francesa, sin despedirse de los recién casados, tenía que ir al lavabo. Tenía el estómago revuelto.

«Ahora, al guardarropas», se ordenó Shúrik a sí mismo. Pero a la salida de los lavabos lo esperaba Zhanna, con la pelliza puesta y un sombrero de muñeca.

–¿Vas a coger el metro? –le preguntó.

–Sí –respondió Shúrik con franqueza.

–Yo también. Bajo en la estación Bielorrusia.

Shúrik se había alegrado demasiado pronto: iban en la misma dirección.

Al llegar a la estación Bielorrusia, resultó que Zhanna tenía que coger el tren de cercanías para ir a Nemchinovka.

–Mis padres viven en Moscú, pero yo prefiero vivir todo el año en la dacha. Siempre se preocupan cuando vuelvo sola por la noche. Pero me acompañas, ¿verdad?

Desde que Maria estaba en casa, Vera se preocupaba menos por Shúrik. Sin embargo, se acordó de que todavía no la había llamado.

–Hasta Nemchinovka solo hay veinte minutos –le dijo ella en tono de queja cuando notó su reticencia.

Durante todo el trayecto, Zhanna cacareó atropelladamente, con una voz fina, hablaba de música y Shúrik supo que era músico.

–¿Qué instrumento tocas? –al fin dio muestras de interés Shúrik hacia su parloteo.

–¡Todos!

Zhanna se rió y su risa sonó provocadora y ambigua.

Bajaron al andén. Hacía frío. El suelo estaba duro como una roca a causa de la helada, pero todavía no estaba cubierto de nieve, aunque caía del cielo un polvo punzante. La casa estaba cerca de la estación. Shúrik se paró delante de la puerta, con la intención de despedirse y volver al tren. Zhanna rió con picardía.

–... El próximo tren pasa a las cinco y media... Tendrás que pasar la noche en mi casa.

Shúrik, con un aspecto lúgubre, se quedó callado.

–No te arrepentirás –prometió la renacuaja.

A Shúrik le dolía mucho el estómago y tenía que ir urgentemente al lavabo. Volvió a guardar silencio. Solo lamentaba una cosa: no estar en casa...

Zhanna deslizó su mano enguantada debajo del gancho colgante, caminó por el porche e insertó la llave en la cerradura. El metal chirrió. La llave giró pero no abrió. Zhanna intentó sacarla pero se quedó atascada. Shúrik también lo intentó. La llave giraba pero solo emitía un tintineo burlón. Dio un tirón y sacó el pasador doblado. El paletón de la llave se quedó dentro.

–¡Lo que faltaba! –dijo Shúrik acongojado.

–Tendremos que sacar un cristal de la terraza. No es difícil –dijo Zhanna, y lo guió a la izquierda del porche.

–Perdona, Zhanna, ¿dónde están los baños? –se rindió el siempre bien educado Shúrik.

Zhanna le señaló con la mano un cobertizo de madera apartado.

–Perdóname, vuelvo en un minuto...

El cobertizo estaba oscuro, como boca de lobo, y Shúrik apenas tuvo tiempo de sentarse en el asiento de madera. El banquete de bodas salió disparado. Encontró a tientas en un clavo varios trozos de papel de periódico. Se quedó un poco aliviado, pero el vientre le seguía rugiendo y gorgoteando.

«Díos mío, qué mal me encuentro –pensó Shúrik– y qué bien deben de estar ahora Zhenia y Alla...»

–El cristal se saca fácilmente, solo hay que enderezar los clavos...

Shúrik se puso manos a la obra en silencio. Enderezó los clavos pero el cristal no salía. Presionó con más fuerza. El cristal crujió y su mano derecha acabó atravesándolo. Una astilla afilada le cortó la mano entre el pulgar y el índice. La sangre manó violentamente...

–¡Ay! –exclamó Zhanna, y sacó un pequeño pañuelo blanco de su bolso en miniatura.

Shúrik se quitó la bufanda de mohair con la mano izquierda y se la enrolló en la otra. Zhanna le sacó hábilmente la esquirla de cristal.

–No es nada. Tengo un botiquín dentro –consoló a Shúrik–. Ayúdame solo a entrar.

Zhanna se quitó la pelliza y se coló por la parte de ventana que no tenía cristal.

–Voy a abrir la puerta trasera, no tiene cerradura, solo un gancho. Da la vuelta a la casa por la izquierda... –le gritó desde el interior–. Pero primero pásame la pelliza.

Shúrik le dio el abrigo y dio la vuelta a la casa. Zhanna le abrió la puerta trasera y Shúrik entró, apretándose la mano. Ella encendió la luz y Shúrik vio que la bufanda estaba empapada en sangre...

–¡Ahora, ahora lo arreglamos! –cotorreaba Zhanna muy atareada. El incidente no parecía haberla trastornado–. ¡Un pequeño caso de fuerza mayor! ¡Son cosas que pasan! Primero, vamos a ocuparnos de la mano, luego encenderemos la estufa y después todo irá muy bien...

Zhanna desapareció y volvió con un montón de vendas y una toalla. Extendió la toalla sobre el hule de la mesa. Hizo que Shúrik se sentara detrás de la mesa y desenvolvió la bufanda. Sus manos minúsculas actuaron con determinación y rapidez, mientras ella no dejaba de murmurar. Vendó el pulgar apretándolo contra la palma de la mano y le colocó un tapón de algodón. Después lo envolvió todo con una venda y levantó la mano de Shúrik en el aire.

–Mantenla así hasta que deje de sangrar. En mi habitación hay una estufa holandesa, se calienta muy rápido, dentro de una hora estará caldeado. Hace un mes que no vengo por aquí, la casa se ha enfriado...

Sus palabras la habían traicionado, pero Shúrik no se dio cuenta. De hecho, Zhanna no vivía en la dacha sino en la ciudad con sus padres, a la dacha llevaba a sus amantes. Su pretendiente oficial, un artista de la misma compañía circense donde ella trabajaba, era celoso y susceptible. Le había hecho una propuesta de matrimonio hacía tiempo, pero no se habían casado. La naturaleza era injusta con los liliputienses: no solo les mermaba la talla, sino que además producía más hombres que mujeres y, en su ambiente, había una competencia matrimonial encarnizada. Zhanna tenía mucho éxito, le llegaban incluso peticiones de matrimonio desde el extranjero. Sin embargo, ella no perdía la esperanza de casarse con un hombre de talla normal. Gustaba a muchos hombres, algunos perdían la cabeza por ella. Pero, por alguna razón, no conseguía casarse.

Mientras Zhanna movía troncos en la habitación contigua, Shúrik corrió una vez más afuera. Solo tenía un deseo: llegar a su casa lo antes posible.

Cuando Zhanna apareció de nuevo, le preguntó si tenía algo para el malestar estomacal en el botiquín. Enseguida le trajo una pastilla. Shúrik se la tragó y esperó los resultados. Zhanna le propuso que se acostara en la habitación de al lado. En la que estaba hacía tanto frío como en la calle. Shúrik experimentó ese conocido fenómeno según el cual a finales de otoño, a tres grados bajo cero, hace más frío que en invierno a menos treinta. Shúrik, sin quitarse la cazadora, se tumbó en la cama. Zhanna lo tapó con un edredón, calado de frío. La estufa hacía ruido, su vientre hacía ruido y el frío le penetraba hasta sus entrañas enfermas. Estaba muerto de cansancio.

«Si pudiera darme un baño caliente...», pensó Shúrik, pero no tuvo más remedio que correr afuera otra vez.

En algún momento se quedó dormido por unos minutos, pero se despertó porque algo cálido se agitaba a su lado. La chica se había quitado la pelliza y apretaba el vientre contra él como si fuera una almohadilla térmica. Era agradable. Le desabrochó la cazadora, se deslizó en su interior y él sintió su aliento caliente.

«¡Igual que un gatito!», pensó Shúrik. Y la compasión se agitó en él. Aunque muy débil. No obstante, las patitas calientes de gato ya habían entrado en acción para animar esa piedad débil. Él entremetió la mano abajo y se encontró con un piececito minúsculo de mujer, desnudo y caliente. Y la piedad le venció...

Alrededor de las cinco de la mañana dejó a Zhanna durmiendo y se fue corriendo a casa. Poco después estaba en el andén, esperando el primer tren. Le dolía el estómago, le dolía la mano. Por primera vez en su vida, sintió lástima de sí mismo...

No había pasado ni una hora cuando se sumergió en un baño caliente, manteniendo fuera del agua su mano derecha, envuelta en una venda gruesa y roñosa, y disfrutando del calor, la casa dormida, la libertad...

—¡Hoy no saldré de casa! —decidió, y se durmió en la bañera.

Se despertó cuando el agua estaba fría, añadió más agua caliente y se volvió a dormir. La segunda vez le despertó un golpe en la puerta. Verusia y Múrzik se habían levantado y querían lavarse. Shúrik se puso el albornoz y quiso quitarse la venda mojada, pero se le había quedado pegada, también se envolvió la mano en una

326

toalla para que la madre no descubriera su herida de guerra y se fue a su habitación.

—¿Qué tal la boda? ¿Qué tal la novia? —le preguntó Vera, que tenía simpatía por Zhenia Rozentsweig desde la época en que ayudaba a Shúrik con las matemáticas.

—La boda fue estupenda, mamá, pero comí como una lima y creo que me he intoxicado.

—Dios mío, ¿qué te ha pasado en la mano? —preguntó de repente Vera, por lo general poco observadora.

No tenía fuerzas para inventar nada.

—Mamá, me muero de sueño. Te lo contaré todo más tarde. Ahora me voy a dormir. Si alguien me llama, no me despiertes, por favor.

Le propinó a Maria, que ya estaba dando vueltas a su alrededor, un papirotazo en la coronilla. Después la estrechó contra él. Casi le llegaba al pecho. Era más alta, en efecto, que Zhanna.

«Es un verdadero disparate toda esta historia, pobre Zhanna —pensó Shúrik tapándose la cabeza con la manta—. ¡Qué suerte tiene Zhenia! ¡Alla es tan dulce! Tiene algo entrañable, algo familiar... Sí, claro, se parece a Lilia Laskina. Incluso físicamente... pero, sobre todo, por su alegría y su sinceridad... ¿Qué tiene que ver la sinceridad? Bueno, sí, la sinceridad en los gestos, en los movimientos. Le escribiré una carta a Lilia. ¡Querida Lilia, mi pequeña y adorada...» En medio de la carta se quedó sumido en un sueño tan profundo que cuando se despertó ya se había olvidado de Lilia y de la carta.

45

El teléfono sonaba sin falta cada cuarto de hora. Era el segundo día de las fiestas de noviembre, el 8.[1] Las antiguas compañeras de trabajo de Vera se acordaron de ella. Incluso Faina Ivánovna, su antigua jefa, la llamó. La felicitó y preguntó por Shúrik, si se había casado ya... «¡Qué amable por su parte que no se haya olvidado de nosotros! Es cierto que anda metida en negocios sucios, pero tiene un lado muy humano...», pensó Vera con generosidad. También llamó el hijo del difunto Mermelada, Engelmark Mijáilovich. Era sorprendente que un hombre tan desagradable, que había abandonado por completo a su padre en vida, se interesara de pronto en él después de su muerte. Había heredado la parte de la cooperativa de su padre, se había llevado sus estanterías repletas de libros y archivos del Partido y, de vez en cuando, llamaba a Vera Aleksándrovna para preguntarle si conocía a alguna de las personas que se mencionaban en los documentos de Mijaíl Abramóvich. Ella siempre intentaba explicarle que había conocido a su padre muy superficialmente y solo durante el último año de su vida, pero Engelmark Mijáilovich

1. El 7 de noviembre es día festivo en Rusia. Se conmemora la Revolución de 1917. (*N. de la T.*)

328

estaba convencido de que habían existido lazos de amistad o de amor entre ella y su padre, y que él le habría confiado todos sus secretos del Partido, ese era el motivo de que la molestara con preguntas, e incluso a veces pasara a visitarla.

Después de todas esas llamadas telefónicas de escaso interés, recibió una agradable, la de su amiga Kira, y estuvieron hablando largo y tendido sobre sus niñas: Kira, de Slava; Vera, de Múrzik. A partir de mediodía recibió un sinfín de llamadas de un tropel de mujeres preguntando por Shúrik, a algunas Vera Aleksándrovna las conocía por el nombre y otras eran anónimas.

«¡La gente ya no sabe cómo se habla por teléfono! –pensó Vera decepcionada–. No se presentan, no saludan...» Matilda nunca lo hacía, por ejemplo. Exclusivamente por vergüenza. A pesar de llevar años unida a Shúrik por una larga y variada relación, no le apetecía presentarse a su madre.

Svetlana también telefoneó. El temor que le infundía esa dama severa, la madre de Shúrik, casi le hacía perder la voz. Además, las malas experiencias que acumulaba con los hombres le habían confirmado que la madre de un marido es siempre una enemiga... Lo cierto es que nunca había tenido marido, pero los que podrían haberlo sido no se sabe por qué tenían unas madres horribles. También en Vera Aleksándrovna, de aspecto agradable y cultivada, preveía a una enemiga.

Valeria era la única que charlaba de forma encantadora y agradable, como una persona educada. Con Valeria, por supuesto, Shúrik había tenido suerte. Le había conseguido trabajo, había hecho tantas cosas por él... La verdad es que Shúrik le pagaba con la misma moneda. Vera le contó en detalle a Valeria que el día anterior Shúrik había ido a la boda de un compañero de instituto, que había llegado tarde con el estómago revuelto y una mano cortada y ahora estaba durmiendo.

–Bueno, déjele dormir. Dígale que me llame cuando se despierte. Tengo una pregunta sobre una traducción. Gracias, Vera Aleksándrovna.

Shúrik se despertó a las cinco de la tarde, otra vez con dolor de estómago. Fue al cuarto de baño y de inmediato su madre le llamó al teléfono. Era Matilda. Casi lloraba. Había vuelto de Vishni Volochok con su viejo gato, Konstantín, su preferido; el animal estaba moribundo.

–No está bien, no come ni bebe, le pasa algo en las patas traseras, como si las tuviera paralizadas... Te lo ruego, Shúrik, ve a buscar al veterinario. Ya lo trajiste una vez, se llama Iván Petróvich, vive en la calle Preobrazhenka... Ya lo he avisado por teléfono...

No tenía escapatoria.

–Salgo por un asunto, mamá, volveré dentro de dos horas.

–¿Y la hora sagrada? –gritó Maria.

La hora sagrada, así es como llamaba a las clases de idiomas de la tarde: un día inglés, otro día español.

–Por la noche, Múrzik, ¿de acuerdo?

–Ayer ya nos la saltamos...

A Maria le encantaban esas horas de la tarde, cuando Shúrik le daba clases, y Vera se aseguraba de que no las perdieran. Pero, bueno, hoy era un día festivo...

Vera le dio a Shúrik una pastilla para el dolor de estómago, le hizo tomar una taza de té caliente y azucarado, le puso una venda nueva y blanca alrededor del feo vendaje que llevaba y le pidió que volviera lo más pronto posible.

–De todos modos, me voy con Múrzik al ballet y no hace falta que vengas a buscarnos, volveremos solas... –concluyó con aire descontento.

Múrzik sustituía a Shúrik la mayoría de las veces en las salidas culturales. De hecho, Vera Aleksándrovna tenía la impresión de que la vida de su hijo transcurría únicamente entre las preocupaciones de orden doméstico y sus numerosos trabajos, y a veces le decía que lamentaba verle ajeno a la vida cultural de la ciudad, tan intensa y tan interesante.

46

Shúrik tuvo que esperar mucho rato para encontrar un taxi, en cambio llegó muy rápido a la calle Preobrazhenka. La ciudad destilaba la calma desértica propia de los días festivos, y ambos trayectos –desde su casa a la calle Preobrazhenka, y desde allí hasta la calle Maslovka– le llevaron poco más de una hora. Iván Petróvich era un viejo doctor para perros y gatos, un poco loco, como todas las personas al servicio de los animales. Su casa estaba siempre repleta de animales lisiados, tenía incluso un viejo perro atado a un carretón de fabricación casera, que se movía apoyándose sobre las patas delanteras.

Desde hacía mucho tiempo curaba a los gatos de Matilda y no le cobraba nada, los únicos honorarios consistían en que tenían que ir a buscarlo y luego llevarlo a casa. Nunca tomaba el transporte público: iba a pie o en taxi. Era solitario, no le gustaba la gente y solo se avenía con los amantes de los animales como él.

Cuando llegaron a casa de Matilda, el gato estaba agonizando. Tenía estertores y el hocico cubierto de baba. Iván Petróvich se sentó cerca del pobre animal, le puso la mano sobre la cabeza negra y empapada en sudor y carraspeó. Palpó el vientre del gato, pidió que le mostraran su lecho y examinó los excrementos de un color marrón oscuro con aire descontento.

—¡Salgamos! –le dijo a Matilda con aire sombrío y fue con ella a la cocina–. Matilda, despídete de tu gato. Se está muriendo. Le puedo poner una inyección para que no sufra... De todos modos, está a punto de marcharse... Shúrik estaba en la puerta de la cocina y miraba al anciano con admiración. ¿Había salido de la habitación para no asustar al paciente con su diagnóstico funesto? ¡Increíble!

—¡Ya me imaginaba que le había llamado demasiado tarde! –respondió Matilda con la voz apagada.

—No, es la naturaleza. Aunque le hubiera visto antes no habría podido hacer nada. Tiene más de diez años, ¿verdad?

—Cumplirá doce en enero...

—Entonces, querida, es un viejo de ochenta años. Como yo. ¡No podemos vivir eternamente! Entonces, ¿quieres que le ponga la inyección?

—Supongo que es lo mejor. Para que no sufra...

Iván Petróvich abrió el estuche, depositó sobre una servilleta blanca una jeringa, una aguja, dos ampollas... Luego se acercó al gato y le sacudió la cabeza.

—Demasiado tarde, Matilda. No necesitará la inyección. El gato ha muerto.

Matilda cubrió el gato con una toalla blanca, comenzó a llorar y cogió a Shúrik por los hombros.

—No quería a nadie. Solo a mí. A ti te había aceptado. Toma un vaso de vodka con nosotros, Iván Petróvich. Shúrik, saca el vodka...

—Por qué no...

Shúrik cogió una botella de vodka del frigorífico. A punto estuvo de caérsele por culpa de la mano vendada. Solo entonces Matilda reparó en la gruesa venda.

—Shúrik, ¿qué te ha pasado en la mano?

Se encogió de hombros. El veterinario tampoco le prestó atención. Se sentaron a la mesa. Iván Petróvich recogió el instrumental que había encima.

332

Matilda ya no lloraba, pero las lágrimas todavía le rodaban por las mejillas.

–Hace medio año que sabía que estaba enfermo. Y él también lo sabía. Desde entonces dormía solo en una esquina. Le llamaba, venía, se dejaba acariciar, restregaba la cabeza contra mí y volvía a su cojín. Le puse un cojín sobre un banquillo porque tenía dificultades para subirse a la cama. Así fue...

Bebieron vodka acompañado de pescado en conserva, porque no había nada más de comer en la casa. Ni siquiera pan.

–No era solo un animal, ¿verdad? Así que debemos brindar a su memoria como si fuera una persona –dijo Matilda en voz baja.

Iván Petróvich dio un respingo.

–Pero ¿qué dices, Matilda? ¡Entrarán antes que nosotros en el reino de los cielos! El célebre filósofo ruso Nikolái Aleksándrovich Berdiáyev, prohibido desde luego, ¿sabéis lo que dijo cuando se murió su gato? ¿Qué se me ha perdido en el reino de los cielos si mi gato Mur no está allí? ¡Ah! ¡Y era un hombre mucho más inteligente que nosotros! Así que no lo dudéis, ¡nuestros gatos nos esperarán allí arriba! ¡Ah, si hubierais conocido a Marsik, murió en 1939! El gato entre los gatos. ¡Una belleza! ¡Un pozo de ciencia! Me siento culpable por su pérdida, cogió una infección. No había antibióticos en esa época...

El doctor habló de su gato Marsik y su gata Xanthippe, Matilda de todos sus gatos anteriores, y bebieron más vodka, siempre acompañado de pescado en conserva, y se sintieron un poco reconfortados. Cuando Iván Petróvich se preparaba para marcharse y Shúrik ya se había levantado para ir a buscar un taxi, sonó el timbre de la puerta. Era el hijo de la vecina, que había pasado por casa de su madre para devolverle unas llaves pero no la había encontrado en casa y quería dejárselas a Matilda. Fue que ni pintado porque vivía en la calle Preobrazhenka e Iván Petróvich vivía casi en la puerta de al lado, así que se llevó al viejo, que iba algo borracho, y prometió acompañarlo hasta la puerta.

El pobre Konstantín, envuelto en una toalla, también se fue con el veterinario. Tenía un lugar secreto en el parque Sokólniki donde enterraba a sus animales de compañía...

Shúrik no se fue. No podía dejar sin consuelo a la encantadora Matilda, que estaba tan apenada, que no le exigía nada, solo un poco de amistad...

Como en sus tiempos de estudiante, salió a la una en punto de la madrugada y corrió a casa, a través del puente del ferrocarril hasta la calle Novolésnaya. Veinte minutos más tarde entraba por la puerta de su casa. En ese mismo momento se acordó de que no le había dado la clase a Maria, no había llamado a Valeria y, lo más importante, se había olvidado por completo de pasar por casa del herbolario, que había preparado una pomada para el pie de Vera... Y, con seguridad, Svetlana también había llamado. También necesitaría algo... Se sintió culpable.

47

Maria era una fuente continua de alegrías para Vera Aleksándrovna. Shúrik había sido un niño encantador y complaciente, pero durante su infancia Vera nunca había llegado a experimentar una de las alegrías más grandes de la maternidad: la respuesta a la educación. Era Yelizaveta Ivánovna la que se enorgullecía cuando sus alumnos, y en particular su nieto Shúrik, comenzaban a manifestar aquellas cualidades que precisamente ella les había inculcado: la atención al prójimo, la benevolencia, la generosidad y, sobre todo, el sentido del deber... Durante aquellos años, en los que Vera ocupaba al lado de su madre la posición de una niña que se ha hecho adulta, no se había preguntado de dónde procedían todas esas cualidades que Shúrik revelaba con tanta precocidad. Si los vecinos y los profesores lo elogiaban, ella bromeaba: ¡Tenía una buena herencia! Sin embargo, ¿era realmente así? Yelizaveta Ivánovna, materialista contradictoria y alma elevada, pero al mismo tiempo librepensadora, cuando la conversación se decantaba hacia los factores hereditarios, siempre repetía:

–Caín y Abel tuvieron los mismos padres. ¿Por qué uno era bueno y dulce y el otro un asesino? Todas las personas son fruto de la educación, pero ¡el principal educador de una persona es ella misma! El educador abre las válvulas necesarias de la personalidad, pero cierra las superfluas.

Esta era la teoría sumaria de aquella notable educadora, que siempre decidía qué válvulas eran necesarias y cuáles no. Esta teoría podría parecer discutible, pero la avalaban los buenos resultados que había conseguido en la práctica. Ahora que tenía a Maria, Vera seguía al pie de la letra la teoría de su madre. Vera, de naturaleza artística, pero débil, reparó en que Maria tenía un temperamento muy fuerte. Estaba llena de una energía tan desbordante que literalmente no podía estarse quieta, apenas lograba permanecer sentada en clase durante cuarenta y cinco minutos seguidos. Para ayudar a Maria a que se mantuviera en su sitio, Vera le enseñó unos pequeños ejercicios de motricidad, por ejemplo el de girar una moneda entre los dedos, y le regaló una antigua moneda de plata de cincuenta kopeks. Cuando Maria perdió «la moneda giratoria», hubo muchas lágrimas.

Además, Vera le enseñó unos ejercicios, pequeños e imperceptibles, para los dedos de las manos y los pies y, cuando los largos ratos que pasaba sentada en el pupitre se le hacían insoportables, Maria recurría a esos juegos de manos y pies... Desde la primera lección Vera la inscribió a clases de gimnasia y de acrobacia en la Casa de los Pioneros, ella misma le enseñaba música, y en cuanto a las disciplinas de educación general, confiaba plenamente en sus capacidades naturales. La pequeña estaba entre las mejores en lectura y no tenía dificultades con la aritmética.

«¡Esa habilidad para las ciencias exactas la heredó de su madre! –decidió Vera–. En cualquier caso no le viene de Shúrik.»

Había engendrado un extraña aberración en su cabeza: sabía que el padre de Maria era un dudoso negro cubano, pero, sin embargo, no podía evitar considerarla hija de Shúrik. Por lo que respecta a Shúrik, este se ocupaba de darle clases de idiomas: un día inglés, otro día español.

Vera Aleksándrovna continuó con su taller de teatro, pero adaptando las clases instintivamente a los intereses de Maria.

Durante el primer año que la pequeña pasó en Moscú, dejó de impartir declamación e improvisación a sus alumnos para dedicarse en exclusiva al movimiento.

Su tiroides se portaba bien, en cambio los pies le dolían mucho, le crecía el huesecito cerca del pulgar, sus viejos zapatos estrechos ya no le resultaban cómodos y surgió una nueva preocupación: el calzado.

Valeria descolgó el teléfono, llamó a unas amigas que trabajaban en el departamento especial de los almacenes GUM y en la tienda Beriozka reservada a los extranjeros, y de vez en cuando Shúrik llevaba a su madre a probarse zapatos... Él le compró unas botas de la marca Salamandra y un par de zapatos negros austríacos, unos Dornford. Eso mejoró su calidad de vida.

Los gastos familiares aumentaron. Shúrik trabajaba mucho y consiguió hacer frente a las crecientes necesidades familiares. Además todavía les quedaban reservas, no habían dilapidado la herencia de Yelizaveta Ivánovna.

Poco antes de Año Nuevo, llegó Lena Stovba. Maria no cabía en sí de contenta, aunque no podía decirse que hubiera echado mucho de menos a su madre. Pero cuando vio a Lena, Maria le saltó al cuello y no quería dejar que se fuera. Lena tenía regalos para todos, pero estaba de un humor sombrío, fumaba y estaba callada. Apenas hablaba con Shúrik. Cuando Shúrik le preguntó si había podido arreglarlo todo en Polonia, resopló, se enfadó y no quiso hablar del tema.

«Las cosas no han ido como esperaba», pensó Shúrik. Esta vez ella no le pidió apoyo amistoso. Probablemente porque Lena le había abierto su corazón a Vera.

Como siempre, Shúrik compró un abeto y a Vera Aleksándrovna se le ocurrió de repente que la representación de Navidad, que no había continuado después de la muerte de Yelizaveta Ivánovna, podía revivir otra vez. Para Múrzik. Shúrik se opuso: él solo tenía tres alumnos y era demasiado tarde para empezar los preparativos.

Pero Vera, inspirada por la idea, propuso montar un espectáculo de marionetas, y no en francés sino en ruso. Confeccionaron unas muñecas a partir de retales de tejidos, cintas y algodón para el relleno. A Maria le asignaron la tarea más sencilla y la más importante: cosió la colcha con la que se arroparía al muñequito de plástico que encarnaría al niño Jesús. Vera cosió la Virgen María y Lena, en mutismo absoluto, creaba ángeles con trocitos de gasa almidonada... Shúrik era responsable, además del abeto, de la creación del escenario para la representación.

Completamente ocupados con esos preparativos, celebraron el Año Nuevo de una manera muy sencilla. No hubo festín, y los regalos, aparte de los que Lena había traído y repartido con antelación, no fueron nada del otro mundo: Shúrik regaló a su madre unas zapatillas de andar por casa bastante feas, y Vera a él un frasco de agua de colonia Chipre que nunca desprecintó y una corbata que tampoco se puso nunca. Lena recibió un pañuelo de seda de las reservas de Yelizaveta Ivánovna y un libro de poemas de Ajmátova que no supo apreciar. Maria, en cambio, recibió toda una montaña de juguetes y libros, y se alegró tanto que todos participaron de la alegría de regalar.

Sin embargo, a la gran alegría pronto le siguió una gran tristeza. La víspera de Navidad, cuando todo estaba listo para el espectáculo, las marionetas confeccionadas y los papeles aprendidos, Lena recibió una llamada urgente de Rostov: les había caído una inspección y la presencia de la contable era imprescindible. Pero Maria esperaba que su madre se quedara hasta el final de las vacaciones. La niña sollozó toda la tarde y se quedó dormida abrazada a Lena. A la mañana siguiente, cuando Stovba se fue al aeropuerto, la niña volvió a sollozar.

Vera la tranquilizó lo mejor que pudo. Al final, le llevó a la cama las marionetas. Maria reaccionó de manera sorprendente: despedazó literalmente con las manos una de las marionetas, lo tiró todo por el suelo y además aulló como un animal. Su tez morena adquirió un matiz grisáceo desagradable, tuvo un ataque de hipo y comenzó a tiritar. Le siguieron unas convulsiones. Vera Aleksándrovna llamó enseguida al médico. El pediatra que había tratado a Shúrik no podía acudir porque también estaba enfermo, pero después de un interrogatorio exhaustivo mandó que le dieran a la niña valeriana.

Maria se calmó un poco cuando Shúrik volvió del aeropuerto de Vnúkovo, adonde había acompañado a Stovba, y la tomó en brazos. Shúrik anduvo con esa carga bastante pesada por la habitación, la mecía y cantaba en falsete «My fair lady», una canción de su disco preferido. Maria se echó a reír: se daba cuenta de que desafinaba y creía que lo hacía para divertirla. Cuando quiso meterla en la cama, volvió a llorar. La llevó en brazos un rato más hasta que comprendió que la niña tenía fiebre. Le tomaron la temperatura, estaba casi a cuarenta.

Vera se alarmó, las enfermedades infantiles siempre habían sido competencia de Yelizaveta Ivánovna. Shúrik llamó a urgencias.

La doctora que se personó examinó a Maria con detenimiento. Al final, detectó una pequeña mancha cerca de la oreja y dijo que lo más probable era que la niña tuviera varicela y que la erupción no tardaría en aparecer. Resultó que un brote de epidemia estaba causando estragos en la ciudad esos días. Le recetó un antipirético, prescribió que le hicieran ingerir líquidos, aplicar en las pápulas que aparecieran tintura de yodo y no dejar que se rascara.

Vera, completamente desorientada e incapaz de asumir el papel de mando en el tratamiento, cogió un libro de cocina y se fue a la cocina a preparar un refresco de arándanos.

Unas horas después, el cuerpo de Maria se cubrió de una erupción virulenta y roja, de la cabeza a los pies. La niña no dejaba de llorar, bien en voz baja y despacio, bien aullando como un animalito.

Durante casi un día entero, Shúrik llevó a Maria en sus brazos. Cuando se dormía e intentaba tenderla en la cama, Maria, sin despertarse, comenzaba a gemir. Al final, Shúrik se acostó y la tumbó a su lado. Ella le rodeó el cuello con sus brazos y se calmó.

Por la mañana su estado empeoró, tenía unos picores insistentes y Shúrik volvió a cogerla en brazos. Se esforzaba en impedir que se rascara las pápulas con las manos. Una observación rigurosa de Vera surtió algo de efecto.

–Si te rascas las costras tendrás marcas para toda la vida. Te quedará la cara picada.

–¿Qué quiere decir picada? –le preguntó Maria, distrayendo la atención de su dolor.

–Las cicatrices se te quedarán por la cara –le explicó Vera Aleksándrovna sin piedad.

Maria prorrumpió en sollozos con fuerzas renovadas. Después cesó de repente y le dijo a Shúrik:

–Me pica mucho. Ráscame tú, pero con cuidado para que no me queden marcas.

Le señaló con el dedo dónde le picaba más y Shúrik le rascó con suavidad la oreja, el hombro, la espalda...

–Aquí, aquí y aquí –le imploraba Maria restregándose contra la mano de Shúrik; después, agarrándosela con sus dedos ardientes, la guió a las partes que le picaban más. Y, al final, dejó de lloriquear... Solo sollozaba–: Más, más...

Shúrik arrugó la cara de vergüenza y pavor: ¿comprendía dónde le pedía que la rascara, la pobrecita? Quitó la mano y Maria volvió a gimotear, le rascó de nuevo detrás de la oreja, en medio de la espalda, pero ella le arrastró la mano por debajo de su camiseta de algodón embadurnada de yodo para que le tocara los pliegues de su cuerpo infantil.

La niña le daba mucha pena y esa maldita piedad no tenía escrúpulos ni moralidad... No, no, eso no... Acaso ella, tan pequeña, casi una criatura, ya fuera una mujer que esperara de él el consuelo más elemental...

Shúrik estaba extenuado después de esos días al cuidado continuo de Maria y veía la realidad un poco distorsionada por el cansancio, flotaba hacia un lugar donde los pensamientos y los sentimientos se tergiversaban, y se daba cuenta con claridad de la mediocridad de su vida. Sin embargo, tenía la impresión de hacer todo lo que se esperaba de él... Pero ¿por qué todas las mujeres que tenía a su alrededor deseaban de él una sola cosa, servicios sexuales ininterrumpidos? Era un cometido excelente, pero ¿por qué ni una vez en su vida había logrado elegir por sí mismo a una mujer? A él también le hubiera gustado mucho enamorarse de una chica como Alla..., como Lilia Laskina... ¿Por qué Zhenia Rozentsweig, el mequetrefe escuchimizado de Zhenia, pudo escoger por sí mismo a Alla? ¿Por qué él, Shúrik, que nunca elegía, debía responder con los músculos de su cuerpo a cualquier petición insistente que viniera de la loca de Svetlana, de la enana de Zhanna o incluso de la pequeña Maria?

«¿Quizá no quiero eso? No, ¡es absurdo! La desgracia es que en realidad sí lo quiero... Pero ¿qué quiero? ¿Solo consolarlas? Pero ¿por qué?»

Tenía la impresión de que esas mujeres, reconocibles pero un poco distorsionadas, como el reflejo de un espejo deformante, le acechaban por todos los flancos: Alia Togusova con su moño de pelo grasiento echado hacia atrás; Matilda, desolada con su gato muerto entre los brazos; Valeria con sus piernas tullidas y su admirable coraje; la esquelética Svetlana con sus flores artificiales; la diminuta Zhanna con su sombrero de muñeca; Lena con su expresión adusta, y la adorada Maria que todavía no tenía edad suficiente, pero que ya se ponía en la cola... Y detrás se vislumbraba la leona Faina Ivánovna, con la fisonomía de una auténtica fiera, pero herida y compungida, y se sumergió en una piedad tan honda que literalmente se ahogaba en ella... Y todavía, a lo lejos, se arremolinaba un tropel de desconocidas, llorosas, desdichadas, tan infelices... Con su pobre concha inconsolable... Pobres mujeres... Las pobres, terriblemente desdichadas... Y el propio Shúrik comenzó a llorar.

Por supuesto, Shúrik había pillado la varicela, tenía mucha fiebre, y Vera llamó a Irina, que acudió de inmediato, a pesar del frío y de la amenaza de que se congelaran los sistemas de calefacción. Un día más tarde, Shúrik estaba cubierto de un sarpullido. Para entonces Maria ya no lloriqueaba. Ahora era ella la que aplicaba yodo en las pápulas de Shúrik. Su precoz instinto femenino la impulsó a la noble vía de la devoción al prójimo. Vera soportó a duras penas esta doble varicela. La enfermedad de Maria, a pesar de la gravedad, no dejaba de ser una enfermedad infantil corriente. Pero la varicela de Shúrik la conmocionó profundamente: era la primera vez que se ponía enfermo desde que faltaba Yelizaveta Ivánovna. Generalmente, era Vera la que estaba enferma y consideraba la enfermedad de su hijo –para colmo una enfermedad infantil– como una flagrante injusticia, como una violación de su derecho personal e incontestable a estar enferma.

Desde su llegada, Irina llevó a cabo su amada limpieza húmeda y preparó una enorme cantidad de caldo de gallina. Las dos mujeres cuidaban a los enfermos a cuatro manos. Vera daba suaves instrucciones a Irina y todo volvió a su cauce, natural y armonioso, exactamente como en tiempos de Yelizaveta Ivánovna.

48

El único amigo que Shúrik conservaba de la escuela, Guiya Kidnadze, y el único del instituto, Zhenia Rozentsweig, se conocían gracias a sus fiestas de cumpleaños a las que estaban invitados sin excepción, pero no se tragaban. Zhenia veía en Guiya a un enemigo: los chicos como él –de pecho ancho, pantorrillas fornidas, sentido del humor primitivo y una crueldad dispuesta a desatarse a la menor oportunidad– eran precisamente los que le habían ocasionado muchos problemas desde niño. Conocía muy bien a esa clase de individuos, los despreciaba un poco, aunque también les tenía algo de miedo y, en el fondo de su alma, los envidiaba. No los envidiaba tanto por su fuerza física como por la satisfacción plena con la vida y consigo mismos que desprendían.

Sin embargo, respecto a Guiya, se equivocaba. No era rudo ni cruel, tenía esa famosa gracia caucásica y el encanto de un hombre al que todo le va como la seda. De ahí procedía la seguridad inquebrantable de Guiya.

A Guiya tampoco le gustaba Zhenia: nunca se reía de sus bromas, un poco ordinarias y con trasfondo sexual, con un toque de arrogancia, como si supiera algo que a los demás no les estuviera permitido saber... Había una cualidad más que los colocaba en las antípodas: Zhenia era el prototipo ideal de hombre sin suerte, y Guiya, de los tipos suertudos. Si Zhenia se caía al suelo, caería infaliblemente en un charco, si se caía Guiya encontraría la cartera de un desconocido...

Ninguno de los dos entendía por qué Shúrik tenía como amigo a un tipo tan inoportuno. Pero Shúrik quería a los dos por igual, no necesitaba fingir ni adaptarse a ellos. Apreciaba las virtudes de cada uno y, sinceramente, no reparaba en sus defectos.

Con enorme placer, Shúrik frecuentaba la casa de los Rozentsweig, donde tenían lugar conversaciones interesantes sobre política, historia, la bomba atómica, música vanguardista y pintura clandestina. Allí fue donde oyó por primera vez el nombre de Solzhenitsin y recibió para una lectura rápida y secreta *Pabellón de cáncer,* que, por otra parte, no le produjo una gran impresión. Había crecido con la literatura francesa y tenía más inclinación por Flaubert.

Le parecía percibir en casa de los Rozentsweig el espíritu y estilo de su abuela: allí reinaba el mismo culto a la «decencia», la religión atea que rechazaba todo misticismo y reconocía como fundamento supremo un conjunto de cualidades morales aburridas y difíciles de definir. Con la salvedad de que en esa casa todo se podía expresar con pasión y temperamento, y de manera muy categórica, mientras que la buena educación de Yelizaveta Ivánovna no le permitía predicar sus valores en voz alta.

La familia Rozentsweig, al igual que Yelizaveta Ivánovna, no clasificaba a las personas por su nacionalidad u origen social, ni siquiera por su nivel de estudios, sino por ese criterio indeterminado de «decencia». Pero si bien los Rozentsweig se preocupaban al modo judío de la pésima organización del mundo, en particular, en la parte soviética, la difunta Yelizaveta Ivánovna no alimentaba ilusiones con respecto a las posibilidades de una mejor organización en otras partes del mundo: en su juventud había experimentado, en Suiza y en Francia, el apogeo de las ideas socialistas de los círculos intelectuales y progresistas, y se convenció de que la injusticia era un rasgo inherente a la vida y que lo único que se podía hacer era esforzarse en que el mundo fuera más justo... Los cándidos Rozentsweig todavía no habían llegado a esa conclusión tan simple.

Cuando Shúrik intentaba explicar a Guiya lo que le atraía precisamente de Zhenia y de todo su clan, Guiya hacía una mueca, se encogía de hombros y decía con un deliberado acento caucásico:

–¡Amigo mío, no me hables de temas intelectuales! ¡Mira esa chica que va por ahí! Qué crees, ¿querrá o no querrá?

Y Shúrik se reía a carcajadas.

–A ti, Guiya, ¡todas te dirán que sí!

Guiya ponía los ojos en blanco mirándose la nariz para imitar el esfuerzo mental.

–¡Tienes razón, amigo mío! Yo también pienso lo mismo.

Y los dos se desternillaban de risa. Zhenia no sabía reírse con tantas ganas como Guiya.

Guiya era un genio del entretenimiento y con los años había convertido ese don excepcional en su profesión y su estilo de vida. Inmediatamente después del instituto, ingresó en una escuela técnica superior bastante mediocre que solo despuntaba por una cuestión: una mesa de ping-pong de primera categoría. Junto a esa mesa Guiya pasaba todas sus horas de clase y no tardó en proclamarse campeón absoluto del instituto. Le propusieron participar en las competiciones universitarias y en un año se convirtió en un deportista de élite.

Le dijo entonces a Shúrik:

–Ya sabes, Shúrik, que nosotros, los georgianos, o somos príncipes o somos campeones del deporte. Pero como mi abuelo aún cultiva la viña en Georgia occidental y lo tendría difícil para hacerme pasar por príncipe, ¡no tengo más remedio que convertirme en campeón!

Se proclamó campeón, se colocó una pequeña insignia en la americana azul y se cambió al instituto de educación física.

Fue una decisión radical, sobre todo porque no le interesaba en absoluto una carrera deportiva. Lo que de verdad le gustaba era el entretenimiento y no el trabajo monótono y limitado cuya recompensa se mide en centímetros, kilos o segundos. No encajaba bien en la comunidad ascética de los deportistas, cuyos gustos, si es que los tenían, poco tenían que ver con los entretenimientos.

Guiya acabó el instituto de algún modo o, más exactamente, por un soborno en forma de diez botellas de coñac, y encontró trabajo como entrenador en la Casa de los Pioneros de su barrio, donde dirigía tres secciones a la vez: ping-pong, voleibol y baloncesto.

Dedicaba su tiempo libre a la práctica de diferentes juegos no deportivos como la bebida, el baile, la música y, por supuesto, los escarceos amorosos. Las mujeres ocupaban un lugar principal en sus actividades lúdicas. No era un aficionado en esas materias. Conocía todas las bebidas alcohólicas, desde el *arak* hasta el *zythum,* incluyendo todas las letras restantes del alfabeto, en especial el vino, que podría haber sido su otra profesión de haber nacido en Francia, un país donde la sutileza en el gusto y el olfato, la sensibilidad aguda de los receptores gustativos para captar los matices de los sabores ácidos y dulces, así como la fineza de una nariz, son casi más apreciados que el talento de un músico. Compartir unas copas con Guiya era siempre un gran placer para Shúrik. Incluso cuando iban juntos a una cervecería...

Guiya montaba todo un espectáculo en torno a la degustación de una cerveza, llamaba con aires de importancia a los camareros, haciéndose pasar por el hijo de un personaje importante. De la excursión a un restaurante Guiya podía extraer un sinfín de placeres secundarios, como conversar con el *maître,* llamar al chef y algunas atracciones como encontrar un billete de rublo en el interior de una croqueta a la Kiev... Un día, mientras esperaba un plato de esturión, fijó con ayuda de un gancho a un limonero polvoriento, vivo pero estéril –como la célebre higuera bíblica– y plantado en una tinaja deplorable, un pequeño limón esplendoroso que había cogido de casa específicamente para ese fin. Guiya indicó el milagro al camarero y todo el personal del restaurante, desde la mujer de la limpieza hasta el director, rodeó aquel limonero maravilloso y admiró el fruto en el que, por alguna extraña razón, nadie había reparado antes. En el momento de irse, Guiya lo cogió y se lo metió en el bolsillo, aunque Shúrik le rogaba que lo dejara en el árbol.

–No puedo dejarlo, Shúrik. Cuesta treinta kopeks, y ¿con qué tomaría té?

Shúrik nunca despreciaba las propuestas e invitaciones descabelladas de Guiya: ya fuera acompañarle a un bosque vedado, a una exposición o a las carreras...

Un sábado, cuando Shúrik acababa de terminar la clase de español con Maria, sonó el teléfono.

–¡Shúrik, lávate las orejas y el cuello, y ven a mi casa volando! Hay unas chicas aquí como las que solo se ven en el cine. Entiendes, ¿no?

A buen entendedor, pocas palabras bastan. Shúrik se puso los tejanos nuevos, que había comprado por medio de Guiya, y el jersey elegante de cuello alto, y se fue. Por el camino compró dos botellas de champán en la tienda Yeliséyev. Las chicas guapas siempre beben champán...

Las beldades eran cuatro. Tres de ellas se sentaban en fila en el sofá y la cuarta, Rita, una amiga de Guiya que Shúrik ya conocía, modelo en las galerías GUM, se paseaba arriba y abajo contoneando todas las partes de su anatomía.

Guiya presentó a su amigo:

–A primera vista, Shúrik es un mozalbete de aspecto modesto, ¿verdad? Pues es un excelente traductor, ¡traduce de todas las lenguas! Francés, alemán, inglés, ¡lo que queráis! El único que no sabe es el georgiano. No quiere aprenderlo, el muy cabrón. Pero podría...

Ni Guiya ni Shúrik sabían lo que las había traído a Moscú
–¿un intercambio de experiencias, un encuentro artístico, un
desfile de moda de todas las repúblicas socialistas?–, pero lo cierto es que las chicas formaban un ramillete internacional: Ania,
de Uzbekistán, que más tarde resultó que se llamaba Dzhamilia,
Egle, de Lituania, y Anzhélika, de Moldavia.

–Escoge la que quieras –le sopló al oído Guiya–, son pro-
badas camaradas, políticamente instruidas y con una moral a
prueba de bomba.

–¿De verdad hablas lituano? –le preguntó la rubia de tez
pálida, batiendo unas pestañas de una longitud inverosímil, y
Shúrik la escogió a ella.

Aunque básicamente se veía incapaz de elegir: las cuatro
eran altas, con tacones altos, de talle fino, melenas largas y las
caras maquilladas idénticas. Esas representantes de diferentes
pueblos se pavoneaban en el sofá, con la pierna derecha cruzada
sobre la izquierda, sosteniendo un cigarrillo en la mano izquierda y expulsando bocanadas de humo a la vez, como un cuerpo
de ballet en posición sentada. También iban vestidas más o menos idénticas. Si se las observaba más de cerca, la lituana no era
tan guapa como sus compañeras. Tenía la cara alargada, la nariz
aguileña y una boca embadurnada con carmín rojo aplicado con
negligencia, sin relación con sus finos labios. Pero había algo
en ella que la hacía especialmente atractiva. Un aire de mala
pécora, tal vez.

La mesa estaba cubierta de vino y fruta, pero nada de comida consistente. Shúrik dejó el champán y las chicas se animaron.
Guiya, abriendo la botella, le susurró a Shúrik:

–A las auténticas prostitutas les encanta el champán...

Shúrik miró a las chicas con interés renovado: ¿acaso era
cierto? ¿Esas bellezas eran prostitutas? Hasta entonces había
pensado que las prostitutas eran esas chicas demacradas y bo-
rrachas que rondaban cerca de la estación Bielorrusia... Pero
estas... Eran canela fina...

Bebieron champán y pusieron música. La uzbeka bailaba con Guiya, y Rita salió a llamar por teléfono al pasillo. Shúrik, después de titubear un instante, invitó a la lituana Egle. Un nombre sacado de un cuento de hadas. Le pasó el brazo por detrás de la espalda: parecía forjada en metal. Exhalaba un perfume que también evocaba una cualidad metálica. Un ámbar resplandecía en su cuello blanco. Gracias a sus tacones empinados era un poco más alta que Shúrik, y eso también le parecía poco habitual. Con su metro ochenta nunca se había encontrado con una chica de esa estatura. Se apoderó de él una admiración que le heló el alma.

—¡Eres realmente una reina, una reina de las nieves! —le susurró Shúrik a la oreja, adornada con un ámbar pulido.

Egle sonrió de manera enigmática. La música cesó y Guiya llenó las copas de las chicas con el resto de champán. La moldava pidió coñac. Rita entró en la habitación y le dijo a la uzbeka en voz alta:

—Dzhamilia, Rashid te está buscando por todo Moscú...

Dzhamilia-Ania se encogió de hombros.

—Y a mí qué me importa. Lleva dos años buscándome... ¡No tiene nada mejor que hacer!

La moldava se sirvió más coñac. Bebía reclinando la cabeza hacia atrás de manera poco atractiva. Sonó el timbre.

—¿Tus padres? —se sorprendió Shúrik.

—No, están en el teatro. Volverán hacia las once. Será Vadim.

Vadim, grande e imponente, entró en la habitación. El paisaje cambió por completo, como si hubieran llegado refuerzos masculinos.

Dzhamilia y la moldava se animaron, aunque Vadim puso el ojo inmediatamente en la moldava.

—Anzhélika, ¡a escena! —ordenó Guiya, y la moldava, sin soltar el vaso, se agarró a Vadim.

A las once y media se fueron. Vadim se fue de allí con Anzhélika, completamente borracha.

–Las chicas tienen un cuartucho –susurró Guiya a Shúrik–. Me he ocupado de todo, está cerca de la Prospekt Mira, te invito yo. Será mejor que pares un taxi al otro lado de la calle. Shúrik asintió. ¿Qué quería decir con «te invito yo»? ¿Es que...? Dzhamilia estaba claramente de más, pero al parecer eso no le importaba a nadie.

Shúrik paró un taxi e invitó a las dos bellezas a sentarse en los asientos traseros. El taxista, un hombre entrado en años, las miró con consideración. Shúrik se sentó a su lado.

–¿No me puede dejar una? –le preguntó el chófer en voz baja.

–¿Perdone? –preguntó Shúrik sin entender nada.

El hombre carraspeó:

–¿Adónde vamos?

Llegaron a Prospekt Mira. Se apearon enfrente de un edificio estalinista de aspecto respetable. Subieron a pie al primer piso. Egle, después de hurgar un rato en busca de la llave, abrió la puerta. Condujo a Shúrik a una de las habitaciones y lo dejó allí. Shúrik miró alrededor. El piso no era lujoso, más bien familiar. En la habitación había una cama de matrimonio y un armario con la puerta entreabierta. En su interior colgaban dos perchas con vestidos. Los zapatos de tacón alto, cinco pares, se alineaban cuidadosamente cerca de la puerta.

Del fondo del piso llegaba el sonido de agua corriendo. Luego Shúrik escuchó una conversación entre las chicas: Dzhamilia parecía quejarse y Egle contestaba lacónicamente. Después entró en la habitación vestida de azul transparente con un montón de ropa entre las manos. Colgó un traje en la percha, primero la falda y luego la chaqueta. Con un semblante serio, sin sonreír.

«¿Qué hago aquí?», pensó de repente Shúrik, pero entonces Egle le dijo:

–El baño y el lavabo están al final del pasillo. Utiliza la toalla de rayas.

Shúrik sonrió. Normalmente, su madre le decía a Maria por la noche: Vamos, al baño, a lavarse y a la cama... La situación empezaba a tomar un giro cómico.

Shúrik, sumiso, acató las instrucciones y se secó con la toalla de rayas. Oyó cómo Dzhamilia manipulaba una tetera en la cocina. Volvió a la habitación. Egle, que se había cambiado los zapatos de tacón por unas pantuflas con borlas, estaba rellenando sus zapatos estrechos con papel de periódico con rictus serio. Algo había cambiado en su cara. La miró de más cerca: las exuberantes pestañas se habían esfumado... Se había quitado el maquillaje de la cara. Pero las cejas aún estaban allí, en parte.

Egle se abrió el picardías.

—¿Me ayudas a desvestirme? —le pidió sin pizca de coquetería, y Shúrik se dio cuenta de que no sentía nada en absoluto. Ni emoción ni piedad. Incluso tuvo un poco de miedo.

Shúrik le quitó el envoltorio de nailon. Iba ceñida en un corsé, y Shúrik comprendió que su petición de ayuda no camuflaba una artimaña femenina. La dureza metálica de su cuerpo procedía de esa prenda de lencería, que se abrochaba en la espalda con corchetes diminutos. En verdad necesitaría a una doncella. Shúrik le desató los corchetes, la liberó de la piel de plástico y asomó una espalda delgada cubierta de pequeñas marcas enrojecidas a causa de los corchetes y las costuras. Una espalda tan pálida, tan escuálida... La piedad afluyó enseguida y no quedó ni rastro de miedo.

Recorrió el cuerpo de Shúrik con uñas afiladas, le acarició el pecho lampiño, le tocó los labios carnosos. La lámpara de la mesilla estaba encendida, pero la luz no la molestaba. Al contrario, la chica lo examinaba con un interés que Shúrik no había advertido en toda la noche. Presentía que si ese examen y el manoseo se prolongaban, la piedad que le había suscitado la espalda llena de marcas se desvanecería y no podría hacer uso del obsequio que Guiya le había ofrecido con generosidad.

Shúrik acortó los refinamientos gélidos y se concentró en el proceso sin complicaciones. Egle estaba bastante borracha y hacía gala de una frigidez ejemplar. Al cabo de un rato, Shúrik se dio cuenta de que se había quedado dormida. Sonrió. Su piedad se había volatilizado. La volvió a un lado, le ajustó la almohada debajo de la cabeza y se durmió apaciblemente a su lado, no sin antes sonreír por sus finos resoplidos que prometían convertirse con los años en unos ronquidos en toda regla.

Shúrik se despertó después de las nueve. Egle dormía todavía en la misma postura: una mano debajo de la mejilla y las piernas delgadas con las rodillas dobladas. Observó que tenía las uñas de los dedos de los pies extraordinariamente largas. Claro, por supuesto, el cuento que leía a Múrzik se titulaba *Egle, la reina de las serpientes*.[1]

Se vistió muy despacio y se marchó sin hacer ruido.

«¡Gracias por esta belleza, Guiya!», pensó Shúrik sonriendo.

Y se acordó de Valeria, que saboreaba las alegrías del amor en las profundidades de su alma y de su cuerpo, reaccionando a cada roce con la aceleración de los latidos de su corazón y la humedad de su cuerpo agradecido...

Shúrik caminaba del portal al pasaje abovedado, sin borrar la sonrisa de sus labios, cuando le paró un asiático corpulento con cazadora de piel.

–¿Conoces a Dzhamilia?

–¿Dzhamilia? Sí, la conozco...

–Muy bien –le respondió enseñándole los dientes, y Shúrik pensó que ese tipo parecía sacado de un grabado de Hokusai: cara de samurái, arrogante, nariz chata pero encorvada–. ¡Ahora también conocerás a Rashid!

Shúrik oyó un crujido desagradable de huesos y salió volando por los aires. El segundo golpe, que le cayó enseguida, descargó directamente contra la nariz. El tal Rashid era zurdo, y

---

1. Cuento popular lituano. (*N. de la T.*)

por eso, al primer puñetazo certero le fracturó la mandíbula por el lado derecho. Pero eso Shúrik solo lo sabría más tarde, en el Hospital Sklifosovski, donde lo trasladaron inconsciente. Además de la fractura de mandíbula y nariz, también le detectaron una conmoción cerebral bastante grave.

49

Si Rashid, satisfecho con la venganza, se hubiera marchado raudo y veloz, dejando a Shúrik tendido sobre el asfalto y rodeado de un charco de sangre, de esta historia a Shúrik solo le habría quedado un callo óseo redondeado en la mandíbula como recuerdo de su protagonismo accidental, sin comerlo ni beberlo, en una historia fortuita. Pero después de abandonar a su rival imaginario bañado en sangre, Rashid irrumpió en el edificio del que Shúrik acababa de salir con un estado de ánimo pletórico, subió en dos zancadas hasta el primer piso y llamó a las cuatro puertas del rellano. La informadora de Rashid, una de las modelos que había visitado a Dzhamilia en ese edificio, no recordaba el número del piso, aunque era un detalle sin importancia, sobre todo teniendo en cuenta que en uno de los pisos no le abrieron, en el segundo una voz decrépita le preguntó quién era y en el tercero abrió Dzhamilia en persona. La mirada furibunda de su examante no presagiaba nada bueno, intentó cerrar de un portazo, pero Rashid metió el pie en la puerta.

Aterrorizada de que la matara allí mismo, se puso a gritar a pleno pulmón: «¡Socorro! ¡Que me matan!». Rashid tuvo tiempo de darle una tunda como es debido antes de que llegara una patrulla de policía, alertada por los transeúntes que atendían a Shúrik todavía inconsciente, y por unos gritos de mujer. Egle

354

se despertó, salió de la habitación y se asomó a la ventana para prestar apoyo vocal a su amiga y hacer que metieran en cintura al enfurecido Rashid.

Entretanto, la ambulancia ya se había llevado a Shúrik. De camino al hospital recobró el conocimiento y, moviendo a duras penas la lengua, pidió que llamaran a su madre y le comunicaran que todo iba bien. El médico que estaba sentado a su lado se conmovió tanto por esa atención filial que una vez que Shúrik ingresó en urgencias, llamó inmediatamente a Vera Aleksándrovna para informarle del incidente.

La llamada telefónica desde el Hospital Sklifosovski se efectuó después de mediodía. Le informaron de que Shúrik tenía un traumatismo facial y que le estaban operando de una fractura en el maxilar inferior, que no era necesario que fuera al hospital ese mismo día, y que a la mañana siguiente le darían más información en recepción.

Al principio Vera Aleksándrovna intentó explicar a su interlocutor que se trataba de un error, que su hijo estaba en casa durmiendo plácidamente. Pero Maria, que había escuchado la conversación a medias, empujó la puerta de la habitación de Shúrik y exclamó:

—¡Verusia! ¡Shúrik no está aquí! ¡No está durmiendo!

Un detalle curioso: estaba claro que Shúrik no había vuelto a casa a dormir. Por lo general, telefoneaba para avisar, aunque a veces desaparecía sin dar señales de vida. Pero esa mañana, Vera aún no había notado su ausencia.

Se sentó al lado del teléfono para digerir la noticia. Maria le tiraba de la manga.

—¿Qué pasa, Verusia? ¿Dónde está Shúrik?

—Está en el hospital, le están operando de la mandíbula.

Vera se llevó dos dedos a la barbilla y sintió una especie de entumecimiento.

—Tenemos que ir al hospital —exclamó Maria decidida.

—Dicen que vayamos mañana.

Maria la bombardeó a preguntas.

–¿Volverá a casa mañana? ¿Está tumbado en una camilla o puede andar solo? ¿Tendremos que darle de comer con una cucharilla? ¿Podré hacerlo yo? ¿Le prepararemos zumo de arándanos? «¿Cómo es posible que se haya roto la mandíbula en una caída? –reflexionó Vera–. La pierna o el brazo lo entendería, ¿pero la mandíbula? No, no, no dijeron nada de una caída. ¿Habrá sido una pelea? ¡Sí, claro, una pelea!»

En la imaginación se hizo la película de cómo unos gamberros apaleaban a Shúrik y se convenció de que su hijo lo habría hecho para defender a una mujer o, en el peor de los casos, a alguien más débil...

Vera abrazó a Maria, que aún la acribillaba a preguntas, y de alguna manera, logró calmarla. El entumecimiento desagradable de la barbilla le subía al maxilar superior. Vera se frotó la mejilla. Tenía que salir un rato a pasear con Múrzik, repasar sus deberes y sobrellevar la situación hasta la noche.

–Mañana te acompañaré a la escuela y luego iré al hospital. Esta tarde prepararemos zumo de arándanos.

Vera besó la cabeza de Maria, pero la niña pegó un bote y le golpeó dolorosamente en la barbilla.

–¿Cómo? ¿Sin mí? ¿Quieres ir al hospital sin mí? –le gritó Maria y Vera sonrió frotándose la barbilla magullada.

–Está bien, está bien... ¡Iremos juntas!

Vera pasó la noche en blanco: el dolor se extendió por toda la cara, desde la barbilla y el pómulo hasta la sien.

Con seguridad se debía al golpe que le había dado Múrzik, supuso Vera. Encontró un analgésico después de buscar durante mucho rato en el botiquín, donde todo estaba dispuesto según el antiguo sistema de su madre, y mantenido por Shúrik. Esa larga búsqueda en el botiquín todavía la desmoralizó más. Se le ocurrió que debía enviar a Shúrik a la farmacia. Y entonces casi se echó a llorar: Shúrik estaba en el hospital y su estado era grave, y ella se encontraba en una situación de ruina moral, no conseguía reunir fuerzas, resistir con valentía y enfrentarse... Eso era parte del repertorio de Yelizaveta Ivánovna, y Vera comprendió en aquel preciso instante que recaía en ella toda la responsabilidad sobre Shúrik y Múrzik, era necesario que se dominara, reuniera fuerzas, resistiera con valentía y se enfrentara... Entonces lloró de verdad. La mitad de la cara le dolía y con un ojo apenas veía.

Cogió los analgésicos, se tomó dos pastillas de golpe y se quedó dormida.

A la mañana se afanaron en unos preparativos largos y absurdos. Metieron en una bolsa de plástico un cepillo de dientes y pasta dentífrica, manzanas, pañuelos y chocolate, todo lo que Shúrik no necesitaría en las próximas semanas: le habían colocado un aparato metálico para inmovilizarle la mandíbula hasta que se fortaleciera. Solo podía abrir la boca un poco, lo suficiente para introducirle una pajita mediante la cual ingería alimentos líquidos. En cambio se olvidaron de llevarle el zumo de arándanos que habían preparado el día anterior y las zapatillas. De todos modos, en el hospital le habían dado unas.

Maria metió en la bolsa un conejo de peluche.

En la recepción del hospital les dijeron que ya le habían operado y que se encontraba en la sección de traumatología, en las salas de posoperatorio. A Vera Aleksándrovna no la dejaron entrar. El médico de planta no salió a hablar con ella. Pero accedieron a darle la bolsa a Shúrik. Durante largo rato esperaron una nota de Shúrik. Al final se la pasaron. Pedía perdón por esa historia estúpida en la que se había metido y por los quebraderos de cabeza que había ocasionado, bromeaba diciendo que ahora había sido castigado por sus tonterías con ayuno y silencio prolongados, igual que un monje. Pidió que le trajeran dos libros en francés que estaban sobre su escritorio, una carpeta con documentos, papel para cartas y algunos bolígrafos.

Volvieron a casa por la tarde, terriblemente cansadas. Maria tenía los pies mojados y a Vera volvió a dolerle la mejilla.

Cuando Maria salió de su cuarto para cenar tenía lágrimas en los ojos y dijo que echaba de menos a su madre. La propia Vera estuvo a punto de prorrumpir en llantos por el caos absoluto de sus vidas. «Dominarse, reunir fuerzas, resistir con valentía y enfrentarse...»

A las diez llamó Svetlana. En vez de la respuesta habitual y lacónica: «No está», Vera Aleksándrovna le explicó con todo lujo de detalles las peripecias del día, comenzando por la llamada telefónica del día anterior.

—Debería haberme llamado enseguida —le dijo Svetlana enérgicamente—. Tengo conocidos en el Sklifosovski, mañana iré allí y me pondré al corriente de todo.

—Sí, sería maravilloso —se alegró Vera—. Habría que llevarle unos libros, papeles...

—Pasaré a recogerlo, no se preocupe...

Vera Aleksándrovna le dio la dirección y le explicó largo y tendido, aunque de modo un tanto confuso, lo sencillo que era encontrar su casa desde la calle Butirski Val. Svetlana se limitó a sonreír.

Ahora Svetlana estaba en el séptimo cielo: por fin tenía la oportunidad de demostrar a Shúrik y a su imponente madre de lo que era capaz.

La suerte le sonreía. Aunque Svetlana no tenía ningún conocido en Sklifosovski —por lo demás, de qué hubiera servido si ya lo habían operado—, se presentó al día siguiente como miembro de la familia y habló con el cirujano de Shúrik, que le enseñó las radiografías y le explicó, de manera precisa, el tipo de operación a la que se le había sometido y las perspectivas de evolución.

—Si fuera solo por este traumatismo le hubiéramos dado el alta enseguida, y habríamos programado la segunda intervención para dentro de seis u ocho semanas; no es muy complicada —explicó el cirujano—, pero ha sufrido una conmoción cerebral y, por eso, es mejor tenerle en observación...

A continuación Svetlana entró en la sala donde apenas reconoció a Shúrik, en medio de un grupo de hombres vendados y escayolados. Estaba tumbado boca arriba, entubado –le salían un tubo por la boca y dos por la nariz– y tenía unos cercos amoratados junto a los ojos. El cuadro lo completaba un orinal que reposaba sobre la manta.

–¡Dios mío! ¿Quién te ha hecho eso? –exclamó retóricamente Svetlana.

Pero Shúrik no podía hablar, retorció los dedos, y ella sacó un cuaderno y un bolígrafo.

La conversación se desarrolló exclusivamente por escrito. Shúrik le agradeció fervorosamente que hubiera ido a verle. Le pidió que retrasara tanto como pudiese la visita de mamá. Le escribió que un loco, un kazajo o un mongol, le tomó por otro y estuvo a punto de matarle.

Svetlana vació el orinal en el lavabo, le arregló la cama, encontró a la enfermera de guardia y le dio la suma necesaria de dinero –ni mucho ni poco– para que pasara de vez en cuando a comprobar que todo estuviera en orden. Luego fue a comprar a una tienda kéfir, dos cartones de crema de leche y agua mineral, y volvió a la sala. Justo cuando ya se iba entró un policía, vestido con una bata blanca encima del uniforme. Iba a ver a Shúrik. A propósito de la paliza del día anterior. El policía le formuló preguntas interesantes: si conocía a Dzhamilia Jalilova y qué relación tenía con ella.

Shúrik respondía por escrito y Svetlana no podía leer las respuestas porque el policía se apoderaba de la hoja enseguida. Pero le bastó con las preguntas para hacerse una idea bastante aproximada a la que se había hecho Rashid. En cualquier caso, el policía no le preguntó por Egle y Shúrik no consideró necesario mencionar ese nombre.

Svetlana decidió retomar sus pesquisas: le surgieron algunas preguntas que hacerle a Shúrik. El policía, dicho sea de paso, no volvió más. El caso de la paliza propinada por Rashid a Dzhamilia Jalilova y a Aleksandr Korn se archivó al día siguiente, cuando el padre de Rashid –el mando superior del KGB de su república– aterrizó en Moscú. Desde entonces la preocupación de la policía fue librarse de esa situación embarazosa, ya que, por su parte, le habían dado una somanta de palos a Rashid en la comisaría...

Al tercer día Guiya irrumpió en la sala de Shúrik.

–Shúrik, me acabo de enterar... Te han dado una buena, tío... A mí también me han dado alguna vez...

Y Guiya le contó unas cuantas batallitas de su cosecha en las que le había tocado recibir. No era un gran consuelo. Después Guiya sacó de la cartera una botella de coñac envuelta en papel de periódico, la abrió, dobló el final de la pajita que salía de la boca de Shúrik y la hundió en la botella.

–Creo que no es mala idea... –Guiya tomó otra pajita de la mesita de noche, la introdujo en la botella y sorbió–. ¡Incluso diría que es una idea genial! Y para acompañarlo... ¡Nada de kéfir o de crema!

En esa agradable ocupación, Svetlana sorprendió a los dos amigos. Casi no pudo reprimir un suspiro de indignación.

–¿Qué hacéis?

Guiya nunca se dejaba amedrentar, y menos por una mujer.

–Bebiendo un trago. Se recomienda en los casos de conmoción cerebral. Y tú, ¿qué haces aquí?

Shúrik murmuró algo inaudible.

–Ya entiendo, ya entiendo –dijo Guiya soltando una pulla–. La chica tiene buen corazón, eso se ve a una legua. Pero cuando los hombres beben, las mujeres se callan, ¿está claro?

Svetlana se puso furiosa de que la trataran así, pero se sentó sin darse por vencida. Guiya se marchó dejando la botella sobre la manta de Shúrik y a Svetlana fuera de sus casillas.

Shúrik, en la medida de lo posible, retrasó la visita de Vera. Por su parte, Vera no se encontraba bien: el dolor que había comenzado cuando la informaron por teléfono del altercado de

Shúrik no dejaba de ir y venir. Contactó con el médico de una clínica de pago que la examinó con detenimiento y le diagnosticó una inflamación del nervio trigémino. Le prescribió unos días de reposo en casa, procurando no coger frío, y un medicamento potente.

Durante tres semanas Svetlana fue al Hospital Sklifosovski como quien va al trabajo, y cada día le pasaba a Vera Aleksándrovna un informe sobre el estado de salud de su hijo. Mejor aún: pasó dos veces por casa de Valeria de parte de Shúrik. Él dudó un poco antes de pedírselo, pero el trabajo era urgente, no tenía máquina de escribir y Valeria era la única que podía mecanografiar sus resúmenes. La segunda vez Svetlana recogió un sobre cerrado para llevar a correos.

Valeria alabó el impermeable de Svetlana, y esta le confió que ella misma lo había confeccionado con un tejido que había comprado justo en ese edificio. Svetlana alabó a su vez los muebles antiguos de Valeria y confesó que no soportaba los muebles modernos. A Valeria le pareció muy agradable Svetlana, pero poco agraciada. Por su parte, Svetlana compadeció en el alma a esa gorda inválida excesivamente maquillada. Y pensar en los malos ratos que le había hecho pasar Shúrik con ese itinerario...

«A la luz del día más bien parece una matrioshka, la pobre», pensó Svetlana.

Ninguna de las dos reconoció en la otra a una rival.

Vera Aleksándrovna no fue al hospital. Caía una fría lluvia primaveral, hacía demasiado calor para los botines de invierno y todavía era pronto para ponerse calzado ligero. Vera no tenía zapatos apropiados para el tiempo lluvioso. Si a Shúrik le hubieran dado el alta este problema estaría solventado. Lo mejor serían las suelas de caucho, no de suela plana sino con un poco de tacón...

Vera escribía a Shúrik cartas largas y maravillosas. Shúrik las amontonaba cuidadosamente en una pila, clasificadas por fecha.

Maria también le escribía y le hacía dibujos. El tema principal era Shúrik y ella, juntos, a la orilla del mar.

Svetlana iba a recoger las cartas y, a petición de Shúrik, le llevó un diccionario, una navaja de afeitar y un sobre grande que le habían enviado por correo.

Vera Aleksándrovna apreciaba mucho a Svetlana, era una verdadera amiga y, aunque no pudiera decirse que fuera bonita, tenía un aspecto delicado y buenos modales. Y para colmo, era una modista aventajada. Yelizaveta Ivánovna hubiera dado su visto bueno... Svetlana colmaba de atenciones a Vera Aleksándrovna. Cada vez que la visitaba le preguntaba si necesitaba alguna cosa del centro y le llevaba un gran surtido de platos del restaurante Praga, aunque se había olvidado de preguntar a Shúrik dónde compraba las croquetas de patata.

No tardaron en darle el alta a Shúrik. Vera Aleksándrovna estaba disgustada: Shúrik tenía un aspecto espantoso. Había adelgazado. Le salían unas puntas metálicas de la mejilla. Le costaba hablar y no probaba bocado, se limitaba a beber toda clase de líquidos a través de una pajita. En cambio, escribía notas deliciosas y divertidas adornadas con dibujos. Maria exigió recuperar las «horas sagradas», incluso le dijo el número exacto de horas que le debía desde su convalecencia. Las había contado. Shúrik le prometió que las recuperarían todas.

Asombrosamente, la inflamación del nervio trigémino de Vera desapareció en cuanto Shúrik puso un pie en casa, como si nunca hubiera ocurrido.

Al poco tiempo le quitaron las prótesis de metal. Con motivo de ese día señalado invitó a todo el mundo, incluida Svetlana, a un restaurante y se dieron un atracón de comida suculenta.

Svetlana celebraba el día más feliz de su vida: era una comida familiar, todas las personas que se sentaban en las mesas vecinas creían que Shúrik era su marido y Vera Aleksándrovna su suegra, la única objeción era aquella niña. Estaba de más. Por su parte, a Maria también le pareció que la comida era perfecta, pero también creía que alguien estaba de más: Svetlana...

Solo había una circunstancia desagradable para Svetlana: Shúrik no quería visitarla en casa como antes y, por lo general, no manifestaba ningún signo de interés masculino. Svetlana esperaba paciente una cita amorosa. Decidió no tocar el tema de aquella oriental, Dzhamilia. Tal vez algún día, más tarde... Ahora llamaba cada día y charlaba largo rato con Vera Aleksándrovna de la vida en general y de Shúrik en particular. Al final de la conversación Svetlana le pedía que le pasara con él, y si no estaba en casa, Vera le daba cuentas de dónde estaba. Si estaba en la biblioteca, a Svetlana no le daba pereza hacer el trayecto para comprobarlo. Tenía la impresión de que no había otra mujer en su vida... A veces, Vera Aleksándrovna le decía que Shúrik no iría a dormir esa noche, que se quedaría en casa de Valeria trabajando en una traducción complicada y que, lo más probable, es que pasara la noche allí.

Entretanto la primavera había llegado y Shúrik le comentó un día a Svetlana que pronto se iría a la dacha.

«Esto es un desastre», pensó Svetlana. Vera y Maria se instalarían en la dacha y Shúrik no volvería a llamarla y desaparecería definitivamente. ¡Después de todo lo que había hecho por él! Otra vez le venía a la mente Dzhamilia, por la que estuvo a punto de que lo mataran. Tal vez sí que se viera con alguien...

Reforzó la vigilancia. De nuevo montaba guardia junto a la entrada de su edificio y le seguía de cerca, pero a una distancia calculada con precisión. Sin ningún resultado. Por lo visto, no había ninguna Dzhamilia ni otra mujer. De todos modos la atormentaban la inquietud y la duda, no podía dormir por las noches, daba vueltas a las flores de seda blanca e imaginaba que se las ponía en la cabeza... No, él no la amaba, pero la apreciaba, la respetaba, le estaba agradecido... ¿Cómo obligar a un hombre a que te ame? ¿Acaso tenía que morir para que la valoraran? Ay, si pudiera asistir primero a su propio entierro y deleitarse con las lágrimas vertidas por su muerte y luego morir de verdad. Yacer como Ofelia en un ataúd, en una cripta decorada con flores, mientras su amado sufre ante el ataúd, desenvaina una espada y se quita la vida... Ver probado su amor eterno y leal, y después morir en paz y feliz... No, Shúrik todavía está enmadrado, no es capaz de hacer una cosa así. Solo si se trata de su mamaíta... Y ese pensamiento la hizo sonreír, porque la locura todavía no había invadido su espíritu hasta el punto de acabar con su sentido del humor...

Svetlana le llamó por teléfono y le pidió que fuera a verla urgentemente. Hacía tiempo que Shúrik esperaba algo así. Sabía para qué lo llamaba. Se dirigió hacia allí como un condenado y cargado de una ira cuyo blanco era exclusivamente él mismo.

«Lo principal es no enredarse en explicaciones», decidió Shúrik.

Y en cuanto descorrió la vieja cortina que escondía la puerta de la habitación de Svetlana, Shúrik la abrazó y hundió los dedos en la espuma lastimosa de sus cabellos finos. Svetlana se quejó con un hilo de voz suave y alegre de que le arruinara su peinado y le arrugara la blusa. Irradiaba tanta felicidad que Shúrik olvidó todas las molestias recientes y ejecutó a conciencia su tarea con todo el ardor de un hombre joven y sano. Svetlana estaba en el colmo de la felicidad y balbuceó unos «¿me quieres?» suplicantes durante los veinticinco minutos en que Shúrik se aplicó con esmero.

Después Shúrik se vistió a toda prisa y se marchó con la excusa de que tenía un horrible montón de trabajo. Aunque Svetlana no recibió una respuesta verbal clara a su pregunta directa, el mismo hecho de la intimidad podía considerarse como una respuesta afirmativa.

Shúrik bajó las escaleras con la conciencia tranquila: todo había salido bien y ahora tenía que ir corriendo al Instituto de Información Científica y Técnica para recoger la última ración de traducciones, luego a la librería de libros extranjeros, comprar un nuevo manual de español para Maria, después a la farmacia, comprar un medicamento para Matilda. Y así sin parar... Era agradable haber cumplido con lo primero que se había propuesto ese día, y se sacó a Svetlana de la cabeza.

Desnuda y totalmente apaciguada, Svetlana permanecía tumbada en el diván, envuelta en la manta inglesa de su abuela, sin pensar en nada.

Por fin conocía el éxtasis de la serenidad. Se acarició el vientre y el pecho, sintiendo orgullo y gratitud hacía sí misma.

Estaba radiante de felicidad e incluso se sentía sana. El abismo insalvable que separa a la mujer –cuyo único sentido y satisfacción de la vida es el amor– y al hombre –para el que el amor no tiene ese significado, sino que solo consiste en uno más de los componentes de la vida– durante algunos minutos se cubrió con una fina película...

50

El número de teléfono del guía que había acompañado al grupo francés por Moscú en el primer viaje de Joëlle a Rusia, durante los Juegos Olímpicos se quedó en una de sus viejas agendas. Después estuvo dos veces más en Rusia, pero en Leningrado. En su última estancia hizo un curso de tres meses para estudiar el idioma. Ahora iba a quedarse en Moscú seis meses con la intención de finalizar su tesis doctoral. Pasaron dos semanas antes de que se decidiera a telefonear a Shúrik. Se acordaba muy bien de él, no tanto porque fuera un chico educado, alto, con las mejillas sonrosadas como un niño, «très russe», como había decretado a coro el grupo de franceses, sino por su francés, un francés impecable de principios de siglo que ya nadie hablaba desde hacía mucho tiempo, a excepción de los notarios de provincia que rebasaban los noventa años...

Joëlle se había apasionado por la literatura rusa ya antes de su primer viaje a Rusia, incluso intentó aprender el idioma por su cuenta. Rusia al natural la fascinó y ella, hija de un rico vinicultor, propietario de enormes extensiones de viñedos cerca de Burdeos, se matriculó en la Sorbona y se apartó por completo del negocio familiar, para gran descontento de su padre. En lugar de dedicarse a la contabilidad o al trato con los clientes, Joëlle descifraba los textos de Tolstói. Leyendo *Guerra y paz* advirtió que el francés de Tolstói en los extensos diálogos entre aristócratas rusos, que gozaban de iguales derechos que el texto ruso, le recordaba en algo al francés que hablaba Shúrik, el guía. Y ese hallazgo despertó el interés de la filóloga en ciernes. Más tarde también encontró numerosos fragmentos en francés en la obra de Pushkin. Fue ese precisamente el tema –un análisis comparativo entre el francés de Pushkin y el de Tolstói– que había escogido para su tesis doctoral. Se lo propuso a su profesor, que lo aprobó y lo encontró muy interesante. Shúrik, sin saberlo, se convirtió en el *alma mater* del tema de la tesis. Joëlle telefoneó a su antiguo guía. Después de esa experiencia, Shúrik no había trabajado más como tal: no cayó bien a la dirección de Intourist y no lo volvieron a llamar, así que no vio desfilar a más decenas de grupos de turistas y centenares de viajeros. Shúrik recordaba perfectamente a la francesa de Burdeos, que le había abierto los ojos acerca de lo anticuado e insalvable de su francés. Se citaron cerca del monumento a Pushkin, todo un símbolo...

Se besaron dos veces, como es habitual en Francia, pero Shúrik le ofreció su mejilla por tercera vez, como es habitual en Rusia. Se rieron como dos viejos amigos. Cogidos de la mano, se fueron a pasear por la ciudad. Llegaron hasta la vieja universidad, bajaron por el malecón y, como por azar, obedeciendo a una vieja costumbre, Shúrik llevó a Joëlle hasta la casa de Lilia, en el callejón Chisti, después dieron un rodeo hasta la iglesia del profeta Elías, en el callejón Obidenski. Después de dudar un poco, entraron en la iglesia, se quedaron un rato, oyeron el final de la misa vespertina y luego regresaron por el malecón, cruzaron el río Moscova por el puente Kámenni y deambularon por el barrio Zamoskvoreche. Shúrik le enseñó la casa de la calle Piatnitskaya, en la que Tolstói vivió unos años, y Joëlle se enamoró más y más de aquella ciudad donde se sentía casi como en casa...

Pertenecía a esa clase de extranjeros excéntricos, bastante numerosos durante esos años, a los que Rusia les entusiasmaba, por su espíritu tan singular, a la vez espontáneo y confiado, y Shúrik aparecía ante sus ojos como un personaje de Tolstói, un crecido Petia Rostov o un Pierre Bezújov más joven.

En cuanto a Shúrik, paseándose por los callejones por donde antiguamente se perdía con Lilia Laskina, borrada de su vida, no se sentía como el Shúrik del presente sino como aquel estudiante en vísperas del examen de ingreso en la universidad. Se sorprendió incluso sintiendo tristeza por no haberse presentado a aquel estúpido examen de alemán: si lo hubiera hecho todo habría sido diferente, mejor que ahora... Y tal vez su abuela hubiera vivido más tiempo...

Charlaban de lo humano y lo divino, saltando de un tema a otro, pisándose las palabras y riéndose a carcajadas cuando cometían errores lingüísticos: pasaban indistintamente de una lengua a otra, porque Joëlle tenía ganas de hablar en ruso pero le faltaba vocabulario. Más tarde se puso a llover, se refugiaron en el patio de una iglesia abandonada, debajo de un templete medio en ruinas, y se besaron hasta que cesó el aguacero. Shúrik tenía la extraña impresión de haber vivido esa situación en el pasado: en realidad se había sentado en ese banco diez años antes, pero no con Joëlle sino con Lilia, y por unos momentos, era como si se hundiera en aquel verano del último curso de secundaria, ese verano de exámenes y paseos nocturnos, el de la partida de Lilia y la muerte de su abuela.

Cuando la lluvia escampó, los propietarios de perros salieron a la calle, alguien soltó un gran pastor alemán. Resultó que Joëlle tenía pánico a los perros, no se atrevía a salir del templete, y esperaron a que se alejara el pastor alemán. Y otra vez se rieron. Y otra vez se besaron.

Entretanto el metro había cerrado y Shúrik paró un taxi para acompañar a Joëlle a su casa. Se alojaba en una residencia de estudiantes en las colinas Lenin.

–¡La portera es una arpía espantosa! –se quejó en la entrada de la residencia.

–¿Te da tanto miedo como el pastor alemán? –le preguntó Shúrik.

–Para ser sincera, todavía más.

–Podemos ir a mi casa –le propuso Shúrik. Maria y su madre estaban en la dacha. Joëlle aceptó a la primera. Cogieron el mismo taxi y atravesaron el centro con destino a la estación Bielorrusia, volviendo a pasar por delante del monumento a Pushkin.

–¡Desde luego es un lugar especial! –exclamó Joëlle mirando por la ventana–. ¡Dondequiera que se vaya en Moscú siempre se ve obligatoriamente el monumento a Pushkin!

Era la pura verdad. Ese era el corazón de la ciudad, ni el Kremlin histórico ni la Plaza Roja ni la universidad, sino esa estatua del poeta –ya fuera con la capa nevada en invierno o con excrementos de paloma en verano–, cuya ubicación en la plaza había cambiado de un lugar a otro. Era el lugar más emblemático de Moscú. Desde entonces, Shúrik y Joëlle se citaron allí cada día, todas las tardes que Shúrik no pasaba en la dacha.

Joëlle era una mujer-pájaro: levantaba el vuelo a toda velocidad y haciendo ruido, siempre tenía hambre, se saciaba muy rápido y cada media hora tiraba de la manga de Shúrik diciéndole: «Shúrik, necesito ir *au petit coin*...». Y los dos buscaban los lavabos públicos. No había muchos en Moscú. A veces entraban en un patio, buscaban un lugar discreto y él montaba guardia mientras ella se escondía entre los arbustos como un pájaro. En cuanto salía de los arbustos le preguntaba a Shúrik si no sabía dónde podían beber algo. Y se reían a carcajadas.

Joëlle se reía mientras se desvestía, se reía al salir de la cama y, aunque no exista otra cosa más perjudicial para el sexo que la risa, encontraba la excusa para reír entre los brazos de Shúrik. La risa la afeaba muchísimo: la boca se le ensanchaba, la punta de la nariz apuntaba abajo, entornaba los ojos y, como lo sabía, escondía la cara detrás de las manos. Aun así, su risa era muy contagiosa. Shúrik le decía que la podrían contratar para animar

369

al público de los teatros en las comedias de poco éxito: soltaría sus trinos hilarantes y el público la imitaría...

Dos semanas más tarde, Svetlana siguió la pista a Shúrik. Exactamente hasta la plaza Pushkin. Shúrik esperó diez minutos cerca del pedestal de la estatua con un ramo de flores azules. Desde el otro lado de la plaza era imposible distinguir la clase de flor, aunque ese también era un detalle importante para Svetlana. Después llegó una mujer bastante pequeña. Incluso a esa distancia se apreciaba que era una chica extranjera: el corte de pelo era diferente, con una especie de mechas, llevaba el paraguas a la espalda como un soldado lleva su fusil, y un bolso de cuadros en bandolera... En resumidas cuentas, Svetlana podía oler a esa extranjera a un kilómetro. Se besaron y, cogidos de la mano y riéndose, enfilaron el bulevar Tver. La risa era particularmente insultante, como si se estuvieran burlando de ella, Svetlana...

Svetlana fue tras ellos, pero a los cinco minutos comprendió que acabaría por desmayarse. Se sentó en un banco esperando a que la pareja desapareciera. Se quedó allí sentada durante una media hora. Luego, consiguió reunir las fuerzas necesarias para volver a casa a pie. Llamó a Slava, le contó que había visto a Shúrik con otra mujer por casualidad y que no soportaría otra traición.

—¡Voy a verte enseguida! —le propuso Slava.

Svetlana se quedó callada y dijo:

—No, gracias, Slava. Prefiero estar sola.

Slava era una suicida experimentada, por lo menos tan experimentada como Svetlana. Pasó a verla a primera hora de la mañana siguiente. Llamó a un cerrajero. Forzaron la puerta. Svetlana dormía con un sueño profundo y barbitúrico: los sedantes estaban preparados desde hacía tiempo. Llamaron a urgencias, le hicieron un lavado de estómago y la hospitalizaron.

Dos días más tarde, cuando recobró el conocimiento y la trasladaron a la sección del doctor Zhuchilin, Slava telefoneó a Shúrik y le informó de lo que había pasado.

—Gracias por llamar —le dijo Shúrik.

Slava salió de sus casillas.

—¡De nada! ¡Sobre todo, tú diviértete mucho! ¿No comprendes que tienes la culpa? ¡De todas maneras eres un monstruo! ¿De verdad no tienes nada más que decir? ¡Eres un desgraciado! ¡Un verdadero cabrón! ¡Escoria!

Shúrik la escuchó hasta el final y añadió:

—Tienes razón, Slava.

Y colgó. ¿Cómo se puede escapar de una loca? ¿Adónde huir? Joëlle ponía la mesa. El tenedor en el lado izquierdo, el cuchillo en el derecho. Una copa para el agua y una copa para el vino.

—Dime, Joëlle, ¿te casarías conmigo? —le preguntó Shúrik.

Joëlle se echó a reír tapándose la cara.

—¡Shúrik! Nunca me lo habías preguntado. Ya estoy casada. Tengo un hijo de cinco años. Vive en Burdeos, con mis padres. Te quiero mucho, tú lo sabes. Aún estaré aquí cinco semanas más. ¡Casarme contigo! Y después te adoptaría, ¿no?

Joëlle continuó riéndose. Shúrik sintió náuseas. Sabía que al día siguiente iría al quinto pino, hasta Kaschenko, a llevarle algo a la loca de Svetlana y por la tarde iría a casa de Valeria, porque Nadia, la mujer que la ayudaba desde hacía años, se había ido un mes a casa de su hermana, en Taganrog, y Valeria no podía vaciar sola el orinal... Y más tarde tenía que ir a la dacha para ver a su madre y a Maria, a la que había prometido una cesta de mimbre, hilo y alguna cosa más, lo tenía apuntado en alguna parte...

51

Para Vera la línea del destino se había ajustado de una manera sorprendente: como si los treinta años de duro trabajo como contable hubieran desaparecido por un agujero, ya no era una contable retirada sino una exactriz. Las clases de teatro que impartía en el sótano del edificio de administración la devolvieron a los tiempos del estudio de Taírov, y puesto que sus ambiciones personales como actriz se habían esfumado desde hacía tiempo, se sentía feliz por transmitir los rudimentos del oficio de actor a los niños del barrio.

Desde que Maria vivía con ella, Vera comprendió para qué fin secreto el destino le había enviado al pesado de Mermelada, que le había obligado a emprender una actividad que ella creía tener olvidada. Sin el entrenamiento semanal de todos los jueves con sus alumnos no hubiera estado preparada para acoger y educar al tesoro inquieto que le había confiado la providencia con generosidad. Vera no dudaba que en su casa estaba creciendo una futura gran celebridad.

Durante los dos años que Maria asistió a la escuela del barrio, se afianzó una relación particular, independiente de Shúrik, entre Vera y Lena Stovba. La antigua configuración familiar, sencilla y de una evidencia demoledora –una madre y un hijo en unión simbiótica–, se había convertido en una entidad más compleja y fluctuante. Cuando estaban los tres –Vera, Shúrik y Maria–, se sucedían diferentes combinaciones. A veces, cuando los domingos por la mañana iban juntos al museo o a una exposición y Shúrik tomaba a Vera por el brazo, mientras Maria se agarraba a él, corría por delante o se pegaba a Vera, entonces se imaginaba que era la madre de Maria, y Shúrik el padre. Shúrik, por su parte, veía a Maria como una hermana pequeña que Vera le había impuesto un poco. Maria no se molestaba en darle vueltas a la situación: Verusia y Shúrik eran su familia.

Cuando se sumaba Lena Stovba se convertía para Maria en la protagonista por unos días.

Vera practicaba unos reajustes sutiles en el mecanismo de ese modelo familiar. Por ejemplo, situaba a Lena al lado de Shúrik, en pareja. Pero funcionaba solo en parte, porque al poco tiempo quedaba una figura desconectada: la suya. También existía la variante en la que consideraba a Lena una entidad independiente de la familia, con sus movimientos desesperados, sus intenciones obsesivas y su fractura total con la vida real, pero en ese caso, otra figura quedaba suspendida en el vacío, una figura del todo importante: Maria. ¿A quién pertenecía? Sin embargo, era precisamente gracias a esa idea maníaca de reunirse con un hombre, al que apenas conocía, por lo que había dejado a su hija al cargo de Verusia y Shúrik temporalmente, por el bien de ambas partes.

Ahora Lena ya no informaba de los progresos en el reencuentro con Enrique a Shúrik, sino a Vera. Le contó el desenlace de la historia absurda en Polonia. Su encuentro con Yan, el hermano de Enrique, que tuvo lugar en Varsovia. Para los dos era la primera vez que visitaban el país. Si bien Yan tenía una multitud de parientes allí a los que nunca había visto, Lena no tenía absolutamente a nadie. Toda la primera semana Yan estuvo ocupado en andar de juerga con su familia. Lena se quedó encerrada desde la mañana hasta la noche en un hotel deplorable, esperando a que Yan hiciera acto de presencia entre borrachera y borrachera, y la llevara a la embajada americana para casarse con ella.

Los dos estaban seguros de que tenían una formalidad sencilla y rápida por delante. Ese hubiera sido el caso si Stovba fuera ciudadana polaca. Le propusieron a Yan que solicitara un visado para Rusia y celebrara el matrimonio con una ciudadana soviética conforme a las leyes soviéticas. Esto de nuevo significaba una demora, pero, al fin y al cabo, no era una negativa. Lena se fue y Yan se quedó en Varsovia en espera del visado soviético. La espera duró un mes y medio. Enrique le había enviado dinero dos veces mientras buscaba un apartamento más grande en Miami. Yan no perdió el tiempo durante su estancia de seis semanas: se enamoró locamente de una polaca encantadora y para cuando llegó el visado, él ya estaba casado por la Iglesia y registrado en el consulado americano como el marido de una mujer completamente diferente, que en absoluto era la Lena Stovba que esperaba su llegada. Enrique rompió la relación con su hermano, pero eso no cambiaba las cosas.

Vera la escuchaba y desfallecía con toda su alma teatral: todo aquello era fuera de lo común, arriesgado, arrebatador. Ahora era ella la que derramaba lágrimas. El amor, como un disco del destino que nunca deja de sonar... Ella también había pasado por eso... Años y años perdidos esperando... ¡Pobre niña...! ¡Pobre Múrzik...!

Vera establecía paralelismos entre su propia vida sentimental fracasada y la de Lena, e intentaba explicarle con palabras delicadas su falta de flexibilidad respecto a las otras posibilidades que se le ofrecían a una mujer joven dotada de su físico y de su carácter, sobre el hecho de que hubiera otro hombre en la tierra que pudiera reemplazar al que perseguía... Y así sucesivamente.

La cara de Lena se irritaba, sus ojos expresaban aburrimiento. Podía leer los pensamientos de Vera Aleksándrovna y prefería su desdicha romántica a cualquier otra variante. Exactamente como Vera en otro tiempo... ¡No, no había otro hombre en su vida!

Al otro hipotético hombre al que hacía alusión Vera también le decía de vez en cuando que la situación era incierta, que ella envejecía y que le gustaría verlo casado. Y también tenían que mirar por la niña...

El obediente Shúrik, al que se le erizaba la piel cada vez que escuchaba estas conversaciones, siempre rechazaba cualquier alusión bromeando:

—Verusia, ya lo intenté una vez y me he tenido que divorciar...

Vera recapacitó: había ido demasiado lejos.

En realidad era otra cosa la que revestía importancia. De vez en cuando Lena comentaba que quería volver a Rostov con Maria. Ahora bien, eso estaba fuera de discusión, y Vera se empleó a fondo para proporcionar un futuro grandioso a Múrzik.

Nadie puede imaginarse los esfuerzos que le costaron a esa modesta contable, que había pertenecido antaño al personal auxiliar de un teatro, realizar una llamada de recomendación al conservatorio de danza: a Golovkina, la directora, en persona.

Al fin llegó el día en el que Vera anunció con solemnidad a Shúrik, durante el té de la tarde —la única comida que no compartían con Maria— la gran noticia:

—No te lo había comentado aún porque no quería precipitarme... ¡Han aceptado a Múrzik en el conservatorio del Bolshói!

Vera hizo una pausa esperando la respuesta entusiasta de Shúrik, pero él no reaccionó como esperaba.

—He telefoneado a Sofia Nikoláyevna Golovkina, ¿comprendes?

—Sí, sí —contestó Shúrik asintiendo.

—¡No, no lo comprendes! —exclamó Vera, casi enfadada—. ¡Es la mejor escuela de danza del mundo! Escogen a una niña de cada cien. ¡Llevé a Múrzik dos veces a las audiciones previas y le salieron muy bien!

—No veo lo que tiene de asombroso, Verusia, con lo que la has hecho trabajar.

—Es verdad, Shúrik. Puedo decir que en estos últimos años me he convertido en una pedagoga bastante experimentada. ¡He formado a más de un centenar de alumnos! –Exageraba un poco. Normalmente eran ocho o diez alumnos los que frecuentaban su taller y el número total, de todos los años, no sobrepasaba los cincuenta–. Nunca he tenido una alumna más dotada. ¡Cómo lo absorbe todo! ¡Lo coge todo al vuelo, literalmente al vuelo! Pero ¿qué puedo enseñarle? Solo las bases de la danza rítmica, la plasticidad, el abecedario del teatro... En cambio a las niñas del conservatorio las preparan de una forma totalmente diferente. Por regla general, son niños que han frecuentado las escuelas de danza, algunos ya han trabajado en la barra. A menudo son hijos de bailarines. Pero Múrzik tiene un don innato. Una abertura y un salto notables, un oído excelente. Y, por supuesto, una gracia natural asombrosa. Salta a la vista. De hecho, solo le encontraron un defecto: la estatura. Un poco alta para ser bailarina. Por lo demás, a Lavrovski, por ejemplo, siempre le gustaron las mujeres altas... Pero, primero, no sabemos cuándo va a dejar de crecer, puede pasar de un momento a otro. Y segundo, el exceso de trabajo que soportan los alumnos les frena el crecimiento. Eso lo sabe cualquiera. Los bailarines son así de bajitos, en parte, porque desde niños trabajan muy duro y les restringen la dieta.

—¡Múrzik tiene un apetito voraz! –remarcó Shúrik.

Vera se enfadó.

—Tiene un carácter fuerte. Igual que Lena. Si algo ha heredado de Lena es su perseverancia. Al fin y al cabo la han aceptado. Este año tendremos que acompañarla cada día, luego ya veremos... Cuentan con una residencia para las que no son de la ciudad... Pero no sé, no me gusta la idea de tenerla internada. El conservatorio está en la calle Frunzénskaya. Desde luego no está a la vuelta de la esquina, pero tampoco está tan lejos. El trayecto desde casa lo hicimos más o menos en una hora. Y además, si es necesario... –Una sombra de amenaza apenas perceptible resonó en la voz de Vera–. Yo misma la llevaré hasta allí.

Desde hacía ya bastante tiempo, la jornada laboral de Shúrik se había desplazado a la tarde: solía levantarse tarde, se cuidaba de las tareas de la casa –la lavandería, los recados, las compras–, se ponía a trabajar por la tarde y se quedaba en su despacho hasta las cinco de la madrugada... Era evidente que si tenía que acompañar a Maria al conservatorio su vida cambiaría radicalmente.

–¿Y Lena? ¿Ya se lo has dicho?

La expresión de Vera se ensombreció.

–Pero ¿qué dices, Shúrik? ¡Crees que pondrá palos en las ruedas a su hija! ¡Es como si le hubiera tocado la lotería!

–No, solo estaba pensando que si se va pronto, ¿para qué ir a esa escuela? Todo se irá al traste.

–Múrzik puede convertirse en una verdadera estrella. Como Ulánova, Plisétskaya o Alicia Alonso. ¡Confía en mí!

Shúrik suspiró y la creyó: ¿qué otra cosa podía hacer?

Lena llegó a finales de agosto y Maria, rebosante de felicidad, no tardó en decirle a su madre que la habían aceptado en el conservatorio del teatro Bolshói.

Vera tenía la intención de preparar previamente a Lena para la noticia, pero no fue necesario porque Lena no objetó nada, incluso se alegró.

Llevaron a Maria inmediatamente al primer nivel, sin ningún curso preliminar, y la colocaron delante de la barra desde el primer día. Las primeras semanas Maria estuvo en pleno shock. No abría la boca y no decía una palabra, ni a Shúrik ni a Verusia... Maria se esperaba algo completamente diferente...

El año anterior había visto con Vera todos los ballets estelares del repertorio: *El lago de los cisnes, La amapola roja, Cenicienta...* Y se había imaginado como primera bailarina solista. ¡Sí, sí, había nacido para eso! Estaba preparada para bailar en

377

el escenario del Bolshói con un tutú blanco... Pero la habían puesto delante de una pared, con las dos manos sobre la barra, y durante una hora y media, sin interrupción, al ritmo fastidioso de las cuentas, se dedicó a estirar la pierna y el pie y a enderezar la columna vertebral.

Solo eso, nada más. Ningún giro libre con la música, ninguna de las improvisaciones corporales que le proponía Vera. No fue hasta el sexto mes cuando pudo girar a un lado, a la derecha, a la izquierda... Y después más de lo mismo... Estirar la pierna, el pie... Los hombros bajos, la barbilla alzada. ¡Una línea recta! ¡Una línea recta!

Las clases las impartía una antigua bailarina, pero apergaminada, gorda, con cara de viejo bulldog. También había una educadora a la que llamaban «institutriz». Era la persona que acompañaba a los niños a clase y estaba al cargo de todo. Se llamaba Vera Aleksándrovna, algo que desagradó a Maria e incluso la ofendió: no necesitaba a otra Vera Aleksándrovna, ya tenía la suya, su adorada Verusia... Esta, aunque joven, tenía la cara arrugada, andaba como una bailarina, en primera posición, los pies como un pato, y el porte de la cabeza era el típico de bailarina, la nuca reclinada hacia atrás. Solo que ella no bailaba... Las niñas contaban que había dejado de bailar por culpa de una lesión, esa era la razón por la que era tan perversa. Todas sabían que no había mayor desgracia en el mundo que no poder bailar.

Esta falsa Vera Aleksándrovna las acompañaba a todas partes, incluso al comedor, les metía prisa mientras se vestían y se desnudaban con una voz aguda y estridente. No sentía ningún apego por las niñas, pero Maria tenía la impresión de que le tenía una manía particular. También le parecía que la corregía a ella en especial: se movía cuando tenía que estarse quieta, comía demasiado deprisa, no hacía la reverencia obligatoria, la última norma que se conservaba de la época zarista, saludar a los profesores con un ligero salto seguido de una flexión hacia delante.

Maria estaba exhausta. Y aburrida. Pero no decía nada a Vera, ni una palabra. Ni a Shúrik. Salían de casa a las siete y media y se despertaban lentamente durante el trayecto. Solo cuando llegaban a la puerta del conservatorio, Maria saltaba sobre Shúrik, le abrazaba, le besaba la mejilla sin afeitar y se alejaba corriendo. Shúrik se arrastraba hasta casa para seguir durmiendo.

En la escuela Maria no trabó amistad con ninguna niña. Todas habían asistido durante un año a las clases preliminares y se habían hecho amigas. Maria era la nueva, era la más alta y la que levantaba más la pierna. No tardaron en colocarla en la barra del centro del aula, el lugar destinado a las mejores... Maria todavía no sabía que las mejores no son siempre las preferidas. Además, la mayoría eran mayores que ella, vivían en el internado del conservatorio, estaban becadas y habían formado grupos en los que Maria no era aceptada.

A finales del primer curso les dejaron hacer puntas. Y de nuevo *battement, tendu, plié...* Y de nuevo Maria era la mejor. Pero estaba insatisfecha con ella misma. Estaba en una clase en la que todas las niñas eran bajitas, rubias y de tez pálida, como si las hubieran escogido adrede. Maria sufría porque no se parecía a las demás, sobre todo por el número de sus zapatillas, un treinta y siete. Un día, en los vestuarios, las demás alumnas se burlaron de sus enormes zapatillas de punta, incluso jugaron a fútbol con ellas.

Al día siguiente se negó a ir a la escuela.

–No quiero estudiar más danza. Quiero ir a una escuela normal, sin ballet.

Vera no la obligó a ir. Desayunaron juntas y dejaron que Shúrik se levantara más tarde. Prepararon la mesa en la habitación de la abuela y no en la cocina como de costumbre. Vera sacó unas tazas muy bonitas y le puso a Maria la que tenía detalles dorados.

Una semana antes, Shúrik y Vera habían asistido a una reunión. Shúrik no solo fue como acompañante, sino también en calidad de padre. Vera Aleksándrovna experimentó un sentimiento confuso y agradable... Era como si Maria fuera su hija, de Shúrik y de ella, y durante dos horas se entretuvo con esa idea.

La profesora de danza se deshizo en cumplidos con Maria, los profesores de las asignaturas escolares también estaban satisfechos, solo su tocaya, la institutriz, habló con hostilidad: era una niña cerrada, dura y tenía un mal comportamiento con sus compañeras.

–¡Le tienen envidia! –dijo Vera, estableciendo inmediatamente su diagnóstico.

Vera conocía perfectamente el mundo de los actores. Y no le preguntó a la niña qué había pasado en el conservatorio para que no quisiera volver más. Y, con ocasión de ese desayuno especial en la habitación de la abuela, Vera pronunció unas palabras importantes pero no del todo ciertas:

–¡Mi querida Múrzik! Cuando yo era pequeña, solo un poco mayor que tú, iba a clases de teatro. Y aunque las clases me gustaban mucho me fui. Porque me trataban mal. Ahora sé que las chicas tenían celos de mí. Es un defecto muy feo. Pero suele pasar a menudo. Si quieres ser una bailarina es necesario que aprendas a sobrellevarlo. Al cabo de un tiempo comprenderás que no tienes que afligirte por eso. Porque la mayoría de las chicas a las que no les gustas nunca serán bailarinas: ni siquiera acabarán los estudios. Pero a ti no te expulsarán porque tienes mucho talento. Bailarás los papeles solistas mientras que ellas, en el mejor de los casos, formarán parte del cuerpo de ballet. Lo que haremos será descansar unos días, si tienes ganas podemos ir a la pista de patinaje, al museo, a donde quieras. Y luego regresarás al conservatorio. Porque no puedes abandonar por una tontería así, ¿has entendido?

Maria se acurrucó en los brazos de Vera como un bebé y comenzó a llorar, lloró hasta hartarse, le contó que las chicas habían jugado a fútbol con sus zapatillas rosas y que ahora estaban muy sucias... Que ella calzaba un treinta y siete mientras que las demás tenían un treinta y tres...

Se divirtieron juntas durante tres días. Visitaron el Teatro de Animales de Durov, contemplaron a una corneja parlante, asistieron a una función en el teatro donde Vera Aleksándrovna había trabajado y le compró unas zapatillas nuevas en la tienda de la Sociedad de Teatro. Vera Aleksándrovna le regaló también una cinta de tejido elástico de importación para el pelo, de un color rosa vivo y brillante.

Shúrik volvió a acompañarla al conservatorio. Maria estaba calmada, lista para hacer frente a la situación, levantaba la barbilla con orgullo, y no solo en la barra. Estaba preparada para cualquier ataque. La cinta del pelo de un rosa resplandeciente y su cara, que tenía un toque del bronceado fresco del sur en pleno invierno, lanzaban un desafío.

Unos días más tarde, se desató una pelea en el vestuario de las chicas. Cuando acudió la institutriz, se encontró con un embrollo de brazos y piernas delgadas que pataleaban entre las taquillas, acompañado de unos gritos estridentes. La institutriz contraatacó con unos gritos todavía más estridentes que disolvieron la pelea, y la última que se levantó fue Maria, con un color de cara moreno grisáceo y el maillot desgarrado. Además del maillot, una nariz y una mano también habían sufrido daños: la nariz estaba rota y la mano mordida. Todos los testimonios acusaban a Maria.

Las niñas afirmaron unánimemente, casi a coro, que Maria se había echado sobre ellas como una loca, desconocían la razón. Maria no abrió la boca para explicar que ellas habían cogido sus zapatillas nuevas y se divirtieron propinándoles patadas en el vestuario. La institutriz llamó a Vera Aleksándrovna y la empezó a sermonear como si fuera ella la que se hubiera peleado en el vestuario. Vera la escuchó pacientemente hasta el final, luego expresó su opinión de que las compañeras de Maria le hacían la vida imposible y que detectaba un brote de racismo indigno de ciudadanos soviéticos.

381

—Incluso me atrevería a decir que hay lagunas pedagógicas —concluyó la Vera Aleksándrovna-abuela con voz dulce.

La Vera Aleksándrovna-institutriz se asustó: una interpretación del conflicto tan afilada no se le había pasado por la cabeza. «¡Solo me falta eso, racismo!», pensó la maestra aterrorizada y respondió con una sonrisa pacífica, aunque algo abyecta:

—¡Pero qué dice! ¡No conoce a nuestro alumnado! ¡La hija de Sukarno estudió con nosotras, y la hija del embajador de Guinea, y también una niña argelina, hija de un millonario! ¡El tema del racismo no tiene por qué preocuparle, no hay racismo aquí, en esta institución! De todos modos hablaré con las niñas...

Además pensó: no había encontrado nada particular en el expediente de Maria, pero, quién sabe, ¿y si resultaba ser la nieta de un Lumumba o de un Mobutu?

Si bien la institutriz no tenía unas relaciones demasiado buenas con sus superiores, con Golovkina eran muy buenas, y por eso el equipo pedagógico estaba dividido en dos grupos: los que estaban «a favor» y los que estaban «en contra». Puesto que la Vera-institutriz no era la única bailarina frustrada, y había una docena más con carreras malogradas, maridos infieles y amantes que lo eran aún más, la combinación era totalmente explosiva y solo el miedo que les inspiraba la célebre directora, así como el prestigio del conservatorio, moderaban sus pasiones exacerbadas. Allí nadie perdonaba nada.

Los acontecimientos tomaron el curso que deseaba Vera Aleksándrovna. A la dirección no le llegó ningún informe, todo quedó de puertas adentro. A Maria le dieron una llamada de atención, pero a las demás niñas también.

Por supuesto Shúrik participó en todas las peripecias de la vida del ballet, que poco a poco comenzó a ocupar una posición central en la vida de la casa.

Ahora, cuando Lena volvía de Rostov, Shúrik le cedía su habitación y se mudaba a la de su abuela. Instalaban una cama plegable para Maria en la habitación de Vera, pero normalmente quedaba vacía porque Maria dormía con su madre y aprovechaba al máximo su estancia. Por la tarde, llevaban a Lena a ver espectáculos de danza para que se familiarizara con el papel de madre de bailarina. Cuando asistió a *Don Quijote,* la niña se había quedado petrificada, entrelazando las manos, y cuando hubo acabado el espectáculo le dijo a su madre:

—Ya verás, mi Kitri será mejor.

El papel de Kitri era su mayor sueño.

Lena se había resignado: en manos de Vera su hija se estaba convirtiendo en una auténtica bailarina.

Lena, por su parte, pasaba por momentos de desesperación. Los planes de Enrique se venían abajo. A él ya le habían concedido la nacionalidad americana y le propuso a Lena que se reencontraran en un país socialista cualquiera, al que pudiera ir desde Rusia con un visado de turista, pero Lena temía que si descubrían el verdadero motivo del viaje no la dejaran salir del país. Enrique quiso viajar a Moscú, pero a Lena esta era la opción que más la asustaba porque estaba segura de que le detendrían: tenía unos antecedentes nada halagüeños y además era ciudadano americano.

De vez en cuando se intercambiaban cartas y fotos por vías intrincadas. Enrique miraba las fotografías de su hija y se admiraba con la semejanza que guardaba con su difunta madre. Él se había hecho mayor y había engordado. Lena había adelgazado y solo guardaba un aire lejano con la matrioshka rubia de la que se había enamorado perdidamente diez años antes. Sin embargo, mantenían algo en común en su interior que, por lo visto, les había unido en el pasado. Sin esas fotografías no se reconocerían si se encontraran por la calle, pero los obstáculos excitaban su pasión hasta los límites de la locura.

Durante su última visita, Lena habló a Shúrik de una nueva posibilidad de partida muy complicada que suponía, además, una espera de varios años y engañar a un hombre con malas artes. Fue ese engaño lo que le explicó en la cocina una noche, mientras Maria y Vera dormían plácidamente.

En un instituto de agricultura de Rostov del Don había un estudiante de viticultura de tercer curso, un español pro comunista al que un mal viento había llevado hasta los cosacos del Don. Era hijo de uno de los niños españoles educados por las autoridades soviéticas y, como es habitual en las personas doblemente desarraigadas, estaba muy desorientado. El tal Álvarez había abandonado Moscú con doce años para volver a España y ahora estaba de vuelta en su antigua patria con el fin de acceder a una educación que en España todos los pequeños agricultores asimilan de forma natural y, lo que es más, sin dejar los viñedos. Tenía veinticinco años, era un poco más joven que Lena, feo a rabiar y estaba enamorado de Lena hasta el extremo de sufrir cólicos. Y no era una exageración, porque cada vez que se encontraba a una amiga de Lena, se apoderaba de él una flojera intestinal.

–¡Este es el plan! –le explicó Lena con tono melancólico acabándose su paquete de cigarrillos–. Solo tengo que mover un dedo y ese se casa conmigo. En dos años acabará sus estudios, partiré con él a España y desde allí, ¡alehop! Podré ir a donde quiera. Enrique vendrá y lo arreglaremos todo.

–Pero ¿no intentará matarte? ¿O no se matarán entre ellos? –se interesó el sensato de Shúrik.

–¡Por supuesto que no! Enrique y yo no somos unos románticos, sino unos maníacos. Solo necesitamos vernos. Nos casaremos y a lo mejor nos divorciamos al cabo de tres días. Ahora ya no comprendo nada.

Puso cara de vinagre y sus ojos se ensombrecieron.

–¿Y qué hará el otro, ese tal Álvarez? –Shúrik no pudo evitar preguntarle, fascinado por la historia.

–¿Pero es que no te lo he dicho? ¡Me importa un rábano ese tipo! Sé que no está bien, que es una especie de engaño. Bueno, no del todo, me acostaré con él. Se muere de ganas, te digo que está tan enamorado que padece cólicos. Y por mí, si no es con Enrique, me da igual con quién me acuesto, ¿comprendes? Si quieres lo puedo hacer contigo. ¿Quieres?

–Es un poco tarde, tengo que levantarme temprano para llevar a Múrzik al conservatorio –le respondió Shúrik con franqueza.

Lena se enfadó.

–¡Vaya problema! ¡Yo misma puedo llevarla!

Shúrik pensó que ese era su destino. Maria dormía en la habitación. La de su abuela, donde dormía él, comunicaba con la de Vera.

Lena echó las colillas en el cubo de basura, abrió el postigo, dejó la mesa limpia y se retiró al cuarto de baño. Le lanzó una mirada por encima del hombro y Shúrik comprendió que se trataba de una invitación.

Hacía mucho que Lena no fingía tomarle por Enrique, como en otro tiempo. Ella abrió el grifo y mientras la bañera se llenaba, se desvistió con una falta de pudor descarado: movimientos lentos e indolentes y una sonrisa que le resultaba extraña... El resto fue muy bien, aunque de un modo perfectamente ordinario. A decir verdad, el agua fue un elemento superfluo, porque cuando se tumbaban en la bañera se derramaba el agua, y cuando se quedaban de pie les entraban ganas de tumbarse.

Shúrik fue quien acompañó a Maria al conservatorio, como de costumbre, porque Lena dormía a pierna suelta y le dio pena despertarla.

Ahora, si el nuevo plan de Lena se cumplía, durante tres años enteros, con la excepción lógica de las vacaciones de invierno, primavera y verano, tendría que acompañar a Maria al conservatorio y recogerla después, por supuesto. Aunque a decir verdad Vera iba a recogerla algunas veces.

Año tras año el horario de Maria cada vez estaba más saturado: funciones, conciertos, exámenes para los que se preparaba movilizando todas las fuerzas de la familia. Su temperamento africano en combinación con el despiadado entrenamiento de su cuerpo le habían forjado un carácter muy fuerte. Vera Aleksándrovna sabía que, aunque no se convirtiera en bailarina, no se ahogaría en la marea de los miles de chicas de su edad y conseguiría todo lo que quisiera. En el conservatorio depositaron muchas esperanzas en ella, Golovkina la conocía en persona y le enviaba un gesto condescendiente con la cabeza cuando la niña se paraba delante de ella en los pasillos para reverenciarla. Cada mañana Maria le hacía una reverencia a Vera antes de besarla en la mejilla. Y cada vez, Vera se derretía.

No, su madre se había equivocado: los hijos estaban bien, pero las hijas... ¡Desde luego eran otra cosa!

Se podría decir que Vera se justificaba ante su difunta madre por haber querido menos a su propio hijo cuando era niño que a Maria, que no era de su sangre...

52

A medida que la invalidez ganaba poder sobre su cuerpo, Valeria oponía una resistencia más encarnizada y su espíritu combativo no cesaba de crecer. No había salido de casa desde hacía varios años, ni siquiera de los límites de los veinticuatro metros cuadrados –¡una habitación grande y bonita!–; desplazarse se convirtió para ella cada vez más en un suplicio doloroso. Las piernas la habían dejado en la estacada desde hacía tiempo, pero mientras sus brazos pudieran sostenerla, se las arreglaría para llegar hasta el aseo improvisado que tenía detrás de un biombo: un sillón con el asiento agujereado y un cubo debajo. Al lado había un jarro y una palangana de loza cubierta de flores azules agrietadas. Valeria velaba por mantener la decencia de una casa bien ordenada.

Desde la operación tenía a dos cuidadoras. Por las mañanas a Nadia, una mujer mayor y antigua portera, que le llevaba las provisiones básicas y la ayudaba en el aseo, y por las tardes a Margarita Alekséyevna, una enfermera a la que solo llamaba cuando era necesario. Gracias a la habilidad organizativa de Valeria, Shúrik nunca se había cruzado con ninguna de ellas: para Valeria era importante que él la viera como una persona autónoma... Pero por otra parte quería que él sintiera cierta responsabilidad, que comprendiera hasta qué punto dependía de él.

Aunque de hecho, ¡no dependía tanto de él! La independencia se determina exclusivamente por el dinero que se gana y, persuadida de ello, Valeria trabajaba duro, rápido y con fruición. Mientras que Shúrik ampliaba su esfera profesional perfeccionando sus habilidades en la traducción técnica, Valeria era capaz, con la sola ayuda de un teléfono, de obrar milagros en el trato con las personas más variopintas, desde la directora de una tienda de comestibles hasta una secretaria de redacción, ejerciendo casi el monopolio sobre las revistas femeninas para la traducción de artículos en polaco sobre moda, maquillaje u otras cuestiones relativas a la belleza de la vida en clave femenina.

Valeria era de naturaleza generosa y extravagante, pero su relación con el dinero había cambiado después de haber dilapidado casi toda la herencia familiar: antes veía en el dinero el equivalente a los placeres que podía permitirse, ahora era la garantía de su independencia. En primer lugar hacia Shúrik. Él había ocupado un lugar preeminente en su vida, o más bien, ocupaba la plaza del hombre ideal imaginario que ella merecía y que no había encontrado en el curso de su vida.

Su talento como traductora, la habilidad intuitiva para escoger la palabra justa y ponerla en el lugar correcto, era solo una parte de su don principal: disponer a su alrededor todos los elementos de su vida, tanto las personas como los objetos, con un instinto infalible.

Hacía mucho tiempo que ya no podía andar, en el sentido literal de la palabra, pero apoyada sobre el respaldo del sillón o las muletas y levantándose sobre sus brazos vigorosos, se desplazaba arrastrando las piernas insensibles hasta salvar los pocos metros que la separaban del lavabo. El día en que sus brazos perdieron la fuerza, y no pudo levantar de la cama su cuerpo pesado, tuvo que reorganizar su universo de nuevo y llevó a cabo una transformación radical. Naturalmente con la ayuda de Shúrik.

Ahora vivía tumbada con tres mesas a su alrededor: a la derecha un tocador con las cremas, las lacas de uñas, los colirios y las medicinas; a la izquierda un escritorio arrimado a la cama, con la máquina de escribir, las traducciones y los diccionarios, pero también una prenda de punto, cartas para jugar al solitario y el teléfono, y en la cama, colocada sobre su vientre, una tercera mesa ligera y flexible de su invención, diseñada y confeccionada por encargo a un carpintero experimentado. Cerca del tocador había una estantería fabricada por el mismo carpintero, con unos armarios en la parte inferior, en los que guardaba los objetos de primera necesidad más humillantes.

En esa existencia confinada entre cuatro paredes, el tiempo fluctuaba y se hacía inconsistente, el día se transformaba con facilidad en noche, el desayuno en cena, y Valeria trataba de dividir el tiempo informe de todas las maneras posibles: mediante horarios estrictos, llamadas telefónicas a horas fijas, partes informativos radiofónicos o programas televisivos. Todo tenía fijado su lugar, su hora, su día de la semana. Las visitas de sus amigas también las repartía durante la semana. Solo con Shúrik hacía una excepción: era el único que podía pasar a cualquier hora del día y de la noche, además del martes.

Durante los años de larga enfermedad no había perdido de vista a ninguna de sus amigas e incluso aumentó su círculo de amistades. ¿Cómo? ¿De dónde salían? La hija de una amiga se había hecho mayor y ahora era ella la que acudía con una revista polaca para que le tradujera algún artículo sobre Salvador Dalí, desconocido en Rusia, o sobre un nuevo modelo de falda... Una esteticista maltratada por la vida se convirtió, después de unas cuantas visitas a la casa, en amiga y admiradora. No eran las únicas personas que la iban a ver en busca de amistad: antiguas condiscípulas y colegas, vecinas de cama de sus días en el hospital, compañeros casuales de cuando podía frecuentar el sanatorio, sus antiguos médicos, examantes...

Todas esas mujeres de pie ligero, inquietas y musculosas, sufrían de soledad, y Valeria repartía las visitas en una agenda para que no se solaparan las unas con las otras... Lo que para muchos era un secreto doloroso, para Valeria era un enigma resuelto desde hacía mucho: siempre es necesario proponer alguna cosa, dar, ofrecer, al fin y al cabo prometer. Chocolatinas, manoplas, una sonrisa, una galleta, un cumplido, una horquilla, un roce amistoso...

Su benevolencia era sincera y auténtica, pero le añadía una pizca de interés que solo ella podía evaluar: Valeria, desde la infancia, había procurado conquistar los corazones de la gente, quería sentir el amor de todo el mundo. Con los años había comprendido que eso significaba ser indispensable. Y ella trabajaba para ese fin, se afanaba, escuchaba las confesiones, aprobaba, consolaba, infundía coraje. Y no dejaba de hacer regalos. En las profundidades insondables de su alma, no cabía en sí de gozo sabiendo que aventajaba a sus amigas: casi todas eran mujeres solitarias o madres solteras, y si estaban casadas, sus matrimonios eran penosos y sin alegrías... Valeria atesoraba un triunfo secreto que nunca desvelaba, se contentaba con solo mostrarlo un poco, como de pasada, entre líneas, con medias palabras: Shúrik.

Si Shúrik avisaba de su llegada, Valeria anulaba las otras visitas. En la penumbra de la habitación, tumbada sobre el sofá, lo recibía una mujer abotargada y maquillada en exceso, de ojos azules resaltados con un maquillaje del mismo color azul, el cabello tupido siempre bien peinado y vestida con el último quimono que le quedaba, de color tabaco, con crisantemos malvas y rosas... Reinaba un intenso olor a perfume. Ella sonreía desde su almohada y le ofrecía su mejilla. Le invitaba a sentarse en el sofá. Preparaba un té fuerte. Ponía a su lado, sobre el escritorio, las traducciones que Shúrik le había llevado. Desenvolvía el esturión ahumado que había cortado la mano experta de la vendedora de la tienda Yeliséyev y lo olía.

—¡Fresquísimo!

—¿Sabes lo que te he traído? ¡Adivina!

—¿Es dulce o salado? —le preguntaba animada.

—¡Salado! –respondía Shúrik prestándose al juego.

—¿Por qué letra empieza? –le seguía ella.

—¡Por la *a*!

—¿De aceituna?

Él negó con la cabeza.

—¿De anchoa? –dijo en otro intento.

Y sacó de la cartera otro paquete de papel apergaminado. Valeria se sometía a toda clase de disciplinas, pero no lograba vencer la gula hacia las cosas buenas. Era el pecado del que se arrepentía ante Dios. Pero de Shúrik nunca se arrepentía. Es más, solo se alegraba de que estuviera allí. Y siempre en pie de guerra. A ella le bastaba con ponerle un pequeño cojín cerca de la almohada grande y de levantar el orillo de la colcha...

Valeria siempre había sido extremadamente limpia. No solo amaba la limpieza, sino también los procesos relacionados con ella: el aseo, la colada, la limpieza de la casa. Y, por supuesto, los cuidados corporales: le proporcionaba gran placer limpiarse las uñas, depilarse, aplicarse mascarillas de pepino o de yogur... Y, ni que decir tiene, se lavaba meticulosamente antes de cada visita de Shúrik. Pero un olor casi imperceptible, un olor a enfermedad, más triste que desagradable, emanaba de la parte inferior de su cuerpo, cosido a cicatrices y cubierto por unas enaguas de encaje que no se quitaba desde que estaba encamada. Ese olor trastornaba algo en el alma de Shúrik, en el lugar donde anida la piedad. Esa piedad se derramaba como la hiel, su interior no podía alojar nada más, y mientras él se enredaba con las enaguas que ocultaban las piernas frías e inertes de Valeria, la mano impetuosa de esta encontraba el interruptor en la pared y apagaba el tulipán de cristal que tenían encima de la cabeza...

Luego todo se desarrollaba según un guión bien orquestado... Generalmente Shúrik no se quedaba hasta el amanecer; en medio de la noche volvía a su casa, con mamá. Antes de irse, en un último hervor de piedad y ternura, Shúrik le deslizaba el bacín debajo, la lavaba con la destreza de un enfermero, se servía del cántaro adornado con flores para humedecer una vieja toalla suave y se iba.

Entonces Valeria se quitaba la diadema de terciopelo de la cabeza o el lazo arrugado o el prendedor, se peinaba el pelo alborotado, cogía del tocador un espejo de mano, se quitaba el maquillaje y el rímel medio desvaídos, y se untaba la cara con crema. Para no convertirse en un montón de carne nauseabundo. En el curso de ese aseo de una hora, su estado de ánimo, alegre y un poco aéreo, se hundía hasta el nivel más bajo. Dejaba el espejo y, sin mirar, cogía el crucifijo de marfil de encima de la mesa, aquel que Beata le había regalado cuando todavía era una niña. Lo apretaba contra la boca, contra la frente, cerraba los ojos y retenía los dedos sobre las delgadas piernas en miniatura perforadas con un clavo.

Tuvo que haber sido un clavo enorme para poder atravesarle los dos pies. Tan largo como la broca que le hundieron en la cadera y que acabó por arruinarle la articulación.

—¡Qué suerte tuviste Tú! —le decía por enésima vez a Él—. ¡No estuviste ni tres horas con el clavo! Eso es todo. Pero si Tú hubieras sufrido la gangrena, si te hubieras quedado paralítico, o amputado, y hubieras tenido que vivir todavía treinta años más, tumbado sobre harapos podridos... ¿Crees que sería mejor? Y tampoco he tenido a mi niña... Perdóname... Yo a Ti te he perdonado ya. Déjame a Shúrik hasta que me muera. ¿De acuerdo? Por favor...

Valeria continuaba acariciando las piernas de marfil del Redentor y se dormía sin soltar el crucifijo.

53

Mientras Maria progresaba en el arte de la danza y despuntaba en el conservatorio como una futura estrella, y Vera asistía a las representaciones durante el curso escolar –su mano crispada sobre la de Shúrik, alimentando esperanzada su sed de gloria enterrada hacía tiempo y ahora resucitada–, los padres de la niña luchaban por su reunificación. Después de que Enrique fracasara en un nuevo intento de enviar a Lena un novio ficticio, Lena dio un paso decisivo. Tras dar largas durante dos años a su agricultor español, se casó con él. De momento mantuvieron en secreto el matrimonio de la madre ante la niña. Pero, al final, el marido español finalizó sus estudios y, para gran desesperación de Vera, Lena Stovba empezó a organizar los preparativos para irse. Vera creía que la convencería de alguna manera para que dejara a Maria con ellos hasta que regulara su situación definitivamente.

–¿Para qué traumatizar a la niña? Nadie sabe cuánto tiempo va a llevar tu reunificación con Enrique y, además, no sabes en qué condiciones vivirá Maria. ¿Podrá estudiar allí? Una vez que te hayas instalado y resuelto tu situación, vuelves a recoger a tu hija...

Sin embargo, esta vez Lena se mostró firme como una roca. Shúrik, el padre oficial de la niña, había dado su autorización para la partida. Álvarez se adelantó y Lena se quedó a esperar los últimos documentos. Compró los billetes para Madrid, con escala en París. Enrique iría a buscarlas al aeropuerto. Lena había informado a Álvarez de que ya tenía los billetes, pero como si se hubiera confundido, le dijo que llegaría una semana más tarde. En esa semana debía decidirse todo, y ahora ya no era Stovba la que decidía, sino Enrique.

Maria recibió la noticia dos días antes de su partida y se pasó esos días sin parar de llorar. Estaba a punto de cumplir los doce años y su aspecto era casi el de una mujercita, que no solo sobrepasaba a sus compañeras de clase en unos centímetros sino también en la etapa de la vida: tenía la menstruación y se le habían desarrollado unos pechos pequeños coronados por unos pezones grandes.

Ante sí tenía una carrera que ahora podía venirse abajo. Maria no quería dejar la danza. No quería dejar a Verusia. No quería dejar a Shúrik. Y, además, nadie le había dicho adónde iba exactamente.

–Vamos a encontrarnos con papá –exclamó Lena.

Maria sacudía la cabeza y continuaba llorando. La víspera del viaje, por la tarde, manifestó los síntomas habituales de una enfermedad que se estaba incubando en silencio: gimoteaba, se quedaba sentada en la silla encorvada y se frotaba los ojos enrojecidos. Vera la envió a la cama. Antes de dormirse, Maria llamó a Shúrik.

–¡Dame algo dulce! –le pidió.

Este era el pequeño secreto que habían compartido en los últimos dos años: Maria tenía una propensión innata a engordar y, a pesar de la energía que quemaba durante las clases, estaba siempre a régimen, incluso le hacían pasar un poco de hambre. Le habían prohibido el pan y el azúcar, y Vera supervisaba escrupulosamente su nutrición. Pero de vez en cuando le pedía a Shúrik un «capricho» y entonces se acercaban a la cafetería La Chocolatería y Shúrik le compraba todos los dulces que se podía zampar. Pasteles de nata, crema pastelera espolvoreada con chocolate, chocolate caliente, dulce y espeso como si fuera glicerina. Maria devoraba las golosinas, rebañaba los platos y, después de relamer la cucharilla o el tenedor, besaba a Shúrik con los labios pegajosos. Después cogían el metro en la Plaza de Octubre y, fulminada por el atracón de azúcar, se quedaba siempre dormida en el hombro de Shúrik, con un sueño tan profundo que no se despertaba hasta la estación Bielorrusia.

–¡Dame algo dulce! –le pidió, y Shúrik se alegró de tener en un cajón del escritorio una tableta de chocolate poco corriente que un alumno le había regalado a su madre en alguna fiesta. Shúrik le llevó el chocolate, le quitó el envoltorio y partió un trozo.

–¡Dame de comer! –le pidió Maria, y él metió el cuadrado de chocolate en su boca muy abierta. El interior era de un rosa encendido que contrastaba con los labios oscuros. Maria mordió ligeramente el dedo de Shúrik, arrugó la cara y se deshizo en lágrimas.

–¡No llores! –le pidió Shúrik.

–¡Bésame!

Maria se sentó en la cama y rodeó con sus brazos el cuello de Shúrik.

Shúrik la besó en la cabeza.

–¡Te odio! –exclamó ella. Cogió la tableta de chocolate y la arrojó al suelo.

Menos mal que se van, de no ser así acabaría por caer en sus garras... Sabía desde hacía tiempo que Maria pertenecía a la cohorte de mujeres que exigen su ración de amor. Había pasado muchas horas con ella, le había enseñado idiomas, paseaban juntos, la acompañaba al conservatorio, quería a esa niña, aunque, en el fondo del alma, sabía que haría valer sus derechos de mujer a medida que creciera, y su partida no representaba tanto la pérdida de un ser adorable a quien quería, sino el alivio de perder de vista un problema que acechaba en el horizonte...

Vera se tragaba las lágrimas mientras metía en una pequeña maleta los cuatro pares de zapatillas de danza del treinta y nueve, cuatro maillots, una túnica y un tutú confeccionado en los talleres del Bolshói.

«Qué carácter de mujer... Al final se ha salido con la suya... –se decía Vera–. Yo nunca hubiera podido...»

Su admiración se mezclaba con la irritación y la amargura: Lena no quería sacrificar nada por Maria, al contrario de lo que Vera había hecho por Shúrik.

Se había producido un reajuste en su memoria, se había acostumbrado desde hacía tiempo a la idea de que había sacrificado su carrera artística por su hijo, y consideraba su expulsión deshonrosa del estudio de Taírov por incapacidad profesional como algo totalmente insignificante. Ahora estaba desolada porque no había convencido a Lena para que le dejara a su hija unos años más, el tiempo necesario para que consolidara sus aptitudes y se convirtiera en la nueva Ulánova.

El penoso presentimiento de que no vería nunca más a Múrzik, que una época feliz de su vida tocaba a su fin y que le esperaba, en lo sucesivo, una vejez aburrida sin nada creativo, le impedía conciliar el sueño. Además estaba un poco mortificada porque Shúrik, su fiel Shúrik, parecía no comprenderla. Tantas fuerzas, tantas esperanzas y tanto trabajo había invertido en esa niña, y ¡ahora todo corría el peligro de frustrarse! ¡No se sabía dónde, con quién y a qué país iría a parar la niña, ni cuánto tiempo pasaría antes de que se encontrara de nuevo delante de una barra! ¡Era una catástrofe! ¡Una verdadera catástrofe! ¡Pero Shúrik se comportaba como si no pasara nada!

Vera se revolvió en la cama un buen rato, se levantó y fue a ver a la durmiente Maria. La niña estaba acurrucada en la cama, hecha un ovillo, y con los puños apretados como un boxeador se tapaba la boca y la barbilla. Maria dormía en la cama de Yelizaveta Ivánovna, Lena en una cama plegable a su lado. Pero Lena no estaba allí.

«¿Es posible...? –se dijo Vera Aleksándrovna sorprendida por su conjetura–. ¿Tal vez no se haya ido a dormir todavía?» Vera se cubrió con la bata y fue a la cocina. La luz estaba encendida pero no había nadie. Tampoco en el cuarto de baño ni en el lavabo y, sin embargo, allí también estaban encendidas las luces.

«Estarán fumando en la habitación de Shúrik», decidió Vera. Apagó la luz mecánicamente, se acercó a la ventana de la cocina y se quedó sin pulso. La naturaleza, como los fenómenos meteorológicos, había abandonado la ciudad hacía tiempo, solo en la dacha había lluvia, viento, la alternancia diaria de luz y oscuridad, pero en ese instante comprendió que todo eso también estaba en la ciudad, y al otro lado de la ventana tenía lugar un verdadero drama: era marzo, el hielo se deshacía, un viento huracanado disipaba las nubes rápidas y trasparentes, y su movimiento se extendía de una punta a otra del cielo –se veía particularmente sobre el fondo de la luna clara y casi llena–, y Vera se sintió como en el teatro, ante un espectáculo grandioso que cautiva totalmente por la intensidad de la trama y la belleza del decorado. Las ramas desnudas de los árboles, como un cuerpo de bailarines virtuosos, bailaban sincrónicamente, ahora a un lado y luego a otro, porque a ras de suelo el viento se arremolinaba en una ráfaga continua, de izquierda a derecha, mientras la luna descendía despacio en dirección opuesta, y el tejado vecino, con sus dos chimeneas exánimes, era el único punto de reposo y apoyo en ese cuadro inestable y cambiante...

«¡Dios mío, qué grandeza!», pensó Vera Aleksándrovna y se entregó por completo a su emoción, como hacía en los buenos conciertos y los mejores espectáculos... Con un ligero matiz de admiración hacia sí misma por ser capaz de experimentar unos sentimientos tan sublimes...

Chirrió una puerta. Vera se volvió. En la penumbra del pasillo se perfiló una espalda blanca y esbelta. Lena se coló en el cuarto de baño.

«¿Cómo... cómo puede ser? –se preguntó conmocionada Vera Aleksándrovna, apoyada en el marco de la ventana–. Mejor que me vaya enseguida, que no sepan que he sido testigo de este... de este...»

Se oyó el ruido de agua corriendo... Vera se deslizó por el pasillo hacia su habitación y se tumbó en la cama sin quitarse la bata. Sentía escalofríos.

Señor, qué indecencia... ¿Significa que Shúrik y Lena siempre han mantenido relaciones...? Pero ¿por qué? ¿Por qué no se queda con nosotros, por Maria? ¿Qué es esto? ¿Egoísmo paterno? ¿Una incapacidad total para el sacrificio? Tantos años soñando reencontrarse con el hombre amado y... Se esforzaba en comprender pero no podía. El amor es un sentimiento trágico y sublime, pero esa intromisión furtiva en el pasillo... Y Shúrik, ¿Shúrik? Ese matrimonio no era ficticio, si... No lograba terminar ningún pensamiento, solo se acumulaban y se arremolinaban en su alma fragmentos de sentimientos de indignación, ofensa, asco, miedo y amargura por haber perdido algo. No lloró enseguida, solo cuando reunió fuerzas. Y entonces lloró hasta el amanecer.

Vera no les acompañó a Sheremetievo. Se despidió de Maria cerca del ascensor. Cuando se iba, la niña le susurró al oído con ardor:

–No te dije lo más importante: cuando sea mayor volveré. ¡Arréglatelas para que Shúrik no se case, me casaré con él!

Shúrik se alegró de que su madre no fuera al aeropuerto.

–Claro, Verusia, es mejor que te quedes en casa. Otra despedida sería demasiado traumática para Maria.

En realidad era a su madre a quien Shúrik quería proteger de sentimientos traumáticos. De camino al aeropuerto el taxi se averió y el conductor hurgó un buen rato en las entrañas metálicas del coche. Maldiciendo su mala suerte, se apeó del coche y levantó la mano en dirección al flujo de coches. Ninguno de esos cabrones se paraba. Todo se iba a pique. El plan que había madurado durante una década se frustraba por culpa de un montón de chatarra oxidada. Maria también salió del coche y se puso a saltar agitando las manos y gritando:

−¡No nos vamos! ¡No nos vamos a ningún lado!

La cara y los ojos de Stovba palidecieron, arrojó el sombrero de Maria al suelo y empezó a abofetearla con rabia. Shúrik salió de su estado de pasmarote y empujó a la niña hacia el coche. Lena se lanzó sobre ellos. Trasladó su rabia a Shúrik. Le pegaba en el cuello mientras gritaba:

−¡Desgraciado! ¡Blandengue! ¡Niño mimado! ¡Haz algo!

Shúrik sostenía a Maria con su brazo derecho, y con el izquierdo intentaba rechazar con apatía el ataque.

Pronto se acabará esta locura, como en las malas películas... ¡Por suerte mamá no ha venido! Menuda arpía... Qué pesadilla de mujer... Pobre nuestra Múrzik...

Se paró un automóvil ruinoso. El taxista se acercó al conductor, intercambiaron unas palabras y Lena comprendió que el destino se apiadaba de ella, y que no perdería el avión. El taxista transportó las maletas de un maletero al otro. Shúrik le limpió la nariz a Maria, que chorreaba sangre.

Llegaron al aeropuerto veinte minutos más tarde. No se dirigieron la palabra. Shúrik sacó la maleta de Lena. Maria llevaba la maleta que le había preparado Verusia. Shúrik le limpiaba la nariz de vez en cuando. Stovba iba delante, sin volverse, con una gran bolsa de deporte. Qué felicidad pensar que ya no tendría que consolarla nunca más...

Shúrik arrastraba la enorme maleta y con su mano libre cogía a Maria. Ya habían anunciado el embarque, se pararon cerca del mostrador. Lena despegó sus labios fruncidos.

−Perdóname. Exploté. Gracias por todo.

−No importa −le dijo Shúrik encogiendo los hombros.

Maria apretó sus labios contra la oreja de Shúrik.

−Dile a Verusia que volveré... Y espérame, ¿vale?

Se alejaron por un pasillo. Maria, se daba la vuelta y agitó la mano durante mucho rato.

Después Shúrik hizo el trayecto de vuelta en autobús. Su ánimo estaba por los suelos. Tenía ganas de volver a casa, con su madre. Pensaba con satisfacción que volverían a estar los dos solos, que no se tendría que levantar más a la siete de la mañana o arrastrarse en el metro y el autobús con una Maria somnolienta... Se sentía molido y muerto de sueño.

«Verusia necesita pasar una temporada en una casa de reposo», se dijo mientras se quedaba dormido en el fondo de un autobús abarrotado.

Maria y Lena Stovba volaban hacia París. Se pasaron todo el viaje dándose besos.

Maria aceptó quitarse el abrigo de invierno, pero no su *shapka*. Por nada del mundo. Maria no se desharía de ese abrigo de invierno y esa *shapka* de nutria negra, comprados en el departamento infantil de una tienda, hasta cinco años más tarde. Fue cuando escribió su última carta a Moscú con la noticia de que la habían aceptado para formar parte de una compañía de danza en Nueva York. Desde ese momento su rastro y el de sus padres se perdió definitivamente...

54

La ausencia de Maria tenía un efecto estereoscópico: sacaba a la luz la ausencia de Yelizaveta Ivánovna, que se había ocultado detrás. Exactamente igual que hacía diez años Vera tropezaba con los objetos huérfanos de su madre, ahora encontraba en rincones escondidos un pasador, una diadema o un calcetín viejo de Maria, y enseguida se daba cuenta de que el tintero de su madre –de hecho era el tintero de los Korn, el de su abuelo–, de mármol gris estratificado con sus tampones de bronce ennegrecido, todavía estaba sobre el escritorio, detrás del cual se alzaba antaño la silueta corpulenta de su madre, que en su recuerdo se parecía cada vez más a Catalina II. Y el sofá donde a Maria le gustaba instalar el pequeño nido de sus muñecas había servido, en otro tiempo, para contener el cuerpo voluminoso de Yelizaveta Ivánovna. Ahora, no era un fantasma el que rondaba el piso, sino dos. Triste y agobiada, Vera se quedaba postrada en una butaca, frente al televisor apagado, con la mirada fija en la pantalla, una mirada tan vacía como inquietante.

Shúrik había previsto que a su madre le sería difícil sobrellevar la ausencia de Maria, pero no se esperaba una reacción tan catastrófica. La relación con él también había cambiado mucho: evitaba las conversaciones durante el té de la tarde, no se enredaba en más conversaciones familiares a propósito de Mijaíl Chéjov o

Gordon Craig. Vera no le hacía preguntas ni le encargaba nada. Shúrik acabó sospechando que esos cambios no estaban relacionados únicamente con la partida de Maria y que existía otra razón para ese extraño enfriamiento en la relación.

Por supuesto había otra razón: Vera no había logrado superar el impacto ocasionado por el episodio nocturno. Intentaba encontrar una explicación a esa conducta monstruosamente indecente, pero solo conseguía enmarañarse más: si Shúrik amaba a Lena, ¿por qué esta se había ido...? Y si Shúrik no la amaba, ¿por qué estaba desnuda en su habitación...? Si Lena no amaba a Shúrik, ¿por qué el día antes de su partida para reencontrarse con el hombre que amaba...? Si ella le quería a pesar de todo, ¿por qué habían decidido divorciarse y habían privado a Maria de un gran futuro...?

Después de esos cinco años de presidio escolar, Shúrik recuperó sus horarios de trabajo habituales y ahora se levantaba a la hora que hubiera tenido que ir a buscar a Maria al conservatorio.

Shúrik se estaba preparando unos copos de avena –cinco minutos después de que el agua rompiera a hervir de nuevo, según la receta de la abuela– cuando entró su madre y se sentó en el sitio de siempre. Vera cruzó las manos por encima del pecho y le dijo con un hilo de voz apenas perceptible:

–¿No tienes que explicarme nada...?

No comprendió enseguida qué explicaciones esperaba de él. Y cuando por fin lo hizo, se quedó inmóvil delante de los copos de avena, con los ojos muy abiertos. Era una costumbre que tenía desde niño: cuando se sentía incómodo abría los ojos como platos.

–¿Qué quieres que te explique?

–No entiendo qué tipo de relación tienes con Lena. No te haría esta pregunta si no fuera por Maria. Dime, ¿amabas a Lena?

Vera le miraba severa y expectante, y a Shúrik le vino a la cabeza la familia comunista de Stovba. Se agazapó. Ni siquiera podía explicárselo él mismo.

–Verusia, pero ¿de qué relación hablas? No había nada entre nosotros dos. Tú acogiste a Maria en casa y ella, quiero decir Lena, venía a visitarla. No tengo nada que ver con eso... –masculló Shúrik.

–¡No, no, Shúrik! Me parece que no me entiendes. No soy tan vieja, he vivido mucho... Sabes que tu padre y yo estuvimos unidos por veinte años... –dudó buscando la palabra justa, y la encontró, una palabra justa pero sencilla–, de amor.

–Mamá, ¿cómo puedes compararlo? –le preguntó Shúrik estupefacto–. ¡No había nada entre Lena y yo que se le pareciera, ni de lejos! Sabes toda la historia. Fue Alia Togusova la que me pidió ayuda. Lena estaba embarazada, ese Enrique... ¡Nunca ha habido nada entre nosotros!

En ese instante, Vera se avergonzó de su hijo: le estaba mintiendo. Bajó la mirada y le dijo con voz apesadumbrada:

–Es mentira, Shúrik. Sé que había algo entre vosotros...

–¿Pero qué te pasa, mamá? ¿De qué hablas? No había nada entre nosotros. Es así de sencillo, no significa nada.

¡Qué abismo de incomprensión! ¡Qué amarga desilusión! ¡La vergüenza de haberse equivocado! Shúrik, su pequeño y adorado niño, tan cercano, tan comprensivo, tan delicado. ¿Seguro que eres tú? Vera perdió los estribos.

–¿Qué? ¿Qué dices, Shúrik? ¿No significa nada para ti el misterio sublime del amor?

–No, Verusia, no estoy hablando de eso en absoluto, se trata de otra cosa –balbuceó Shúrik sintiendo que se le estaba transformando la expresión de la cara.

¡Maldita Lena! Sabía muy bien que no tendrían que haberlo hecho y además él no tenía ganas..., pero estaba tan tensa con la angustia de la partida que no tenía a mano otro remedio para calmarla...

–Es de un cinismo espantoso, Shúrik. Espantoso.

Vera miraba más allá de su hijo, más allá del mundo material vulgar, y su cara era tan espiritual, tan bella, que a Shúrik se le cortó la respiración. ¿Cómo había podido ultrajarla de esa manera, con esas palabras estúpidas? Ella, que se había afanado tanto, toda su vida, para que nada igual ocurriera en su casa, tan cerca... ¡Qué estupidez imperdonable!

–Las relaciones carnales se justifican por una relación espiritual, de lo contrario el hombre no se distinguiría en nada de un animal. ¿No lo comprendes, Shúrik?

Apoyó el codo en la mesa y descansó la barbilla sobre la mano.

–Lo comprendo, mamá, lo comprendo –se apresuró a responder–. Pero tú también tienes que comprender que las relaciones espirituales, el amor y todo eso, es algo raro, no le pasa a todo el mundo. La gente corriente es más práctica... No es cinismo, es la vida. Tú eres una persona extraordinaria, y la abuela también lo era, pero la mayoría de las personas viven las cosas de una forma más práctica, no tienen ni idea de lo que estás hablando...

–¡Vaya palabrería! –replicó Vera consternada, pero la intensidad dramática había disminuido y la conversación tomó un giro satisfactorio. La agudeza de la ofensa se suavizó, el equilibrio normal se restituyó... Vera, en el fondo de su alma, no se consideraba una persona corriente, y Shúrik se lo acababa de confirmar. Pero él también era alguien poco corriente y por eso quiso darle esperanzas:

–Lo entenderás algún día. Encontrarás el amor verdadero, y entonces entenderás...

El conflicto casi se dio por zanjado. En Vera quedó la sombra de un ligero desengaño aunque, por otro lado, las debilidades de Shúrik le despertaban cierta indulgencia, hacia él y su pobre generación privada de ideas elevadas. En cambio, Shúrik triplicó el celo en sus esfuerzos por mejorar la vida de su madre: le compró un televisor nuevo, un tocadiscos magnífico y un secador para el cabello. Sentía que, con la marcha de Maria, se había ido la energía particular que emanaba la pequeña mulata y que Vera se hundía en la melancolía. El interés que tenía por la vida se marchitaba. A menudo dejaba pasar los estrenos de la cartelera y poco a poco descuidó su taller de teatro. La inspiración la había abandonado y desde la partida de Maria hasta el final del curso escolar, cuando las actividades del taller se suspenderían por las vacaciones, se obligó a bajar al sótano en contadas ocasiones. El taller no continuó el curso siguiente, así acabó la última hazaña comunista del difunto Mermelada.

55

El verdadero amor que Vera Aleksándrovna le profetizó a Shúrik, le silbó cerca pero se hizo realidad no con Shúrik sino con su amigo Zhenia. Aunque podía pensarse que él ya lo había conocido una vez bajo la apariencia de Alla. Pero en este tipo de cuestiones no hay que contar ni con una razón superior ni con la lógica ordinaria, ni mucho menos con la justicia. Hacía tiempo que Shúrik notaba que en el piso minúsculo de dos habitaciones de Zhenia y Alla, que era suyo gracias a los esfuerzos de las modestas familias de ambos, se estaba ligeramente a disgusto, había demasiados silencios y tensiones. Zhenia había defendido su tesis, trabajaba en una oficina con sus centrifugadoras y sus cálculos hasta hora avanzada, volvía a casa y se acostaba inmediatamente, desatendiendo no solo a su mujer y a su hija, sino también la cena. La joven pareja vivía en el barrio periférico de Otrádnoye, sin teléfono y, cuando Shúrik los visitaba los sábados o los domingos por la tarde, se encontraba en casa cada vez más a menudo a la triste Alla y a la alegre Katia. Pero no a Zhenia.

Fue el propio Zhenia quien le aclaró la situación: telefoneó a Shúrik, se citaron en el centro de la ciudad y sentados a la mesa de un café ruinoso de la calle Stretenka le explicó el gran amor que había descubierto en su lugar de trabajo. Con términos un poco diferentes de los que había utilizado su madre, le expuso a Shúrik más o menos la misma idea que ella profesaba: le habló de un sentimiento elevado fundado sobre la intimidad espiritual y los intereses comunes. La intimidad espiritual es difícil de explicar. En el caso de Zhenia los intereses comunes se situaban en el terreno de la fabricación de pinturas y lacas: la elegida de Zhenia era, al mismo tiempo, la supervisora del laboratorio y la directora de su tesis. Las nuevas técnicas de fabricación de la pintura acrílica demostraron, de modo convincente, que su primer gran amor con Alla no era lo suficientemente grande.

Shúrik escuchó a su amigo con simpatía, aunque no entendía en qué consistía el drama. ¿Por qué un amor debía ser un obstáculo para el otro? Alla era tan encantadora y tan atenta, y la pequeña Katia era un primor... De acuerdo, una química había entrado en escena, solo tenía que organizárselo para que las dos relaciones no se molestaran mutuamente. ¿A qué venía ese lloriqueo estúpido?

–Entiéndelo, Shúrik, ella ni siquiera es mi tipo... –le decía Zhenia hilvanando sus ideas.

–¿De quién hablas? –le preguntó Shúrik sin comprenderle–. ¿Qué tipo?

–Te digo que Alla no es del todo mi tipo. Siempre me gustaron las mujeres altas y atléticas. Bueno, como Stovba, por ejemplo. Mientras que Alla, con ese enorme trasero y esos rizos...

–¿Pero qué dices, Zhenia? –le dijo Shúrik atónito–. ¿De qué tipo me hablas?

–Ya sabes, cada persona tiene un tipo sexual bien definido. A algunos les gustan las rubias gordas o, al contrario, las morenas delgadas. En nuestro laboratorio hay un tío cuya primera mujer era buriata y la segunda coreana. Le atraen las mujeres asiáticas –exponía Zhenia su teoría superficial.

De repente, el buenazo de Shúrik se enfadó:

–¡Zhenia! ¿Te has vuelto loco? ¡Lo que dices es un absoluto disparate! Cuando te enamoraste de Alla nunca habías oído hablar de tipos sexuales, ¿no? Te enamoraste, te casaste con ella, tuvisteis una hija. Y ahora, ¡zas!, nos encontramos y me hablas de tu tipo sexual. Muy bien, has encontrado a una mujer, vale, tíratela a escondidas. ¿Qué culpa tiene Alla? Primero te acuestas con una, luego con la otra. ¡Vaya problema! Alla me da pena, sufre... ¿Qué culpa tiene ella de que hayas descubierto tu tipo sexual?

Zhenia se limitó a fruncir el ceño y negar con la cabeza con aire contrariado.

—No comprendes nada, Shúrik. No es solo que no quiera acostarme con ella, es que ni siquiera me apetece hablar con ella. Solo dice tonterías. Es una persona hueca. Ya no la amo, eso es todo. Estoy enamorado de otra mujer. De todos modos voy a divorciarme. No quiero seguir viviendo con Alla. Te presentaré a Inna Vasílievna y lo entenderás.

Zhenia sirvió el resto del vino en los vasos y bebió. Shúrik también.

—¿Pedimos más? —le preguntó Zhenia.

El vino se había acabado, pero no la conversación.

—Vale.

El camarero viejo del café, con cara de vinagre, les sirvió otra botella de saperaví.

—Tú no tienes problemas, Shúrik. Tienes una docena de amantes, no quieres a nadie. Todo te da igual. Pero yo no puedo vivir así —declaró Zhenia, explicando su interesante particularidad.

Shúrik se entristeció.

—Mamá también dice que soy un cínico. Es verdad, no se equivoca. Tan solo que Alla me da pena...

—¡Adelante, solo tienes que consolarla! —respondió Zhenia crispado—. Es todo lo que pide, que la consuelen. Lleva toda la desgracia del mundo dibujada en su cara, rompe a llorar por nada... Inna Vasílievna es una persona de la que es imposible compadecerse. ¡Es ella la que se compadece de los demás!

Shúrik miró a Zhenia: estaba flaco y pálido, una palidez azulada. Sus rizos pelirrojos se le estaban volviendo ralos y una calvicie incipiente estaba dando paso a unas entradas en la frente cubiertas de vello. Tenía la barbilla salpicada de granos juveniles, sobre todo en los lugares donde se había cortado al afeitarse. La corbata y la americana que solía llevar le daban un aire de pequeño funcionario de provincia en viaje oficial a la capital. Y además, se había manchado la corbata azul celeste con el rojo del saperavi... Shúrik quería preguntarle si esa Inna se había compadecido de él, pero se mordió la lengua. Zhenia le daba pena, él también...

Se volvieron a ver al cabo de dos meses para el quinto aniversario de Katia. Entretanto, Zhenia había dejado a Alla por su tipo sexual y habían llegado a un acuerdo de divorcio. Alrededor de la mesa desplegable estaban sentados todos los abuelos de Katia, reunidos por la desgracia común del divorcio inminente, así como dos amigas de Alla y de Shúrik. Alla iba y venía de la cocina a la mesa, mientras que Zhenia, después de dedicar un cuarto de hora a los invitados, se levantó y se puso a hurgar entre los libros.

La protagonista de la fiesta estaba boquiabierta con la avalancha de regalos que le habían hecho y estaba preocupada por encontrar la manera de cogerlos a todos a la vez entre sus brazos. Shúrik decidió quitarle la funda a un cojín del sofá, metió todos los juguetes en el saco improvisado, se lo entregó a Katia, y la cargó a hombros. La niña soltaba unos gritos ensordecedores, lanzaba patadas en todas las direcciones y no quería bajarse por nada del mundo. Shúrik la sostuvo sobre sus hombros hasta el momento de irse a la cama. Luego se echó a llorar, exigía que fuera Shúrik quien la llevara a dormir y él se quedó a su lado en la pequeña habitación.

Zhenia fue el primero en irse, con un montón de libros debajo del brazo. Poco a poco fue desapareciendo el resto de familiares. Más de una vez Shúrik creyó que Katia se había quedado dormida, pero en cuanto hacía el menor movimiento hacia la salida, Katia abría los ojos y decía enérgicamente: No te vayas... Alla asomó la cabeza dos veces. Ya se había despedido de sus amigas, lavado los platos y cambiado de ropa: se había quitado los zapatos de tacón y la blusa rosa y se había puesto unas zapatillas y una camiseta azul claro. Cuando Shúrik logró escabullirse de Katia, que por fin se había quedado dormida, cayó en los brazos de Alla, que lo esperaba. Es decir, al principio no hubo abrazos, solo quejas amargas y súplicas apremiantes sobre los motivos de esa catástrofe y lo que debería hacer de ahora en adelante. Shúrik guardaba un silencio compasivo y, aparentemente, no se le exigía nada más. Los ruegos se transformaron en quejas, los ojos se le llenaron de lágrimas, las lágrimas se secaron y de nuevo se le saltaron más lágrimas. Era casi la una de la madrugada, y eso significaba que no podía irse de ese lugar en medio de ninguna parte hasta la mañana siguiente, porque los autobuses ya no circulaban y la probabilidad de encontrar un taxi allí era tan alta como capturar un pájaro de fuego entre esos edificios modernos.

Mientras tanto, Alla vertía unas lágrimas si cabe más amargas y se arrimaba más a él, hasta que acabó entre los brazos amistosos de Shúrik. Además, su monólogo no se interrumpía y Shúrik no acertaba a comprender qué acciones precisas esperaba de él aquella mujer llorosa. Carecía de sentido apresurarse ahora y le pasaba la mano castamente por el moño, dando la oportunidad a Alla de que revelara su voluntad con claridad. Esta todavía se lamentó unos veinte minutos más, pero de modo cada vez más confuso y, por último, desabrochó el segundo botón empezando por arriba de la camisa de Shúrik. Tenía unas manos pequeñas ardientes que le tocaban con frenesí, una boca grande llena de saliva dulce y un talle fino como el cuello de un cántaro... Shúrik sabía desde hacía tiempo que cada mujer tiene sus peculiaridades... Además, Alla poseía otra: en ningún momento interrumpió el monólogo de queja. Eso le pasó a Shúrik por la cabeza cuando dejó la casa de Alla por la mañana temprano.

410

«Es una buena chica –pensó Shúrik mientras esperaba el autobús–. Zhenia no debería haberla abandonado. Y Katia es tan dulce. Tendré que visitarlas de vez en cuando.»

56

Valeria tenía, como en su día Yelizaveta Ivánovna, una agenda secreta donde estaban todas las personas necesarias para cada momento de la vida. La agenda solía abrirse por la misma página, la de la letra M de médicos. Ese apartado ocupaba varias páginas. Últimamente el más solicitado era el cardiólogo Guennadi Ivánovich Trofímov, que había conocido veinte años antes, cuando el corazón de Valeria funcionaba a pleno rendimiento. Guennadi Ivánovich la visitaba una o dos veces al año con ocasión de las fiestas que Valeria celebraba con más alegría, la Navidad católica, con un enorme pavo asado que escogía según las medidas del horno, y su cumpleaños, que festejaba exclusivamente con dulces: cocinaba pasteles con nata montada y fruta del tiempo. Mientras pudo sostenerse en pie.

Todavía no había renunciado al pavo. Shúrik lo rellenaba con carne picada condimentada siguiendo sus indicaciones, y durante seis horas iba y venía de la habitación a la cocina, pinchando, cubriendo o tapando las partes del pavo que ella le indicaba. Pero los pasteles, Valeria los encargaba en restaurantes. Después de largas negociaciones con la dirección del restaurante y los cocineros, le servían una obra maestra de la que los invitados siempre se maravillaban: ¿cómo podía conseguir unos resultados tan excepcionales sin salir de casa?

412

Guennadi Ivánovich no pertenecía a los admiradores de los productos elaborados en los restaurantes y, aunque era goloso y se zampaba las muestras que le ofrecían, siempre recordaba los pasteles inolvidables que Valeria cocinaba con sus propias manos. En el último cumpleaños de Valeria, Guennadi Ivánovich llegó tarde, ni siquiera probó los pasteles y se quedó en un segundo plano. Una vez que se fueron todos los invitados, le pidió a Valeria que se desvistiera para auscultarla con atención. Le palpó los brazos y las piernas, frunció el ceño. Dos días más tarde había vuelto con un electrocardiógrafo portátil, examinó con detenimiento las tiras largas de papel azulado que escupía el aparato metálico y le comunicó a Valeria que la iba a ingresar tres semanas bajo sus cuidados, porque su corazón trabajaba en condiciones complicadas y debía fortalecerlo un poco.

Valeria, que había pasado la mitad de su infancia en hospitales y cuya última operación la había traumatizado profundamente, se negó en redondo. Guennadi Ivánovich insistió. El hospital en el que trabajaba, más que viejo era antiguo, con escaleras majestuosas, techos de una altura vertiginosa y salas de veinte camas. Guennadi le prometió que la instalaría en una habitación individual y que le asignaría una enfermera personal.

–Sviatoslav Richter fue hospitalizado en esa habitación y también Arkadi Raikin. ¿Y tú te andas con remilgos?

Valeria aceptó: la proposición, a decir verdad, era espléndida y a ella le gustaba el lujo. Además, Richter y Raikin no eran estúpidos, no hubieran ido a cualquier parte...

Durante tres días estuvo preparando su ingreso en el hospital, de la misma forma que preparaba las estancias en el balneario: Nadia, la asistenta, llevó el quimono con urgencia a la tintorería, lavó los calcetines de lana y un fino chal calado que secó colgado de un marco. Valeria ordenó los productos de belleza en una caja y los medicamentos en otra, y Shúrik hizo una pila de libros según la lista meditada que Valeria había confeccionado. Incluso tuvo que ir a la biblioteca de literatura extranjera para tomar en préstamo novelas policíacas americanas en polaco, así como poesía polaca del período de preguerra, poemas que Valeria se había propuesto traducir en su juventud.

Durante esos días, con la ayuda de los refuerzos que había contratado, intentó reparar el Zaporozhets que se aherrumbraba pacíficamente en el patio desde hacía dos años, pero el resultado fue poco halagüeño: el coche, aunque arrancaba y escupía humo, no se movía ni una pizca.

El lunes siguiente Shúrik cargó primero en un taxi las dos cajas de objetos indispensables para la comodidad y el lujo de Valeria, y después a su amiga. La esperaban en admisiones. Enseguida la sentaron en una silla de ruedas y la condujeron a su sección. Shúrik, calzado con unas zapatillas que le entregaron en el hospital, arrastraba los pies detrás cargado con las cajas. Las reglas se estaban transgrediendo de un modo tan flagrante que las enfermeras cuchicheaban entre ellas: ¿Quién debe de ser? ¿De quién es madre o esposa? Nadie podía responder a esa pregunta. Se sabía que Trofímov había telefoneado en persona y pedido que se obviaran las formalidades...

Valeria se instaló en la cama alta, después de haberla girado para tumbarse de cara a la ventana: al otro lado un viejo parque se despertaba después del paso del invierno.

–¡Mira qué vista tengo desde la ventana, Shúrik! No voy a tener ganas de irme de aquí...

Shúrik colocó la mesita de noche a la derecha de Valeria, puso encima las dos cajas para que tuviera a mano los frascos y los botecitos, la besó en la mejilla y le prometió volver por la noche. Tenía permiso para visitarla a cualquier hora, el nombre de Trofímov abría todas las puertas.

–Y, por favor, ¡no traigas nada si no te lo pido! –le gritó Valeria.

Shúrik se dio la vuelta.

–¿Prefieres zumo de fruta o agua mineral?

–¡Bueno, agua mineral! –aprobó Valeria.

Los médicos se reunían los lunes para debatir sobre los pacientes. Las visitas no duraban menos de una hora y media, así que la puerta no se abrió hasta poco después del mediodía. La habitación se llenó con una multitud de batas blancas. Parte del grupo de médicos se quedó en el pasillo.

–Queridos colegas, os presento a Valeria Adámovna, una vieja amiga. Valeria Adámovna, te presento a mi colega Tatiana Yevguénievna Kolobova, trabajamos juntos desde hace veinticinco años. Será tu médico de sala... Bueno, haremos algunos análisis, un reconocimiento completo... Y después decidiremos cómo podemos ayudarte.

Guennadi Ivánovich hablaba en un tono grave, pero al final se inclinó hacia Valeria y le guiñó un ojo. El agobio que le había producido toda esa burocracia médica se evaporó en un instante y ahora encontraba simpática a Tatiana Yevguénievna, aunque a primera vista le pareció un hurón...

Los médicos se apiñaron en el pasillo, pero, por el momento, no había nada sobre lo que discutir. Tatiana Yevguénievna dio indicaciones para que le pusieran el gotero a la paciente. Guennadi Ivánovich hizo una señal con la mano y todos le siguieron en rebaño a la siguiente sala.

Inmediatamente Valeria se encontró inmersa en el torbellino de la actividad hospitalaria: una chica del laboratorio le extrajo muestras de sangre del dedo y de las venas, y le dejó un frasco para la orina. Después la condujeron a la sala de radiología, le hicieron radiografías de las articulaciones de la cadera y examinaron todos los órganos pertinentes. A Valeria le agradaba mucho toda esa atención médica. Llevaba consigo la bolsa de maquillaje llena de chocolate de importación y de muestras de productos cosméticos, y repartía esas pequeñas bagatelas entre los médicos y las enfermeras. Todos estaban agradecidos y sonreían, y Valeria se congratulaba por haberse aprovisionado de esos pequeños regalos: por lo menos, ahora, era alguien, y no hacía el papel de pariente pobre. Además se produjo una circunstancia agradable: en la puerta de uno de los despachos ponía «I. M. Mironaite», y resultó que era el nombre de una doctora de Vilna, pariente lejana de la difunta Beata. Enseguida acordaron con el hospital que Inga Mijáilovna Mironaite pasara a verla por su habitación y así intercambiar recuerdos de los viejos tiempos... Las cosas funcionaban a las mil maravillas en ese hospital, todo el mundo era encantador y atento.

Le sirvieron la cena en la habitación: pescado al horno y puré de patata. Se comió el pescado pero no tocó el puré. El té era imbebible y prefirió esperar a Shúrik, que le calentaría el agua con un hervidor y le prepararía un delicioso té del bote de los elefantes...

Luego entró Nonna, una enfermera, que también era una chica encantadora, con un peinado muy bonito, y Valeria decidió regalarle un precioso prendedor francés para el cabello. Nonna trajo un soporte para el gotero. Era una enfermera experimentada, encontró la vena sin dificultad, abrió la válvula y salió diciendo que volvería pronto. Las gotas caían lentamente. Al principio Valeria las contaba, después se quedó dormida. Shúrik había prometido volver hacia las ocho, llegaría de un momento a otro. La culpable del retraso era el agua mineral que le había encargado –Valeria solo bebía Borzhom–; Shúrik no la encontró en su barrio y tuvo que ir a buscarla al centro...

Eran las ocho y cuarto, Shúrik subió los peldaños de las escaleras principales de cuatro en cuatro con dos botellas de Borzhom. Corrió hasta la habitación.

En ese mismo momento Valeria despertó de su somnolencia placentera y murmuró con perplejidad:

–Oh, estoy flotando a algún lugar...

Shúrik abrió la puerta en ese preciso instante, tuvo la impresión de que le estaba diciendo algo.

–¡Hola, Valeria! –la saludó Shúrik alegre, pero Valeria no le respondió. Miraba en dirección a él, con sus grandes ojos bien abiertos y los labios de color rojo frambuesa formando una pequeña O.

Shúrik nunca supo si lo vio en ese último segundo de su vida o si había visto otra cosa, mucho más asombrosa...

57

No se sabe de dónde aparecieron tres lituanos: dos mujeres de edad indeterminada, pero con mejillas rojas de campesinas, y un viejo menudo de piel fina y sonrosada y dentadura postiza. Llegaron cuando Shúrik estaba sentado a solas en la habitación de Valeria, dos días después de su muerte, con la mirada inexpresiva posada en la mesita de noche llena de frasquitos de laca para uñas de varios colores y tubos de cremas. Estaba esperando a Sonia, una amiga de Valeria que apodaban Gengis Khan, para buscar juntos un certificado sin el cual el entierro sería aún más problemático. Era un documento del cementerio: el certificado de propiedad del panteón donde estaba enterrado el padre de Valeria.

Y he aquí que, en lugar de la esperada Sonia, llegaron esos tres desconocidos, casi extranjeros porque solo el anciano hablaba ruso. Se presentó con una voz apagada e incomprensible, luego señaló a las mujeres: estas son Filomena y Ioanna.

–Usted es el amigo de Valeria, me había hablado de usted –dijo el viejecito chupeteando la dentadura mal ajustada.

Shúrik adivinó entonces que ese anciano era el sacerdote católico al que Valeria iba a visitar a Lituania, en los bosques profundos de la remota región donde se había instalado después de diez años en un campo.

«Domenik», recordó Shúrik.

Había estado prisionero en un campo de trabajo por su condición nacionalista lituano. Valeria también afirmaba que era un hombre muy cultivado, estudió en el Vaticano, después fue misionero en algún lugar de Oriente, en Indochina o algo así, hablaba chino y malayo, y había vuelto a Lituania poco antes de la guerra.

–Pasen, por favor... ¿Cómo se han enterado?

Le respondió con una sonrisa:

–Lo más duro han sido los doce últimos kilómetros a pie hasta la granja. Telefonear de Moscú a Vilna son tres minutos. Ha sido alguien de nuestra tierra, un lituano, el que ha telefoneado. Llamaron a Shiauliai, y así hasta...

Hablaba despacio, buscando las palabras justas. Mientras tanto se quitó la chaqueta de campesino, el jersey de punto y ayudó a sus compañeras a desvestirse. Abrió la bolsa de viaje y sacó de su interior algo blanco envuelto en celofán. Sus gestos eran precisos y resueltos, los de Shúrik lentos e inseguros.

–Hemos venido para despedirnos. Esta puerta tiene cerrojo, ¿verdad? Vamos a celebrar una misa para despedir a Valeria. ¿De acuerdo?

–¿Se puede hacer aquí, en casa? –se asombró Shúrik.

–Se puede hacer en cualquier parte. En una prisión, en una celda, en un tala de árboles. Una vez lo hicimos en un rincón rojo,[1] con un retrato de Lenin colgado en la pared. –Se echó a reír, levantó las palmas de las manos y miró al techo–. ¿Qué nos lo impide?

El timbre que Shúrik en otro tiempo había conectado a la habitación trinó una vez más.

–Es una amiga de Valeria –les avisó Shúrik, y fue a abrir.

Las lituanas, que se habían quedado calladas hasta entonces, susurraron algo al sacerdote, pero este las hizo callar con un gesto impreciso. Shúrik volvió con Sonia.

1. En la Unión Soviética, para realizar la labor ideológica, sala en las instituciones dedicada a la lectura, el estudio y las conferencias. (*N. de la T.*)

–Esta es Sonia, una amiga de Valeria. Domenik... –titubeó Shúrik–. ¿Cómo debo llamarlo? ¿Padre Domenik?

–Es mejor decir «hermano». Hermano Domenik... –aclaró él con una sonrisa afable.

–¿Usted es el hermano de Valeria? –se alegró Sonia.

–En cierto sentido, sí.

Las lituanas solo miraban al suelo y, si alguna vez levantaban los ojos, era para mirarse la una a la otra. Shúrik sintió de repente que esas tres personas formaban un único organismo, como una pierna comprende a la otra cuando corre o salta...

–Valeria era nuestra hermana, digámoslo así, y hemos venido para despedirnos de ella y oficiar una misa aquí. ¿Le da miedo? Puede quedarse o salir. Como usted desee. Solo le pido que no diga nada de esto a nadie.

–¿Puedo quedarme? Si no les molesta... Pero no soy católica, soy rusa.

Sonia transpiraba de emoción.

–No veo impedimento –asintió el padre, y de nuevo empezó a buscar en su bolsa.

–¡Vamos a preparar primero un té! Hay de todo para comer. Valeria siempre tenía el frigorífico lleno –propuso Shúrik.

–Comeremos después. Primero vamos a decir misa.

Sacó una bata blanca con capucha de la bolsa, se ciñó un cinturón fino y se puso por el cuello una banda de tela dorada. Era el hábito de la orden religiosa de los dominicos y una estola. Las dos mujeres se pusieron en la cabeza una especie de cofia con solapas blancas. Y en un instante, esas personas sencillas de aspecto rural se convirtieron en personajes especiales e importantes, y su acento ya no remitía a su procedencia de la Lituania provinciana, sino a la filiación a un mundo celestial, y hablaban un ruso que descendía desde las alturas hasta la miseria de este mundo.

–Esta mesita de noche nos servirá. Retire lo que hay encima.

Shúrik se apresuró a quitar todas las fruslerías de Valeria y las puso en el alféizar de la ventana. Después de echar una rápida mirada, el padre sacó un crucifijo de marfil entre el montón de frascos, lo cogió en la mano y lo acercó a la ventana: tenía un color rosado extraño, sobre todo las piernas de Cristo. No intuyó que era del carmín de labios... Corrieron las cortinas, cerraron la puerta y encendieron velas. Pusieron el crucifijo sobre la mesita de noche, al lado de un cáliz y un platito de vidrio.

—*Salvator mundi, salva nos!* —pronunció el hermano Domenik, y no lo hizo en lituano, la lengua con que les estaba permitido decir misa desde hacía diez años. Era latín. Shúrik reconoció inmediatamente sus poderosas raíces, pero mientras se alegraba de haberlo reconocido, le sobrecogió un sentimiento extraño. Le bastó concentrarse un poco para que todas las palabras, desde la primera hasta la última, le revelaran su significado y se elevaran en un canto muy suave. No eran voces ni masculinas ni femeninas, sino angelicales, de eso no tenía ninguna duda. Las mujeres, feas y viejas, de mejillas sonrosadas, ataviadas con cofias y faldas largas, debajo de las cuales asomaban unos pies enormes y calzados con unos zuecos rústicos, se pusieron a cantar: *Libera me, Domine, de morte aeterna...*

El sentido de las palabras le fueron reveladas en todo su esplendor: el Señor liberaba de la muerte. No se sabía muy bien cómo lo hacía, pero Shúrik comprendió de una forma extremadamente clara que la muerte solo existe para los vivos, y que para los muertos que traspasaron el umbral deja de tener sentido. Y no hay sufrimiento, no hay enfermedad, no hay mutilaciones. Dondequiera que se encontrara la parte más esencial de Valeria —la más alegre y sencilla—, se desplazaría sin muletas, lo más probable es que bailara sobre unas piernas delgadas, sin cicatrices ni hinchazones, tal vez volara o nadara, y estaba bien que fuera así. Se podía no creer en todo eso —en realidad, Shúrik nunca había pensado en lo que venía luego, después de la muerte—, pero al escuchar el canto suave de esas dos ancianas lituanas y el bajo barítono del viejecito de mejillas sonrosadas y dentadura mal ajustada, Shúrik se convenció de que si ese canto existía, si esas palabras latinas cargadas de un sentido indescifrable existían, entonces Valeria se había liberado de las muletas, de los clavos de hierro que perforaban sus huesos, de las toscas cicatrices y de su cuerpo pesado y fláccido del que se avergonzaba en los últimos años...

Acurrucada en una esquina, entre la butaca y el armario, Sonia vertía lágrimas silenciosas.

El entierro fue al día siguiente. La ceremonia de despedida se celebró en la morgue del hospital de la Yauza. Asistieron no menos de cien personas y, entre la muchedumbre, había más mujeres que hombres. También había multitud de flores, las primeras flores de la primavera, prímulas blancas y malvas, y alguien depositó una cesta llena de jacintos. Cuando Shúrik se acercó al ataúd vio a la difunta detrás de la montaña frondosa de flores que la rodeaba. Una de sus amigas se cuidó del aspecto de su cara inerte, la había maquillado con empeño: pestañas largas azules y sombra de ojos azul claro como a ella le gustaba en vida, y los labios lucían una ligera capa de pintalabios que ya ninguna respiración calentaba... La pequeña O que había dibujado con los labios con su último hálito, cuando Shúrik entró en la habitación cuatro días antes, había desaparecido y lo que se encontró en el ataúd, si no tenía en cuenta el flequillo brillante que le cubría la frente, era una muñeca artística que poseía un gran parecido con Valeria, nada más. Se quedó un instante a su lado, luego le rozó el flequillo y sintió, a través de la vivacidad de los cabellos, la frialdad de ese material provisional y moldeado en que se había convertido Valeria durante el breve intervalo entre la vida y la muerte.

Por suerte, había aparecido el hermano Domenik, porque la misa fúnebre fue la verdadera despedida, y no todas esas palabras lacrimosas y conmovedoras que pronunciaban las mujeres por encima del montón de flores que recubría el ataúd.

La organización del funeral no recayó en Shúrik. Guennadi Ivánovich, desconsolado, lo había resuelto todo desde el hospital, la autopsia fue practicada con respeto, sin trepanación, solo para asegurarse de que había muerto por embolia en una arteria pulmonar... Nadie era culpable, salvo quizá Dios quien, evidentemente, conocía mejor la vida de Valeria que ella misma.

Siguiendo las instrucciones de Guennadi Ivánovich, permitieron la entrada a la morgue de unas amigas que la amortajaron con una blusa blanca y unos zapatos nuevos que cortaron previamente por la parte superior, los de color beige, hechos a medida y que nunca había estrenado. La maquillaron como creyeron correcto y le colocaron un chal blanco de seda alrededor de la cabeza. Sus grandes manos amarillentas descansaban sobre la seda blanca y las uñas relucían inmaculadas gracias al esmalte...

Las amigas también alquilaron los autobuses y los coches, y llegaron a un acuerdo con el cementerio de Vagankovo para que el ataúd fuera enterrado en el panteón de su padre, incluso encargaron una cruz provisional y compraron todo lo necesario para la comida de exequias...

Shúrik, aunque conociera a algunas de las amigas de Valeria, se quedó cerca del hermano Domenik y las hermanas, que tenían un aspecto más aldeano a la luz del día y le impresionaban todavía más: ahora sabía que eran unos enviados, testigos de otro mundo, y le resultaba extraño imaginarse que ese otro mundo coincidía, de alguna manera, con una granja perdida en el interior de un bosque lituano.

Las habitantes del bosque no miraban al suelo todo el tiempo, lanzaron una o dos miradas a Shúrik, y Domenik le susurró:

–Dice Ioanna que puedes venir a visitarnos cuando quieras.

Shúrik comprendió que le hacía un honor y que la invitación era suya y no de Ioanna, pero no podía abandonar Moscú.

–Gracias. Pero no puedo viajar. Antes no podía por Valeria y ahora tengo que cuidar a mi madre...

—Está bien, está bien —dijo el anciano sonriendo, aunque no podía sospechar que Shúrik había vivido atado durante años...

Desde las puertas del cementerio, el ataúd debía ser transportado a hombros y tuvieron dificultades para encontrar a seis hombres entre los asistentes: Shúrik, el vecino policía, los maridos inútiles de dos amigas y dos antiguos amantes de Valeria. Descartaron al hermano Domenik y a un anciano, un antiguo compañero, por su avanzada edad. También descartaron a los borrachines de la esquina, que ofrecieron sus servicios para cargar con el ataúd.

La tumba ya estaba cavada, todo estaba listo, incluso esparcieron arena por el camino. El sol, por un instante, consiguió penetrar el velo de nubes e iluminó la lluvia fina que caía desde el día anterior, antes de ocultarse detrás de ellas. Las flores apagadas brillaban por las gotas de la lluvia. Introdujeron el ataúd y todos lanzaron un puñado de tierra. Los sepultureros se apresuraron con las palas, rellenaron el hoyo con tierra amarillenta y elevaron un montículo donde plantaron una cruz provisional en la que se leía «Valeria Konétskaya». Sus amigas recubrieron la tumba inmediatamente, colocando las flores en tapiz, lo hicieron rápido y bien, ni Valeria lo hubiera hecho mejor: prímulas blancas y malvas, jacintos crespos salpicados de las miradas rojas de los claveles.

La tumba se transformó en un parterre de flores, y dondequiera que posaran los ojos encontraban redondeces: las siluetas de las mujeres, las espaldas encorvadas, los pechos que colgaban con suavidad, los ojos bañados en lágrimas, las cabezas cubiertas con fulares, boinas y mantones que resbalaban. Incluso un arbusto, de una especie desconocida cuyos brotes de hojas menudas, aún imprecisos, asomaban en las ramas dobladas, tenía algo de femenino...

Y Shúrik vio con claridad esa pequeña O que sellaba el último hálito en los labios de Valeria, y pensó que la muerte tenía algo de femenino, incluso la palabra muerte, en ruso como en francés, es de género femenino... Tenía que comprobar cómo era en latín... En alemán, en cambio, *der Tod* era masculino, es extraño... No, no es tan extraño, para ellos la muerte es bélica, se muere en el campo de batalla: lanzas, flechas, heridas cruentas, carne despedazada... Valhala... Así era como las cosas debían fluir... Con dulzura y armonía... Valeria... ¡Pobre Valeria!

Cuando se completó la decoración de la tumba otra vez se puso a llover y todos abrieron los paraguas, se oía el murmullo del agua: las gotas de lluvia sobre la seda de los paraguas, sobre las cabezas, sobre los cabellos, sobre los hombros y sobre las hojas... La escena se hizo entonces irreal, y el hermano Domenik, contra el que se apretaba Shúrik, le dijo al oído, alzándose ligeramente sobre la punta de los pies:

—No hay nada que hacer, es así: el sitio de la mujer está cerca de la muerte... Es un lugar femenino...

«Es verdad —asintió Shúrik en su fuero interno—, tiene un poco de doble sentido... no, doble no, ¡tiene múltiples sentidos!»

Los lituanos debían coger el tren y Shúrik los acompañó a la estación Bielorrusia. Los dejó en el tren y luego volvió a casa para pasar un rato con Verusia. Por la mañana, Vera había querido ir al entierro aunque no conocía personalmente a Valeria, solo había hablado con ella por teléfono alguna vez. Pero Shúrik se negó rotundamente:

—No, Verusia, no hace falta... Esto te puede afectar...

Parecía un poco ofendida... ¿O no?

Tomaron el té juntos, después bajó a la panadería y compró unas galletas que le apetecían a Vera, las dejó en casa y llegó a la comida de exequias cuando la parte triste ya había acabado. Las mujeres, después de haberse bebido tres vasos, contaban historias sobre Valeria interrumpiéndose unas a otras, hablaban de su bondad y de su alegría, de su sentido de la responsabilidad y de su frivolidad. No había suficiente sitio para todo el mundo. Todas las sillas, sillones, sofás y pufs estaban ocupados, una decena de mujeres se quedó de pie cerca de la puerta, en el paso entre la mesa alargada y el armario. Sobre la mesita de noche de donde Shúrik había apartado los frascos multicolores siguiendo las indicaciones del hermano Domenik, y en la que este había santificado el vino y las hostias transparentes, había un plato de entremeses decorado con nomeolvides y un vaso pequeño de vodka cubierto con una rebanada de pan.

Poco antes y en ese mismo lugar, muchas de esas personas habían celebrado el cincuenta cumpleaños de Valeria, y un gran ramo de rosas secas, que se habían dejado secar boca abajo en la oscuridad para que no perdieran el color, lucía ahora como nuevo en un jarrón destinado precisamente a esa finalidad. Shúrik estaba de pie en el recibidor y, al lado de la puerta, se encontraba el vecino policía que le hacía señales bastante incomprensibles: tal vez quería beber o fumar un cigarrillo... Sirvieron unos platos para picar, comida preparada por manos extrañas, mal cortada, demasiado grasa y demasiado salada. Shúrik bebió más y más... Más tarde las mujeres se le acercaron, una detrás de otra, a algunas las conocía un poco, pero a la mayoría era la primera vez que las veía –los ojos humedecidos por las lágrimas, lánguidas por el alcohol y por la ternura general–, querían beber con él a la memoria de Valeria, y cada una de ellas le quería dar a entender que estaba al corriente del lugar secreto que Shúrik había ocupado en la vida de su amiga, algunas se extralimitaron en las condolencias. Sobre todo Sonia-Gengis Khan. Estaba muy borracha, con aire provocador. Después de beber otro vaso con Shúrik a la memoria de Valeria, le susurró:

–Todo esto es culpa tuya. Sin ti nuestra Valeria aún viviría...

Shúrik la observó con atención: sus cejas orientales que se unían en el entrecejo, la pequeña nariz chata... ¿Qué sabía ella de su relación con Valeria?

Sonia se inclinó sobre Shúrik, le pasó la mano por la mejilla, le rozó la frente con un beso pegajoso y le compadeció:

–Pobre, pobre...

426

Todas esas mujeres tan diferentes le conocían, a pesar del carácter fantasmal de la presencia de Shúrik en la casa, y solo podía conjeturar acerca de qué sabían exactamente sobre él... Las sorprendía repasándole con la mirada, y si hablaban entre ellas tenía la impresión de que era él el tema de debate. Puesto que empezaba a sentirse incómodo, comenzó a avanzar a hurtadillas hacia la salida. A medio camino el vecino le tiró de la manga:

–Te estoy llamando... Oye, mañana a primera hora vienen a poner los precintos.

–¿Por qué la precintan? –le preguntó Shúrik sin comprenderlo.

–¿Cómo que por qué? ¡Por todo! La habitación pasa a manos del Estado, ¿comprendes? No hay herederos, van a precintarla, ¿comprendes? Te lo digo como amigo. Si quieres alguno de estos cachivaches cógelo ahora.

Se echó a reír. Los labios retrocedieron ligeramente dejando al descubierto las mucosas rosadas y los dientes separados.

«Los diccionarios –pensó Shúrik–. Tengo un montón de diccionarios míos aquí, y todos los de eslavas... Y la biblioteca...»

Entonces se acordó de que cuando buscaban el certificado de propiedad del panteón encontraron un testamento en el que Valeria había dejado escrito en cinco hojas, con detalle, lo que legaba a cada uno de sus amigos, desde las cucharillas de café de plata hasta los calcetines de punto.

–Dejó un testamento... Está todo allí. Se lo deja todo a sus amigas...

–¡Pero qué dices, estás chalado, de verdad! Esta habitación va a ser mía, ya me lo han prometido en la comisaría. Voy a trasladar a mi madre a mi casa, y me van a entregar la habitación, y estos trastos no le interesan a nadie. ¿Comprendes? Lo van a liquidar todo. Esto lleva su tiempo..., pero mañana van a venir a precintarlo.

Shúrik echó una ojeada a las estanterías llenas de libros.

La biblioteca de autores extranjeros era magnífica: a dos minutos de allí, en la calle Kachálov, se encontraba la única tienda que vendía libros de ocasión de literatura extranjera en Moscú y, durante todos esos años, cada vez que Valeria pasaba por delante, compraba libros maravillosos por cuatro chavos, de ciencias naturales, geografía, medicina, con grabados de un valor incalculable.

Shúrik decidió esperar a que todos los invitados se hubieran marchado para coger los diccionarios.

Hacia las diez de la noche todos se habían ido, solo quedaban Nadia, la asistenta, y Sonia, durmiendo en el sofá totalmente ebria. Mientras Nadia lavaba y secaba la porcelana y la cristalería, Shúrik sacó los diccionarios de la estantería. Decidió coger también los de lenguas eslavas, nadie los necesitaría, más aún cuando la mayoría eran diccionarios de polaco-alemán que pertenecieron al padre de Valeria y estaban muy viejos. También cogió un libro de historia natural con grabados a color del siglo XVIII. Cachalotes extravagantes y lémures, osos hormigueros y serpientes pitón dibujados por un artista que probablemente nunca había visto esos animales exóticos. Como si fueran unicornios o querubines... Era una pena dejar allí esos libros preciosos...

Ahora que Valeria ya no estaba en esa habitación, Shúrik se percató del sinfín de objetos que había de dudoso gusto típicamente burgués: rosas, cupidos, gatos, una figurita falsa de Tanagra... Era el estilo de la difunta Beata y, por alguna razón, también se correspondía con el gusto de Valeria, pero ahora, en su ausencia, esa habitación atiborrada de muebles y de una multitud de objetos inútiles y carentes de sentido, le parecía más desagradable y tuvo la necesidad de salir lo más pronto posible al aire libre, lejos de esa vulgaridad y todo ese polvo. Solo sentía pena por los libros.

«¡Por suerte no tendré que volver aquí nunca más! –pensó Shúrik y balbuceó–: ¿Cómo puedo pensar una cosa así? Pobre

Valeria... Querida Valeria... ¡Valiente Valeria! La culpa es mía, yo soy el responsable –se dijo Shúrik desconsolado–. Ese día, la víspera de su ingreso en el hospital, quiso que me quedara con ella, y no pude... A mamá la iban a visitar sus amigas, me pidió que comprara algunas cosas para la cena y que volviera más pronto. Y no me metí debajo de las sábanas con ella. Valeria estaba triste, aunque no dijo nada. Pero yo sabía que estaba triste. No tuve tiempo...» Y sobre Shúrik se abatió la sombra de la culpa. Se sentía culpable, culpable...

Nadia se marchó con una bolsa llena de pequeños jarrones y gatos. El afecto que Valeria le tenía se había materializado en forma de porcelana.

–Hacía tantos años que me ocupaba de ella...

Levantó la bolsa a duras penas del suelo y cargó hasta la puerta las figuritas de Copenhague y las imitaciones rusas, los pequeños jarrones de Duliov y de Gallé, los platos decorativos de porcelana y un joven pionero con un pastor alemán... Los vestigios de esas riquezas, veinte años más tarde, serían liquidados por el nieto adicto a la heroína, y la última venta causaría su muerte.

Ahora a Shúrik solo le quedaba espabilar a la durmiente Sonia, sacarla de la habitación y cerrar la puerta. No sabía quién más tenía llaves.

Sonia se había tumbado de lado, tapándose la cara con las manos y gemía en sueños. Intentó despertarla, pero no reaccionaba. La estuvo zarandeando durante un cuarto de hora, trató de ponerla en pie pero era incapaz de mantenerse derecha, se agarró a él y le insultó sin despertarse, incluso pegándole un poco. Shúrik estaba fatigado, tenía ganas de volver a casa. Telefoneó a Vera y le explicó que se encontraba en una situación embarazosa, estaba con una mujer borracha, que se había quedado dormida, y no podía dejarla en ese estado... Anduvo por la habitación y se dio cuenta de que estaba un poco desordenada, las cosas no estaban donde debieran, desplazó una silla y la mesita de noche, y luego abandonó ese quehacer totalmente ridículo: la persona para quien las cosas no estaban en su sitio ya no vivía. ... Por otra parte, al día siguiente, iban a precintar la habitación y se quedaría así durante un mes o un tiempo indefinido. Y el testamento del que todos sus amigos tenían constancia en el que se detallaba a quién correspondía cada taza... ¿Cómo iban a reclamarlo? Tendría que ocuparse hoy de todo eso, pero tampoco podían empezar a vaciar la casa el mismo día del entierro... Se había equivocado permitiendo que Nadia se apoderara de todo lo que quisiera. Sin duda algunos de los jarrones que se había llevado estaban destinados a otras personas.

Sonia, que todavía no había logrado despertarse, se había puesto en pie y empezó a gritar:

–¡Socorro! ¡Ayúdenme! ¡Nos quieren pintar!

Tenía visiones en su sueño alcoholizado, pero Shúrik se alegró de verla en pie. Le acercó el impermeable y le dijo:

–¡Vámonos de aquí! ¡Rápido, antes de que nos pinten!

Le puso el impermeable, la acompañó hasta el ascensor y volvió para recoger las dos bolsas llenas de libros. Ahora necesitaba encontrar un taxi y devolver a Sonia a su casa.

–¿Dónde vives? –le preguntó.

–¿Por qué quieres saberlo? –le contestó enarcando una ceja con desconfianza.

Sonia no dominaba su cara, las expresiones fluctuaban, se sucedían de un modo incontrolable e incoherente como con los recién nacidos: la boca se estiraba y se iba a un lado, entornaba los ojos, arrugaba la frente.

–Voy a llevarte a casa –le explicó Shúrik.

–Bueno, de acuerdo –asintió ella–. Pero no les digas nada a ellos. –Se echó a reír y, con la mano en la boca, le cuchicheó de puntillas–: Calle Zatsepa, portería once, escalera tres...

Dos bolsas y una mujer que apenas se tenía en pie eran una carga complicada, y más aún teniendo en cuenta que Sonia

430

intentaba alejarse todo el rato, y como era incapaz de dar dos pasos seguidos, se caía sobre las bolsas y él tenía que levantarla. Decidió esperar cerca de las puertas de Nikita hasta que pasara un taxi. Al cabo de unos diez minutos, un coche se detuvo y veinte minutos más tarde daba vueltas por la calle Zatsepa buscando la portería once, escalera tres. Para entonces Sonia se había vuelto a dormir y era imposible despertarla. Después de un cuarto de hora de dar vueltas por los edificios y los solares, el conductor los apeó al lado del número 11 y se fue. Era casi medianoche. La acompañó hasta el banco de un patio, allí Sonia se derrumbó en el acto e incluso subió una pierna al banco. Shúrik dejó las bolsas a su lado y se fue a buscar la maldita puerta número 3. Un ángel de la guarda se le apareció, un anciano que paseaba un chucho enorme.

–Sí, sí, aquí había una escalera tres, una barraca de antes de la guerra, la derribaron hace ocho años. Estaba justamente aquí, donde está esta plazoleta...

La situación se esclareció, pero eso no resolvía la papeleta en absoluto.

–¡Sonia, Sonia! –le dijo Shúrik sacudiendo a la durmiente–. ¿Adónde te mudaste cuando te fuiste de la calle Zatsepa? ¿Te has olvidado? ¿Adónde te mudaste?

–¡A Beliáyevo, ya lo sabes!

Shúrik colocó las dos piernas de Sonia juntas sobre el banco, se sentó y le puso un zapato que se le había caído. Dormía con una mano debajo de la mejilla, como un bebé, y tenía el aire gracioso de una niña.

Tenía dos opciones: o llevarla a la habitación de Valeria o a su casa. En cualquier caso no podía dejarla sola en el piso de Valeria, sobre todo porque a la mañana siguiente se presentarían allí para precintar la habitación, como le había advertido el policía «amable». Tenía que llevarla a su casa.

Despotricando a diestro y siniestro, cargó el fardo incómodo desde el patio hasta la calle: las dos bolsas –a una se le había roto el asa– y a Sonia, que no se diferenciaba en mucho de las bolsas.

Hacia las tres de la madrugada, cuando el taxi se paró delante de su casa, Shúrik se sintió casi feliz. Arrastró a Sonia en un último esfuerzo hasta el recibidor y, provisionalmente, la dejó apoyada a la pared. En ese momento Verusia salió de su habitación.

–¡Dios mío! –exclamó Vera.

Sonia resbaló por la pared y se desmoronó suavemente a un lado de la puerta.

–¡Está completamente borracha! –exclamó Vera.

–¡Perdona, Verusia! ¿Acaso podía abandonarla en medio de la calle?

La pusieron en remojo en la bañera después de que vomitara. Lloraba, se dormía, se despertaba sobresaltada, le dieron té, café y valeriana. Luego pidió un poco de vodka y Shúrik le dio un vasito. Sonia se lo bebió y se quedó dormida. Vera compadecía a Shúrik por encontrarse en esa situación tan comprometida, propuso llamar a un médico, pero Shúrik no se decidía: ¿y si se la llevaban a comisaría y la encerraban con los borrachos?

Sonia volvió a despertarse, empezó a llorar por Valeria y pidió más bebida... Agarraba a Shúrik del pescuezo, le besaba las manos y le pedía que se tumbara a su lado. Ese desenfreno duró casi dos días, y solo al tercer día, Shúrik consiguió devolver a su familia, que vivía a las afueras de Beliáyevo, a una Sonia completamente sobria pero rendida por la cogorza.

Una mujer guapa y entrada en años, con un vestido de seda, la recibió con muchas reservas. Del fondo del piso, apareció un hombre joven con aspecto sombrío, su hermano, a juzgar por cómo se le unían las cejas, un rasgo congénito de la familia. Se llevó a Sonia con brutalidad. Ella lanzó un chillido. La mujer dirigió a Shúrik un movimiento seco de cabeza y le dio las gracias de un modo muy peculiar:

–¿A qué espera? Ya ha tenido lo que quería, no se quede aquí plantado.

Shúrik salió, llamó al ascensor y, mientras esperaba, escuchó un grito de detrás de la puerta, ruido de objetos que caían y una voz de mujer que gritaba:

–¡No le pegues! ¡No te atrevas a pegarle!

«¡Qué horror! ¿Es que le va a pegar?», pensó Shúrik y tocó el timbre.

La puerta se abrió rápido. El hombre cejudo se acercó a Shúrik y le amenazó con el puño.

–¿Qué se te ha perdido? La emborrachas, te la has... ¿Qué más quieres? ¡Lárgate de aquí!

Shúrik se precipitó escaleras abajo no porque tuviera miedo, sino porque se sentía culpable.

Se alejó del edificio a toda prisa y corrió en dirección a la parada del autobús, que en ese momento estaba doblando la esquina. Shúrik cogió el autobús vacío al vuelo y se desplomó en un asiento. Tenía náuseas.

«¡Menos mal que ya se ha acabado!», se tranquilizó a sí mismo.

Pero en eso se equivocaba. Dos meses más tarde, cuando salió de la clínica de desintoxicación donde la había metido su hermano, Sonia le llamó. Le dio las gracias por todo lo que había hecho por ella, lloró al recordar a Valeria y le pidió que se vieran. Shúrik sabía perfectamente que no tenía que hacerlo, pero Sonia insistió... Y volvieron a verse.

No se sabe por qué, Sonia estaba convencida de que Valeria le había dejado a Shúrik en herencia. Además de las cejas pobladas y del alcoholismo contra el que luchaba con éxito variable, tenía unas manos tenaces, un temperamento apasionado y un hijo de corta edad del primer matrimonio. Necesitaba a Shúrik. Para sobrevivir, al menos eso pensaba.

58

Poco antes de cumplir los treinta, Shúrik hizo un descubrimiento desagradable: una mañana, se estaba afeitando en el cuarto de baño, mirándose al espejo para asegurarse de que la cuchilla de afeitar no dejara ni rastro de barba. De repente, se percató de que desde el espejo le observaba un hombre desconocido, no joven, bastante carigordo, con una papada incipiente y el contorno de los ojos un poco arrugado. Por un segundo tuvo el sentimiento espantoso de no reconocerse, de alienación de su propia vida, y la impresión absurda de que el otro, la persona del espejo, era un ser autónomo y que él, el Shúrik que se estaba afeitando, era su reflejo. Se libró de esa alucinación, pero no consiguió volver a su antiguo yo.

El descubrimiento de ese nuevo semblante le afectó tanto como a una mujer. Tenía treinta años, ¿y qué? Un trabajo rutinario, siempre el mismo, traducciones técnicas y científicas, el cuidado de la madre y también toda una montaña de obligaciones que ni siquiera había escogido, sino que le habían sido impuestas: Matilda, Svetlana, Valeria, Maria, Sonia... Es verdad que Maria se había ido y que Valeria había muerto. Aunque a decir verdad las añoraba. Pero tenía la triste certeza de que otras personas aparecerían y dependerían de él y que nunca tendría una vida propia, como Zhenia o Guiya.

Por otra parte, ¿qué quería decir «tener una vida propia»? Querer algo y conseguirlo... No había conseguido absolutamente nada. Pero ¿había querido algo de verdad? No, se respondió a sí mismo, no había querido nada. Zhenia Rozentsweig se puso una meta, defendió su tesis, se casó, se divorció y se volvió a casar. Tenía dos niños... Por lo demás, no se podía decir que todo fuera de color de rosa en su vida: Alla era desgraciada, a las seis de la mañana el biberón, un trabajo fijo de ocho a cinco —algo sobre lacas y acrílicos—, entre semana estaba bajo las órdenes de Inna Vasílievna y el domingo visitaba a Katia, bajo el fuego de las miradas mortificadas de una Alla abandonada. No, nada bueno.

A Guiya, por el contrario, le había ido bastante bien. Se había convertido en un entrenador de renombre casi internacional, recorría toda la Unión Soviética asistiendo a competiciones para jóvenes e incluso había viajado a Hungría. Siempre tenía un séquito de muchachas guapas a su alrededor... Pero también había engordado y bebía mucho, aunque fuera entrenador... Y su vida era un poco desenfrenada... Entonces Shúrik se dio cuenta de que hacía demasiado tiempo que no tenía noticias de Guiya y que hacía casi un año que no veía a Zhenia. No había hecho nuevas amistades masculinas, aparte de ellos dos. En cambio, tenía muchas amigas, en todas las redacciones.

Por su treinta cumpleaños su madre le preguntó cómo iba a celebrarlo... Le contestó que tenía pensado invitar a Zhenia y a Guiya a casa, pero se estremecía solo con pensar que podía presentarse Svetlana. Y si además Sonia también venía, Svetlana le arrancaría los ojos y se tiraría por la ventana, y Sonia se emborracharía y otra vez se daría a la bebida... Como en el entierro de Valeria.

Lo mejor sería invitar solo a hombres. Y no en casa sino en un restaurante... En el Aragvi, por ejemplo. Seguro que Sonia no se acordaría del cumpleaños de Shúrik. Pero ¿cómo conseguiría esquivar a Svetlana?

Svetlana era la peste de su vida. Era imposible esconderse de ella. Metía las narices en todas partes, quería saberlo todo, le seguía a cada paso... Y constantemente amenazaba con suicidarse. Hacía un año que se conocían, y durante ese tiempo ya había pasado por tres intentos de suicidio, sin tener en cuenta los frecuentes y decorativos movimientos en dirección al alféizar, para mantener a Shúrik en forma y que no se relajara...

«Le diré que es una celebración solo para hombres», decidió Shúrik, y se imaginó saliendo del restaurante y viendo cómo le seguía la silueta delgada de Svetlana, deambulando por la acera... Svetlana no se acercaría, se limitaría a mirarles con atención, a él y a sus amigos, y después pasaría de largo mirando a otro lado.

Entretanto Vera se esforzó por encontrar un regalo para Shúrik que fuera excepcional y elegante. En una tienda de antigüedades encontró un álbum de piel soberbio con cierre metálico. La piel de ese álbum era de color azul oscuro..., pero quería algo más. Después de darle vueltas, Vera Aleksándrovna encargó un traje azul oscuro a la modista del taller del teatro. Un traje sencillo, que no destacaba por nada especial excepto por el adorno que llevaba en puños y cuello, un ribete fino de piel azul oscuro... ¡Exactamente del mismo color que el álbum! Toda la gracia recaía en la ejecución magistral. Ni que decir tiene que no mencionó nada sobre el álbum a Shúrik –eligió y pegó las fotografías de Shúrik, desde su nacimiento hasta ese momento, solo en los momentos que Shúrik no estaba en casa–, pero para el traje necesitaba que le echara una mano: Shúrik acompañó a Vera tres veces al taller y dos veces al Teatro Taganka, donde la directora artística le había prometido un trozo de piel azul oscuro.

Después de esos preparativos era evidente que de nuevo Shúrik tendría que celebrar su cumpleaños en casa, con su madre. Habría que pedirle a Irina Vladímirovna que lo preparara todo, invitar a las dos amigas de Vera que siempre iban a su cumpleaños y a la pareja de ancianos armenios que habían comprado el apartamento del difunto Mermelada y cuya nueva amistad había tomado el relevo de la antigua. Por supuesto también estaban las exalumnas del taller de teatro que continuaban revoloteando alrededor de Vera. Y para completar el cuadro se podría invitar a Svetlana. Sonia, por su parte, no vendría, se olvidaría... Al día siguiente podría ir con sus amigos al restaurante.

Como venía ocurriendo en los últimos años, Irina Vladímirovna pasaba el mes de septiembre en Moscú, ponía a punto su vida moscovita y volvía a su casa antes de la llegada del frío. Allí, tenía calefacción de agua caliente y, ella que había soportado innumerables privaciones y pruebas, temía más a esas cañerías que al Juicio Final.

Durante la semana anterior al cumpleaños de Shúrik, Irina vivió en un estado de exaltación eufórica: su generosidad natural –estrangulada por la miseria abrumadora de toda una vida– brotó como una flor espléndida. Shúrik, que administraba la casa, le pasaba dinero a Irina para las compras según las necesidades, sin restricciones. Las necesidades de una persona que se había pasado toda la vida contando los kopeks se multiplicaron por mil. Salía por la mañana temprano y volvía cuando cerraban las tiendas cargada con bolsas llenas. No eran años de vacas gordas, cuando los productos se lanzaban a la venta se tenía que hacer cola, pero con un poco de experiencia en la caza furtiva se podía garantizar un buen aprovisionamiento. Después de la muerte de Valeria, la fuente principal de abastecimiento de víveres se secó. Pero, por lo visto, Irina también tenía esas dotes de cazadora... Cuando vio esa bacanal de alimentos, Vera le preguntó tímidamente para qué había comprado tanto.

–Treinta años, ¡es una edad memorable! –dijo Irina alzando la barbilla con orgullo, y nadie se lo iba a discutir. Shúrik intercambiaba miradas con su madre. Los dos comprendían que para Irina Vladímirovna se trataba de una fiesta personal y se reservaba un papel importante.

La celebración íntima y formal, de carácter modesto y tranquilo, prometía convertirse en un enorme festín. Irina se preparaba para vivir un gran momento. Vera no se encontraba bien, tenía la tensión alta, y el día antes de la fiesta se tumbó en su habitación y cerró la puerta. Shúrik colocó las mesas en el salón e Irina sacó la vajilla que no habían utilizado desde la muerte de Yelizaveta Ivánovna: pilas de platos de tres tamaños diferentes, ensaladeras, fuentes, salseras y un plato enorme que parecía ideal para servir un jabalí entero.

«Tendríamos que haberla enviado a Maloyaroslavets», pensó Shúrik, arrepintiéndose un poco tarde de su falta de carácter y su incapacidad para hacerse cargo de los eventos domésticos. Pero ahora no tenía escapatoria. Tenía que prepararse para la prueba.

Asistieron más invitados de los esperados. Alla y Katia aparecieron por sorpresa. Parece que Alla tenía la ilusión de que Zhenia se dejara caer por la fiesta: no perdía la esperanza de que volviera. No obstante, eso no le impedía recurrir al apoyo de Shúrik puntualmente.

Katia, torpe y regordeta, a la que se le habían caído los dientes superiores, despertó en Vera el recuerdo de Maria. Vera le ofreció asiento a su lado. La niña era amable pero no podía compararse con Maria. Ni gozaba de su alegría radiante ni de su gracia resplandeciente, no era más que un trocito de carne rolliza. Shúrik se sentó al otro lado de Vera. Y al lado de Shúrik se sentó Svetlana, vestida con una blusa blanca y una expresión humilde y feroz.

Desde hacía tiempo, en concreto desde la partida de Maria y Lena, Vera acariciaba la idea de casar a Shúrik. No tenía nada contra Svetlana: era una chica bastante peculiar, eso seguro, pero reservada, educada y buena modista. Y quería a Shúrik.

Podrían tener una niña... Desde luego nadie podría reemplazar a Maria, pero por lo menos tendría cerca a otra encantadora criatura... Era raro, cada vez que Vera le sacaba el tema a Shúrik, él la abrazaba, la besaba en la coronilla y le susurraba al oído:

–¡Verusia! No pienses en eso. Eres la única mujer con la que podría haberme casado. Pero no hay otra como tú...

La mesa hipnotizaba. La comida relucía como si estuviera pintada con barniz y tenía un aire ligeramente postizo. En una fuente larga yacía un pequeño esturión que amenazaba con levantar la cabeza. Las codornices que compraron en la tienda Los Regalos de la Naturaleza irradiaban brillos metálicos. Entre los cogollos de las ensaladas, cuatro fuentes de caviar –dos de caviar rojo y dos de negro– miraban fijamente a los invitados, sin pestañear... Y así sin parar. Los invitados se sentaron en silencio y se quedaron inmóviles. Solo Irina Vladímirovna se movía alrededor de la mesa como una epiléptica, buscando siempre algo que retocar o perfeccionar. Al final también se quedó quieta.

Entonces se levantó Arik, el vecino, que con su olfato caucásico percibió que el silencio duraba demasiado, y exclamó alzando una copa:

–¡Llenemos nuestras copas!

En la mesa se sentaban dos hombres, el anfitrión de la fiesta y él.

–¡Champán! ¡Champán! –se puso a vociferar Irina Vladímirovna, porque le parecía que alguien había cogido la botella incorrecta.

El champán se sirvió en las copas altas. Los invitados metieron las cucharas con timidez por los bordes de las ensaladas, arruinando la lograda presentación.

Arik, mullido como un oso de peluche y cuadrado como un camión, esgrimía la frágil copa con su mano cubierta de vello tupido hasta los dedos.

–¡Queridos camaradas! –proclamó con voz de diácono–. Levantemos nuestras copas a la salud de nuestro querido Shúrik, que hoy cumple treinta años...

Shúrik intercambió una mirada con su madre. Era todo un diálogo sin palabras: hay que tener paciencia... No se puede hacer nada... Cada vez es la misma historia, siempre nos pasa

lo mismo... Hubiera sido estupendo pasar la tarde a solas...
Perdóname mamá por ser tan idiota y dejar que Irina Vladímirovna me enredara... No, querido, la culpa es mía... Soy yo
quien debería haberlo previsto. No podemos hacer nada, tener
paciencia... Pero quién ha invitado a Arik... Ha sido por casualidad, totalmente por casualidad... Perdóname, por favor...
Arik soltó una parrafada larga y confusa, que empezaba con
Shúrik y acababa con la construcción de un futuro radiante. Lo
cierto es que sobre ese piso pesaba una maldición: primero un
bolchevique judío, el valeroso Mermelada, y ahora un bolchevique armenio...

Al final brindaron, se sentaron y empezaron a engullir...

Todos los presentes se esforzaban: Katia en comportarse
bien, que no se le cayeran trozos de comida o no hacer ruido
con el tenedor; Shúrik en que todo el mundo se sintiera a gusto
y que los platos estuvieran siempre llenos; Svetlana en conseguir
un sitio cerca de Shúrik para que la intimidad de su relación
fuera evidente para todos. La elección de la blusa blanca no fue
por azar: el blanco es un color fresco, pero también realza y atrae
las miradas... Vera se había puesto una servilleta en el regazo y
se afanaba en no manchar el vestido nuevo. Aunque no comía
nada...

–¿Quieres que te sirva algo? –le preguntó Shúrik en voz baja
inclinándose hacia ella.

–¡Que Dios me libre! Solo con ver la comida me entran
náuseas –le contestó Vera con una sonrisa amable.

–Exageras, todo está delicioso. ¿Un poco de ensalada? –insistió Shúrik alargando la mano hacia la ensaladera.

–Por nada del mundo –susurró Vera, y mostró la más artística de sus sonrisas: la barbilla baja y los ojos mirando el cielo.

Irina Vladímirovna irradiaba felicidad. Por primera vez en
su vida se sentía realizada. Había cocinado todos los platos que
sabía hacer, todos aquellos con los que había soñado durante
años de hambruna y media hambruna: un ganso relleno de col

como lo preparaba su abuela, una empanada de cuatro ingredientes diferentes, pastel de pescado... Todo fue un éxito. Además, ese día iba a comer caviar negro, un plato que nunca había probado en su infancia porque era demasiado pequeña y luego, de mayor, porque nunca se le había presentado la oportunidad. Los invitados no se sentían felices del todo, al contrario, estaban insatisfechos por una razón u otra, en particular las dos amigas más antiguas de Vera, Kira y Nila. Hacía poco que se habían enfadado y cada una de ellas estaba segura de que no se encontraría en la fiesta a la otra. Aunque Vera conocía sus desavenencias, no se contentó solo con invitar a las dos, sino que también tuvo la poca delicadeza de sentarlas juntas, y allí estaban, cada una mirando para otro lado, sin ganas de hablar ni de comer.

Arik y Zira, los vecinos armenios, también habían discutido antes de salir de casa: Zira se había puesto sus mejores galas, y Arik, después de examinar con ojo crítico a su esposa, le dijo que con un vestido así, su lugar estaba en el mercado de Erevan. Zira lloró, se quitó el vestido y se negó a salir. Arik tardó horas en convencerla y consolarla, sabía que todavía se las haría pagar por una observación tan imprudente. Alla estaba decepcionada porque Zhenia no había aparecido. De las tres antiguas alumnas del taller de Vera, una estaba enamorada de Shúrik desde que iba a quinto curso y ahora ya estudiaba en el instituto. Sentada enfrente de Shúrik revivía los tormentos del amor no correspondido. La segunda, una chica de quince años, no estaba enamorada de Shúrik. Al contrario, sentía devoción por Vera Aleksándrovna y tenía celos de todo su mundo. La tercera era una de las alumnas más antiguas de Vera, estaba preocupada por el retraso de la indisposición periódica femenina y por las consecuencias terribles que podía acarrear... Tenía náuseas y no estaba para comidas.

Irina Vladímirovna, aunque había disfrutado con los preparativos de la comida, ahora se daba cuenta de la desproporción evidente entre la cantidad que había preparado y la capacidad de los comensales y se fue a la cocina a llorar. Vera y Shúrik la visitaron por turnos en la cocina intentando contener ese ataque de lágrimas irrefrenables.

Entretanto, Arik se puso histérico, levantaba la copa en alto y pronunciaba un brindis: por la madre, por el difunto padre, por la abuela y por todos los ancestros, así en el cielo como en la tierra, por la amistad de los pueblos y otra vez por el futuro esplendoroso. Las amigas de Vera tuvieron un ataque de risa gracias al cual se reconciliaron.

A los entremeses siguieron los platos calientes. Allí Svetlana tuvo que mover ficha puesto que Irina Vladímirovna había roto filas y no volvería hasta los postres, mientras los invitados, fatigados, solo podían mover las manos y la lengua con esfuerzo, como en una película muda a cámara lenta. Comieron los pasteles, bebieron té y comenzaron a desfilar hacia la salida con las manos en la barriga. Entonces Svetlana descubrió un vacío: Shúrik había desaparecido. Se había ido a acompañar a Alla y Katia, pero solo se lo había dicho a su madre. No le comentó nada a Svetlana, en parte porque tenía la intención de meterlas en un taxi y volver enseguida, y en parte porque había bajado la guardia y descuidado la vigilancia: después de años de trato con Svetlana, Shúrik sabía perfectamente qué peligroso era darle motivos para sufrir.

Katia se quedó dormida y Shúrik la llevó en sus brazos. Cuando pararon un taxi la niña dormía profundamente, pero en el momento en que Shúrik quiso ponerla en los brazos de su madre, Katia lo cogió por el cuello y se echó a llorar:

−¿Por qué nos abandonas? ¡Mamá! Él también nos abandona... No te vayas, Shúrik...

Shúrik entró en el taxi. Katia, apoyándose en su hombro, se durmió al instante.

−¿Comprendes lo traumático que es para una niña? −murmuró Alla poniendo la mano sobre el otro hombro de Shúrik.

Shúrik lo comprendió. Y también comprendía que no solo era traumático para la niña. Miró el reloj. Eran casi las diez y cuarto, tenía tiempo de volver con los invitados. Pero lo más importante era llamar inmediatamente a su madre.

En cuanto traspasó el umbral del antiguo nido conyugal de Zhenia Rosenzweig y hubo dejado a Katia en brazos de Alla, se dirigió al teléfono.

–Mamá, he tenido que acompañar a Alla y a Katia a su casa. No tardaré mucho.

Verusia expresó su descontento. Le susurró que volviera lo antes posible, porque Irina tenía una crisis de histeria: sobraba tanta comida que no cabía en el frigorífico, estaba haciendo las cuentas para ver lo que se había gastado, cuánto sobraba: tenía la intención de pagar la diferencia a plazos.

–Te lo ruego, ven rápido, no podré aguantar esta situación.

El susurro de Vera sonó trágico.

Alla entró con los cabellos alborotados, vestida con algo rosa y transparente. Katia ya estaba desvestida y metida en la cama. La madre estaba resuelta a recibir consuelo. Se acercó a Shúrik, le puso las manos sobre los hombros y le miró con aire interrogativo.

–¿Crees que ya no me quiere?

Shúrik acarició sus cabellos rizados. Eso no significaba nada especial para él, pero le irritaba un poco. Alla necesitaba abrir su corazón. Shúrik tenía prisa por volver a casa. Se levantó. Alla rompió a llorar. Shúrik se volvió hacia ella.

–Tengo invitados en casa.

–Por qué soy tan desgraciada... –suspiró Alla.

Shúrik se desabrochó un botón: cumplía su deber en silencio mientras Alla balbuceaba:

–Pero ¿por qué? ¿Por qué es así? Eres cien veces mejor que él, y Katia te quiere mucho... ¿Por qué Zhenia es el único hombre que necesito? ¿Por qué?

Eran preguntas que no exigían respuesta.

¡Pobre tonta! Solo necesitas una cosa, como todas...

Los invitados se fueron, ni siquiera se comieron la mitad de la comida preparada. Svetlana se puso el delantal y lavó los platos con una dignidad llena de resignación. Irina Vladímirovna sollozaba en la habitación de Vera y esta la consolaba con desgana, esperando con impaciencia que Shúrik volviera y tomara las riendas de ese sufrimiento.

—No entiendo por qué te pones así, Irina. La comida era magnífica...

—¿Y el gasto? ¿Sabes cuánto ha costado? ¡Es una desgracia! Mira, hice las cuentas... —Rebuscó en los bolsillos del delantal con dedos temblorosos—. ¡Mira!

Le alargó a Vera una lista en un trozo de papel donde había una columna de números torcidos.

—¡Suma cuatro veces mi jubilación! ¿Y has visto todo lo que ha sobrado? ¡Calculé mal! ¡Nunca he sabido calcular! ¡Ha quedado más de la mitad...!

—Bueno, perfecto. ¡Tendremos comida para una semana!

—Resarciré el gasto —se lamentaba Irina—. Lo devolveré todo...

—Irina, cálmate, te lo ruego. ¿Qué importa? Shúrik ha cumplido treinta años y en ningún restaurante nos hubieran servido unos platos tan deliciosos como los que has preparado.

El timbre interrumpió esa escena tempestuosa. Irina Vladímirovna fue a abrir, secándose la cara con el delantal. En la puerta estaba plantada una mujer con un gran ramo de flores. Era Sonia, que había conseguido la dirección de Shúrik.

—Hola. Vengo a ver a Shúrik.

—¡Vera! ¡Preguntan por Shúrik! —gritó Irina Vladímirovna, animada por la llegada de una nueva invitada susceptible de comer parte de lo que había sobrado—. ¡Pase, pase! ¡Está al llegar!

Y corrió a la cocina para agasajar a la invitada.

444

—¡Svetlana! ¡Prepara un plato! Hay empanada, paté, ensalada... ¡Con toda la comida que ha sobrado!

Svetlana observó a la recién llegada y se hizo una idea espantosa de la situación: sí, Shúrik tenía una mujer en su vida, una mujer que había pasado por alto y del tipo que siempre había temido: mejillas sonrosadas, cejas oscuras, pechos grandes y de una vulgaridad insoportable...

Irina Vladímirovna corrió a anunciar a Vera que había llegado otra invitada. Svetlana miró a Sonia con ojos transparentes, impregnándose de todos los colores vulgares de esa cara: blanco, rosado, negro... Y de ese vestido de un color malva repugnante...

«¡Parece que me está fotografiando! ¡Qué piojosa!», pensó Sonia, y le dedicó una sonrisa descarada y burlona.

Svetlana se quitó el delantal despacio, se secó sus manos delgadas con un trapo y se fue del piso sin despedirse. Era el fin. El fin de todo. Tenía que convencerse del todo. Para que no quedara el menor atisbo de duda...

Shúrik llegó a las doce y media. Entretanto Sonia también se había ido. Se quedó solo un cuarto de hora en casa de Shúrik. Había picoteado un poco de ensalada y no probó el vino. Además de no encontrar a Shúrik en casa constató que su madre ya la conocía. Incluso adivinó cuándo y en qué circunstancias: después del entierro de Valeria, cuando se puso como una cuba. Sonia no se acordaba ni de la casa ni de Vera Aleksándrovna. Pero esa viejecita apergaminada y de cabellos canos, enfundada en un vestido azul oscuro, la había llamado por su nombre... Se había equivocado al venir. Esa visita sorpresa había resultado un fiasco.

Shúrik, ya en casa, consoló un poco a Irina Vladímirovna, después le dio un tranquilizante y la acostó en la cama.

Más tarde, madre e hijo se sentaron un rato en la cocina. Estaban satisfechos uno del otro, la plenitud de su comprensión mutua les sosegaba el corazón. Al principio Vera le reprochó un poco que hubiera abandonado a los invitados, le contó que Sonia había acudido y, al final, enredando sus delicados dedos en los rizos cada vez más enralecidos de su hijo, suspiró:

–¡Mi querido hijo! Treinta años, qué locura. Casi no me acuerdo de cuando no habías llegado a este mundo... Hace tiempo que pienso que es hora de que te cases. Podría ser una buena abuela, ¿no? –Coqueteaba un poco con Shúrik–. Tengo casi ochenta años, pero... Me gustaría tanto ver a mi nieta... o a mi nieto. Svetlana es una mujer a tener en cuenta, decente... De todos modos, de mujeres vas sobrado, ¿no?

Shúrik se estremeció. Verusia no comprendía absolutamente nada de la vida. La abuela Yelizaveta Ivánovna hubiera intuido hace tiempo qué clase de ser demente era esa Svetlana, con la que no tenía más remedio que cargar. Pero Verusia era una santa, no veía nada a su alrededor que no fuera el arte, el teatro, la música... Poco a poco se fue empapando de la ternura habitual, le besó la mano y le acarició la sien...

–Anda, vete a dormir. Yo también lo haré...

Vera le dio un beso de buenas noches. Shúrik se metió en su habitación y se sentó ante la máquina de escribir. Para el día siguiente tenía que estar lista la traducción de tres compendios.

El teléfono sonó interrumpiendo su trabajo.

«Seguro que es Svetlana. Controlando», pensó Shúrik sin inmutarse. Sin embargo era una voz muy distinta, alegre y clara, que gritaba por encima de las interferencias y otras voces ajenas en sordina.

–¡Shúrik! ¡Hola!

Reconoció inmediatamente esa voz. Sus oídos la reconocieron antes que su cabeza, igual que su corazón, y se desató en él una explosión de alegría.

–¡Lilia! ¿Eres tú? ¿No me has olvidado? ¿Te acuerdas de mí?

Ella se echó a reír, y su risa era la de siempre: única, convulsa como sollozos, una risa ahogada que se extinguía al final por la falta de aire.

–¿Que si me acuerdo? Me olvidé de todo, no queda títere con cabeza, menos de ti. Te doy mi palabra, no me acuerdo de nada ni de nadie, pero tú estás tan vivo.

–¡Sí, es cierto, estoy vivo!

Shúrik oyó una nueva salva de risas.

–Ya oigo que estás vivo. He dicho una tontería. ¿Sabes por qué te llamo?

–¿Para felicitarme por mi cumpleaños?

–Vaya, no lo sabía. ¡Feliz cumpleaños! ¿Treinta años? No sé por qué te lo pregunto si ya lo sé, ¡treinta años! Mañana estaré en Moscú. ¿Puedes creerlo?

–¡Estás de broma! ¿Mañana?

–Ajá. Solo veinticuatro horas. Vuelo de París a Tokio y haré escala en Moscú. No te he llamado antes porque pensaba que no conseguiría el visado y que tendría que quedarme encerrada en un hotel de tránsito, pero al final lo conseguí. ¡Ven a buscarme mañana!

–¿Mañana u hoy? –le preguntó Shúrik atontado.

–Mañana, mañana...

Y le indicó el número de vuelo y la hora de llegada, le pidió que la recogiera en el aeropuerto y colgó.

59

Svetlana, herida hasta el tuétano, salió del piso de Shúrik con la intención de volver inmediatamente a su casa, tomar un baño y tragarse las cuarenta pastillas que tenía preparadas. Pero cambió de opinión: necesitaba saber primero quién era esa mujer de cejas pobladas. Svetlana se apostó en una situación estratégica en el portal de enfrente. No tuvo que esperar mucho tiempo. Sonia no tardó en salir, se dirigió a la cabina telefónica, llamó a alguien, habló un minuto, salió de la cabina y se fue andando hasta la estación Bielorrusia. No cogió el metro sino que se adentró por callejones, por los que Svetlana la siguió sin levantar sospechas. Hasta el pasaje de la Electricidad, en el número 11. Oyó un portazo en el primer piso y Svetlana volvió a su casa sabiendo que, antes de emprender una operación delicada, había que descansar un poco.

Svetlana llegó a su habitación. Se sentó a la mesa y encendió la lámpara a tientas. Debajo de la mesa tenía un pequeño cajón secreto con un tirador. Su abuela guardaba allí las cartillas de racionamiento y los viejos recibos de toda una vida. Ahora Svetlana guardaba allí un pequeño bloc de notas lituano encuadernado con una piel abigarrada, pero no era un diario al uso, nada de reflexiones líricas, sino un registro estricto de sus observaciones: solo fechas, horas exactas, acontecimientos. Una caligrafía diminuta llenaba las páginas con un código secreto inocente, según el cual sus encuentros amorosos –cuatro ese año– se marcaban con un círculo rojo, las reuniones de trabajo de Shúrik con un círculo azul y los encuentros sospechosos con un doble círculo negro. Las visitas a la difunta Valeria, por instinto, las señalaba con dos círculos, uno negro y otro azul.

Hacía casi ocho años que Svetlana llevaba ese diario, pero nunca se le pasó por la cabeza echarle una ojeada o reflexionar sobre sus notas.

Ese cuaderno de notas podría haber sido de gran interés para el médico que la trataba: a esos períodos de vigilancia intensiva, cuando dedicaba numerosas horas del día a esa ocupación virtuosa, les seguían períodos de relativa inactividad. Espacios vacíos en el diario como si se hubiera olvidado de Shúrik durante semanas. Lo normal era que esos vacíos fueran antecedidos de un círculo rojo. El último círculo rojo databa de hacía más de dos meses.

Ahora Svetlana revisaba sus viejas notas. Las comprobaba y comparaba: resultó que en su relación con Shúrik se habían producido cuatro fogaradas, cuando Shúrik la visitaba con regularidad una vez a la semana, y eso duraba tres o cuatro meses. Y de repente fue como si se le cayera el mundo encima: en el cuaderno solo estaban marcados los acontecimientos que tenían que ver con Shúrik, pero los cuatro intentos de suicidio que había tenido durante esos años no los había señalado. Pero si los marcaba –dibujó cuatro cruces con trazo grueso a lápiz negro–, se hacía evidente que Shúrik iba a verla con asiduidad justo después de los intentos de suicidio frustrados.

¡Dios mío! ¡Cómo no se había dado cuenta antes! Shúrik era peor, cien veces peor, que ese canalla de Gnezdovski o el traidor de Aslamazián, porque sabía muy bien que su salud y su propia vida dependían de él. Pero ¿por qué la iba a ver solo después de que intentara quitarse la vida? ¡Qué crueldad! ¿Es que estaba loco de remate y para amarla necesitaba sentir que la vida de ella estaba en peligro?

No, ahora comenzaba a ver claro, esas cruces negras a lápiz lo explicaban todo... No, no le permitiría que fuera dueño de su vida. Dejó el cuaderno, se levantó, se acercó a la ventana y descorrió la cortina tupida. La habitación se iluminó con una luz blanca de mercurio. La luna llena se encontraba justo enfrente de la ventana, como si estuviera esperando a que descorriera la cortina. Sobre la mesa, los objetos metálicos, invisibles a la luz tenue de la lámpara, centellearon: la cuchara de plata para moldear los pétalos, una pequeña barra, un cuchillo curvo y otro, su preferido, con una hoja triangular muy afilada para cortar la tela almidonada.

«Claro, aquí está, la señal», se dijo Svetlana para sus adentros y metió el cuchillo en su bolso. Se ajustaba perfectamente al fondo como una vaina. Y el cuaderno se quedó encima de la mesa.

Shúrik desconocía la existencia de ese cuaderno, sin embargo había interiorizado una especie de mecanismo que reaccionaba a los matices de la voz de Svetlana, a las particularidades de su habla, que de repente se ralentizaba y se quedaba suspendida en el aire... Y olía el inminente intento de suicidio. Ese mecanismo le avisaba cuándo era el momento de visitarla. Shúrik se rezagaba un poco, restablecía sus visitas, después ella le llamaba para pedirle un favor doméstico cualquiera y en su voz sonaban una súplica, una amenaza y una advertencia. Y él corría enseguida a cumplir con sus deberes masculinos, impecablemente. Pero ese día estaba muy ocupado.

Svetlana se instaló en su puesto de vigilancia a la mañana siguiente.

Shúrik salió de su casa a las doce y media y se dirigió a la estación de autobús, pero no esperó al autobús, sino que hizo una señal a un coche que pasaba y se metió dentro.

«Sin su maletín –apuntó Svetlana–. Seguro que va a recoger un encargo. Cuando va a entregarlo siempre va con su maletín. Quiere decir que volverá pronto.»

No había elaborado un plan detallado. Solo tenía intenciones poderosas, en estado puro.

Shúrik fue al aeropuerto Sheremetievo. Durante una hora y media deambuló por el inmenso vestíbulo mirando el gran tablero en el que aparecían y desaparecían los nombres de ciudades, y era difícil dar crédito a que existieran de verdad: El Cairo, Londres, Génova... París aparecía al final. También era un espejismo, como todas las otras, pero de esta al menos sabía que su abuela había vivido allí. Por lo tanto, París sí que existía. Y de ahí llegaría ahora Lilia. Precisamente de París. ¿Por qué París? Un hilo invisible creó una conexión, pero Shúrik no quería tirar de él: estaba demasiado emocionado y cansado de esperas indefinidas. Anunciaron que el avión procedente de París había aterrizado y, al poco rato, informaron por qué puerta salían los pasajeros. Se dirigió allí, hasta un pasillo acristalado por donde salían los turistas franceses. Los esperaban los guías de Intourist. En el pasillo se armó un alboroto, se oían las exclamaciones a grito pelado en francés y Shúrik tuvo miedo de no encontrar a Lilia en medio de ese caos. O de no reconocerla. Y mientras abría los ojos volviendo la cabeza para todos lados, alguien le tiró de la manga. Shúrik se dio la vuelta. Delante de él había una mujer desconocida y pequeña, muy bronceada, con cabellos largos y encrespados, casi africanos. Esbozó una sonrisa de mono... Lilia asomaba de esa sonrisa como una mariposa de su crisálida, y la mujer desconocida desapareció en el acto.

Lilia dio un saltito para colgarse al cuello de Shúrik, era la mujer más ligera del mundo, aquellos mismos huesos menudos, aquellas mismas manos pequeñas... Ese contacto lo devolvió con la rapidez de un rayo a otra época, a otro tiempo en el que, allí mismo, en el aeropuerto de Sheremetievo, se decían adiós, un adiós mortal, para toda la vida.

–¡Dios mío! ¡Nunca te hubiera reconocido!

–Yo te hubiera reconocido entre millones –balbuceó Shúrik.

Se pusieron a articular palabras que no tenían ninguna relación con lo que estaba pasando, pero que llenaban el aire a su alrededor, modificaban su composición y creaban una nube sonora de memoria viva.

Los taxistas los asediaban, les preguntaban si necesitaban un coche, pero ellos no les oían, continuaban pronunciando palabras que les unían y disfrutando de la alegría de volver a verse. Después Shúrik cogió la maleta y una caja voluminosa con asas mal fijadas de papel engomado, mientras Lilia intentaba atrapar la caja por un lado, murmurando algo sobre su vecina Tuska, una loca que la había obligado a cargar con esa estúpida caja de Jerusalén a París y de París a Moscú y, gracias a Dios, no la tenía que cargar hasta Tokio, que era un disparate haber aceptado, pero el hijo de esa vecina, su único hijo, había muerto en el ejército, se había quedado un poco chiflada, se pasaba el tiempo tejiendo y destejiendo, como Penélope, y le daba pena, las asas se habían roto en el aeropuerto Ben Gurión de Lot. Esa caja se las había hecho pasar de todos los colores.

Se montaron en un coche, pero de una forma bastante incoherente: Lilia se sentó en el asiento trasero con la caja y Shúrik al lado del conductor, y durante todo el trayecto Shúrik se volvía hacia Lilia, la miraba, y algo de su aspecto le molestaba, pero no podía precisar qué. Algo había cambiado y no le gustaba.

De camino decidieron que, antes de ir al Hotel Central, donde Lilia había reservado una habitación, pasarían por casa de Shúrik. Vera Aleksándrovna había expresado su deseo de ver a Lilia Laskina.

Lilia asintió.

—Sí, sí, pero solo un rato. Tengo ganas de ver nuestra casa, entrar en nuestro patio, pasear por el centro y también prometí llevar esta maldita caja a la madre de Tuska.

Cuando llegaron a casa de Shúrik decidieron hacer esperar al taxi para no tener que subir el equipaje y volverlo a bajar. Salieron del coche, entraron en el vestíbulo y allí se cogieron de la mano. Shúrik tenía una sensación extraña: tenían que apresurarse para recuperar doce años perdidos en solo veinticuatro horas.

Desde el tercer piso del edificio de enfrente, Svetlana vio cómo Shúrik entraba al vestíbulo en compañía de una chica con falda larga y un peinado de negra. La chica andaba dando saltitos de bailarina, y Svetlana primero pensó que Maria había vuelto, pero enseguida se dio cuenta de que no podía ser porque Maria era más grande que esa mosquita. Quería decir que tenía una nueva mujer. Una más.

Todo se derrumbaba, todo se desmoronaba, un desastre total. Y, por supuesto, no tenía nada que ver con la chica vulgar de cejas negras pintarrajeadas que se había presentado el día antes. Shúrik tenía una doble vida y sus esfuerzos, todos esos años de esfuerzos, habían sido en vano, como toda su vida... Qué idiota había sido al aferrarse a ese fantasma de hombre.

Sin embargo, Svetlana nunca dejaba las cosas a medias. Bajó las escaleras del tercer piso y se acercó al taxista con paso tranquilo, todavía aparcado delante de casa de Shúrik.

—Podría llevarme a...

El conductor, sin despegar la mirada de su periódico, refunfuñó:

—Estoy ocupado. Todavía tengo que ir al Hotel Central...

Svetlana ni siquiera se sorprendió por que el conductor le respondiera a una pregunta que no había formulado. Se quedó allí un instante, reflexionando, y se dirigió al Hotel Central.

453

60

Bajaron por la calle Gorki en dirección a la sala de exposiciones Manezh, pasaron por delante de la universidad y, aunque no llegaron a entrar, pasearon un poco por el patio, a la sombra de los álamos y Lomonósov, mezclándose con los estudiantes.

Lilia levantó la cabeza, miró al cielo y dijo:

–Dios mío, qué tiempo más estupendo. No he echado de menos el invierno, pero había olvidado lo bien que se está aquí en otoño. Hace un calor agradable, como la temperatura corporal, sí, o la de la leche recién ordeñada, no se nota, es la temperatura ideal. No hace ni frío ni calor...

Pasaron delante de la casa Pashkov y Lilia se detuvo, sorprendida.

–¡La farmacia! ¡Han tirado la farmacia! ¡Lo han tirado todo! Mi maestra vivía en una pequeña casa de dos pisos, en este preciso lugar...

Una parte del barrio, detrás de las antiguas oficinas de Kalinin, se había convertido en una plazoleta. La calle que salía del puente Kámenni en dirección a Manezh había sido ampliada. Lilia tenía ganas de llorar, no tanto por las casas derruidas como por el sentimiento de pérdida que la embargaba. La imagen que perduraba en la memoria en perfecto e impecable estado ahora debía corregirse en concordancia con la nueva realidad y actualizarse como una nueva imagen.

Desde el Museo Pushkin hasta la estación de metro Kropotkin no había cambiado nada, pero las casitas insignificantes que se disponían a sus anchas entre las calles Kropotkin y Metrostroyévskaya habían sido demolidas y en su lugar se erguía un héroe de hierro que no pegaba ni con cola.

–¿Quién es ese? –le preguntó.

–Engels –respondió Shúrik.

–Qué raro. Si al menos hubieran puesto a Kropotkin...

Los dos, cogidos de la mano, tomaron la calle Kropotkin y pasaron por delante de la Casa de los Científicos –Lilia había participado en todos los talleres infantiles que se impartían allí, sin perderse ni uno, incluidos los de teatro–, y luego por la estación de bomberos. También por delante de la casa Denis Davidov... Lilia exhibía una sonrisa débil y desconcertada. Cuanto más se acercaban a su casa más intacto permanecía todo. Alcanzaron el edificio de la esquina, donde el pasaje Chisti desembocaba en la calle Kropotkin. Se detuvieron enfrente de la casa de Lilia, y ella se fijó en las ventanas que un día fueron sus ventanas.

–En nuestro piso vivía una viejecita formidable, Nina Nikoláyevna. Ocupaba una habitación minúscula, cerca de la cocina. Era la antigua propietaria del piso. Había pertenecido a una familia muy rica antes de la Revolución. Debían de ser industriales u hombres de negocios, parece ser que tenían una fábrica en los Urales, o algo así... Una vez vi cómo el patriarca estacionaba aquí, se desplazaba con dos Volga, uno negro y otro verde, por lo visto uno era para sus guardaespaldas. El coche negro se detuvo, bajó, y la viejecita fue a su encuentro y le besó la mano, él la bendijo, le puso su garra enorme sobre su sombrero y se marchó. Él vivía allí, justo al lado. Yo volvía de la escuela con mi cartera, era una chiquilla bastante descarada, corrí hacia ella y le pregunté: ¿De qué lo conoces, Nina Nikoláyevna? Me respondió que cuando el patriarca era un sacerdote joven, decía misa en la parroquia de nuestra diócesis... Y no mentía. ¡Mira! ¡Las cortinas de la habitación todavía son las mismas! ¿Es posible que todavía viva?

Entraron en el edificio: el olor continuaba siendo el mismo. Lilia se apoyó en la pared, cerca del radiador. En aquel lugar siempre se besaban antes de subir a casa, en el primer piso. Shúrik tomó la cabeza de Lilia entre sus manos, levantó su cabello tupido, un poco áspero al tacto, y tocó sus orejas que sobresalían. Su mata de pelo era excesiva.

–Las orejas –musitó Shúrik–. ¿Por qué escondes las orejas? ¿Por qué te has dejado el pelo largo?

Los pabellones de sus orejas eran suaves, apenas se plegaban, y detrás de la oreja tenía un hueco grande, un surco estrecho. Pasó el dedo por encima, conmovido por la invariabilidad de las sensaciones táctiles. Lilia soltó unas risitas y encogió los hombros.

–¡Shúrik, me haces cosquillas!

Levantó la mano y le despeinó el pelo, con ternura, en un gesto maternal.

–Cuando me quedé embarazada, no sé por qué, pero estaba segura de que mi hijo se parecería a ti, que tendría tu mismo pelo y tus ojos. Pero es pelirrojo.

–¿Tienes un hijo? –le preguntó Shúrik asombrado.

–De cuatro años. David. Está con mi madre ahora. Tengo unas prácticas en Japón. Allí trabajo de la mañana a la noche, así que lo he dejado con ella. Venga, vamos...

–¿A tu piso?

–No. Sería demasiado. Teníamos unos vecinos odiosos, Nina Nikoláyevna era la única amable. Además, todo esto es un poco sentimental. Vamos a pasear. Me gusta a rabiar. No me queda mucho tiempo y todavía tengo que llevar esta maldita caja. ¿Y si vamos al barrio histórico de Zamoskvoreche?

Salieron del edificio. En la acera de enfrente estaba Svetlana, con cara pálida y ensimismada. Les había seguido de lejos desde el hotel, adonde había llegado antes que ellos.

456

Shúrik se cruzó con su mirada. Svetlana se volvió de cara a la pared y se quedó inmóvil, como un niño castigado. Qué humillación tan espantosa y atroz. La había pillado...

Shúrik se quedó petrificado. Hacía tiempo que sabía que lo vigilaba, pero fingía no darse cuenta, para no cogerla in fraganti. Pero ahora le había provocado una rabia inesperada: ese espionaje sórdido era repulsivo... Apartó la mirada enseguida aparentando que no había pasado nada y tiró a Lilia de la mano.

–¡Taxi! ¡Taxi! ¡A Zamoskvoreche!

Cuando Svetlana se dio la vuelta, Shúrik y la mosquita habían desaparecido.

61

Se hizo de noche. Lilia y Shúrik pasaron varias horas deambulando por patios, colándose en callejones entre casas tapiadas, con rastros de un incendio, de nueva construcción o de 1812. Incluso bailaron en uno de esos patios perdidos en forma de caja: la música procedía de un ventanal abierto, y Lilia saltaba cogiendo a Shúrik de la mano, y daba vueltas entre las bardanas y las esquirlas de cristal.

La noche estuvo colmada de una vida intensa y resplandeciente: en uno de los patios, cerca del muro de una iglesia, tres adolescentes desgreñados quisieron desvalijarles un poco, pero Lilia los recibió con una risa tan alegre y burlona que les entraron ganas de hacer amistad y sacaron una botella de vodka que bebieron entre todos allí mismo. Miraron a hurtadillas una escena de amor en una glorieta. A decir verdad no era una escena de amor sino un acto sexual, acompañado de la letanía enfervorizada de la mujer: «¡Dale, Seriozha, dale!».

Antes de que la risa de Lilia se apagara –una risa jadeante, entrecortada, con chillidos agudos–, vieron cómo tres policías le propinaban una paliza desalmada a un tipo borracho, y se alejaron en dirección opuesta a la que los policías arrastraban al hombre. Salieron al callejón Golikovski, donde descubrieron un precioso palacete de dos plantas que databa de la década de 1830, con un frontón triangular y un jardín minúsculo. La sombra densa de dos grandes árboles, sin duda plantados cuando se construyó la casa, cubría completamente el tejado, y la luz de una araña barroca de la ventana del primero brillaba todavía con un aire más festivo. Mientras admiraban el palacete, salió un hombre barbudo y regordete, patiestevado, con un enorme perro pastor a su lado. El perro empezó a ladrar y se arrojó sobre Lilia y Shúrik, el hombre les pidió con muy buenos modales que se fueran de allí, porque el perro era joven y no obedecía bien sus órdenes, y además estaba tan borracho que apenas podría retenerlo si le venía en gana hacerles picadillo.

El hombre hablaba atropelladamente, como las personas ebrias, el perro ansiaba entrar en combate, y su dueño sujetaba el extremo de la correa como si fuera un globo atado a un hilo.

Mientras Shúrik y Lilia se alejaban, una mujer rubia encantadora apareció por el umbral de la puerta y dijo sin levantar la voz:

—¡Pamir, a los pies!

Y el animal feroz, olvidándose al instante de sus obligaciones de perro guardián, se acercó a ella casi arrastrándose por el suelo y aullando con dulzura, mientras que el barbudo, ostensiblemente ofendido, exclamó:

—¡Zoika, soy yo el que vive contigo, y no Pamir! ¿Por qué todos los hombres se arrastran por ti? Pamir, qué le ves de especial, ¿eh? Dos ojos, dos orejas, un c... y unas t... ¡Es una mujer como todas!

—Gosha, suelta la correa. ¡Ven, ven aquí!

La mujer hizo entrar a los dos perros falderos con mano experta y Lilia se moría de risa.

—¡Shúrik! ¡Parece una película! ¡Ya quisiera Fellini! Dime, ¿es todo el rato así o solo acaba de empezar?

—¿Qué es lo que acaba de empezar? —le preguntó Shúrik sin comprender.

—Este teatro del absurdo.

«Esto ya lo he vivido. ¡Ya he vivido algo así!», pensó Shúrik, pero Joëlle, la francesa, no le vino a la cabeza.

Reemprendieron la ruta por los patios hasta que llegaron a un lugar extraño: acababan de echar abajo un edificio, y por un boquete que se había formado, se podía ver la orilla del Moscova, las catedrales del Kremlin y el campanario de Iván el Grande. Se sentaron de nuevo en el banco de un jardín, delante de una mesa de tablas, el lugar favorito de los jugadores de dominó. Shúrik la estrechaba entre sus brazos con una ternura inmensa, pero híbrida, una amalgama de lo que sentía por Verusia y de lo que le inspiraba Maria cuando estaba enferma y se acurrucaba contra él pidiéndole algo que todavía no podía saber lo que era. Lilia se había quitado las zapatillas doradas con las que había llegado y Shúrik le calentaba sus pies pequeños con la mano izquierda, mientras que con la derecha, a través de la camiseta negra, le acariciaba un pecho menudo que no estaba oprimido por una estúpida prenda con corchetes y botones, sino que respiraba libre.

–Siempre llevabas minifalda... Y me gustaba mucho cómo andabas, esa forma de andar tan particular tuya...

–¿Minifalda? ¡Nunca me he vuelto a poner una minifalda! ¡Con las piernas que tengo! A decir verdad, en Japón me da lo mismo, las japonesas tienen las piernas más torcidas del mundo. Aunque son muy guapas... ¿Te gustan las japonesas?

–Lilia. No he visto a una japonesa en toda mi vida.

–Buf, claro, naturalmente... –asintió ella de manera soñolienta.

En ese momento hubo un revuelo en el aire, una brisa empezó a soplar y se llevó las tinieblas, el mundo se hizo un poco más claro, los árboles negros de su alrededor mudaron a un color verde oscuro, ya no eran monolíticos, adquirieron una textura granulosa, y el Kremlin, que se distinguía a través de las casas, cambió, volvió a la vida y se tiñó de colores. La luz venía por la izquierda, y con la luz aparecieron las sombras, todo recuperaba su relieve, y Shúrik, contemplando ese cuadro, comprendió de repente que no era el alba lo que dotaba de profundidad al mundo, sino la presencia de Lilia.

–Dios mío, qué belleza –dijo Lilia.

Lilia se adormeció en sus brazos. La luz se hacía más intensa. Las hojas susurraban y las más pequeñas y amarillas cayeron cerca del banco. También tenían relieve, como en una película en tres dimensiones. Y todo lo que era en blanco y negro, de pronto se transformó en multicolor como si hubiera cambiado de película. Shúrik estaba sentado en el banco y Lilia se arrellanaba entre sus brazos.

«Es una alucinación», pensó Shúrik.

Nunca había vivido algo parecido. Todo se había compactado y cada minuto era igual que una gran manzana, pesada y madura.

No, no era una alucinación. Todo lo que había vivido antes era decadente, falso, vano. El correteo de aquí para allá, estúpido y desenfrenado de su vida: de la farmacia al mercado, de la lavandería a la redacción, las traducciones absurdas, esa vida estúpida al servicio de mujeres solitarias. No podía dejarla marchar, a Lilia, quería tenerla siempre en sus brazos porque no había en el mundo nada mejor, ni más sensato, ni más justo...

–¡Ay! –exclamó Lilia pegando un salto–. ¡Nos hemos olvidado de llevar la caja! Shúrik, ¿qué hora es?

–No pasa nada. Ya entregaré yo la caja, solo dame la dirección.

–Pero había prometido a Tuska que iría a ver a su madre. ¡Ostras! ¡Tengo que estar en el aeropuerto al mediodía!

Shúrik no tenía ganas de darse prisa. Se había dado prisa toda la vida, años corriendo sin parar... Ahora quedaban solo unas horas para compartir con Lilia, unos minutos de ese tiempo especial que tenían un peso específico. Shúrik quitó una hoja del hombro de Lilia y dijo:

–Ahora iremos al mercado, a una cantina tártara, Guiya me llevó allí. Abren al amanecer. Hacen unos *chebureki*[1] exquisitos. Y tomaremos un buen café. O un té.

---

1. Especie de empanada de carne picada. (*N. de la T.*)

—¿Una cantina tártara? ¡Genial! No sabía que existieran en Moscú. Debe de parecerse a nuestros mercados árabes, ¿no?

Lilia se levantó de un salto y se puso las zapatillas doradas en sus pies desnudos. Estaba preparada para una nueva aventura.

62

Era una de esas extrañas mañanas de septiembre, con el cielo cubierto por una neblina que solo algún rayo de luz conseguía atravesar. Dejaron atrás la calle Ordinka y salieron a la calle Piátnitskaya, doblaron a la altura de la parada de metro y llegaron al mercado. Allí vendían carne de caballo, salchichas de caballo y toda clase de pastelería tártara de pasta pringosa. La cantina ya estaba abierta. Dos tártaros tocados con bonetes orientales bebían té en una mesa muy limpia y hablaban en su lengua. Olía a grasa caliente y especias. Detrás de la barra se erguía un hombre de avanzada edad rasurado al cero, con una expresión de dignidad monárquica.

–Tomen asiento, el té está listo. Para los *chebureki* hay que esperar. Están a punto de salir.

Lilia, sentada a la mesa, le daba vueltas a la cabeza, le explicaba a Shúrik que se había acostumbrado, o casi se había acostumbrado, a que el mundo cambiara cada media hora, bueno, no cada media hora sino cada seis meses. Y de forma radical, en todos sus parámetros, así que no quedaba nada de lo anterior y todo se transformaba en algo nuevo. Lilia cortaba el aire con sus dedos y los pedazos parecían volar en todas direcciones, y uno podía creer sin discusión en lo que quedaba:

–Japón, por ejemplo. Allí no entiendes nada, ni las relaciones ni la comida ni su manera de pensar. Todo el tiempo tienes miedo de cometer un error garrafal. Nosotros nos lavamos las manos antes de comer, ellos después. A nosotros nos da corte ir al lavabo e intentamos escaparnos con discreción, y para ellos es indecente no sonreír mientras te hablan. Cuando aprendí árabe tuve un profesor extraordinario, un palestino muy culto, había estudiado en la Sorbona. No podíamos mirarle y mucho menos sonreírle. Él tampoco nos miraba. Éramos ocho personas en nuestro grupo, seis de ellas mujeres. Cuando nos oía reír palidecía... Son otras normas...

Sirvieron los *chebureki*. Eran dorados, con burbujas marrones en la corteza, humeaban y el olor a cordero frito que subía del plato era tan denso que casi se podía cortar. Lilia fue a coger el suyo. Shúrik la detuvo.

–¡Cuidado, queman!

Lilia se echó a reír y sopló por encima del *cheburek*. Una niña de tres años con pendientes entró por la puerta trasera, se acercó a Lilia y se fijó en sus zapatillas doradas como si fueran un milagro. Lilia columpió la pierna. La niña le cogió la zapatilla. El dueño de cabeza rasurada gritó algo en tártaro y acudió otra niña de seis años que cogió por la mano a la más pequeña, que se echó a llorar. Lilia abrió su cartera atada al cinturón, sacó dos pasadores para el pelo con unas mariposas rosas y se los dio a las niñas.

La mayor batió las pestañas como las alas de una mariposa y dijo en voz baja: gracias, y desaparecieron apretando aquel regalo de gran valor. Lilia agarró el *cheburek*. De sus labios brotó un chorro aceitoso que le dio a Shúrik en la cara. Se secó el aceite de la cara y se puso a reír. Lilia también se rió a carcajadas con su risa de niña pequeña. El *cheburek* era delicioso, Shúrik y Lilia tenían un apetito voraz. Se comieron dos cada uno y bebieron dos vasos de té. Después el dueño les trajo un platito con dos pequeñas pastitas de *baklava*.

–¡Oh! *Compliments!* –le dijo Lilia riendo y se metió una pastita dulce en la boca.

Cuando se iban, Lilia hizo un signo con la mano al dueño y le dijo algo en una lengua totalmente desconocida. El hombre

464

se estremeció y le respondió sin sonreír, es más, con expresión hierática.

—¿Qué le has dicho? —le preguntó Shúrik.

—Le dije en árabe una frase muy bonita del tipo: «Que tu bondad te sea devuelta con creces».

Se dirigieron hacia el hotel, otra vez a pie, sin apresurarse. Shúrik llevaba dos días sin dormir. Estaba sumido en un estado extraño, todo a su alrededor era un poco fluctuante y de una densidad reducida. Como el decorado de un teatro. Y su cuerpo era más ligero de lo habitual, como si estuviera sumergido en agua.

—¿No sientes una levedad extraordinaria? —le preguntó a Lilia.

—¡Sí que la siento! ¡No te olvides de llevar la caja! —le recordó Lilia.

Después de una serie de zigzagueos y rodeos llegaron al hotel. Shúrik no llevaba encima su pasaporte y no le autorizaron a acompañar a Lilia a la habitación. Lilia subió y Shúrik la esperó durante largo rato en el vestíbulo. Luego apareció vestida con otra ropa: ahora la camiseta era roja en lugar de negra y se había pintado los labios de rojo. Parecía una niña que hubiera birlado el maquillaje a su madre. Un mozo cargaba con la maleta y la caja. Llegó un taxi. Lilia le dio una propina al mozo. Antes de que Shúrik tuviera tiempo de coger la maleta, Lilia hizo un movimiento de dedos rápido y hábil, y el conductor puso el equipaje y la caja en el maletero.

—Ya sé lo que haremos: dejaremos la caja en tu casa de camino. He escrito la dirección encima.

Se sentaron juntos en el asiento trasero. Los cabellos de Lilia olían a jabón o a champú, era el mismo olor a perfume que exhalaba su abuela. Perfume francés, por supuesto. Shúrik inspiraba ese olor tratando de llenar sus pulmones y de no dejarlo salir, y pensaba —y al mismo tiempo evitaba pensarlo— que todo se iba a acabar de un momento a otro.

El taxi se detuvo delante de casa de Shúrik. Lilia le preguntó si tenía que subir a despedirse de Vera Aleksándrovna. Shúrik negó con la cabeza y se llevó la caja. En Sheremetievo se despidieron por segunda vez en sus vidas. Antes de que Lilia se zambullera rumbo al extranjero, se puso de puntillas, Shúrik se inclinó y se besaron. Fue un beso largo y auténtico, de esos que requieren haber paseado antes mucho tiempo, juntos, por las calles, sin decidirse a rozar la ropa ni las yemas de los dedos del otro. Fue, antes que nada, un beso de devoción, luego se transformó en un embudo por el que uno se vertía en el otro. Ese beso no era la promesa de algo lejano e inmenso, sino una realización en sí mismo, un alumbramiento y una conclusión... Shúrik acarició los dientes de Lilia con la lengua, sintió literalmente su blancura brillante y dulce, y se dio cuenta de que se había arreglado los incisivos que le sobresalían un poco hacia delante y que le daban el encanto de un mono. «¡La llamaban monita!», se dijo recordando a Polinkovski.

Se miraron otra vez y se dijeron adiós para siempre, como la última vez.

–Te equivocaste al arreglarte los dientes –le dijo Shúrik en el último momento.

–¡Ya que lo dices, creo que hice bien! –le respondió ella riéndose.

63

La sensación de una vida totalmente nueva no se disipaba. Shúrik volvió a casa. Verusia estaba al piano, practicaba un estudio de Chopin. Aleksandr Siguizmúndovich lo había interpretado en otro tiempo y, de pronto, le entraron ganas de tocarlo. Los dedos la obedecían bastante mal, pero no dejó de repetir la misma frase musical con paciencia. Sumergida en esa ocupación no oyó el ruido de la llave en la cerradura. Shúrik entró en la habitación, besó la cabeza de la mujer vieja y recordó el olor de los cabellos de Lilia.

—¡Es demasiado difícil! —se quejó Vera.

—Lo conseguirás. Tú siempre lo consigues... —respondió Shúrik al salir de la habitación y Vera Aleksándrovna creyó sentir un matiz de condescendencia en su voz, como si estuviera hablándole a una niña.

Shúrik se metió en el cuarto de baño y se quedó un rato debajo de la ducha. Tuvo que salir por culpa del teléfono. Era Svetlana.

—¡Shúrik! ¡Necesito que vengas enseguida!

Shúrik estaba de pie, en medio del pasillo, envuelto en una toalla, y no tenía ni el más mínimo deseo de ir a casa de Svetlana. Debía ir a llevar la caja.

—No puedo, Svetlana. Hoy estoy ocupado.

–No entiendes que si te pido algo, Shúrik, es porque es realmente importante –le dijo Svetlana con voz firme.

Shúrik le iba a preguntar qué había pasado y por qué era tan importante, pero sintió de pronto que no le interesaba en absoluto.

–Te llamaré cuando esté libre, ¿de acuerdo?

Svetlana sintió como si la tierra se hundiera bajo sus pies: nunca había recibido una respuesta igual, nunca.

–¿Es que no me has entendido bien, Shúrik? Es muy importante. ¡Si no vienes te arrepentirás! –pronunció esas palabras en voz baja y con una humildad cargada de amenaza.

–¿Es que no me has entendido bien, Svetlana? Estoy ocupado y te llamaré en cuanto pueda.

Shúrik colgó el teléfono.

Qué responsabilidad ser el sentido y el centro de la vida de otro. Siempre había creído que ella dependía de él. Hoy comprendía que él también dependía de ella. En el mismo grado.

Svetlana abrió su bolso, sacó el cuchillo y lo tiró sobre la mesa. Luego cogió su cuaderno y escribió una breve nota. Sacó de su mesita de noche un frasco lleno de pastillas y contó sesenta. Apartó veinte a un lado. Había hecho sus cálculos: en 1979 se había tragado sesenta y fue un fracaso porque la dosis era demasiado fuerte. Se intoxicó y lo vomitó todo. Cuarenta era la cifra correcta. Es verdad que en 1981 se había tomado cuarenta... Pero esa vez llegaron demasiado rápido.

Metió con cuidado las pastillas que sobraban en el frasco. No. De otra manera.

Con un movimiento amplio del brazo lanzó sobre la pesada mesa de roble, cerca de la ventana, un montón de flores fúnebres acabadas y a medio acabar. El metal tintineó. Empujó la mesa hasta el centro de la habitación, puso una silla encima y se encaramó. Arriba, en el techo, había un gancho listo para recibir una lámpara de araña. No colgaba una lámpara de araña sino una pequeña bombilla dentro de una pantalla de vidrio ondulado. Tiró del gancho. Estaba cubierto de polvo, pero clavado con fuerza en el techo.

«Nadie me necesita pero yo tampoco necesito a nadie –sonrió Svetlana y su orgullo femenino torturado por los compromisos desplegó sus alas sedosas–. Qué pena no poder ver la expresión de tu cara cuando entres aquí después de acabar con todos tus asuntos...»

El doctor Zhuchilin, comparando las fechas de los círculos rojos y azules, las de las cruces a lápiz negro y las de las prescripciones que él le había hecho, reflexionó sobre el poder de los fenómenos bioquímicos que, como consecuencia de un fracaso, enviaron al cerebro de la pobre chica sustancias misteriosas que la incitaron a quitarse la vida.

«¡Y pensar que la he tratado durante tantos años y no he podido hacer nada!», se dijo apenado el doctor.

64

La dirección estaba escrita en la caja con rotulador negro: pasaje Shokalski, el número del edificio, el inmueble, el apartamento y el nombre de la destinataria, Tsilia Solomónovna Shmuk. En el curso de esos días se había gastado todo el dinero, hasta el último kopek, no tenía ni para un taxi, pero no consideró la posibilidad de pedírselo a Verusia. La caja no entraba en ninguna bolsa. Shúrik la ató con un cordel y la llevó en transporte público, en metro con un transbordo y dos autobuses. Tampoco estaba muy cerca de la parada del autobús. La caja era ligera, pero el cordel era demasiado fino y al bajar del autobús se rompió, y los últimos centenares de metros llevó la caja a la espalda, provocando la risa de todos los chiquillos con los que se cruzaba.

Subió hasta el cuarto piso y llamó a la puerta. Una voz preguntó quién era. Respondió que traía un paquete de Jerusalén. Después de un trajín de cadenas prolongado y ruidoso, la puerta se abrió y apareció una viejecita totalmente jorobada.

–¡Pase, por favor! Tusia me escribió que su amiga Lilia vendría, pero ha venido usted. ¿Es que no me podía visitar?

–Ya ha cogido el avión a Tokio –le explicó Shúrik apretando la caja contra su pecho.

–Eso es lo que digo, ¿no podía visitarme antes de irse a Tokio? ¡A qué espera, entre y abra la caja!

La viejecita tenía un aspecto amable, pero su tono de voz era huraño. Shúrik puso la caja sobre un taburete. Tsilia Solomónovna le alargó un cuchillo.

–¿A qué espera? ¡Ábrala!

Shúrik cortó las solapas pegadas y la anciana se abalanzó sobre la caja. Empezó a sacar –¡Shúrik no podía dar crédito a sus ojos!– madejas de lana de diferentes colores enrolladas, como hacía su abuela en tiempos inmemoriales, cuando tejía un jersey nuevo a partir de dos viejos. Era la riqueza colorida del pobre. La anciana examinaba las madejas con ostensible satisfacción.

–¡Fíjese! –graznó ella–. ¡Menudos colores tienen! ¡Mire este rojo! ¡Y este amarillo!

Acabó sacando hasta el último hilo de la caja. En el fondo todavía quedaban algunos pequeños ovillos y trozos de hilo.

–Pero ¿dónde está? –le preguntó a Shúrik con voz severa.

–¿El qué? –se sorprendió él.

–¿Qué va a ser? El inventario. Siempre viene uno en el paquete. ¿No?

Shúrik no entendía nada, miraba a la anciana con los ojos abiertos como platos.

–¿Por qué me mira así? Siempre hay un registro postal, un inventario, donde se enumera todo. El nombre del artículo, la cantidad, el precio. ¡Ya veo que nunca ha recibido un paquete del extranjero!

–No, nunca –reconoció Shúrik–. Pero este no llegó por correo. Lilia Laskina me lo entregó en mano. Ha hecho el viaje de Jerusalén a París, luego a Moscú y de Moscú a Tokio.

–¿Y quién es esa Lilia Laskina? ¿Por qué debería fiarme si no hay inventario? Veo que usted es un hombre decente... ¿Judío? En cambio a esa Laskina nunca la he visto. ¿Puede que se quedara con la mitad? Tusia no conoce a las personas, todo el mundo le toma el pelo. Bueno, dejémoslo, ya veo que usted tampoco entiende nada.

La viejecita hurgó en una caja de costura y sacó un manojo de llaves, abrió un batiente lateral de un armario grande y viejo, se zambulló en el interior y sacó un objeto envuelto en gasa que parecía tres cajas de pastelería atadas juntas.

–¡Mire! –le dijo triunfalmente y se puso a quitar el envoltorio de gasa.

Extrajo del paquete tres chaquetas de lana todas nuevecitas, todas de rayas.

–¿Y cuándo volverá la tal Lilia?

–Se ha ido a trabajar a Japón. No sé cuándo volverá. Y no creo que vuelva a pasar por Moscú.

La viejecita se quedó estupefacta.

–¿Qué me dice? ¿Me trae la lana y no se lleva las chaquetas?

Shúrik asentía con la cabeza.

–¡Muchacho! ¿Acaso le he entendido bien? ¿Me está diciendo que ha traído la lana, bueno, sin el inventario, y no se va a llevar las chaquetas? En ese caso, ¿qué quiere que haga con esta lana? ¡Ya no la necesito! Puede quedarse con su lana.

–¡No, Tsilia Solomónovna, no me puedo llevar su lana! –declaró Shúrik con firmeza.

–¡Llévesela! –gritó la viejecita con la cara toda roja. Pero a Shúrik se le escapó la risa.

–¡Bueno, me la llevo! Pero la tiraré en el primer cubo de basura que encuentre. ¡No necesito su lana!

Entonces la viejecita se puso a llorar. Se sentó en el sillón y lloró a lágrima viva. Shúrik le trajo agua pero no quiso beberla, únicamente repetía entre sollozos:

–¡Usted no puede ponerse en nuestra situación! ¡Nadie puede ponerse en nuestra situación! ¡Nadie puede ponerse en la situación de otro!

Luego paró de llorar, se levantó bruscamente y, sin transición alguna, le hizo una pregunta práctica.

–Dígame, ¿alguna vez va por la calle Arbat?

–Sí.

472

–¿Conoce la tienda Todo para la Costura?

–No, para serle franco –confesó Shúrik.

–Bueno, está allí. Vaya y tráigame una aguja de hacer punto. Voy a enseñarle de qué tipo. Ya lo ve, la mía se ha roto. La número veinticuatro. Sobre todo que no le den la veintidós. ¿Lo ha entendido bien? El número veinticuatro, ¡no más pequeña! Y me la trae. Nunca salgo de casa, así que me encontrará a cualquier hora.

Shúrik se dirigió a la parada de autobús por un caminito bordeado de árboles delgados que amarilleaban y sonrió. Lilia se había ido y lo más probable es que no volviera nunca más. Pero él se sentía bien, como cuando era niño. Se sentía feliz y libre.

65

El avión despegó suave, majestuosamente. Lilia cerró los ojos y se quedó dormida enseguida. Más tarde la azafata le sirvió una bebida. Lilia cogió un cuaderno de su bolso. Lo abrió. Todas sus notas estaban escritas en hebreo. Sacó una pluma fina de un estuche de piel y escribió en ruso:

«¡La idea de pasar por Moscú ha sido genial! ¡La ciudad es maravillosa! ¡Me siento como en casa! Shúrik es conmovedor y todavía me quiere, lo cual es sorprendente. Creo que no hay nadie que me haya querido así y tal vez nadie lo hará. Es terriblemente tierno y completamente asexuado. Un poco pasado de moda. Y tiene un aspecto horrible: ha envejecido, ha engordado, cuesta creer que solo tenga treinta años. Vive con su madre, todo lo que les rodea es ruinoso, lleno de polvo. Ella no está mal para su edad, incluso es elegante. Me han ofrecido una comida asombrosa, un poco pasada de moda, eso también. Qué extraño, allí, en el mercado, es la miseria total, ¡y en la mesa un festín suntuoso! Me pregunto si Shúrik tiene vida privada. No lo parece. Me cuesta imaginarlo. Aunque posee algo especial, es una especie de santo. ¡Pero un completo imbécil! ¡Dios mío, y pensar que estuve enamorada de él! Casi me quedo y me caso con él... ¡Menos mal que me fui! Y pensar que podría estar casada con él. Pobre Shúrik.

474

»Echo de menos el trabajo. Seguro que me prorrogarán las prácticas un año más. Se creen que cada año voy a poner un huevo de oro. Pero tengo la impresión de que ese escándalo en Inglaterra, a propósito del espionaje industrial, va a acabar por salpicarnos, a nosotros también. No tienen ni un pelo de tontos.»

Lilia cerró el cuaderno, guardó la pluma en el estuche y lo metió todo en el bolso. Después reclinó el respaldo del asiento, se puso una almohada debajo de la cabeza, se tapó con una manta y se durmió. El viaje era largo, tenía que trabajar al día siguiente, lo mejor sería dormir un poco.

2004

475

Impreso en Talleres Gráficos
LIBERDÚPLEX, S. L. U.,
ctra. BV 2249, km 7,4 - Polígono Torrentfondo
08791 Sant Llorenç d'Hortons